buch & media

Simon Zawalinski, geboren 1952 in Stettin, lebte zunächst mit seinen Eltern in Polen. Während der antijüdischen Exzesse in den Jahren 1967–1970 emigrierte er nach Israel und von dort in die Bundesrepublik Deutschland, wo er sich in Frankfurt am Main niederließ. Noch in Polen schrieb er als Jugendlicher Gedichte und Erzählungen. In Israel redigierte er mit anderen Mitgliedern eine Kibbuzzeitung, für die er auch regelmäßig schrieb. In Deutschland war er Mitherausgeber und Autor einer polnischen Exilzeitschrift. Von ihm erschienen bereits die Romane »Der Ostpark-Blues« (2010) sowie »Der Schnee von Jerusalem« (2013), die Erzählsammlung »Frankfurter Kioskgeschichten« (2015) sowie das Theaterstück »Der polnische Patient« (2014).

Simon Zawalinski

Das Bildnis einer Prinzessin

Roman

buch & media

Juni 2017

Lektorat: Christa Opitz-Schwab
Umschlaggestaltung: Johanna Conrad unter Verwendung des Gemäldes
»Bildnis einer Dame« von Peter de Kempeneer (1503–1580)
Foto © Städel Museum - U. Edelmann - ARTOTHEK
Printed in Germany
ISBN print 978-3-95780-079-4
ISBN epub 978-3-95780-080-0
ISBN PDF 978-3-95780-081-7

Meiner Gattin,
ohne die dieses Buch nie entstanden wäre.

Danksagung

Ich danke Prof. Dr. Jochen Sander, dem stellvertretenden Leiter des Städel-Museums, für das Überlassen von internen Dokumenten und Forschungsergebnissen betreffend das »Bildnis einer Dame«.

Inhalt

Ein fremder Wanderer

Der Palazzo Bentivoglio lag an einer Anhöhe auf dem Weg nach Bologna. Umringt von Zitronen- und Eukalyptusbäumen sah man schon von ferne die zwei Türme des Bauwerks in den blauen Himmel ragen. Der Weg war nur unzureichend mit Steinen gepflastert, und so begleitete eine kaum wahrnehmbare Staubwolke den einsamen Wanderer, der inmitten der paradiesischen Landschaft langsam in Richtung des Palazzos schritt. Er hatte an diesem Tag das Städtchen Malalbergo verlassen, den Canale della Botte überquert und schließlich den Weg zum Castel San Federico genommen, hinter dem sich der Palazzo Bentivoglio befand. Vor einer Woche hatte er die Stadt Ferrara verlassen mit der berechtigten Hoffnung, in einigen Wochen die alte Universitätsstadt Bologna zu erreichen. In der an Flora und Fauna reichen Region Emilia-Romagna, in welcher er sich befand, war er unterwegs Füchsen, Rehen, Wildschweinen und sogar einem Wolf begegnet. Zum Glück für den Reisenden war dieser aber nicht bereit gewesen dem Menschen zu folgen und hatte bereitwillig auf mögliche Beute verzichtet.

Eine bunte Blumenpracht erfreute den Wanderer. Orchideen, Akelei, Rosen und Lilien wuchsen am Wegrand. Er trug einen Koffer an einem Riemen über der Schulter mit sich, damit er die Hände für seine Malutensilien frei hatte. In der linken Hand hielt er ein Köfferchen, das verschiedene Farben und Pinsel enthielt, und mit der rechten trug er eine große, sperrige Staffelei. Der Mann war ein sehr aufmerksamer Beobachter seiner Umwelt, ausgestattet mit einem besonderen Sinn für die Schönheit der Natur. Dazu gesellte sich ein unglaubliches Erinnerungsvermögen. Mit einem Funkeln in den Augen betrachtete er den einmaligen Zauber dieser Gegend. Die Poesie war hier überall spürbar: arkadenumsäumte Plätze, kleine Kirchen, die auf einer Straße der Provinz wie aus dem Nichts auftauchten, landschaftliche Details, die eine einmalige Faszination auf den Betrachter ausübten. Fast überall stieß man auf historische Wurzeln und feudale Bauwerke. Unser Reisender war mit einer künstlerischen Ader ausgestattet, die ihm erlaubte, Dinge zu sehen, an denen ein Normalsterblicher achtlos vorüberging.

Er hatte außerdem die besondere Gastfreundschaft, Warmherzigkeit und Offenheit der hier lebenden Menschen erfahren. Dem Gastwirt Gianluca in Ferrara hatte er ein Porträt gemalt, das dem Wirt so gut gefiel, dass er auf die Bezahlung für Unterkunft und Bewirtung großzügig verzichtete. Dem Wandernden gefielen diese Menschen, die häufig und mit großer Freude und schöner Musik Feste veranstalteten. Er machte gerne bei solchen Feierlichkeiten mit. Einmal, in Gallo, hatte er mit der schönen Isabella fast die ganze Nacht hindurch getanzt. Auch sie bekam von ihm ein Porträt geschenkt. Sie fand das sehr rührend und dankte ihm in der nächsten Nacht. An Isabella erinnerte er sich gerne, die schwarzhaarige Schönheit hatte es ihm angetan. Der Abschied von ihr war lang und nicht ohne Tränen. Aber er musste weiter. Wenn man sich Ziele gesetzt hat, muss man sie auch verfolgen.

Sein Ziel war Bologna, und diesem war sein ganzes Tun und Wirken untergeordnet. Da er permanent Geldmangel litt, musste er seine Reise zu Fuß absolvieren und konnte nur hoffen, von irgendeinem Fuhrmann mitgenommen zu werden. Bauern ließen ihn oft auf ihren primitiven Fuhrwerken bis zum nächsten Dorf mitfahren, einmal war es ein Postkutscher, der ihn ein Stückchen mitnahm. Er genoss den Aufenthalt in der Natur. In der hoch am wolkenlosen Himmel stehenden Sonne sah er eine vitale Kraft, die der Natur ihre ganze Schönheit verlieh. Und er dankte Gott, dem Schöpfer, der das alles erschaffen hatte, die Sonne und den Himmel, die Erde und das ganze Universum. Der Glaube war ihm sehr wichtig, er verlieh ihm Sicherheit und stärkte sein Selbstvertrauen. Er war davon überzeugt, mit seiner Reise nach Bologna den Willen Gottes zu befolgen. Denn eines Tages hatte er in der Kirche seines Heimatortes eine Predigt gehört, die ihn sehr beeindruckt hatte. Es war, als würde der Allmächtige durch die Worte des Predigers zu ihm sprechen. Die Liebe zu Gott erschien ihm seither das Wichtigste im Leben, der Glaube das höchste menschliche Gut. Das half ihm in schweren Stunden, machte Hoffnung für die Zukunft und die Gegenwart erträglich.

Wann genau er beschlossen hatte, seiner alten Heimat den Rücken zu kehren, konnte er nicht mehr sagen. Sein Traum war es, die Gotteshäuser zu gestalten, Heiligenbilder zu malen und dadurch dem Klerus so nahe wie möglich zu sein. Schon als kleines Kind wollte er in den Dienst der Kirche treten. Die heilige Stille der Kirchengebäude verleitete ihn zu innerer Einkehr. Er liebte das Alleinsein in den großen Häusern, die man für die Gläubigen erbaut hatte. Dort konnte er ungestört mit seinem Gott sprechen, dem Allmächtigen sein Herz öffnen, ihm seine Sorgen und Träume darlegen. In der Kirche seines Heimatortes, an der Zenne gelegen, war er sogar eine Zeit lang Messdiener gewesen. Dies waren wohl die glücklichsten Augenblicke seiner Jugendzeit. Aber die Zeit bleibt nicht stehen. Seine Kindheit schien ihm jetzt in weite Ferne gerückt, die Erinnerung an seinen Heimatort verblasste. Doch er dachte gerne daran zurück. Der Vater, ein gottesfürchtiger Mann, war streng, aber gerecht gewesen, die Mutter gütig und verständnisvoll.

Bevor er in Ferrara angekommen war, hatte er einige Wochen in Padua verbracht, wo er bei den reichen Honoratioren der Stadt einige seiner Bilder verkaufen konnte. Es waren meist Graphiken, die er auf seinem langen Weg nach Italien gemalt hatte. In Abano Terme und Rovigo verdiente er sich Kost und Logis durch Dekorationen für die Volksfestauftritte von Sängern. Mit seiner ausgeprägten Fantasie, seinem Einfallsreichtum und seinem künstlerischen Talent schuf er Ausstattungen, die ihm viel Beifall und vor allem ein bisschen Geld einbrachten. Der Weg nach Bologna war aber noch weit. Dort wollte er die Thronbesteigung Karls V. erleben. Er hoffte sogar, durch seine künstlerische Begabung vielleicht den dekorativen Rahmen dieses einmaligen Festes mitgestalten zu können. Aber das war nur Wunschdenken, einer dieser Träume, die nur schwer zu verwirklichen waren. Eigentlich war Rom sein endgültiges Ziel, er wollte zum Papst, in den Vatikan.

Italien zog viele Künstlerseelen aus ganz Europa in seinen Bann. Florenz, Genua, Venedig, Bologna oder Rom waren der Inbegriff eines anderen Lebens, der freien Entfaltung der schönen Künste. Die mächtigen Familien, die in diesen Stadtstaaten regierten, machten zuallererst sich selbst und danach auch ihre Umgebung reich und beeinflussten die Politik des ganzen Landes. Oft traten die Städte und die in ihrem Hintergrund stehenden Familien in einen Wettbewerb miteinander: Wer baute die größten Kirchen und die schönsten Palazzi, wer verfügte über die prächtigsten Kunstwerke? Hier entbrannte ein regelrechter Wettstreit, und alle Künstler, die sich einen Namen machen wollten, kamen in diese Städte, um sich mit den Besten ihrer Zunft zu messen. Viele nahmen die alten Meisterwerke der Antike als Modell für ihre eigene Kunst. Auch er hatte seine Vorbilder, richtete sich nach Michelangelo, Raffael und Donatello. Er hatte zwar Talent, aber diesen Meistern konnte er noch nicht das Wasser reichen.

Der Wanderer setzte sich in das Gras am Wegrand, um eine kurze Rast einzulegen. Der Palazzo sah von weitem sehr majestätisch aus. Die Türme glänzten in der Sonne, es schien, als ob eine goldene Wolke das Anwesen umhüllte. Kurz entschlossen stellte der Fremde seine Staffelei auf, nahm die Malutensilien aus der Tasche und begann zu zeichnen. Zunächst zögerlich, dann mit immer sichereren Bewegungen malte er das Traumbild des Palazzos mit einem blaugoldenen Himmel, der sich am fernen Horizont mit dem verblassten Grün der Erde vereinigte. Als er sein Werk vollendet hatte, betrachtete er das Panorama dieser einmalig schönen Gegend und genoss die Idylle. Er saß regungslos in der Sonne und ließ die Natur auf sich wirken. Vögel zwitscherten in den Bäumen, auf dem Feld sah er spielende Hasen, die im hohen Gras kecke Kunststücke veranstalteten, und ein Gefühl des reinen Glücks übermannte den Künstler. Langsam verstaute er seine Malgegenstände und die Zeichnung in der Tasche, nahm die Staffelei in die Hand und machte sich wieder auf den Weg zum Palazzo.

Dessen Name, Bentivoglio, war dem jungen Mann nicht geläufig. Überhaupt kannte er sich nur ungenügend mit der italienischen Geschichte aus und auch an der politischen Gegenwart seines Gastlandes hatte er wenig Interesse. Ihm imponierten die Kirchenmalerei, die Architektur und die kulturellen Errungenschaften des Landes, er bewunderte seine Schönheit und die Gottesfurcht der hier lebenden Menschen. Auch in seiner Heimat glaubten die Bewohner an die göttliche Macht, aber hier war man dem Allmächtigen besonders nahe, das spürte er.

Plötzlich hörte er Pferde schnauben und schon standen zwei berittene Soldaten vor ihm. Nach dem ersten Blick befand er, dass diese eher friedliche Absichten hegten, und so begrüßte er sie in holprigem Italienisch: »Seid gegrüßt. Ich bin Künstler und würde gerne den Schlossherrn malen. Ich bin schon eine ganze Weile unterwegs, denn ich komme aus einem fernen Land nördlich des Euren und war bereits in Ferrara, Padua und Verona. Mein Ziel ist Bologna.«

Die Reiter musterten ihn gründlich und schienen sich zu beraten, indem sie kurze Redewendungen benutzten, die der Künstler nicht verstand. Schließlich stieg einer der beiden vom Pferd und wandte sich an den Reisenden. »Könnt Ihr uns zeigen, was Ihr gemalt habt?«

Der Künstler legte sein Gepäck auf die Erde und zog eine Rolle aus der Tasche. Er legte die Blätter neben sich auf das Gras und lud die Männer ein, sich die Bilder anzuschauen. Jetzt sprang auch der zweite Reiter vom Pferd und gesellte sich zu seinem Kameraden. Obwohl die beiden nicht viel Ahnung von Kunst hatten, gefielen ihnen die Landschaftsbilder und die Porträts. Der Maler nahm noch ein Stück Papier heraus und legte es behutsam neben die anderen Bilder. »Das habe ich soeben gezeichnet«, erklärte er.

Die beiden beugten sich interessiert über die Zeichnung und beschlossen dann, dass der Maler zum Schlossherrn vorgelassen werden durfte. Sie ritten voraus, um den Gast anzukündigen. Als der Wanderer endlich sein Ziel erreichte, wurde er also schon erwartet. Man führte ihn in einen Empfangsraum, wo er auf einem mit dunkelrotem Samt bezogenen Stuhl Platz nahm. Während er auf seinen Gastgeber wartete, schaute er sich interessiert um. Vor den beiden Rundbogenfenstern bauschten sich weiße Gardinen. An den Wänden hingen drei Gemälde. Eines zeigte ein Stillleben, das zweite eine Winterlandschaft in den Bergen und auf dem dritten Bild waren drei junge Damen in einem botanischen Garten während eines verregneten Tages abgebildet. Die Decke des Raumes war mit verschiedenen Ornamenten verziert. Durch das halb geöffnete Fenster drang frische Luft in das Innere und auch die Sonne sandte ihre goldenen Strahlen durch die Gardinen.

Plötzlich öffnete sich die Tür und ein Diener verkündete das Erscheinen von Bartolomeo Bentivoglio, dem Herrn des Palazzos. Dieser war ein mittelgroßer schlanker Mann, gekleidet in ein rotes Gewand und eine ebenfalls rote Kopfbedeckung. Dem Maler entging nicht die kostspielige Beschaffenheit des Stoffes, das Gewand war aus reinem Seidendamast gefertigt. Zur Noblesse und Eleganz der Erscheinung trug die bis unter das Kinn reichende Knopfleiste mit ihren konisch geformten altgoldenen Knöpfen bei. Der Künstler erhob sich und verbeugte sich vor seinem Gegenüber.

»Ihr seid also der Maler«, lächelte der Adlige und bat seinen Gast mit einer Handbewegung, wieder Platz zu nehmen. Er selbst setzte sich auf ein Sofa und kreuzte die Beine. Dadurch kamen die feinen Pantoletten zum Vorschein, deren karminrote Farbe perfekt zur restlichen Garderobe passte. »Was führt Euch in unseren Palazzo?«, fragte er den Fremden.

»Herr, ich bin unterwegs nach Rom, aber vorerst will ich nach Bologna.«

»Warum ausgerechnet Bologna?«, interessierte sich Don Bartolomeo.

»Es ist eine berühmte Stadt mit einer namhaften Universität und es gibt dort viele Kunstwerke, die ich mir gerne anschauen möchte. Großartige Maler und Bildhauer haben in den Gotteshäusern Werke geschaffen, von denen man auch bei uns spricht, da wo ich herkomme.«

»Und wo kommt Ihr her?«

Der Maler verbesserte seine Sitzhaltung auf dem Stuhl. »Ich bin aus dem Westen Europas, aus Flandern, einer Gegend in den Niederlanden. Früher gehörten wir zum Herzogtum Brabant, den Burgundern. Meine Heimatstadt heißt Brüssel, dort habe ich mein Handwerk gelernt. Mein Name ist Pietro. In meiner Heimat heiße ich Pieter, Pieter de Kempeneer.«

»Das interessiert mich. Bitte erzählt mir mehr von Euch und Eurer Kunst.«

Der Maler lächelte etwas unsicher und begann dann: »Ich bin, wie schon gesagt, in Brüssel geboren. Mein Vater war ebenfalls Maler, ich bin sozusagen in seine Fußstapfen getreten. In unserer Familie gab es Maler, Bildhauer, Teppichwirker und Goldschmiede. Ausgebildet wurde ich in der Werkstatt von Bernard van Orley. Ich habe auch Teppiche geknüpft und in einer kleinen Kirche auf dem Land Heiligenbilder gemalt.«

»Meine Leute haben Eure Bilder sehr gelobt, ich würde mir diese gern anschauen. Würdet Ihr sie mir zeigen?«, bat Don Bartolomeo.

Pietro stand auf, nahm seine Bilder aus der Tasche und legte sie vor seinem Gastgeber aus. Dieser betrachtete sie lange und intensiv, er zeigte Interesse und auch große Fachkenntnis. Er diskutierte über Schattierungen, Perspektiven, Pinseleigenschaften, Maltechniken und Leinenstärken mit dem Kunstschaffenden, der sich insgeheim über den Kunstsachverstand seines Gegenübers wunderte.

Die ausgelegten Arbeiten gefielen dem Adligen und er äußerte sich sehr anerkennend. »In Euren Werken erkennt man Talent und Hingabe, von Euch können wir noch einiges erwarten. Ihr habt ein bemerkenswertes Geschick für Porträts, aber auch für Landschaften. So wie Francesco, der hier gerade Francescas Bildnis malt. Es ist jedoch noch nicht ganz fertig.« Als er sah, dass der junge Mann seinen Ausführungen nicht folgen konnte, erklärte er, dass Francesco, ein in dieser Gegend bekannter Künstler und Fachkollege von Pietro, in Viadana in der Kirche San Giovanni die Dekoration der Bogenlaibungen dreier Seitenkapellen angefertigt habe. Von überall habe es Lob und Anerkennung für diese Arbeit gegeben. Francesca wiederum sei seine ältere Tochter und habe dem Maler Modell gestanden. Nun werde er darüber nachdenken, ihn, Pietro, vielleicht mit dem Porträt seiner jüngeren Tochter zu beauftragen.

Damit beendete Don Bartolomeo die Audienz und ließ seinen Gast überrascht und hoch erfreut zurück.

Eine märchenhafte Begegnung

Eines Tages beschloss ich, dem Frankfurter Städel-Museum einen Besuch abzustatten. Das Städel ist ein Kunstmuseum am Frankfurter Museumsufer, das von dem Bankier Johann F. Städel gestiftet wurde. Ich hatte vor, einige der Gemälde, die dort ausgestellt sind, auf mich wirken zu lassen. Der Mensch braucht ab und zu einen Hauch Kultur und das Betrachten von Bildern wirkt entspannend und lässt uns träumen. Auch ich lasse gerne mal meine Fantasie arbeiten und entschwinde dann dem grauen Alltag. Es ist wie ein Traumzustand, der oft unverhofft einfach da ist. Und so plötzlich, wie er kommt, geht er auch zu Ende. Dann bleibt häufig ein sonderbares Gefühl und auch ein wenig Trauer und Wehmut, denn das Märchen ist zu Ende und die harte Realität ist zurück.

Als ich das Museum erreichte, begrüßte mich eine lange Schlange kulturbegieriger Menschen, die ebenfalls die dort ausgestellten Kunstschätze bewundern wollten. Meiner Lust auf die bildenden Künste tat das keinen Abbruch, diszipliniert stellte ich mich in die Reihe. In der goldenen Umhüllung der Sonne wirkte das Museumsgebäude wie ein Märchenschloss am Meeresstrand. Endlich bewegte sich die Menschenschlange und schließlich hielt ich meine Eintrittskarte in der Hand. Jetzt stand mir die Welt der Kunst offen und einer Begegnung mit den Werken der großen Künstler nichts mehr im Weg. Ich besuchte zunächst die Meister der mittelalterlichen Kunst. Die Italiener hatten es mir angetan. Ich bewunderte die Gemälde von Barnaba da Modena, Bartolomeo Bulgarini und Meo da Siena, die geprägt sind von der Religiosität der Künstler und ihrer Umgebung. Dann begab ich mich auf einen Rundgang quer durch alle Abteilungen des Museums. Meine Wanderung führte mich zu den verschiedensten Kunstepochen und Stilrichtungen mit den jeweiligen Meistern ihres Faches.

Schließlich ließ ich bei einer Tasse Kaffee im Städel-Café das Gesehene Revue passieren. Ich war gerade dabei, den überwältigenden Eindruck, den die vielen Werke bei mir hinterlassen hatten, zu verarbeiten, als ich eine Dame am Nachbartisch erblickte, die in einem Bildband mit »Meisterwerken der Renaissance« blätterte. Sie sah gut aus und schien Interesse an der Malerei dieser Epoche zu haben, was in mir den Entschluss reifen ließ, sie näher kennenlernen zu wollen. Ich erhoffte mir ein interessantes Gespräch und eine nette Begegnung. Ich nahm meinen Mut zusammen und ging mit meinem Kaffee zu ihrem Tisch. Konsterniert schaute sie mich an und legte ihr dickes Buch beiseite.

»Interessieren Sie sich für die Maler der Renaissance?«, fragte ich und zeigte auf das Buch.

Die Dame betrachtete mich skeptisch. »Unter anderem«, erwiderte sie zurückhaltend.

»Ich teile dieses Interesse, insbesondere begeistere ich mich für die italienischen Maler.«

»Ach ja?«

Ich erkannte, dass die Angesprochene entweder von Natur aus wortkarg war oder auf die Unterhaltung mit mir keinen Wert legte. Um den einseitigen Dialog aufrechtzuerhalten und mir eine letzte Chance zu geben, entschloss ich mich, gleich die schwerste Kanone aus meinem Arsenal abzufeuern. »Ich bin sicher, Sie bei der Lesung meines letzten Buches im Literaturhaus gesehen zu haben. Interessieren Sie sich auch für Literatur?«

Eine kleine Wirkung brachte dieser Kanonenschuss, immerhin schaute sie mich jetzt genauer an. »Das schon, aber ich war noch nie bei einer Lesung im Literaturhaus.«

Sie konnte also doch mehr als zwei Worte sagen! »Dann vielleicht in der *Romanfabrik* oder in einer Buchhandlung?«, hakte ich nach.

»Ich habe zwar schon einige Autorenlesungen besucht, aber Sie habe ich noch nie gesehen. Was haben Sie denn Interessantes geschrieben?«

Endlich, sie hatte den Köder geschluckt, der Schuss hatte doch gesessen! Ich nannte ihr den Titel meines letzten Buches.

»Das ist von Ihnen?«, fragte sie erstaunt.

»Um ehrlich zu sein – ja.«

»Dann kann ich Ihnen nur zu diesem Buch gratulieren. Ich habe es mit Interesse gelesen, es hat mir sehr gefallen.«

»Das freut mich sehr.« Jetzt war ich wortkarg, während ihre Sätze dagegen immer länger wurden.

»Eigentlich haben Sie die Hauptpersonen Ihres Romans etwas zu schemenhaft gezeichnet. Mir fehlte eine ausführlichere Beschreibung ihrer Gedankengänge und ihrer Gefühle.«

»Ich mag keine zu genaue Darstellung, die nichts mehr der Fantasie des Lesers überlässt. Aber die seelischen Zustände und die Gemütsverfassungen der handelnden Personen werden von mir sehr wohl beschrieben, das ist doch die Aufgabe, ja die Pflicht eines jeden Schreibenden. Es ist doch wichtig, dass der Leser nachvollziehen kann, was die Helden denken und wie es dazu kommt, dass sie handeln wie sie handeln.«

»Da haben sie jetzt aber ausgeholt«, lachte die Dame vergnügt. »Aber man sagt ja, alle Schriftsteller seien eitel.«

»Es ist schwer, sich in diesem Fall zu verteidigen, aber ein bisschen trifft das wohl zu.«

Die junge Frau trank einen Schluck Kaffee aus ihrer Tasse. Sie sah bezaubernd aus. Das dunkelblonde Haar fiel ihr auf die Schultern, die Augen, deren Farbe ich nicht entschlüsseln konnte, waren ein Werkzeug der Koketterie. Ihre Blicke sendeten verwirrende Signale in meine Richtung, sie wirkten mal verlegen, mal verführerisch. Plötzlich schaute sie auf die Uhr.

»Müssen Sie schon gehen?« Meine Frage kam zu schnell und klang zu verkrampft, sodass meine Befürchtung deutlich zu erkennen war.

Sie schaute mich nachsichtig an. »Nein, noch nicht. Ich habe noch ein wenig Zeit.«

Erst jetzt verstand ich den listigen Schachzug mit der Uhr. Schon wieder war ich reingefallen! Jetzt packte ich die Trickkiste aus: »Wenn Sie eine Verabredung haben und auf jemanden warten, will ich nicht stören.«

»Nein, nein, heute habe ich Zeit«, beruhigte sie mich.

»Darf ich Sie dann vielleicht zu einem weiteren Kaffee einladen, nachdem wir noch andere Ausstellungsräume besucht haben?«

Sie schaute mich perplex an. »Ich würde mir gerne die moderne Malerei anschauen«, meinte sie nachdenklich.

Sie hat angebissen, freute ich mich diebisch. »Ich war zwar schon bei den Modernen, aber ich werde sie gerne noch einmal betrachten«, sagte ich fast gönnerhaft.

Sie musterte mich ein wenig schräg und lächelte. »Was man für die Kunst nicht alles macht!«

Eine raffinierte Repräsentantin des weiblichen Geschlechts! Das wird nicht einfach mit ihr, blitzte in mir der Gedanke auf.

»Vielleicht besuchen wir doch die neu eröffneten Räume?« Ihre Frage war eigentlich eine Art freundlicher Befehl, aber gibt es freundliche Befehle? Es war jedenfalls eindeutig eine Anweisung.

Am Eingang zu den unterirdischen Hallen für zeitgenössische Kunst war kein Durchkommen möglich. Jeder Städel-Besucher war erpicht darauf, den neu eröffneten Räumen einen Besuch abzustatten, uns beide eingeschlossen. Als es uns endlich gelang, den Bereich zu betreten, war zumindest ich vom architektonischen Zusammenspiel der Einrichtung sehr beeindruckt. Eine flache Kuppel erhob sich über dem Raum und das Spiel der Farben vermittelte den Eindruck, sich am Beginn einer Reise in die Zukunft zu befinden. Das war jedenfalls mein subjektives Empfinden. Ich fragte meine Begleiterin nach ihrer Meinung, aber sie winkte ab und erklärte, sie sei dabei, die Umgebung auf sich wirken zu lassen. Also ließ ich sie damit allein und belästigte sie nicht mit weiteren Fragen. Der Untergrund als »Beletage«, das Souterrain als eine besondere Kunstbegegnungsstätte – die Überraschung war gelungen. Neben der zeitgenössischen Malerei erblickte ich zwischen den vielen Besuchern auch Skulpturen, die die Ausstellung ergänzten. Die Werke der jungen wilden Maler fielen nicht nur durch ihre großen Formate auf, sondern auch durch neue Techniken und eine Fantasie, der hier keine Grenzen gesetzt wurden.

Es war nicht einfach, diese Kunst im Beisein so vieler Menschen auf sich wirken zu lassen. Das konzentrierte Betrachten wurde durch lautes Reden, unqualifiziertes Gelächter, stupide Kommentare, Niesen und Husten fast unmöglich gemacht. Ich schaute meine Begleiterin an, doch sie schien ihre Umwelt nicht wahrzunehmen und studierte gründlich die ausgestellten Werke. Trotzt der Klimaanlage war die Luft stickig und mein Blutdruck begann zu steigen. Es war Zeit, eine Pause einzulegen. Doch davon wollte meine Café-Bekanntschaft nichts wissen. Sie betrachtete eine Arbeit von Amelie von Wulffen und wollte nicht gestört werden. Notgedrungen ging ich weiter, bis ich mich bei John Armeldes *Furniture Sculpture* auf eine frei gewordene Bank setzen konnte.

Schließlich hatte auch meine Bekanntschaft genug gesehen und wir verließen das überfüllte Souterrain.

Bei den alten Meistern hatten sich nicht so viele Kunstliebhaber eingefunden, dort konnten wir uns fast ungestört umsehen. Gerade als wir vor Cézannes *Landschaft mit Bäumen im Felsgebirge* traten, rief jemand hinter uns: »Hallo, Frau Doktor!« Wir drehten uns um. Eine kleine vollschlanke Dame im besten Alter wandte sich an meine Begleiterin: »Wie gut, dass ich Sie hier treffe.«

Die beiden entfernten sich einige Schritte von mir und dem Felsgebirge. Sie war also eine Frau Doktor, überlegte ich in Gedanken. Ob sie wohl in einem Krankenhaus arbeitete oder eine eigene Praxis hatte? Vielleicht war sie auch beim Gesundheitsamt oder betrieb Forschung in einem Pharmakonzern? Ich wandte mich zu Cézanne und seinen Bäumen, aber wie erwartet erfuhr ich von dort keine Hilfe. Die Frau Doktor ohne Namen beendete den kurzen Dialog mit der unbekannten Dame und kam wieder zu mir und dem französischen Künstler zurück. »Cézanne wollte schon auf das Felsgebirge klettern, um nach Ihnen Ausschau zu halten«, berichtete ich.

Sie sah verwirrt aus und fragte unsicher: »Wie meinen Sie das?«

»Ach, das ist nur mein spezifischer Humor. Ich habe eine lebhafte Fantasie und stelle mir Dinge vor, die viele Menschen nicht verstehen. Das macht mir manchmal zu schaffen.«

»Gut, dass Sie das wissen«, sagte sie trocken und widmete sich endlich dem Cézanne.

Währenddessen schaute ich bei Meister Renoir vorbei, der damit beschäftigt war, dem *Lesenden Mädchen* die letzten Buchstaben beizubringen. Ich lobte sein Werk in den allerhöchsten Tönen – wofür er mir sicher posthum dankbar war –, allerdings ohne es laut auszusprechen, damit mich meine Begleiterin nicht für verrückt hielt.

Bald darauf wanderten wir ein Stockwerk höher und stießen mit Max Beckmann zusammen. »Er ist mein guter Bekannter«, erklärte ich großspurig.

»Wie das?«

»Ich wohne in der Nähe der Max-Beckmann-Schule. Immer wenn ich daran vorbeigehe, lese ich seinen Namen.«

Die Frau an meiner Seite schaute mich mit Unverständnis an und schwieg, was mir zu denken gab. Sie war begeistert von dessen Bild mit dem Titel *Frankfurter Hauptbahnhof*. Sie betrachtete es von allen Seiten, aus der Nähe und von der Weite, so als wartete sie auf einen Zug, der sie zu ihren Träumen und Sehnsüchten führen würde. »Ich liebe Beckmann«, bekannte sie plötzlich.

»Wenn er noch leben würde, hätte er sich bestimmt gefreut«, sagte ich ohne nachzudenken.

»Weder war das komisch noch entspricht es Ihrem Intellekt, welchen Sie ohne Zweifel besitzen!« Ihre Replik war scharf und traf mich genau dort, wo sie treffen sollte.

Ich entschuldigte mich für meinen dummen Kommentar und bekannte zerknirscht, dass ich den Künstler auch sehr interessant fände.

»Ich finde, Beckmanns Bilder sind an Schärfe und an Ausdruck kaum zu übertreffen«, bestätigte sie.

Im nächsten Raum begegneten wir John Hoppners *Mädchen mit Kaninchen*. Das Gemälde gefiel uns sehr, es vermittelte Wärme und Liebreiz. »Hoppner war einfach ein begnadeter Porträtist«, kommentierte meine Begleiterin bewundernd.

Das folgende Bild zeigte eine junge Dame in einem eleganten Kleid, die einen majestätischen Eindruck machte. Mit Interesse schaute ich auf ihr Antlitz, das einer Person der Aristokratie gehörte, die etwas verträumt blickte und wie in Gedanken. Hinter ihr konnte man auf der linken Bildseite im Hintergrund eine Schlosslandschaft erkennen. Ich blickte auf das kleine Schild, um den künstlerischen Vater dieses Bildes zu erfahren. Das war ein Maler namens Pieter de Kempeneer, ein Flame. Das Bild war in Italien in der goldenen Renaissanceperiode entstanden. Auch meine Städel-Gefährtin schaute sich das *Bildnis einer Dame* genauer an. Plötzlich klingelte ihr mobiles Telefon, das heißt es klingelte nicht, sondern es ertönte ein Fragment des Beatles-Songs *Yellow Submarine*. Die Angerufene entschuldigte sich bei mir und verließ den Raum. Ich setzte mich auf eine Holzbank, die gegenüber dem Bild stand, und wartete auf ihre Rückkehr. Es dauerte lange, bis sie wieder erschien und mir die traurige Mitteilung zukommen ließ, sie müsse sofort etwas Dringendes erledigen. Ich fragte schnell, ob wir uns wiedersehen würden. Sie werde mich schon finden, meinte sie lapidar, und entschwand mit eiligen Schritten. Ich stand, meiner charmanten Begleitung so unvermittelt beraubt, wie ein begossener Pudel vor dem Bildnis einer Dame auf Leinen, die zu ewigem Schweigen verdammt war.

So setzte ich mich ratlos wieder auf die Holzbank und beobachtete die Besucher. Manche schauten sich jedes Bild genau an, manche warfen nur einen kurzen Blick auf die Gemälde und zogen sofort weiter. Wieder andere lasen zunächst den kurzen Text neben dem Bild und bewunderten erst dann die Arbeit des Künstlers. Ich war müde und überreizt und musste aufpassen, dass ich auf meiner Bank nicht einschlief, die Augenlider schlossen sich automatisch. Ich hatte plötzlich den Eindruck, als ob die Dame auf dem Bild mich interessiert mustern würde. Aber meine Lebenserfahrung sagte mir, dass dieser Eindruck mit Bestimmtheit falsch war.

Im Palazzo

Im Palazzo Bentivoglio wurde Pietro von einer älteren Dame zu seinem Gemach geführt. Sie hieß Donna Lucia und lebte seit ihrer Kindheit in dem Schloss, in dem schon ihre Eltern gewohnt und gearbeitet hatten. Donna Lucia war eine gebildete Person, sie hatte im Schwesternorden der Heiligen Maria in Bologna eine ihrem Stand entsprechende Erziehung genossen. Sie war eine gute Schülerin gewesen, obwohl sie vieles, was die Nonnen dort lehrten, hinterfragte. Das machte sie bei ihren Lehrerinnen zwar nicht beliebt, erzeugte aber ihren Respekt. Ihr Mann, Don Fernando, war ein Sprössling der Familie Sante aus Florenz. Die Ehe war kinderlos geblieben. Nach und nach hatte Donna Lucia die Leitung der Schlossverwaltung übernommen und sich damit im Palazzo unverzichtbar gemacht. Ihr Gemahl war ihr dabei behilflich. Er war außerdem der beliebteste Schachpartner des Schlossherrn, und Donna Lucia eine gute Freundin von dessen Gemahlin, Donna Albertina. Donna Albertina war eine geborene Visconti, ihre Familienchronik reichte sehr weit in die Vergangenheit. Sie hatte zwei Mädchen das Leben geschenkt: Francesca und der drei Jahre jüngeren Rosa Amalia. Beide waren von erlesener Schönheit und Grazie. Donna Lucia war für die Mädchen Gouvernante und beste Freundin zugleich, zu ihr hatten die beiden ein innigeres Verhältnis als zu ihrer Mutter.

Donna Lucia wies Pietro sein Zimmer und entfernte sich dann leise. Es befand sich am Ende eines langen Ganges, unweit einer Treppe, deren Ausgang noch zu erkunden war. Das Zimmer war schlicht eingerichtet: ein Bett, ein Schrank mit Verzierungen an den Türen, ein Nachtschränkchen, eine Schüssel zum Waschen. Pieter de Kempeneer setzte sich auf das Bett und philosophierte über die Fügungen des Schicksals. Noch vor einer Stunde war er durch das von der Sonne umarmte und reich gesegnete Wunderland gewandert, ohne hoffen zu können, bald an ein Ziel zu gelangen. Der Aufenthalt im Palazzo war ein willkommener Zwischenstopp auf seinem Marsch nach Bologna, den er dankbar genoss. Er legte sich angekleidet auf das Bett und schloss die Augen. Der kleine Piet aus Brüssel wanderte nun schon lange in der schönen weiten Welt umher. Jetzt war er erpicht darauf, in Bologna sein Können bei den Vorbereitungen zur Inthronisierung einsetzen zu dürfen. So eine Veranstaltung bedeutete ein großes Abenteuer, auf das er sich unheimlich freute. Bei solch einem besonderen Ereignis wurden bestimmt alle Helfer, die zwei gesunde Hände besaßen, gebraucht. Er konnte ja malen, zeichnen, dekorieren und vieles mehr. Und wenn alles klappte und er genügend Geld verdient hätte, um nach Rom zu reisen, würde er dort versuchen, als Kirchenrestaurator zu arbeiten oder sogar Bilder zu malen, so wie Raffael und Michelangelo. Das waren für ihn die größten Vorbilder, seine Idole. Überhaupt sagte ihm die italienische Schule der Malerei sehr zu. In ihr fand er das, was er für sein Weiterkommen brauchte, ihr Stil gab die Richtung vor, die er verfolgen wollte. Ihre Kunsttechniken begeisterten ihn und er brannte darauf, sie zu erlernen.

Pietro stand auf und wusch sich, um bei dem Abendempfang frisch auszusehen. Er wechselte die Kleider, kämmte sein Haar und stutzte den Bart. Zufrieden betrachtete er sich in dem kleinen Spiegel, der auf dem Nachtschränkchen stand. Es klopfte an der Tür, und bevor er noch »Herein!« rufen konnte, trat ein junger Diener ein. »Seine Exzellenz bittet zum Mahl.«

Pietro erhob sich vom Bett und musterte noch einmal seine Kleidung, dann folgte er dem jungen Mann. Sie stiegen die Treppe hinunter und gelangten in einen großen Raum voller Bücher, die in schwere Holzregale einsortiert waren. Seitdem Johannes Gutenberg vor etwa hundert Jahren den Buchdruck erfunden hatte, ging es mit der Drucktechnik immer schneller voran. Der Besitzer des Palazzos war anscheinend ein Bücherfreund. Pietro hatte noch nie eine so umfangreiche Bibliothek gesehen und fragte beeindruckt, ob noch etwas Zeit sei, sich hier umzusehen, was der Diener lächelnd bejahte. Staunend las Pietro die Titel der Schriften. Latein war die bevorzugte Sprache, es gab aber auch Bücher auf Italienisch, Deutsch und sogar Niederländisch. Neben den Philosophen Paolo de Pergola, Juan de Torquemada, Lambert von Auxerre und Levi ben Gershon waren auch Dichterfürsten wie der Italiener

Dante Alighieri und der Deutsche Walther von der Vogelweide vertreten sowie der große Gelehrte des Humanismus, Erasmus von Rotterdam. An einer freien Wand hingen verschiedene Gemälde, vermutlich eine Ahnengalerie der Schlossbesitzer. Alles Frauen und Männer mit ernstem Gesichtsausdruck und adligem Gebaren, dachte Pietro. Auf dem Fußboden lag ein großer Teppich aus fernöstlicher Herstellung, wie er aufgrund seiner Erfahrung im Teppichknüpfen anhand der Muster erkennen konnte.

Schon bald kam der junge Diener zurück und bat den Gast, ihm in den Speisesaal zu folgen. Sie passierten mehrere Zimmer und Flure, ehe sie in das Esszimmer gelangten. Ein Zimmer war es eigentlich nicht, es wirkte eher wie ein zum feudalen Speisen hergerichtetes königliches Gemach. In der Mitte des Raumes stand ein langer Holztisch aus Eichenholz, der für eine größere Gesellschaft gedeckt war. Einige Gäste hatten schon Platz genommen und unterhielten sich laut miteinander. Pietro wurde ein Stuhl fast am Ende der langen Tafel zugewiesen, neben einem blassen Jüngling. Der Sitz an seiner rechten Seite war noch leer. Langsam begann sich der Saal zu füllen, auch der Hausherr nahm seinen angestammten Platz in der Mitte des Tisches ein, direkt vor einem Fenster, das einen Blick auf die idyllische Gartenanlage ermöglichte. Neben ihm saßen zwei bezaubernde junge Frauen, eine schöner als die andere. Pietro erkannte in ihnen die Töchter des Hauses. Von Donna Lucia wusste er auch ihre Namen: Francesca und Rosa Amalia. Beide waren in ein Gespräch mit einem jungen Mann vertieft, der ein Ritter zu sein schien. An der rechten Seite des Schlossherrn saß ein hoher Geistlicher, der Kleidung nach vielleicht ein Bischof. So genau wusste Pietro es nicht und es interessierte ihn auch nicht, denn sein Blick war ausschließlich auf Francesca gerichtet, die er impulsiv ins Herz geschlossen hatte. Nur schien die junge Dame ihn überhaupt nicht wahrzunehmen. Ihre ganze Aufmerksamkeit widmete sie dem jungen Ritter, der irgendetwas Lustiges zu erzählen schien, denn die beiden Schwestern lachten herzlich und unbekümmert. Auch Rosa Amalia, die ein bisschen verträumt wirkte, würdigte ihn keines Blickes.

Pietro gegenüber saß ein kahlköpfiger dicker Adliger und trank Rotwein aus einem Glas, das er immer wieder auffüllte. Anscheinend wusste man von der Beziehung des Mannes zu diesem Getränk und vergaß nicht, sie zu pflegen, denn man hatte eine große Karaffe vor ihm abgestellt. Der Jüngling neben Pietro blieb stumm. Er unterhielt sich mit niemandem und fixierte mit starrem Blick einen imaginären Punkt an der Wand. Pietro versuchte mit seinen überschaubaren italienischen Sprachkenntnissen ein Gespräch mit ihm anzufangen, aber außer einem netten, aber doch ablehnenden Lächeln konnte er nichts erreichen. Plötzlich wurde auf Pietros rechter Seite der Stuhl verschoben und ein jüngerer Mann mit einem Gehstock setzte sich neben ihn. Sein neuer Nachbar war mittelgroß und hatte, wie Pietro fand, ein klassisches Gesicht. Er lächelte Pietro zu, nahm dann aber ein Gespräch mit seinem Nachbarn zur Rechten auf, der ein hoher Offizier zu sein schien. Dieser hatte pechschwarzes Haar und einen Oberlippenbart, durch sein Gesicht zog sich eine Schramme fast vom rechten Auge bis zum Kinn. Bestimmt war sie ein Andenken an die vielen Kämpfe, die dieser Soldat bestritten hatte.

Endlich öffnete sich die Tür zur Küche und drei Diener brachten in tiefen Schüsseln und auf langen Platten die verschiedensten Speisen herein. Man deponierte alles auf den dafür vorgesehenen kleinen Tischen, die an der Seite aufgestellt wurden. Pietro sah große Fleischstücke, die man auf weiße Porzellanteller portionierte, halbe Ferkel, die in einer Soße schmorten, marinierten Rehbraten und Hasenschwänze, für manchen Gourmet eine besondere Delikatesse. Des Weiteren servierte man Goldbrassen, die mit Stachelbeeren, Safran und Pflaumen gefüllt waren. Die Kalbsnieren auf geröstetem Brot sahen besonders appetitlich aus und Pietro musste unwillkürlich mit der Zunge schnalzen. Auf einem der mit weißem Leinen bedeckten Tische waren Obst und Zitrusfrüchte angerichtet.

Pietro lauschte dem Gespräch zweier fein gekleideter Herren ihm gegenüber, die sich sehr wohlwollend über die neuen Essgewohnheiten äußerten. Sie lobten den Handel mit den Arabern und die damit verbundene Aneignung neuer Speisen und Getränke. Ihrer Meinung nach waren die orientalischen Zutaten ein Gewinn für die italienische Kochkunst. Solche Feinheiten waren für den Künstler Pieter neu und er maß ihnen keine große Bedeutung bei. In Brüssel wurde bei solchen Tafelrunden alles verzehrt, was auf den Tisch kam. Man aß, bis man nicht mehr konnte, und trank

Wein ohne Maß, vorausgesetzt man hatte das nötige Geld zu solcher Völlerei.

Pietros Nachbar zu Rechten erklärte, dass der Koch dieses Hauses ein wahrer Künstler, ein Poet der Küche sei. Er beherrsche die Kunst des Kochens wie kein anderer und dank seiner Kenntnisse über die Natur der Nahrungsmittel sei er geradezu ein Medikus. Er drehte sich zu Pietro und fragte ihn lächelnd nach seiner Meinung zur italienischen Küche.

Nun, die Erfahrungen des Gefragten mit exquisiter Kochkunst waren sehr überschaubar, daher bekannte er: »Leider bin da ich kein Experte. Ich komme aus einem anderen Teil Europas, aus Flandern, einer Gegend in den Niederlanden.«

»Aus den Niederlanden sind mir die Maler van Eyck und van der Goes bekannt.«

»Dann interessiert Ihr Euch also für die schönen Künste und die Malerei?«, fragte Pietro aufgeregt.

Sein Gesprächspartner nickte nachdrücklich. »Ihr etwa auch?«, wollte er wissen.

»Ja, ich male Landschaften und Porträts und habe auch schon Heiligenbilder in Kirchen gemalt.«

»Dann haben wir ja einiges gemeinsam. Auch ich bin Maler und gestalte Porträts und Kirchenbilder. In Parma habe ich zum Beispiel für die Franziskaner *Die Taufe* gemalt und auch einige Fresken in der Kuppel des Doms.«

»Ihr seid mit Parma wohl eng verbunden«, konstatierte der flämische Künstler.

»Da bin ich auch geboren«, lächelte der Italiener. »Ich heiße übrigens Francesco.«

»Und ich bin Pietro.«

In diesem Augenblick bat man um Ruhe, denn der Hausherr, Bartolomeo Bentivoglio, wollte eine Rede halten. Am Anfang seiner Ausführungen bedankte er sich bei dem Geistlichen und bei den Adligen für ihr Kommen. Er stellte den anwesenden Gästen die beiden Künstler vor und erwähnte, dass Francesco kurz davor sei, das Porträt seiner ältesten Tochter Francesca fertigzustellen. Seinen neuen Gast, den Maler aus dem fernen Norden, wolle er bitten, ein Bildnis seiner jüngeren Tochter Rosa Amalia anzufertigen, das dann zusammen mit dem Porträt ihrer Schwester in der Ahnengalerie seinen Platz finden würde. Bei diesen Worten errötete das Mädchen und senkte scheu den Blick.

Nach diesem kleinen Intermezzo wurde offiziell zu Tisch gebeten. Pietro kannte solche Festgelage aus seiner Heimat und erwartete hier die gleichen Sitten oder besser gesagt Unsitten. Hier begann das Mahl zwar ein wenig zivilisierter, aber je länger es dauerte, desto ausgelassener wurden die Gäste, und das gute Benehmen und frisch erlernte Tischgepflogenheiten wurden mehr und mehr vergessen.

Francesco aus Parma erklärte Pietro, dass die Familie Bentivoglio eine alteingesessene Adelsfamilie und der Onkel ein Signore in Bologna gewesen sei. Da Pietro nicht wusste, was ein Signore ist, holte der junge Künstler etwas aus und klärte auf, während er große Stücke Fleisch zu sich nahm und sie mit Rotwein begoss. Auch Pietro widmete sich der Mahlzeit, achtete aber darauf, die italienischen Tischsitten einigermaßen einzuhalten. Während sie speisten und tranken, erzählte der junge Italiener, was er über die Familie Bentivoglio wusste.

»Signore Giovanni Bentivoglio hatte bis zum Jahr 1506 diese Stadt unter seiner Kontrolle. Er führte ein strenges Regiment, war aber aufgeschlossen für die schönen Künste, was sich sowohl für die Stadt als auch für die Architekten und Künstler als sehr vorteilhaft erwies. Ich weiß nicht, ob Ihr von Francia, Costa oder Aspertini schon gehört habt. Sie haben viele große Bilder gemalt, oft im Auftrag des Signore. Der Architekt Nadi, dessen Sohn auch hier anwesend ist, hat den prächtigen Stammsitz der Familie hier für Giovanni Bentivoglio gebaut. Bevor Bentivoglio in der Stadt herrschte, war er ein Condottiere gewesen.«

»Was ist ein Condottiere?«, fragte Pietro zwischen zwei Schlucken Rotwein. Sein Gesprächspartner lächelte mild und klärte ihn auf, dass dieser Name in der Sprache Italiens Söldnerführer bedeute.

»Also war der enge Verwandte unseres Gastgebers ein Soldat, der gegen Geld für fremde Mächte kämpfte?«

»Das könnte ich nicht besser ausdrücken«, sagte Francesco. »Er kämpfte für Florenz, Neapel und Mailand. Er hatte viele Freunde, aber noch mehr Feinde. Und diese waren sehr mächtig. Ihnen gelang es auch, Don Giovanni als Signore von Bologna abzusetzen.

Er war Cesare Borgias ärgster Feind, und wer Borgias Feind ist, der lebt sehr gefährlich. Borgia hatte sehr gute Beziehungen nach Rom, zu Papst Julius II. Dieser erließ eine Bulle, mit der er den Alleinherrscher Bentivoglio absetzte und exkommunizierte. Stellt Euch vor, lieber Pietro, der Papst stellte Bologna unter Kirchenrecht. Das ermöglichte ihm mit der Unterstützung Frankreichs einen Angriff gegen Bologna. Auf den Ausgang dieses Feldzuges wollte der gute Giovanni nicht warten und er floh mitsamt seiner Familie.«

»Sehr interessante Geschichte«, sagte Pietro. »Ist unser Gastgeber ein enger Verwandter dieses Signore?«

Francesco nahm einen kräftigen Schluck Wein, bevor er erläuterte, dass Bartolomeo Bentivoglios Vater ein Bruder des Signore von Bologna gewesen war. Die Familie Bentivoglio sei sehr kinderreich gewesen.

»Das heißt also, dass Francesca und Rosa Amalia sogar Prinzessinnen sind«, staunte Pietro voller Bewunderung.

»Ja, sie sind Prinzessinnen«, bestätigte Francesco, »und dazu verdammt schöne Mädchen. Wollt Ihr lange hier im Schloss bleiben?«, wechselte er das Thema.

»Wie Ihr eben gehört habt, soll ich vielleicht ein Porträt der Tochter malen, das wird schon einige Zeit in Anspruch nehmen.«

»Ich will zurück nach Parma. Eines Tages«, sagte Francesco.

»Mein Ziel ist es, nach Rom zu reisen«, erzählte Pietro von seinen Plänen. »Dort könnte ich für die päpstliche Eminenz verschiedene Werke erstellen. Mit etwas Glück kann man dort sehr berühmt werden, so wie Raffael, Bellini, Leonardo da Vinci oder Michelangelo. Das ist mein Traum. Aber zunächst will ich in Bologna bei den Krönungsfeierlichkeiten dabei sein. Vielleicht kann ich da einen Auftrag bekommen.«

»Ich war schon in Rom, vor sechs Jahren. Stellt Euch vor, der Papst gab mir sogar eine Audienz und versprach, die Dekoration der *Sala dei Pontefici* in meine Hände zu legen. Ich habe dort einige Bilder im päpstlichen Auftrag gemalt und auch mit den Dekorationsarbeiten begonnen. Leider wurde die Stadt von spanischen Söldnern und deutschen Landsknechten angegriffen und geplündert. Im letzten Augenblick konnte ich fliehen. Übrigens wäre es sicher von Vorteil, wenn Ihr eigene Werke mit nach Rom bringen und dort vorzeigen könntet. Das macht einen guten Eindruck und öffnet Euch Türen ganz nach oben.«

»Hattet Ihr auch eigene Arbeiten mitgebracht?«, wollte der flämische Maler wissen.

»Ja, eines meiner Bilder hat am Hofe besonderen Anklang gefunden, mein *Selbstporträt im konvexen Spiegel.* Inzwischen halte ich mich die meiste Zeit in Bologna auf, ich habe dort viele Aufträge bekommen.«

Die Stimmung im Saal erreichte ihren Höhepunkt. Die Gäste und der Gastgeber verließen ihre Plätze am Tisch und unterhielten sich quer durch den Raum. Francesco stellte Pietro einem älteren Herrn vor, der für die Pferde und Kutschen des Schlossherrn Verantwortung trug. Dieser große Mann mit pechschwarzem Haar und hoher Stirn war ein unbestrittener Held der Damenwelt und man munkelte, dass schon viele Angehörige des weiblichen Geschlechts im Palazzo seinem Charme erlegen waren. Er hieß Mandele Albero di Mele und begrüßte Pietro sehr herzlich. Derweil entfernte sich Francesco in Richtung der Töchter des Hauses, die von einigen jungen Männern umschwärmt waren. Albero di Mele sprach ein eigenartiges Italienisch mit starkem nordischem Akzent. Sie unterhielten sich über verschiedene Themen, auch über die Kunst. Mandele erzählte Pietro von seinen Jahren in Bologna, wo er am Hofe von Giovanni Bentivoglio verschiedenen Künstlern begegnet war, unter anderem dem deutscher Maler Albrecht Dürer.

Plötzlich stand Francesco wieder vor ihnen und bat Mandele um Verzeihung, aber er wolle dem fremden Künstler die beiden Töchter vorstellen. »Wenn ich noch etwas jünger wäre, würde ich den beiden schöne Augen machen, aber die Zeiten scheinen vorbei zu sein. Viel Glück und viel Spaß euch beiden«, rief dieser den beiden jungen Männern nach, die schon in Richtung der Schwestern unterwegs waren. Diese begegneten dem Fremden mit Neugier und ein bisschen schamhaft. Francesca war wesentlich zugänglicher als ihre Schwester, die meist schwieg und nur manchmal schüchtern zu Francesco aufschaute, wogegen sie Pietro keines Blickes würdigte. Nun war Pieter aus Flandern ein in solchen Dingen noch wenig erfahrener Mensch und er nahm seinerseits keine Notiz von Rosa Amalia. Er konzentrierte sich ganz auf Francesca, die sich bei ihm erkundigte, woher er komme und was er mit dem Pinsel schon so alles angerichtet habe. Diese Frage war als eine Art Scherz zu verstehen, der junge Niederländer brauchte aber die Hilfe seines italienischen Kollegen, um die Fragestellung richtig zu interpretieren.

»Ich heiße Pieter oder in Eurer Sprache Pietro und komme aus Flandern, aus der Stadt Brüssel. Bitte verzeiht, mein Italienisch ist leider nicht besonders gut«, entschuldigte er sich.

»Wo in Europa liegt denn Euer Brüssel?«, wollte sie daraufhin wissen.

Pietro überlegte, wie er dem Mädchen den Ort seiner Herkunft erklären sollte. »Mein Land ist im Westen unseres Kontinents, meine Heimatstadt liegt nicht sehr weit von Paris, der Hauptstadt des französischen Königshauses.«

Diese Erklärung stieß bei den übrigen Gesprächsteilnehmern auf wenig Gegenliebe, denn das französische Königshaus gehörte zusammen mit den Spaniern zu den Hauptfeinden der Bentivoglios und eines großen Teils des italienischen Volkes. »Paris ist für unser Elend verantwortlich. Zusammen mit Madrid und den deutschen Verbündeten hat man die Plünderungen im Rom organisiert, unschuldige Menschen ermordet und Frauen vergewaltigt«, beklagte Francesco. »Wer nicht das Weite suchte, war in großer Gefahr, sein Leben zu verlieren.«

»Ich habe mich nie für Politik interessiert, deswegen sind für mich solche Geschichten neu und schockierend«, sagte Pietro etwas mitgenommen.

»Ich habe gehört, dass Ihr mich malen sollt, so jedenfalls hat mein Vater entschieden.« Alle blickten überrascht zu dem Absender dieser Worte. Rosa Amalia hatte zum ersten Mal das Wort ergriffen. Selbst erschrocken über so viel Mut errötete sie und blickte gleich wieder zu Boden.

»Wenn das Eures Vaters Wunsch ist, werde ich es mit Begeisterung tun.«

Rosa Amalias Schwester lächelte schelmisch. »Hoffentlich könnt Ihr die Begeisterung etwas bremsen, damit auch ein vernünftiges Bild entstehen kann. Habt Ihr denn Erfahrung mit solchen Arbeiten?«, hakte sie nach und erzählte dann, dass Francesco ein außergewöhnliches Selbstbildnis gemalt habe, für das er in Rom sehr gelobt worden sei. »Aber ich war die Erste, die dieses Werk sehen durfte«, fügte sie voller Stolz hinzu. »Es war ein Porträt von sich selbst im Spiegel.«

»Im gebogenen Spiegel«, berichtigte Rosa Amalia.

»Ich nannte ihn konvex«, erklärte Francesco. »Ich habe viel Erfolg mit diesem Bild gehabt. Einige Kenner haben mir eine große Zukunft vorhergesagt, aber keiner wollte mir einen größeren Vorschuss leisten. Und dann kamen die Franzosen und die Spanier und ich musste die Stadt verlassen.«

»Ihr seid aber auch ein eigenwilliger Künstler, der zum Beispiel meine Gestalt nicht exakt darstellte, sodass mein Vater einschreiten und Euch zur Raison bringen musste«, schmunzelte Francesca.

»Nur Eures Vaters wegen habe ich auf dem Bild Korrekturen gemacht. Ich habe da meine Philosophie, dass jeder Maler, jeder Bildhauer, jeder Künstler das Recht hat, die Dinge so darzustellen, wie er sie eben sieht. Der Künstler lebt von seiner Fantasie, von seiner Eingebung. Er hat andere Blickwinkel als manche Menschen, die nicht von der Muse geküsst wurden.«

»Il Correggio hat auch solche Vorstellungen«, warf Pietro ein. »Ich habe in Mantua sein Bild *Die Madonna mit dem Korb* gesehen.«

»Il Correggio ist ein fantastischer Maler, er ist mein Vorbild, von ihm habe ich sehr viel gelernt«, sagte Francesco mit Pathos in der Stimme. »Seine Werke sind anmutig, so wie die Arbeiten von Raffael.«

»Aber Eure Malerei ist auch anmutig«, bemerkte Francesca. Ihr Blick begegnete dem ihres Malers und ein feiner Beobachter hätte in ihm den Funken der Leidenschaft erkannt. Aber weder Pietro noch Rosa Amalia schauten auf das andere Paar, sondern hatten die Augen gesenkt. Francesca erzählte stolz, dass der Künstler in Bologna viele Aufträge bekommen habe, unter anderem solle er einige Helldunkelschnitte wie den *Diogenes* und die *Enthauptung der Heiligen Petrus und Paulus* anfertigen.

»Ich habe bisher nur Ideen hervorgebracht«, dämpfte dieser ihren Enthusiasmus. »Gut, der *Diogenes* ist in Arbeit, aber das andere Werk existiert bisher nur in meinem Kopf. Macht aus mir nicht den großen Künstler, der bin ich nicht. Raffael, da Vinci,

Michelangelo oder auch Tizian – die sind großartig und wahre Meister. Ich träume davon, eines Tages als anerkannter Künstler neben ihnen stehen zu dürfen, aber bis dahin ist es noch ein weiter Weg.«

»Wolltet Ihr nicht diese Zeichnungen als Kupferstiche ausführen und drucken lassen?«, fragte Rosa Amalia.

»Gewiss, aber dafür brauche ich einen Kupferstecher, einen Drucker, der mir bei der handwerklichen Arbeit hilft.«

»Habt Ihr schon einige von Euren Arbeiten verkaufen können?«, interessierte sich Pieter.

»Ja, das habe ich. Das erste Gemälde war der *Heilige Rochus* in der Kapelle der Monsignori in San Petronio. Neben etwas Geld, das ich dafür bekam, habe ich dort viele Freundschaften geschlossen.«

Die Unterhaltung wurde von Mandele Albero di Mele gestört, der hinzugetreten war und erklärte, dass die Werke Francescos alle etwas von Bellini, Raffael und Tizian hätten und die Reife und Beobachtungsgabe des Künstlers bestechend seien. Er kenne viele Gemälde und ihre Schöpfer, er habe schon mit Leonardo da Vinci, Dürer und Michelangelo über die Kunst und das Leben geplaudert. Dass er wirklich diese Größen der europäischen Malerei getroffen hatte, glaubten die vier jungen Leute eher nicht, aber aus Höflichkeit und Respekt schwiegen sie und lächelten, während sie seinen Ausführungen zuhörten.

Eine Gruppe von Musikern mit Streichinstrumenten betrat den Saal und beglückte die Eingeladenen mit sanften Tönen. Pietro schaute sich um und plötzlich begann sich alles um ihn herum zu drehen. Der alte Wein und die jungen Damen, die Begegnung mit dem Maler Francesco, der imposante Palazzo und die erlesene Gesellschaft, das alles machte ihn benommen. Ihm eröffnete sich hier eine fantastische Welt der schönen Künste, wie er es nicht zu träumen gewagt hatte. Übermannt von seinen Gefühlen verabschiedete er sich von seinen Gesprächspartnern und eilte zu seinem Zimmer, wo er sich noch in der Kleidung auf das Bett warf und die vergangenen Stunden rekapitulierte.

Ist das ein Traum?

Ich saß auf der Holzbank im Städel und betrachtete mit Interesse das Bild an der Wand vor mir. Eine junge Dame, ganz sicher eine Adelige, vielleicht eine Prinzessin, schaute da halb ernst, halb heiter und etwas verträumt seitlich an dem Betrachter des Bildes vorbei. Sie trug ein prächtiges dunkelgrünes Kleid, ihre linke Hand lehnte auf einer roten Schatulle. Die Dame schien, nicht anders als ihre heutigen Geschlechtsgenossinnen, eine Schmuckliebhaberin zu sein, denn um den Hals waren gleich drei Ketten geschlungen. Es schien mir, als trüge sie auf dem Kopf eine Art Krone, und in der linken Hand hielt sie ein Zepter oder einen ähnlichen Gegenstand. Jedenfalls repräsentierten diese Accessoires Zeichen der Herrschaft, zumindest einer lokalen Macht. Der Hintergrund zeigte ein Bild im Bild, darauf war eine Burg in einer Berglandschaft unter stark bewölktem Himmel abgebildet.

Ich stand auf und las den auf der linken Seite des Gemäldes angebrachten Informationstext: »Peter de Kempeneer (1503–1580). Bildnis einer Dame. Portrait of a Lady. Portrait d'une dame. Pappelholz, 113,7 x 79 cm.«

Es war eine kurze Erklärung, die mir nicht genügte. Ich fragte mich, wer diese Dame war, wann und warum dieses Bild entstanden war, und auch der Maler Peter de Kempeneer war mir gänzlich unbekannt. Wenn ich etwas wissen will, entwickle ich eine besondere Willensstärke und werde zum entschlossenen Geheimnisjäger. Um mehr zu erfahren, nahm ich mein Smartphone aus der Tasche und begab mich in die unendliche Weite des Internets. Auf der Homepage des Städels gab es eine kleine Notiz, das Bild betreffend: »Das Nebeneinander von monumentaler italienischer Bildnisauffassung und kleinteilig-kläubelnder niederländischer Landschaftsschilderung führte dazu, dass die Zuschreibung dieses Bildnisses lange umstritten war. Seine jüngste Zuweisung an den Niederländer Peter de Kempeneer hat das meiste für sich, weil sie die widersprüchlichen ›Stilllagen‹ plausibel erklärt. In Brüssel ausgebildet, war de Kempeneer als junger Mann zunächst nach Italien gegangen, wo vermutlich auch das Städel-Bildnis entstand …«

Jetzt wusste ich über das Bild und seinen Erschaffer entscheidend mehr. Er war ein Niederländer, sie eine Italienerin. Zwar kommt ein Niederländer nicht aus Brüssel, aber damals gehörte die Stadt zum Herzogtum Braband-Burgund und der Staat Belgien war noch lange nicht geboren. Aber wer war die italienische Schönheit und wie kam es dazu, dass dieser flämische Maler sie porträtierte? Ich wusste, dass damals in Italien Stadtstaaten das politische Sagen hatten und diese von großen und mächtigen Familien geführt wurden. Auf Anhieb fielen mir hierzu die Medici aus Florenz ein. Das waren richtige Potentaten mit immenser politischer und wirtschaftlicher Macht. War die abgebildete Dame eine Medici, oder gehörte sie einem anderen Familienclan an?

Ich setzte mich wieder hin und versenkte mich erneut in die Betrachtung des Gemäldes. Was wäre, wenn die Lady plötzlich zu sprechen begänne und ihre Geschichte preisgeben würde? Ich hätte sie gerne so viel gefragt. Und auch über den Maler wollte ich mehr wissen. In der Notiz im Internet hatte gestanden, dass er nach wenigen Jahren in Italien nach Spanien weitergezogen war, wo er als Pedro de Campaña berühmt wurde. Doch die Dame schwieg eisern, sie schien in ihre Gedanken vertieft zu sein.

Ich wurde zunehmend müde und hatte Schwierigkeiten, die Augen offen zu halten. Noch immer schaute ich auf das Bild, und plötzlich schien mir, als würde die Porträtierte ein wenig lächeln. Nur ganz leicht und ohne das Gesicht zu verziehen. Ich war sicher, mich verguckt zu haben, aber auch beim zweiten Blick sah ich ganz deutlich das Lächeln dieser jungen Frau, die mich jetzt noch dazu direkt anschaute. Verwirrt rieb ich mir die Augen. Doch es war kein Versehen, keine optische Täuschung, die Dame bewegte sich! Jetzt lachte sie mich förmlich an. Ich biss mir erschrocken auf die Unterlippe und schmeckte Blut im Mund. Nun war ich mir sicher, dass ich nicht träumte. Aber wie konnte das sein? Es war doch nur ein Bild, eine mit Farbe auf eine Leinwand gemalte Person. Doch es war eindeutig: Sie lächelte und bewegte sich abermals. Mir schien es, als würde sie mir ein Zeichen geben.

Ich rekapitulierte meinen Tag. Ich hatte keinen Alkohol getrunken und auch keine Medikamente eingenommen, keine Drogen und keine Aufputschmittel konsumiert. Meine Fantasie hielt ich im Zaum, da war kein Platz für träumerische Eskapaden. Besonders übermüdet war ich auch nicht. Noch einmal schaute ich auf de Kempeneers Bild. Die Dame fixierte mich, ihr Lächeln war eine freundliche Einladung, ihre Miene wirkte auf wundersame Art und Weise sehr ausdrucksvoll. Ich lächelte zurück, ohne mich entspannt zu haben. Es erschien wohl gequält, denn ihre Augen schauten mich mit Verwunderung an, als wollten sie sagen: »So freut man sich über eine Begegnung mit mir? Womit habe ich das verdient?«

Ein älteres Paar stellte sich vor das Bild und nahm mir die Sicht. Lautstark kommentierten sie das Werk. Sie hoben das Talent des Malers hervor, der die vornehme, dezente Kälte des Modells so ausdrucksvoll auf das Pappelholz übertragen habe. Den Maler de Kempeneer kannten sie nicht. Sie fragten sich, was das kleine Bild im großen zu besagen hatte und fanden eine einfache Antwort: Dieser Niederländer müsse das Porträt irgendwo in der Fremde gemalt haben, das kleine Bild dokumentiere seine Erinnerung und Verbundenheit mit der alten Heimat. Diese Ausführungen des Paares waren nachvollziehbar.

Als sie sich endlich entfernten, hatte ich wieder freie Sicht. Zu meiner Überraschung und wie ich zugeben muss Enttäuschung schaute die Dame auf dem Bild nicht mehr zu mir her und auch das Augenzwinkern hatte sie beendet. Ich gelangte zu der Überzeugung, mich getäuscht zu haben, wie so oft in meinem Leben. Wieder war ich dabei, mich einer Frau auszuliefern, auch wenn diese nur auf einem Bild auf Pappelholz zu bestaunen war und in einer vergangenen Epoche gelebt hatte. Ein wenig traurig war ich schon, dass dieser Traum schon zu Ende sein sollte. Eigentlich hatte ich eine Lawine von Fragen an die Lady, wollte mehr über ihr Leben in dieser vergangenen Zeit erfahren. Ich schaute auf die Uhr. Es war schon recht spät, aber immer noch wanderten viele Menschen durch das Museum. Für mich war es aber Zeit zu gehen. Ich wollte noch an meinem Manuskript arbeiten, musste die Katze eines Freundes füttern und die DVD mit dem letzten Woody-Allen-Film lag auch schon seit Wochen spielbereit zu Hause.

Eigentlich hatte ich ja viel Zeit, seitdem Renate in einer Stadt am anderen Ende der Republik eine neue berufliche Herausforderung gefunden hatte. Ihren Wunsch nach einer Veränderung hatte nicht nur die frische und gesunde Meeresluft bewirkt, sondern vor allem auch Victor, der dort eine Anstellung hatte. Victor war früher so etwas wie ein Freund für mich gewesen. Wir hatten verschiedene Unternehmungen zusammen gemacht, waren gemeinsam ins Kino, ins Fußballstadion, zu literarischen Zirkeln gegangen. Er arbeitete als Journalist für eine überregionale Zeitung, berichtete dort über das Neueste aus der Literaturbranche und schrieb Essays und Gedichte. Bei einer literarischen Matinee waren wir Renate begegnet. Schon nach einigen Tagen war sie zu mir gezogen, was Victor zu der Bemerkung veranlasst hatte, dass jemand, der so schnell handle, Selbstmord auf Raten begehe. Am Ende bekam er Recht, aber er selbst war der Verursacher. Renate war wankelmütig, Victor hartnäckig, und so ging die Geschichte mit unserem »Dreigestirn« zu Ende. Dafür konnte ich jetzt nach Hause kommen, wann ich wollte, Zigaretten rauchen, ungesundes Essen konsumieren und manchmal tief ins Glas blicken. Ich hatte viel Zeit und nutzte sie nicht.

Im Weggehen warf ich noch einmal einen Blick auf de Kempeneers Gemälde. Ich wollte sicher sein, dass dieses Trugbild sich endgültig als optische Täuschung erwies. Doch ich traute meinen Augen nicht: Wiederum zwinkerte mir die abgebildete Dame zu, als wollte sie mir irgendwelche Signale senden, eine Botschaft übermitteln. Ich trat erneut näher heran. Es war ganz eindeutig keine optische Täuschung, keine Einbildung des Betrachters oder Illusion seiner fantasiebegabten Vorstellungskraft. Nein, dieses Zwinkern war echt! Ich lächelte ihr zu. Da ... sie bewegte ihren Kopf, ganz gemächlich, fast aristokratisch. Und sie erwiderte mein Lächeln. Das war kein bizarres Fantasiebild, keine Fehleinschätzung meines Gehirns! Ich schaute vorsichtig nach rechts und nach links, aber niemand interessierte sich für das Gemälde oder für mich.

»Können Sie mich hören?«, hörte ich mich plötzlich dem Bild eine Frage stellen. Ich zuckte, von mir selbst überrascht, zusammen. Sie zwinkerte wieder mit dem Auge, diesmal mit dem anderen. Ich erschrak erneut. »Verstehen Sie die deutsche Sprache?«, flüsterte ich. Auf dem Antlitz erschien ein leichtes Lächeln. Die abgebildete Dame hatte mich verstanden. Sie drehte ihre Augen langsam in meine Richtung. Die Krone auf ihrem Haupt glänzte in dem Licht der installierten Reflektoren, als würden Sonnenstrahlen sie erhellen. Ihre Augen blitzten in dieser Symbiose aus technischer Illumination und starker Einbildungskraft, sie strahlten und sendeten Botschaften, die ich noch nicht entziffern konnte. Noch fehlte mir das nötige Stück traumdeutende Poesie.

Ein junger Mann mit Hornbrille und einem Begleitheft in der Hand schaute mich erstaunt an. Dann blickte er zu dem Bild und sagte: »Schönes Bild, nicht wahr?« Ich nickte zustimmend. Er ging weiter und widmete sich einem anderen Gemälde mit dem Titel *Madonna mit Kind und Engel (Madonnastudie)*, das ein italienischer Renaissance-Maler namens Parmigianino geschaffen hatte.

Die Dame in de Kempeneers Gemälde verharrte wieder still, so als hätte die pure Anwesenheit des Museumsbesuchers sie eingeschüchtert. Sie muss schon damals, in ihrer Zeit, schüchtern gewesen sein, dachte ich und suchte erneut den Blickkontakt. Ihr Antlitz wirkte immer noch etwas angespannt, und so wandte ich mich, um sie nicht weiter zu verunsichern, ebenfalls kurz der Zeichnung des Francisco de Mazzola, den man auch Parmigianino nannte, zu.

Urplötzlich erhielt ich von hinten einen Schlag auf die Schulter. »Hallo, altes Haus, dass wir dich ausgerechnet hier treffen!«, ertönte eine bekannte Stimme. Es waren Tom und seine Freundin Jenny, die mich händchenhaltend anlachten.

»Ja, stellt euch vor, ich besuche ab und zu Museen. Ist so eine blöde Angewohnheit von mir. Ausgerechnet in einem Kunstmuseum verbringe ich meine Freizeit«, scherzte ich.

»Ich wusste nicht, dass du dich auch für die Renaissance interessierst«, wunderte sich Jenny. »So wie ich mich entsinnen kann, hattest du doch eher Interesse für die moderne Kunst.«

»Wie geht es dir ohne Renate?« Tom versuchte die Frage ganz neutral zu stellen.

»Eigentlich ganz gut. Ich gewöhne mich daran, alleine zu leben. Jetzt kann ich wieder unbehelligt alles machen, worauf ich Lust habe: Fußball schauen, bis spät in die Nacht in der Kneipe sitzen, männliche Unordnung in der Wohnung einführen. Die erste Zeit war schon schlimm. Aber, wie ihr wisst, Zeit heilt die Wunden, die Erinnerung verblasst und es bleibt nur der fade Nachgeschmack einer gescheiterten Beziehung und die Hoffnung auf das nächste Mal.«

»Auf eine dauerhafte Beziehung«, konkretisierte Tom.

»So könnte man sagen.« Ich lächelte etwas gequält. Die ganze Situation war mir ein wenig peinlich, denn zum einen handelte es sich hier um eine sehr persönliche Angelegenheit und zum anderen war Renate mit Tom zusammen gewesen, bevor sie zu mir zog. Tom war mein Freund und ich konnte ihm damals längere Zeit nicht in die Augen schauen. Obwohl man ehrlicherweise sagen musste, dass ihre Beziehung schon zuvor in die Brüche gegangen und Renate alleine durch die Stadt gezogen war.

Tom und Jenny betrachteten unsere Plauderei als beendet, wünschten mir alles Gute und gingen weiter, um sich an anderen Werken zu ergötzen. Ich aber setzte mich zurück auf die Bank und sinnierte unfreiwillig über Renate und über menschliche Schicksale. Renate war allerdings weit weg, die unbekannte Adlige jedoch direkt vor mir. Was für ein Vergleich, dachte ich fast erschrocken. Die Dame erschien mir jetzt als eine Fremde auf einem Bild, das ein Künstler der Renaissance schon vor Hunderten von Jahren gemalt hatte. Die Menschen aus dieser Epoche waren alle längst gestorben. Und ich wollte gesehen haben, dass die junge Dame mir ein Zeichen gab? Ich war ein bedauernswerter Tor!

Ich blickte auf … und hielt den Atem an. Eindeutiger ging es nicht! Die Lady schien zu lachen, sie schaute mir direkt ins Gesicht. Und dann geschah etwas höchst Wundersames: Das Bildnis bewegte sich, sodass ich schon mit dem Schlimmsten rechnete. Aber es hing weiterhin an der ihm zugewiesenen Stelle … doch vor mir – was für ein unbeschreibliches Gefühl – stand leibhaftig eine junge Dame in einem grünen Renaissance-Kleid, mit eleganten Schuhen und einer Krone auf dem Haupt. Wir starrten uns an, ohne ein Wort zu sagen. Ein Seitenblick auf das Gemälde zeigte mir, dass ihr Abbild dort unverändert war, so wie vor diesem Zauber. Wie konnte das sein? Träumte ich? War ich noch bei Sinnen? Ich wollte keine Antwort auf diese Frage. Ich wollte das Geschehene geschehen lassen, ich wollte den Augenblick verewigen, ich wollte mich belügen und belogen sein. Die anderen Museumsbesucher musterten die Gestalt in der antiken Kleidung nur beiläufig, vielleicht dachten sie, es sei eine Werbemaßnahme des Museums.

Sie nahmen die Dame aus der Vergangenheit zwar wahr, zeigten aber kein besonderes Interesse an ihr.

Schließlich entschloss ich mich, mit ihr zu sprechen. »Sie verstehen also meine Sprache?« Meine Frage war eher ein scheues Flüstern.

Sie lächelte milde, in ihren Augen blitzten kleine Funken auf. »Selbstverständlich, mein Herr, ich bin ja schon fast zweihundert Jahre hier.« Ihre Stimme war hell und klang etwas hohl, als käme sie von weit her. Sie hatte diesen spezifischen italienischen Akzent, bei dem die Worte wie gesungen wirkten. Sie blickte sich um. »Dieser Saal ist größer, als ich dachte«, sagte sie mehr zu sich selbst. Sie schien ein wenig verängstigt. Das war nur zu gut verständlich.

»Waren Sie schon immer in diesem Saal?«

»Nein, in einem Museum werden die Bilder oft an einen anderen Platz gebracht, wenn man zum Beispiel Ausstellungen zu bestimmten Themen zusammenstellt.« Ihre Museumserfahrung war bei einem so langen Aufenthalt beileibe kein Wunder. Sie lächelte etwas verlegen: »Was machen wir nun?«

»Ja, was machen wir nun?«, wiederholte ich ihre Frage. »Vielleicht zeige ich Ihnen das Museum, oder besser noch, ich zeige Ihnen Frankfurt?«

»Das Museum habe ich schon gesehen, besonders die Menschen, die hierherkommen. Die haben sich im Lauf der Jahrhunderte sehr verändert. Früher waren sie ganz anders angezogen, sie hatten eine besondere Ausgehkleidung. Heute kleidet sich jeder wie er will. Die Menschen nehmen sich noch weniger Zeit als früher, ständig halten sie sich kleine Kästchen ans Ohr und reden sogar mit denen. Obwohl es nicht erlaubt ist, machen viele Besucher damit auch helle Lichter, wie kleine Blitze. So wie ich verstanden habe, wollen sie in den Kästchen Bilder festhalten. Darüber muss ich lachen. Wie will man das Gesehene festhalten? Das ist unmöglich!«

Ich wollte ihr nicht widersprechen, denn das alles zu erklären hätte jetzt nur Irritationen verursacht. »Was ist Ihnen noch aufgefallen in den Jahren, die Sie hier verbracht haben?«

»Die Liebe gibt es noch immer. Die Menschen küssen sich genauso wie vor dreihundert Jahren. Sie halten sich an den Händen, schauen sich verträumt in die Augen und sprechen von ewiger

Liebe. Manchmal gibt es auch Streitereien, manchmal werden die Stimmen etwas lauter. Das hat sich nicht geändert. Die Liebe ist wunderbar und unsterblich.«

Dazu wollte ich mich nicht äußern, denn mit diesem Thema wollte ich zurzeit nichts zu tun haben. Die junge Frau schien eine romantische Seele zu besitzen. Ich wollte möglichst schnell und ohne Aufsehen das Museum mit ihr verlassen, denn obwohl kein einziger Besucher sie aufgrund ihrer ungewöhnlichen Kleidung ansprach, erntete sie doch einige neugierige Blicke. Doch plötzlich musste sie nebenan an der Wand etwas Aufregendes entdeckt haben, denn sie zitterte auf einmal am ganzen Körper. »Da, da ist ein Bild von Francesco.« Sie zeigte mit der Hand auf das Gemälde des Italieners Parmigianino.

Allerdings hatte ich es jetzt eilig und wollte mich nicht länger hier aufhalten. Ich drängte sie zum Gehen und wir machten uns auf den Weg.

Das Werk beginnt

Nachdem Pietro sich müde und beschwipst in seinem Zimmer aufs Bett geworfen hatte, wurde er schnell vom Schlaf übermannt. Mitten in der Nacht wachte er auf, wusch sich im Licht einer Kerze und legte seine Kleidung ordentlich am Bettrand ab. Bevor er wieder einschlief, ließ er das Geschehene Revue passieren. Er hatte zwei bezaubernde junge Damen kennengelernt, von denen jede sein Herz erobern könnte. Eine von ihnen würde er malen dürfen. Er dachte über seine Begegnung mit dem Maler Francesco nach und über sein Gespräch mit Mandele Albero di Mele. Dieser außergewöhnliche Mann hatte ihm viele interessante Dinge über Bologna und über den Papst erzählt und einige Anekdoten über die bekannten Künstler dort. Er hatte erfahren, dass Raffael und Tizian bei der großen und reichen Familie Aldrovandi ein und aus gingen und dass der große Michelangelo einen Engel und zwei Heiligenfiguren für die Grabstätte des heiligen Dominikus in der Basilika San Domenico für sie erstellt hatte. Besonders hatte ihm die Anekdote gefallen, die über Raffael kursierte, der in einem Bohème-Gasthaus die schöne Julietta de Medici auf Papier festhielt, um ihr anmutiges Haupt in einem seiner großen Werke einzubauen. Nun posierte ihm das schöne Weib gänzlich hüllenlos, was die versammelten Gäste zu Vivatrufen für das Modell animierte. Auch der Künstler wurde für seine Idee gehuldigt.

Eine Weile hatte er sich auch mit dem Kardinal Petruzzi unterhalten, der sich als ein guter Freund des Hauses zu verstehen gab. Er hatte Pietros Wunsch, Bilder von Heiligen zu malen, gelobt und seine Besorgnis über den Aufruhr durch die Anhänger Martin Luthers, die sich gegen die Regeln der katholischen Religion auflehnten, zum Ausdruck gebracht. Er verurteilte diese Umstürzler, die meinten, Gottes Botschaft an die Menschheit besser verstehen und interpretieren zu können als die »verkrustete« katholische Kirche, und die die Kirche neu gestalten wollten. Die Reformationsbemühungen hätten die Kardinäle und den Papst sehr beunruhigt und müssten eine Reaktion der Kurie hervorbringen. »Was mehrere Jahrhunderte richtig war und die Christenheit weltweit zusammenhielt, kann sich nicht plötzlich als falsch erweisen. Da will ein rebellischer Geistlicher auf Kosten der Kirchengemeinschaft berühmt werden«, hatte der Kardinal beklagt.

Pietro freute sich darauf, den Maler Francesco, seinen gleichaltrigen Kunstkollegen, den er schon freundschaftlich ins Herz geschlossen hatte, wieder zu treffen. Aber am meisten freute er sich auf seine Arbeit, auf die Ausführung des von seinem Gastgeber in Auftrag gegebenen Porträts. Er freute sich auch auf sein Modell, die schöne, schüchterne Rosa Amalia. Je öfter er an diesem Abend zu ihr hingeblickt hatte, desto anmutiger war sie ihm erschienen. Er bewunderte ihre ausdrucksvollen Augen, ihr edles Antlitz und ihren langen Schwanenhals. Ihre Schwester Francesca gefiel ihm auch sehr, aber diese hatte, wie er mit Bedauern feststellen musste, ihr Herz an ihren Porträtisten verloren. Er musste zugeben, dass die zwei ein schönes Paar darstellten und er sich für die beiden freute.

Am Frühstücktisch traf Pietro nur den Architekten Nadi und Mandele an. Die beiden Schwestern schienen außer Haus zu sein und auch Francesco ließ sich nicht blicken. Nadi lud Pietro und auch den alten Weiberhelden zu einem Rundgang im Palazzo ein, um ihnen dessen außergewöhnliche Bauweise zu demonstrieren. Mandele lehnte dankend ab und meinte, er habe eine Einladung von einer Contessa und eine so bedeutende Dame dürfe man nicht warten lassen. Der Architekt lachte und zwinkerte Pietro zu. »Der alte Wolf wird mit den Jahren immer hungriger, wenn Ihr versteht, was ich meine.« Pietro verstand und lächelte diskret.

Während ihres Rundgangs erklärte Nadi die Architektur des in drei Ebenen unterteilten Palazzos. »Beachtet bitte das Mauerwerk.« Der kleine Mann zeigte auf das Gemäuer, als sie von außen das Bauwerk inspizierten. »Mein Vater, Gaspare Nadi, hat die Wände aus ungeglätteten, wenig bearbeiteten Steinen bauen lassen. Es ging ihm um die Stabilität, die er dadurch erreichte.« Nadi war nun ganz in seinem Element. »Ein Gesims markiert den Beginn des Obergeschosses. Die Fenster sind dort verziert, das Mauerwerk ist aus geglättetem Stein. In diesem Stockwerk befinden sich Wohn- und Repräsentationsräume, während die Schlafräume so wie auch Euer Gästezimmer im Stockwerk darüber liegen. Etwas weiter hinten sind die Räume für das Personal. Mein Vater konzipierte auch diesen Innenhof, in dem wir gerade stehen. Der Garten wurde von einem Freund meines Vaters, dem Architekten Luca Rivera, angelegt. Leider ist dieser Garten ein wenig stiefmütterlich behandelt worden, weil Signore Bentivoglio nicht viel Zeit und Geldmittel für dessen Pflege aufbringen will. Er hat andere Prioritäten und das müssen wir respektieren. Es gibt aber doch Hoffnung: Seine beiden Töchter lieben die einmalige Flora dieses Glanzstückes der Gartenarchitektur und versuchen ihren Vater mit Charme und Beharrlichkeit zu einem Kurswechsel umzustimmen. Die Familienkapelle, die sich im ersten Geschoss befindet, ist von Giorgio Lippone mit Fresken ausgemalt worden. Er war ein Meister der kirchlichen Malerei. Leider ist er kurz vor der Fertigstellung seiner Arbeiten verstorben. Lippones Fresken in der Kapelle zeigen die heilige Maria mit ihrem Mann und dem kleinen Jesuskind. Ein kleiner Teil war noch nicht bis zu Ende gemalt und so vollendete unser Francesco der Bitte des Signore Bentivoglio folgend das Werk von Giorgio Lippone. Der Signore war so zufrieden mit seiner Arbeit, dass er ihn bat, ein Bildnis von seiner Tochter Francesca anzufertigen.«

»Ich glaube, ich werde auch bald mit der Arbeit beginnen«, sagte Pietro.

»Ja, wir sind alle gespannt auf Euer Werk.« Im Weitergehen fuhr Nadi mit seinen Erläuterungen fort: »Ich muss Euch von einem Bild erzählen, das sich in der Kapelle befindet. Es ist ein Geschenk eines unbekannten Malers, der zwei Tage am Hof verbrachte und eine Madonna mit dem Antlitz der Signora malte. Es ist ein wunderschönes Bild, das ihre edlen Züge und ihre Anmut vortrefflich wiedergibt. Leider weiß keiner den Namen des Malers oder woher er kam. Er wollte nur Verpflegung und eine Schlafstelle, eine Bezahlung lehnte er ab. Der Maler erzählte damals von Florenz und dem Hof der Medici.«

Sie betraten das Gebäude und stiegen eine breite Treppe hinauf in den ersten Stock. Auf der rechten Seite des Flures befand sich eine Holztür, die direkt zur Kapelle führte. Dort waren die Wände mit meisterhaften Fresken geschmückt. Gegenüber dem Altar war das

Gemälde des unbekannten Künstlers angebracht. Die abgebildete Person schien fast zu atmen, so lebensecht hatte der Unbekannte die Schlossherrin gemalt. Pietro war begeistert von dem Bild und von der Kunst des Malers, die Madonna so authentisch erscheinen zu lassen, als ob sie gleich aufstehen und in dem Andachtsraum zu Gott beten würde. So will ich auch malen, dachte er. Ich will Rosa Amalia so exakt malen, so lebendig, dass sie auf dem Bild zum Leben erwacht. Sie soll in menschlichen Träumen wandern, über Jahrhunderte hinweg. Ich will sie unsterblich machen. Das betrachte ich als meinen Auftrag, die Erfüllung meiner Träume. Ich will ein Kunstwerk schaffen, denn ich glaube, ich habe mich in sie verliebt. Als er merkte, was er sich eben eingestanden hatte, spürte er Hitze in seinem Gesicht. Er brannte jedoch nicht nur innerlich, sondern auch die äußere Hitze in dem kleinen Raum wurde unerträglich und er bat den Architekten, die Kapelle verlassen zu dürfen.

»Die Luft ist in diesen Räumen oft stickig, die Luftzufuhr ist meistens ungenügend.« Der strenge Architekt war eben dabei, die Arbeit seines Vaters zu kritisieren. Er bemerkte seinen Lapsus und nahm sich vor, zu diesem Thema keinen Kommentar mehr abzugeben.

Als sie wieder draußen an der frischen Luft waren, fühlte sich Pietro sofort besser. »Ich habe auf den Fresken an einigen Stellen sehr schön komponierte Landschaften gesehen«, wandte er sich zu Nadi, der sich die Nase putzte.

»Das stimmt. Überhaupt scheint die Landschaftsmalerei eine neu aufkommende Kunstform zu sein.« Der Architekt schien großen Gefallen an der Rolle des Schlossführers zu haben und setzte seine Besichtigung fort. »Wie Ihr erkennen könnt, wählte mein Vater rechteckige oder auch quadratische Formen für die Türen und Fenster. In den oberen Stockwerken aber sind die Fenster mit Rundbögen ausgestattet. So hat er auch andere Bauwerke konzipiert. Wie findet Ihr das?«

Pietro wusste nicht, was er antworten sollte, er hatte sich keine Meinung zu diesem Thema gebildet und manche Details, die von Nadi mit Ehrfurcht vorgetragen wurden, interessierten ihn nicht sonderlich. Um den Mann nicht unnötig in Verlegenheit zu bringen, bestätigte er, dass Gasparo Nadi ein wirklich großer Architekt sei. Sie wanderten zu der Loggia, die sich im gegenüberliegenden Bau befand. Früher hatte sie der Familie Bentivoglio als Empfangs- und Repräsentationshalle gedient, in der auch Handelsgeschäfte getätigt und Familienfeiern abgehalten wurden. Eine Arkade mit zwei Bögen auf der Längsseite war in das Gebäude hineinkomponiert. Es sei wie ein römischer Theatereingang, schwärmte Nadi. Daran erkenne man die Klasse seines Vaters.

Inzwischen hatte Pietro genug gesehen und wäre gern in sein Zimmer zurückgekehrt, doch sein Begleiter bombardierte ihn mit immer neuen Informationen. Er beschrieb detailliert die Gesimse über den Türen, dozierte über Einfassungen und Gebälk und monologisierte mit unbestritten großen Fachkenntnissen über die Gemäuer des ehrwürdigen Palazzos. Mit trockenem Hals und etwas ermüdet gab er schließlich irgendwann auf und entließ den jungen Maler aus seiner Gesellschaft. Dieser, seines Führers entledigt, warf sich in seinem Zimmer auf das Bett und genoss die eingetretene Ruhe. Seine Gedanken kreisten um den Palazzo und die Familie Bentivoglio, insbesondere aber um die eine Tochter, die er unbewusst schon in sein Herz geschlossen hatte. Er überlegte, ob es möglich war, dass sie auch Gefühle für ihn hatte. Dieses liebreizende Mitglied einer edlen und immer noch einflussreichen Familie ließ seine Gedanken nicht mehr los. Er wollte sie so verewigen, dass ihre ganze Grazie und Anmut zum Ausdruck kamen. Er würde malen, was sein Herz seinen Augen flüsterte. Er überlegte, welche Farben er zu mischen hatte und wie das fertige Bildnis aussehen sollte. Hierüber wollte er zunächst mit seinem neuen Freund Francesco reden, der in solchen Dingen sicher viel erfahrener war und ihm wertvolle Informationen zukommen lassen konnte.

Das Mittagsmahl fand in sehr kleinem Kreis statt und bot Pietro die Gelegenheit, seinen neuen Malerfreund wiederzusehen. Nadi war nicht mehr dabei, er hatte sich auf den Weg nach Ferrara gemacht, wo er bei dem Marchese d'Este wegen eines möglichen Auftrags vorstellig werden wollte. Dieser war ein Sohn des berühmten Geschlechts der Signori von Ferrara. Die Erben der ehemaligen *Condottieri* waren bemüht, den Einfluss der humanistischen Kultur in ihrer Stadt voranzutreiben. Sie beschäftigten Maler und Bildhauer, ließen neue Fresken in Kapellen anbringen und alte Gemäuer ihrer

Palazzi erneuern, wenn das Geld es zuließ. Der Marchese von Ferrara schien über neue Geldmittel zu verfügen und hatte entschieden, im Schloss seiner Vorväter eine Generalrenovierung vorzunehmen. Der Sohn des früheren berühmten Architekten machte sich große Hoffnungen, den Auftrag zu bekommen. Fast alle mächtigen Familien in der Region, so auch die Carrara in Padua, die Polente in Ravenna, Malatesta in Rimini, Medici in Florenz oder Bentivoglio in Bologna förderten an ihren Höfen eine Kultur, die sich an den Werten der griechisch-römischen Antike orientierte, und räumten der Architektur, Malerei, Bildhauerei und der Dichtung einen bedeutenden Platz ein. Insbesondere unterstützte man junge talentierte Künstler, indem man ihnen Möglichkeiten für ihre weitere Entwicklung zur Verfügung stellte.

Während des Essens bot Francesco seinem flämischen Kollegen an, bei der Fertigstellung des Porträts von Francesca dabei zu sein. Daher begaben sie sich nach dem Essen in das hierfür bereitgestellte Zimmer. Francesco stellte seine Staffelei auf und legte mehrere Pinsel verschiedener Haarstärke bereit. In einen kleinen Behälter goss er etwas Wasser und begann dann, die Farben zu mischen. Dieser Vorgang wurde von Pietro schweigend beobachtet, um den Künstler nicht in seiner Konzentration zu stören. Kurz darauf betrat Francesca den Raum. Sie grüßte die beiden Herren und nahm graziös auf dem Sessel Platz, den Francesco für sie hingestellt hatte. Sie trug ein feines Kleid aus englischer Seide, in ihr Haar hatte sie kunstvoll eine Art Krone gesetzt. Sie sah wunderschön und sehr elegant aus. Francesco ließ sie so sitzen, wie er sie malen wollte, und gab ihr ein dickes Buch mit rotem Lederumschlag in die linke Hand. Diese Prozedur nahm einige Zeit in Anspruch, denn der junge Maler war ein exakter, penibler Mensch, der seine Arbeit mit höchster Konzentration und Akribie verrichtete. Jetzt schritt er zurück zu seinem Koffer und packte ein Stück Leinen aus. Auf diesem war das unvollendete Bildnis einer jungen Dame in einem karminroten Kleid und mit einer dezenten Krone im Haar zu sehen. Sie hatte unverkennbar das lebendige Antlitz von Francesca, deren Augen vor dem blauen Hintergrund des Zimmers regelrecht leuchteten. Auch Raffael oder Tizian hätten die junge Dame nicht besser abbilden können.

»Nur noch einige Pinselstriche, dann ist das Gemälde fertig«, meinte Francesco, nachdem er einen prüfenden Blick auf sein Werk geworfen hatte. Er lächelte zufrieden. »Ja, so soll die Madonna aussehen, genau so«, murmelte er vor sich hin.

»Welche Madonna?«, fragten Pietro und Francesca wie aus einem Mund.

»Ihr seid meine Madonna, Francesca«, lachte der junge Maler.

»Aber Francesco«, die junge Frau errötete, »ich bin doch keine Madonna. Dieser Vergleich ist weit hergeholt.«

»Ich bleibe bei meiner Ansicht. Euer Antlitz ist das einer Heiligen und Eure vollkommene Erscheinung verkündet uns die göttliche Schönheit.«

Francesca wiegelte verlegen ab. »Ihr schmeichelt mir unnötig. Ich bin ein Mensch, nicht mehr. In mir ein göttliches Wesen zu sehen ist reiner Unfug. Bitte, seht ab von solchen Vergleichen. Damit beleidigt Ihr die heilige Familie, unsere Kirche und alle gottesfürchtigen Gläubigen.«

»Ich bleibe dabei«, beharrte der Mann aus Parma verschmitzt. »Ihr seid für mich das richtige Modell für ein Madonnenbild. Ihr habt alles, was ein Maler von einer Vorlage hierfür erwartet.« Francesca beschloss, diesen Disput nicht weiterzuführen und schwieg. Währenddessen griff der junge Künstler zu seinem Koffer und holte mit geheimnisvollem Gesichtsausdruck eine Rolle daraus hervor. Er breitete sie auf dem Boden aus und alle beugten sich zu ihr hinunter.

Francesca flüsterte andachtsvoll: »Oh!«, Pietro entschlüpfte ebenfalls ein überraschter, anerkennender Ausruf und Francesco erklärte lapidar: »Hier habe ich eine Zeichnung.«

Tatsächlich, vor den Augen der Anwesenden lag eine Kreidezeichnung auf Papier, die eine Signora mit einem Kleinkind auf dem Arm zeigte. Auf der linken Seite der Zeichnung sah man einige Köpfe, die noch ohne Haare und ohne Augen ausgeführt waren. Die Füße der weiblichen Person waren ebenfalls noch nicht gezeichnet, dafür aber im Hintergrund auf der rechten Seite eine Säule. Ihre Gesichtszüge waren eindeutig die von Francesca, da bestand keinerlei Zweifel. Was Pietro aber irritierte, war eine gewisse Anomalie in der Proportion. »Meint Ihr nicht, verehrter Francesco, dass die gezeichnete Person einen etwas zu langen Hals hat?«

Francesca verließ ihre mit so viel Mühe und Geduld eingerichtete Position auf dem Sessel und beugte sich noch tiefer über die Zeichnung. »Ihr meint mich gut zu kennen, Francesco, besonders meine Körperform, aber auch ich finde, Ihr irrt Euch. So einen langen Hals habe ich bestimmt nicht.«

»Wer sagt denn, dass diese Zeichnung Euch gewidmet ist? Wenn ich sie fertig male, wird es ein Bildnis einer Madonna sein. Ich gebe zu, Eure Gesichtszüge übernommen zu haben, aber alles andere ist die freie Darstellung eines Kunstwerkes. Vielleicht ist der Hals wirklich ein wenig zu lang geraten, aber diese Zeichnung ist nur ein Versuch, eine Vision in ein Bild umzuwandeln. Bedenkt, dass Visionen und Träume die erlebte Gegenwart nur unzutreffend und verzerrt wiedergeben.«

Es dauerte eine kleine Ewigkeit, Francesca wieder in ihrer Pose zu positionieren. Dann konnte Francesco endlich zu Palette und Pinsel greifen und das fast fertige Bild vervollständigen. Das machte er sehr fachmännisch und mit sicherer Hand, die während der Arbeit nicht einmal zitterte. Mit einer bewundernswerten Leichtigkeit, mit Finesse und einigem Selbstbewusstsein schuf der Künstler ein Porträt der Meisterklasse.

»Ihr könntet es sogar mit Tizian aufnehmen«, sagte Pietro begeistert.

Der so Gelobte stand vor seiner Staffelei und lächelte fast verlegen. Es machte ihn stolz, dieses Lob aus dem Munde eines Kollegen zu hören. Er wusste, was er konnte, er kannte sein Talent. Er hatte in seiner noch jungen Karriere schon gutes Geld mit seiner Kunst verdient. Sogar der Papst bewunderte sein Können und er war sicher, dass auch der künftige Kaiser des Heiligen Römischen Reiches Deutschen Nation, Karl V., zu seinen Bewunderern zählen würde.

Pietro dagegen hatte bis jetzt noch wenig vorzuweisen. Der Auftrag, die Tochter des Schlossherrn auf einem Bildnis zu verewigen, könnte den Beginn einer größeren Karriere bedeuten. Der junge Niederländer erkannte die Chance, die sich ihm bot, und war entschlossen, diese Gelegenheit beim Schopf zu packen.

Nach Jahrhunderten wieder frei

Im Museum nahm ich meine seltsame neue Begleiterin bei der Hand und führte sie in Richtung Ausgang. Ihre Hand war kalt wie der Tod, aber nach anfänglichem Schreck und mit einem flauen Gefühl gewöhnte ich mich daran. So gelangten wir ohne viel Aufsehen in das Foyer. Zwischen dem kleinen Buchladen und den Informations- und Ticketverkaufsflächen wuselten viele Menschen umher, sodass das Aufsichtspersonal uns keines Blickes würdigte und wir unbehelligt ins Freie gelangten.

Für meine Begleiterin war es ein Schock, nach einer gefühlten Ewigkeit plötzlich dem Tageslicht ausgesetzt zu sein. Sie schloss geblendet die Augen und musste sich an mir festhalten, um nicht zu stürzen. Erst nach einiger Zeit öffnete sie vorsichtig wieder die Augen. Sie war benommen und ich befürchtete schon, sie würde das Wiedersehen mit der neuen Welt nicht schaffen und wir müssten das kleine Intermezzo beenden. Aber ich hatte nicht mit der Willensstärke eines Renaissance-Menschen gerechnet. Sie setzte sich auf eine Bank in der Nähe des Museumseingangs und ließ die Sonnenstrahlen auf sich wirken. »Die frische Luft hat mir ein wenig zu schaffen gemacht. Aber es ist schön, wieder den Tag und die Sonne zu sehen«, sagte sie in ihrem singenden Deutsch. »Ich bin so glücklich! Ich danke Euch, dass Ihr Euch so sehr für mein Bild interessiert habt. Das war die Formel für meine Freiheit. Der alte Mann hatte doch recht.«

Aus diesem Monolog verstand ich fast nichts, machte mir aber vorerst keine Gedanken. Ich fragte nicht weiter nach, sondern freute mich mit ihr über ihre »Wiedergeburt«, ihre persönliche »Renaissance«.

Plötzlich tauchten zwei Jungs auf und starrten meine Begleiterin neugierig an. »Schau mal«, sagte der kleinere, »die machen hier wohl Aufnahmen für einen Kostümfilm.«

»Schon möglich, aber ich sehe kein Kamerateam. Die warten bestimmt auf die Filmcrew«, zeigte der andere seine Fachkenntnisse in der Kinematografie. Plötzlich waren die Rufe einer Frau zu hören, die laut nach Lukas und Andreas verlangte. Das war das Signal an die zwei Filmfachmänner, sich von dieser Stelle zu entfernen.

Die Dame aus dem Bild hatte jetzt Zeit, sich in Ruhe zu erholen, sich an die frische Luft und das neue irdische Leben zu gewöhnen. »Was heißt Kamerateam und Filmcrew?«, fragte sie mich plötzlich.

»Nun, das sind sogenannte Anglizismen. Das sind Wörter, die aus dem Englischen in die deutsche Sprache übernommen wurden. Sie müssen wissen, dass Englisch heute eine Weltsprache ist und der moderne Mensch ohne englische Sprachkenntnisse nicht mehr weit kommt.«

»So wie in meiner Zeit die lateinische Sprache«, gab die Dame zu bedenken. »Die Engländer waren schon in meiner Epoche ein eroberungsfreudiges Volk, daran hat sich wohl nicht viel geändert?«

»Die Engländer haben im Verlauf der Jahrhunderte die halbe Welt erobert«, klärte ich sie auf.

»Auch Italien?«, fragte sie beunruhigt.

»Nein, Italien war nie von Engländern okkupiert. Dafür aber war dieses Imperium überall sonst auf der Welt präsent. Indien, China, halb Afrika, Australien und Ozeanien, Amerika, diese Länder und Kontinente gehörten alle zum britischen Empire.«

Wieder hakte meine Bekanntschaft nach: »Was bedeutet Empire?«

»Das heißt Imperium, in der Übersetzung Martin Luthers auch Weltreich.«

»Martin Luther, das war doch dieser Aufwiegler in Deutschland. Er hat unseren Päpsten viel Ärger bereitet. Gelang es ihm, die Kirche zu vernichten?«

»Nein, er wollte die katholische Kirche reformieren«, wandte ich ein. »Aber es kam zur Spaltung. Jetzt haben wir drei große christliche Kirchen: die katholische, die auch in Italien ausgeübt wird, die evangelische Kirche Martin Luthers, die in vielen Ländern Europas und der Welt Einzug hielt, und in Russland und Griechenland wird die orthodoxe Kirche praktiziert.«

»Also hat dieser Aufwiegler unsere heilige katholische Kirche doch zerstört«, rief sie empört aus.

Ich beruhigte sie und fragte endlich nach ihrem Namen, denn mir fiel jetzt auf, dass ich immer noch nicht wusste, wer sie war.

»Ich heiße Rosa Amalia«, erfuhr ich.
»Ein schöner Name. Aber wie ist Ihr Nachname?«
»Was ist ein Nachname?«
»Das ist der Name der Familie, so wie Da Vinci für Leonardo oder Dürer für Albrecht oder, noch besser, de Kempeneer für Pieter.«
»Wir haben ihn immer Pietro genannt«, sagte sie verträumt. »Mein Nachname, wie Ihr es nennt, ist Bentivoglio. Ich bin Rosa Amalia Bentivoglio.«
»Sehr angenehm! Ich heiße Peter, so wie der Maler.«
»Oh, das ist schön. Ich nenne Euch Pietro, darf ich Euch Pietro nennen?« Sie schaute sich um. »Es ist angenehm hier, so ruhig. Die Sonne scheint so schön warm und es sind kaum Wolken am Himmel. Mein Gott, Pietro, was ist dort oben, das ist doch kein Stern?«, rief sie plötzlich.
Ich schaute auf und erblickte einen silbernen Vogel, der fast geräuschlos hoch am Himmel seine Bahn zog. »Das ist ein Flugzeug«, erklärte ich. Als sie mich verständnislos ansah, fuhr ich fort: »Ein Flugzeug ist eine Maschine, die von den Menschen gebaut wurde, um fliegen zu können. Diese Maschine ist aus Metall und vielen anderen Komponenten. Ihr Herz ist ein Motor, der viel Kraft braucht, um von der Erde abheben zu können. Man kann damit in kurzer Zeit in weit entfernte Länder fliegen.«
»Ich verstehe das nicht. Wie kann eine Maschine fliegen, das können nur die Vögel!«
»Ich werde Ihnen das später genauer erklären, wenn Sie sich mit dem heutigen Leben angefreundet haben. Sie müssen bedenken, dass mehrere Jahrhunderte vergangen sind. Das ist eine sehr lange Zeit, in der die Menschen viele Entdeckungen und Erfindungen gemacht haben.«
»Die Menschen sind sehr schöpferisch. Sie können wunderbare Sachen erschaffen, aber auch schlimme Kriege führen. Ich erinnere mich an das furchtbare Gemetzel in Rom, wo viele wehrlose Menschen umgebracht wurden. Wie heißt eigentlich der jetzige Kaiser in Deutschland?«
»Es gibt hier schon lange keinen Kaiser mehr. Jetzt haben wir in Deutschland ein demokratisches System, so ähnlich wie im alten Griechenland. Es gibt zwar in manchen Ländern noch Königshäuser, aber diese haben keine politische Macht.«

»In Flandern auch?«

»Flandern gehört inzwischen zum Königreich Belgien und Brüssel ist die Hauptstadt dieses neuen Staates.« Ich erkannte, dass meine Begleiterin recht ratlos dreinblickte und schlug vor, den Städelschen Garten zu verlassen. Doch zuvor musste ich sie schnellstens über verschiedene Dinge aufklären. »Ich muss Sie warnen: Es gibt viele neue technische Errungenschaften, die Sie nicht kennen. Auf den Straßen sind zum Beispiel Maschinen unterwegs, die man Autos nennt. Es sind so eine Art Kutschen ohne Pferde, sie fahren aber viel schneller und sind deshalb gefährlicher. Deshalb muss man beim Überqueren der Straßen sehr vorsichtig sein.«

»So wie in Bologna. Wir mussten auch große Vorsicht walten lassen, sonst hätten uns die Droschken glatt überfahren.«

Ich nickte und fuhr fort: »Deshalb gibt es an den Kreuzungen Säulen mit farbigen Lichtern. Wenn das rote Licht leuchtet, müssen wir warten, denn dann dürfen diese Maschinen fahren. Bei grünem Licht dürfen wir die Straße betreten, während die Maschinen warten müssen.«

Ich wusste nicht, ob sie meine Erklärung begriffen hatte, aber sie lächelte und ich nahm dies als Zustimmung zum Aufbruch in die neue Zeit, die für uns beide anbrach.

Am anderen Ufer des Mains, in der Altstadt, führte meine gute Bekannte Lana eine Boutique mit Damenbekleidung. Ihr Geschäft war jetzt meine erste Anlaufadresse. Ich wollte meiner Prinzessin neue Kleider verpassen und Lana hatte bestimmt einen würdigen Ersatz für die Robe aus einer anderen Epoche.

Sie war zunächst ziemlich sprachlos, als wir bei ihr aufkreuzten. In knappen Sätzen erzählte ich Lana die ganze unglaubliche Geschichte und bat sie um ein moderneres Outfit. Nach einigen Minuten des Überlegens schaute sie sich dann ihre Bestände an und mit sicherem Griff stellte sie für Rosa Amalia eine neue Garderobe zusammen. Dabei blieb der grüne Farbton, der dieser so gut stand, erhalten und meine Begleiterin präsentierte sich plötzlich als eine elegant und mit Geschmack gekleidete junge Dame des 21. Jahrhunderts. Lana ließ sie auch Stöckelschuhe anprobieren, aber das arme Mädchen hätte sich damit fast den Fuß gebrochen. So bekam sie Schuhe mit niedrigen Absätzen, die sehr gut zu ihr passten. Ich wollte Lana Geld geben, aber diese wehrte ab und meinte, sie hätte sich schon lange nicht mehr so köstlich amüsiert.

Jetzt blieb noch der Gang zu einem Friseur. Roberto kannte ich schon sehr lange, er war ein bekannter Hairstylist und ein unverbesserlicher Charmeur. Er residierte im fünften Stock eines Geschäftshauses unweit von Lanas Boutique. Unter seinen kundigen Händen bekam Rosa Amalia eine neue, zeitgemäße Frisur. Da auch er Italiener war, konnten sich die beiden in ihrer Sprache unterhalten. Doch als wir uns verabschieden wollten, nahm er mich aufgeregt beiseite und fragte, woher ich diese eigenartige Frau kenne. Ihr Italienisch sei zu großen Teilen unverständlich und ihre Aussprache und ihre Redewendungen seien sehr altmodisch. Trotzdem habe sie behauptet, dass Italienisch ihre Muttersprache sei, was selbstverständlich nicht sein könne. Sie verwende Anachronismen und spreche ihn mit »Ihr« an, was höchst ungewöhnlich sei. Ich beruhigte ihn mit der Andeutung, sie sei wahrscheinlich in einem kleinen Dorf in Südtirol aufgewachsen, wo man noch die Sprache der Vorfahren pflege. Vermutlich nahm er mir dieses Märchen nicht ab, aber er insistierte auch nicht.

Rosa Amalia hatte die modernen Frauen im Friseursalon genau betrachtet und stellte, nachdem wir wieder auf der Straße standen, fest, dass diese viel mehr Schminke und Cremes benutzen würden als zu ihrer Zeit. Manche sähen aus wie die Wanderschauspieler, die manchmal den Hof ihrer Familie aufsuchten. Da ich zu diesem Thema keine Meinung hatte, schwieg ich zu ihren Ausführungen. Sie gewöhnte sich schnell an die moderne Stadt, an die Straßen und den Verkehr und es machte ihr sichtlich Spaß, die Lichter der Ampeln zu beobachten. Sie passte auf, ob auch alle Autos immer brav vor der roten Ampel anhielten, und war sehr zufrieden mit dem Ergebnis. Ich erklärte ihr, dass es anderenfalls zu schlimmen Unfällen kommen könnte und dass ein Vergehen eines Verkehrsteilnehmers mit Strafpunkten belegt wurde. »Wer zu viele Punkte angesammelt hat, dem wird die Fahrerlaubnis entzogen und er darf kein Auto mehr führen.«

Von dieser Idee war meine Museumsbekanntschaft sehr angetan und sie bedauerte, dass es diese Möglichkeit im alten Italien nicht gegeben hatte, um die Droschkenkutscher zu disziplinieren. Sie gab sich als eine große Pferdeliebhaberin und sattelfeste Reiterin zu erkennen. Die Zuständigkeit für die Kutschen und die Pferde sei ein sehr verantwortungsvolles Amt am Hofe, das bei ihnen von Mandele Albero di Mele ausgeübt worden sei, einem guten Freund ihres Vaters. »Mit seinen Erzählungen über die große weite Welt hat Mandele mir und meiner Schwester viel beigebracht, denn er hat die schillerndsten Menschen unserer Zeit kennenlernen dürfen. Er traf sich mit dem Papst in Rom und war vertraut mit den Visconti und den Medici. Er soll sogar die Schwester des Signore de Medici verführt haben. Als die deutsche und spanische Soldatenmeute gen Rom zog und nicht mehr auf die Befehle ihrer Offiziere hörte, floh Mandele als einer der Letzten aus der brennenden Stadt. Einmal besuchte ihn Sebastiano dell Piombo in unserem Palazzo, ein begnadeter Künstler, den Vater bat, mich zu porträtieren. Die Zeit reichte aber nicht aus, da Sebastiano zurück nach Rom musste. Mandele war weltgewandt und wir profitierten sehr von seiner reichen Erfahrung.«

Ich schlug vor, einen Erkundungsspaziergang zu unternehmen. Ich wollte sie mit dem modernen Stadtwesen bekanntmachen und ihr die Straßen und Plätze der Stadt zeigen. Wir gingen also in Richtung Innenstadt, in die City. Erst jetzt wurde mir bewusst, mit welch schönem Geschöpf ich unterwegs war. Ihr blaugrünes Kostüm machte aus der jungen Frau ein exquisites Wesen, eine vornehme Aristokratin, die mit einer sichtbar Distanz schaffenden Haltung durch die Straßen der Mainmetropole schritt. Viele männliche Passanten drehten sich nach meiner Begleiterin um, ganz in Bann gezogen von ihrer Noblesse. Diese machte bei fast jedem Schaufenster Halt und schaute mit Begeisterung auf die ausgestellten Waren. Mit besonderem Interesse betrachtete sie die Kollektionen der Damenboutiquen. Eine Frau blieb eben immer modebewusst, egal in welcher Epoche sie lebte. Plötzlich packte sie mich am Arm und schrie erschrocken auf. »Was ist das für ein Monster?«, entfuhr es ihr.

Beruhigend drückte ich ihre Hand. »Das ist eine Straßenbahn, sie befördert Menschen. In der Stadt ist das eine sehr praktische Einrichtung. Sie wird mit Strom angetrieben mithilfe von Stromleitungen oberhalb der Maschine.«

»Was ist dieser merkwürdige Strom *für ein Ding?*«, wollte sie wissen.

Diese Frage erforderte eine längere Erklärung: »Strom wird in einem sogenannten Kraftwerk erzeugt. Es ist eine Art von Energie, mit der man zum Beispiel große Fahrzeuge bewegen kann und ohne die der moderne Mensch nicht mehr existieren könnte. Auch brauchen wir Strom für das Licht. Die Lampen, die man bei Ihnen im Museum immer einschaltet, wenn es draußen dunkel wird, damit die Besucher die ausgestellten Gemälde besser betrachten können, funktionieren nur mit Strom. Früher machte man Feuer, um in der Dunkelheit zu sehen, jetzt gibt es das moderne Feuer, das aus der Steckdose kommt.«

Rosa Amalia schwieg dazu, sie war abgelenkt, denn sie betrachtete jetzt die in einem Juwelierschaufenster ausgelegten Schmuckstücke. »Das kostet aber viel Geld, allein diese Kette zwanzigtausend Dukaten, wenn ich das richtig sehe«, staunte sie.

»Unsere Währung heißt jetzt Euro, und sie gilt in fast ganz Europa, auch in Italien.«

»Als ich in England war, hatten sie so komische Pfund als Geldmittel«, verkündete sie.

»Sie waren in England?« Ich war überrascht über diese Mitteilung.

»Ja, einige Zeit. Man hat mich an die Engländer verkauft. Nach den Eroberungen des kleinen Franzosen, der gar kein richtiger Franzose war, war plötzlich alles anders. Alles ging den Bach runter. Die Franzosen hatten mich aus Rom mitgenommen und dann an einen englischen Händler übergeben, der mich bei sich zu Hause aufhängte.«

Ich wollte fragen, wie sie nach Rom gekommen war, aber sie hatte ihre Aufmerksamkeit auf einen Mann gerichtet, der an einer Straßenecke eine Pantomime-Vorführung gab und dafür Beifall von seinem Publikum erhielt. »Zu meiner Zeit gab es auch solche Gaukler. Zur Krönung in Bologna kamen sie aus allen Städten des Landes und führten ihre Künste vor.«

»Das war bestimmt ein herrliches Spektakel«, sagte ich.

»Oh ja, es war ein Schauspiel für die Augen und für das Herz, es herrschte eine prächtige Stimmung, des großen Ereignisses würdig. Wie krönt Ihr Eure Träger der Macht?«

»Wir Bürger dieses Staates wählen unsere Vertreter in einer geheimen Wahl. Die gewählten Vertreter bilden dann das Parlament, das in der Hauptstadt Berlin mit der Regierung beauftragt wird. Die Partei, die die Stimmenmehrheit erringt, kann die Richtlinien bestimmen. Die Wahl findet alle fünf Jahre statt. Diese Form des Regierens nennen wir Demokratie, weil das Volk dabei mitbestimmen kann.«

»Bei uns haben die reichen und mächtigen Familien das Land regiert. Sie stellten die Minister, manchmal den König, den Kaiser oder sogar den Papst. Die Familien Medici, Visconti, Borgia, Sforza oder Doria zum Beispiel waren so mächtig, das die Könige stets Rücksicht auf ihre Wünsche nehmen mussten.«

»Ja, es ist bekannt, dass diese Familien die italienischen Stadtstaaten wie ihren Privatbesitz regierten und dass die ihnen unterstellten Signori wie Regionalkönige auftraten. Es waren meist frühere Söldner, die in kriegerischen Auseinandersetzungen ausgeholfen hatten und dafür mit Arealen belohnt wurden, auf denen sie ihre Schlösser bauten und fast völlige Autonomie genossen. Auch Ihre Familie, die Familie Bentivoglio, war eine typische Signore-Familie, die zu Macht und Reichtum gekommen war und sogar Bologna beherrschte.«

»Woher habt Ihr diese Informationen? Jedes Wort ist richtig!«

»Es gibt eine sogenannte historische Wissenschaft, die sich mit den geschichtlichen Ereignissen befasst. Diese Wissenschaftler stützen sich bei ihren Forschungen auf alte Quellen, das sind zum Beispiel Bücher, kirchliche Dokumente, Archivmaterial aus Ämtern, Universitäten und Museen. Schon immer gab es Gelehrte, die das Geschehen in ihrer Zeit aufschrieben. Ich nenne hier nur Tacitus, Josephus Flavius oder Strabo. Auch die Werke von Schriftstellern wie etwa Petrarca oder Dante Alighieri erzählen viel über die jeweiligen Zeiten, in denen sie lebten. Giorgio Vasari beispielsweise war ein ausgezeichneter Beobachter und Geschichtsschreiber. Seine Kunstgeschichte der italienischen Renaissance ist das erste kunstgeschichtliche Buch überhaupt. Aus diesem Buch können wir, die modernen Menschen des 21. Jahrhunderts, viel über die alten Maler und das Leben in der damaligen Epoche erfahren.«

»Ach, Giorgio! Das war ein feiner Mann, ein guter Mensch und Kamerad«, seufzte die italienische Lady.

Ich konnte es nicht glauben. »Sie haben ihn persönlich gekannt?«, fragte ich ehrfürchtig.

»Aber selbstverständlich. Wir waren doch alle bei der Krönung in Bologna dabei. Giorgio war bekannt mit Francesco und vielen anderen Männern seiner Zunft. Er hat ebenfalls gemalt und er hatte gute Beziehungen zu den Kirchenfürsten und zur Aristokratie, an die er oft Bilder seiner Malerkollegen vermittelte.«

Wir gingen weiter in Richtung der Zeil, eine der umsatzstärksten Geschäftsstraßen Deutschlands. Irritiert fragte Rosa Amalia, ob heute ein Fest stattfinde, denn es waren sehr viele Menschen unterwegs. So erklärte ich meiner Begleiterin den Zweck der hier angesiedelten Kaufhäuser. Die Entscheidung, ein solches zu besuchen, bedauerte ich allerdings schon nach wenigen Minuten, denn die Aristokratin aus dem 16. Jahrhundert nahm genauso wie die Damen der Gegenwart fast jeden Artikel in die Hand, um ihn zu begutachten und schließlich wieder zurückzulegen. »Das ist ja eine riesige Auswahl an Waren«, meinte sie ganz überwältigt. »Wer braucht denn so viele Sachen?«

»Der Käufer soll aus einem großen Angebot wählen können, das ist eine Folge des kapitalistischen Systems. In unserem Land haben wir die soziale Marktwirtschaft, das ist eine Form des Kapitalismus mit einem eingebauten sozialen Netz, das die Menschen vor einem Absturz in große Armut schützen soll. Leider bekommt dieses Netz in der letzten Zeit immer mehr Löcher, die der Staat nicht mehr zu stopfen vermag.«

Ich sah, dass die Dame an meiner Seite nichts von meinen Ausführungen verstand, deshalb schwieg ich und schob sie sanft weiter. So gelangten wir in die Abteilung mit den Dessous. Sie nahm halb entzückt und halb verstört einen Büstenhalter in die Hand und begutachtete ihn von allen Seiten. Manche der Kundinnen schauten etwas entgeistert auf dieses Schauspiel, aber ich hatte mich allmählich an Rosa Amalias Benehmen gewöhnt und nahm das Ganze eher sportlich. »Ist das für die Brüste?« Sie hielt mir das Wäschestück vor die Nase.

»Ja, die Frauen benutzen dieses Kleidungsstück, um ihren Brüsten Halt zu geben.«

»Wir haben damals Korsetts getragen. Meine Mutter trug noch ganz schwere Mieder, die mit Rohr versteift waren. Es dauerte eine Ewigkeit, sie an- und auszuziehen, das ging nicht ohne Hilfe.«

Bevor sie auf die Idee kam, das gute Stück anprobieren zu wollen, dirigierte ich sie aus der Abteilung hinaus. Als sie die Rolltreppe entdeckte, machte sie große Augen und traute sich nicht, diese zu betreten. Erst als ich ihr zeigte, wie man sie gefahrlos betreten konnte, wagte sie den ersten Schritt. Schon bald hatte sie ihre helle Freude an dieser technischen Errungenschaft und in kindlicher Verzückung fuhr sie gefühlte fünfzig Mal hinauf und hinunter. Überhaupt trat sie der modernen Technik und den Segnungen der Gegenwart mit unbefangener Neugier entgegen. Mit großem Interesse betrachtete sie die innovativen Produkte in der Abteilung mit den Elektrogeräten. Ich musste ihr ausgiebig die Funktionen der verschiedenen Erfindungen erläutern. Bei manchem Gerät konnte ich nur das Nötigste erklären, bei anderen musste ich mich sogar meiner Fantasie bedienen und irgendeinen Verwendungszweck erfinden. Die Funktionalitäten von Waschmaschine, Trockner, Bügeleisen, Kühlschrank, Toaster und Elektroherd verstand sie sehr schnell und bravourös lieferte sie gleich selbst die Erklärung, dass deren Erfindung nur durch die Entdeckung des Stroms möglich war, der ihre »Herzen«, also ihre Motoren, bewegte. Ich konnte kaum glauben, wie gut diese Prinzessin aus dem 16. Jahrhundert die komplexen Zusammenhänge durchschaute und wie folgerichtig ihre Gedankengänge waren.

Mobile Telefone und Kameras kannte sie schon durch ihren Aufenthalt im Museum, aber bei den bewegten Bildern des Fernsehens war ihre Auffassungsgabe überfordert. Meine Fantasie und mein physikalisches Wissen waren diesem Thema allerdings auch nicht gewachsen. Mit meinen Erklärungsversuchen war meine Begleiterin gar nicht zufrieden, und so war es gut, dass ein netter Fernsehverkäufer mit technischen Kenntnissen sich ihrer annahm und ihr die komplizierte Materie zu erklären versuchte. Dabei vergaß er die Welt und insbesondere seine Kundschaft völlig, was ihm den Unmut des kaufwilligen Publikums einbrachte. Aufgeklärt und vom Charme des Verkäufers begeistert, reichte ihm Rosa Amalia die Hand zum Abschiedskuss, was den jungen Mann in Verlegenheit brachte, denn er wusste mit dieser Situation nicht umzugehen. Ergeben nahm er schließlich ihre Hand und drückte seinen Mund auf ihren Handrücken. Sie dankte ihm mit einem hinreißenden Augenaufschlag, was den Ärmsten erneut aus der Fassung brachte.

Nach dieser Verabschiedung unter Beibehaltung der antiken Umgangsformen wanderten wir weiter durch die Regale und widmeten uns solchen Selbstverständlichkeiten wie Computern, Lautsprechern, Druckern und anderen Errungenschaften der modernen Zeit, die unser tägliches Leben erleichtern sollen. Erschlagen von all den Früchten des technischen Fortschritts setzte sich die uralte junge Dame irgendwann auf einen Stuhl und erholte sich tief durchatmend von den vielen neuen Eindrücken.

Das Porträt entsteht

Der Raum, in dem Pietro das Porträt der Prinzessin Rosa Amalia malen sollte, befand sich im zweiten Obergeschoss des Palazzos der Bentivoglio. Früher war er als Gesellschaftszimmer genutzt worden, wo man sich gerne aufhielt und über Gott und die Welt diskutierte. Jetzt trafen sich die Familie und ihre Gäste lieber im Salon, wo es angeblich viel gemütlicher war. Die Ausstattung war schlicht, nur zwei Landschaftsgemälde eines nicht identifizierten Künstlers zierten die Wände. Das eine Bild zeigte eine Anhöhe mit vielen Bäumen, während das andere eine Schlossruine inmitten einer grünen Landschaft darstellte. Als Pietro diese Gemälde genauer betrachtete, kam ihm eine Idee, die er zunächst als Unsinn abtat. Doch je länger er die beiden Panoramabilder anschaute, desto konkreter erwuchs diese Idee zu einer greifbaren Vorstellung. Er wusste plötzlich, wie er das Porträt gestalten wollte, er spürte seine Fähigkeit, ein Kunstwerk schaffen zu können. Natürlich orientierte er sich bei seinem Unterfangen auch an den Erfahrungen seines neuen Freundes Francesco, der auf dem Gebiet der Porträtmalerei eine anerkannte Größe zu sein schien. Bei einem Gespräch am Mittagstisch hatte er Alberti zitiert, der gesagt haben sollte, dass die Malerei die göttliche Kraft besitze, das Abwesende anwesend sein zu lassen. Und tatsächlich: Sein Bildnis von Francesca zeugte nicht nur von der großartigen künstlerischen Begabung des Malers, sondern auch von der Fähigkeit, das Unsichtbare im Bild wiederzugeben.

Diese Maltechnik von Francesco und einigen seiner italienischen Kollegen unterschied sich klar von der Akribie eines Malers wie Dürer, dessen Werke nach einem exakt vorgezeichneten Plan entstanden. Für Zufälle und Unzulänglichkeiten war hier kein Platz. Dürer malte seine Werke mit Verstand, seine Seele ließ er außen vor. Als ein begeisteter Verfechter der Mathematik beherrschte er die Lehre von den Proportionen wie kein anderer. Mandele Albero di Mele hatte während ihres Gesprächs bei Tisch die Kupferstiche

Dürers gelobt und diese als fortschrittlich, bahnbrechend und zukunftsgerichtet gewürdigt. Ohne herausragende Kenntnisse der Mathematik und insbesondere der Geometrie könne man kein perfektes Bild malen, hatte er behauptet. Die offensichtliche Abkehr von den harmonischen und ausgewogenen Kompositionen der vergangenen Jahre empfand er als Provokation und als eine Kampfansage an die alte Kunst. Die neue Art der Malerei wende sich auch an die eingeweihten Kenner, welche die allegorischen und mysteriösen Darstellungen verstehen und anerkennen könnten, hatte Francesco gekontert.

Pietro beneidete Francescos Mut zur Radikalität und sein furchtloses Umsetzen seiner Ideale. Hatte er selbst Ideale, hatte er Vorbilder? Sicherlich war Raffael ein großes Vorbild, war Michelangelo ein uneinholbares Ideal, war Tizian einer, dem er gern über die Schulter schauen würde. Es gab aber auch Francesco, den wunderbaren, hoch talentierten Maler, der mit den in der Malerei bisher gültigen Konventionen brach, der sich zu neuen Wegen in der Kunst berufen fühlte. Zugleich konnte man in ihm einen Nachfolger Raffaels sehen. Pietro war klar, dass er selbst noch weit davon entfernt war, seine künstlerischen Fähigkeiten auszuschöpfen, und hier die einmalige Chance besaß, von dem noch nicht voll anerkannten Genie Francescos zu lernen.

Für das bestellte Porträt brauchte er einen Plan, in welcher Haltung und mit welcher Aussage er Rosa Amalia verewigen wollte. Er hatte schon eine ungefähre Vorstellung, die er aber noch genauer entwickeln musste.

Zunächst gestaltete er das zugewiesene Zimmer in ein Atelier um, indem er alle nötigen Utensilien zusammensuchte und hierher brachte. Auf Anraten von Francesco hatte er sich für Pappelholz als Bildunterlage entschieden. Es handelte sich hier um eine Gattung von sommergrünen Laubbäumen, die in Oberitalien häufig vorkam. Die Holzhändler und auch die Maler kannten die Vorzüge des Materials, denn dieses Holz war sehr weich, sein Widerstand gegen Abnutzung dagegen hoch. So legte Pietro drei Pappelbretter neben der Staffelei zurecht, außerdem Kohle, mit der er zuerst eine Zeichnung anfertigen wollte. Der niederländische Künstler hatte zudem die Idee einer Holzintarsie, eine Technik, die er bei anderen italienischen Künstlerarbeiten beobachtet hatte. Eigentlich war ihm diese Dekorationstechnik schon bekannt gewesen, aber der Fantasie und dem Einfallsreichtum der italienischen Kollegen waren hierbei keine Grenzen gesetzt. In Ferrara hatte er die Gelegenheit gehabt, einem Intarsienkünstler bei seiner Arbeit zuzusehen. Dabei wurden auf einer planen Fläche verschiedene Hölzer so in- und aneinander gelegt, dass durch ihre unterschiedlichen Farben und Strukturen ein Muster gebildet wurde. Das Wichtigste an dieser Technik war die Tatsache, dass trotz der eingelegten Holzstückchen wieder eine ebene Oberfläche entstand. Begeistert von dieser Methode beschloss Pietro, diese Technik in seinem Bild einzusetzen und vor der Bemalung eine Holzintarsie einzulassen.

Beflügelt von seinen Ideen, die er für originell und fortschrittlich hielt, wartete Pietro schließlich ungeduldig auf das Erscheinen seines Modells. Doch als Rosa Amalia endlich an der Türschwelle erschien und in einem eleganten blaugrünen Tudor-Kleid vor ihm stand, war er so überwältigt von ihrer Schönheit und Grazie, dass er sein Vorhaben völlig vergaß. Ein junges Mädchen brachte ein Tischchen herbei, während Mandele Albero di Mele einen schweren Lehnstuhl anschleppte, denn Pietro hatte vor, sein Modell auf einem Lehnstuhl zu platzieren. Auch seine Idee, ein niederländisches Zeichen zu setzen und ein Bild im Bild zu malen, hatte inzwischen Form angenommen. Er stellte sich dabei eine Landschaft aus seiner flämischen Heimat vor, eine Erinnerung an das, was er vielleicht nie wiedersehen würde. Diese zu malen wäre ein gutes Mittel gegen das Heimweh, das ihn manchmal überkam. Aber Flandern war weit und hier wartete zunächst eine andere Aufgabe auf ihn.

Rosa Amalia schaute sich mit vornehmer Haltung um und fragte dann den Künstler, ob er sie im Stehen malen wolle. Leider verstand dieser die Frage zunächst falsch und antwortete, dass er selbstverständlich stehend malen werde. Erst als der flinke und im Ausräumen von Missverständnissen bewanderte Mandele den feinen Unterschied in dieser Frage erläuterte, entschuldigte sich der Maler bei ihr und bat sie, im Lehnstuhl Platz zu nehmen. Mit einem kühlen Kopfnicken setzte sich die Prinzessin und wartete auf das weitere Geschehen. Schon beim Betreten des Ateliers war

Pietro der besondere Stil ihres Kleides aufgefallen. Darauf angesprochen, fühlte sich Rosa Amalia plötzlich in ihrem Element. Ohne weitere Fragen abzuwarten, erzählte sie dem sprachlosen Maler, dass es von der Schneiderin Signora Marcchetti und ihren Helferinnen in sieben Wochen angefertigt wurde. »Mein Kleid ist aus Seidentaft gemacht. Wie Ihr bestimmt bemerkt habt, erzeugt die geometrische Anordnung der Besatzbänder sowohl Strenge als auch Eleganz. Das Kleid ist wirklich ein Prachtstück.« Rosa Amalia erhob sich wieder von ihrem Sitz und drehte sich langsam, um den beiden Männern auch die aufwendig gefertigte Schnürung am Rücken zu zeigen. Der Rock war in viele kleine Falten gelegt und erhielt durch eine Hüftrolle, die auch den Bauch leicht betonte, seine runde Form. Pietro fiel auf, dass der Dekolleté-Bogen des versteiften Mieders zur Mitte hin leicht erhöht war, ein typisches Merkmal der Tudor-Kleider. Überhaupt waren alle verarbeiteten Stoffe prächtig und kostbar.

Als Rosa Amalia Anstalten machte, sich wieder zu setzen, reichte ihr Mandele galant und hilfsbereit die Hand, was der Niederländer mit einem nervösen Zucken registrierte. Diese Reaktion des Malers nahm die Dame mit Genugtuung zur Kenntnis, auch wenn man dies nur an ihren Augen ablesen konnte, die von einem Funken Wärme erhellt wurden. Pietro lernte nämlich gerade ein ganz neues Gefühl kennen, das Gefühl der Eifersucht. Pieter de Kempeneer war eifersüchtig auf den alten Mandele, und sein Modell spürte das ganz intuitiv, so wie jede Frau so etwas spürte, ganz gleich in welcher Epoche sie lebte. Der alte Fuchs Mandele hatte die plötzliche Spannung natürlich ebenfalls wahrgenommen und er freute sich diebisch, denn seine Vermutung wurde zur Gewissheit: Pietro verliebte sich in Rosa Amalia.

Nicht nur das Kleid war der Grund für Pietros Faszination. Die ganze Aufmachung, die würdige Erscheinung seiner Angebeteten zeugte von einer distanzierten Vornehmheit. Das war nicht mehr das ungezwungene Mädchen, sondern eine Respektsperson, eine stolze Aristokratin. Die Arroganz der Macht spiegelte sich im Antlitz der jungen Adeligen wider und erschrocken spürte der Maler plötzlich eine gewisse Rat- und Mutlosigkeit. Er wollte doch nach Bologna, in das ehemalige Machtzentrum der Bentivoglios. Er konnte sich nur schwer vorstellen, dass die junge Dame zu dieser mächtigen Familie gehörte, deren Herrschaft der Papst gewaltsam beendet hatte. Zwar waren die Mitglieder der Familie Bentivoglio wieder als Gäste in Bologna willkommen, aber inzwischen wurde die Stadt von päpstlichen Legaten regiert. Pietro wusste nicht viel über die Geschichte Italiens, er hatte auch keinen Kopf für Politik, er wollte nur malen. Und nun saß ihm eine Repräsentantin dieser einflussreichen Aristokratie gegenüber und beobachtete ihn mit ihren schönen Augen.

Währenddessen bemühte sich Rosa Amalia, ihre aufkommende Nervosität nicht zu zeigen. Sie hatte noch nie alleine Modell gesessen und die intensive Musterung durch den Maler verunsicherte sie. Um ihre Gefühle und das Glühen in ihrem Inneren zu verbergen, trug sie eine kühle Distanz zur Schau. Pietro sollte auf keinen Fall sehen, was sie in diesem Augenblick fühlte, woran sie dachte. Bei ihm dagegen war das alles anders. Sein Gesichtsausdruck und sein Benehmen waren deutliche Beweise für sein Interesse an ihrer Person. Das Verstecken von Gefühlen gehörte nicht zu den Stärken des jungen Mannes, obwohl er es ernsthaft versuchte. Beherzt nahm er nun ein Stück Kohle in die Hand und begann mit seiner Skizzierung.

Der alte Haudegen Mandele beobachtete diesen Widerstreit der Gefühle mit großem Vergnügen. Mit Wehmut erinnerte er sich an die Zeit, als auch er in solche Spielchen verwickelt gewesen war. In diesem rührseligen Moment dachte der in vielen Kämpfen und Lebenskrisen erprobte Tausendsassa an die Zeit in Rom, wo er einige vielversprechende Maler kennengelernt hatte. Dort hatte er den umtriebigen Giorgio Vasari getroffen, der einige seiner Arbeiten an den Mann bringen wollte, den jungen Francesco Parmigianino und den talentierten Sebastiano dell Piombo, der im gleichen Gasthaus wohnte. In einem Gebäude in der Nähe der päpstlichen Residenz trafen sich alle die großen und die nicht ganz so bekannten Künstler zum Gedankenaustausch und zum Fachsimpeln. Hier konnte man bei Wein und gutem Essen Arbeiten von Kollegen betrachten, Kommentare abgeben und sich über alle möglichen Themen austauschen. Mandele Albero di Mele war zwar kein Künstler, obwohl auch er den Pinsel schwingen konnte und manchmal einer Laune folgend etwas auf eine Leinwand malte, die er dann sofort ganz tief in einer Kommode versteckte, aber er schätzte und genoss das Stelldichein mit den Kunstschaffenden, er lernte viel aus ihren Gesprächen und war an der Malerei und der Bildhauerkunst sehr interessiert. Er erzählte von den phänomenalen Fähigkeiten Dürers, denn die Maltechniken des Nürnbergers waren für manche italienische Maler ein Wunder an Perfektion und sie waren bestrebt, dessen Geheimnis zu ergründen. Mandele fühlte sich pudelwohl in diesem Rom, das er so liebte. Hier hatte er auch die Malerin und Bildhauerin Lydia kennen und lieben gelernt, die ihre eigene Werkstatt führte. Sie war verwitwet, denn ihr Gatte, der Bildhauer Marco Pelliccia, war von Straßenräubern ausgeraubt und so schwer misshandelt worden, dass er noch auf dem Platz starb. Er hinterließ die schöne Lydia und zwei kleine Kinder, den Jungen Eduardo und das Mädchen Leocadia.

Aber dann zogen dunkle Wolken auf am Himmel über der Ewigen Stadt. Die Politik überschattete das heitere Künstlerleben. Ein Söldnerherr der Habsburgerdynastie, die unter Karl V. in Italien Krieg gegen Frankreich und den Papst führte, rebellierte wegen des nicht bezahlten Soldes. Die Söldner und Landsknechte aus Spanien und Deutschland meuterten und zogen plündernd und wilde Gefechte führend durch das Land. Charles de Bourbon und Georg von Frundsberg, die beiden Führer des Habsburger Heers, versuchten vergeblich, das zornige Gesindel am Weitermarschieren zu hindern. Als de Bourbon die Aussichtslosigkeit seiner Interventionen erkannte, lenkte er die wild gewordene Meute nach Rom, wo er vom Papst den Sold für seine außer Kontrolle geratene Truppe erzwingen wollte. Der Weg nach Rom war markiert von unzähligen Toten, geplünderten Städten und Dörfern und verbrannter Erde. Dabei stieg die Gier nach mehr, nach den versteckten Schätzen, die angeblich dort zu holen waren. Als die Verhandlungen mit dem Papst scheiterten, befahl der in eine ausweglose Sackgasse geratene de Bourbon den Sturm auf die nur schwach verteidigte Stadt. Was dann geschah, sollte unter dem Namen *Sacco di Roma* bald traurige Berühmtheit erlangen.

Auch Mandele erlebte an diesem Morgen des 7. Mai 1527 ein Inferno des Grauens. Wer nicht geflüchtet war oder sich anderweitig retten konnte, bezahlte diese Unfähigkeit mit dem Leben. Die Straßen waren bedeckt mit Trümmern, mit Toten und Sterbenden. Mandele sah brennende Häuser und Kirchen, widerhallend von

Geschrei, trunkene Söldner, die mit ihrer Beute herumliefen und sogar versuchten, den eigenen Kumpanen das Geraubte abermals zu entwenden. Die jeglicher Ordnung beraubte Meute verlor angesichts des Blutgeruchs alle Hemmungen und zeigte das wahre Gesicht der Bestie Mensch. Frauen, Kinder und auch Greise wurden mit einer nur dem Menschen angeborenen Lust am Töten hingemetzelt. Viele Menschen flüchteten in die Paläste der kaiserlich Gesinnten in der Hoffnung, dort von den Schergen verschont zu werden, war doch der Kaiser eigentlich der oberste Befehlshaber der Aufrührer. Doch diese machten in ihrem Blutrausch keine Unterschiede und metzelten alles nieder, was ihnen in die Hände kam. Sie plünderten und brandschatzten bei der Aristokratie und den Wohlhabenden genauso wie bei den einfachen Handwerkern, und keiner hatte dieser Gewaltbereitschaft etwas entgegenzusetzen.

Mandele hatte Donna Lydia und ihre Kinder in einem Versteck unterhalb einer alten Kirche am Tiber zurückgelassen. Er selbst wollte noch seinem alten Freund Mario Bentivoglio helfen, der bettlägerig war, und ihn vor den rebellischen Horden verstecken. Doch dieser verkraftete den Umzug in die Katakomben seines Hauses nicht und starb noch während des Transports. Bevor er wieder auf die Straße trat, schaute Mandele sich vorsichtig um, ob noch irgendwelche Marodeure unterwegs waren. Wie eine Maus lief er die Häuserreihen entlang, um ja nicht aufzufallen. In der Luft lag der Geruch von Rauch und verbranntem Fleisch. Der Qualm beeinträchtigte sein Sehvermögen, er hatte Orientierungsschwierigkeiten. In einer dunklen Ecke nagten zwei Ratten an einer Leiche, wildes Hundegebell mischte sich mit den verzweifelten Schreien einer Frau, die immer wieder die Namen ihrer Kinder rief.

Schließlich erreichte er die alte Kirche. Dort hatte jemand an die mit feinen Fresken bemalte Wand uriniert, Bänke waren umgeworfen, ein Sarkophag zerschmettert. Mandele fand nach einigen Schwierigkeiten den Eingang zu der Treppe, die nach unten führte. Mit einem Kandelaber aus dem Gotteshaus, der noch ein wenig Licht spendete, stieg er die Stufen hinunter. Plötzlich stolperte er über ein Hindernis und fiel auf den Boden, den Leuchter immer noch in der Hand. Da sah er direkt vor seinen Augen das blutverschmierte Gesicht eines Mannes, der gegen seine Mörder nicht den

Hauch einer Chance gehabt und mit Entsetzen seinem Tod in die Augen geblickt hatte.

Mandele stand auf und suchte weiter. Er fand Lydia in einer Ecke des Kellers auf dem Rücken liegend. Ihr Kleid war zerrissen und voller Blut, die Beine lagen unnatürlich ausgebreitet. Ihre schönen Augen waren weit geöffnet, sie lachten ihn nicht mehr an. Aber nicht Schrecken, sondern Verwunderung war auf die Totenmaske geschrieben. Eduardos toter Körper lag in einem dunklen Winkel, seine Schwester war nicht aufzufinden.

Mit wehrloser Wut im Bauch nahm Mandele das Kind in die Arme und trug es hinaus auf die Straße. Die vereinzelt herumstreunenden Marodeure versuchten nicht, den Mann mit dem von tiefem Schmerz verzerrten Gesicht anzuhalten und gingen ihm aus dem Weg. Mandele begrub das Kind auf dem Kirchenfriedhof. Kein Geistlicher war zugegen, nur der graue Himmel über Rom war Zeuge und spülte mit seinen Regentränen den Geruch des Todes von der Stadt. Auch den Leichnam seiner Geliebten holte Mandele Albero di Mele aus dem Keller der Kirche und begrub ihn neben dem Sohn. Da lagen sie, Mutter und Sohn vereint unter dem weinenden Himmel. Das klare Wasser des Tiber war rot angelaufen vom Blut der unzähligen Toten, der Regen wollte nicht aufhören, als wollte er alle Spuren der Schande beseitigen. Die Tochter, Leocadia, war verschwunden, und Mandele hoffte inständig, dass sie den Mördern entkommen war, aber sein Verstand wusste es besser.

Wie Mandele nach Bologna kam, wusste er später nicht mehr. Im Palazzo Bentivoglio erfuhr er dann von Francesco, wie dieser den Barbaren von Gnaden des künftigen Kaisers entkommen war. Alle Augenzeugen des Gemetzels litten noch lange unter einem schlimmen Schock, viele von ihnen wurden nachts von Alpträumen heimgesucht. Auch Mandele und Francesco waren von dem erlebten Grauen und Chaos gezeichnet und hatten doch noch Glück im Unglück. Viele ihrer Freunde hatten in den Gassen Roms ihr Leben gelassen. Francesco verdankte es nur einer günstigen Fügung des Schicksals, dass er die Stadt am Tiber lebend verlassen konnte. Während der allgemeinen Plünderung war er, ganz Künstler, so auf das Malen konzentriert gewesen, dass er sich nicht um die in sein Haus eindringenden Soldaten gekümmert hatte. Dass er sie im Rausch der Arbeit vollkommen ignorierte, war für die Eindringlinge unfassbar und einige von ihnen besannen sich plötzlich auf ihren Edelmut. Sie ließen ihn nicht nur am Leben, sondern gaben ihm auch die Möglichkeit, Rom schleunigst zu verlassen. Zuvor musste er aber eine große Zahl von Zeichnungen anfertigen als eine Art Kopfgeld für die Barbaren.

Der Maler Sebastiano dell Piombo wiederum hatte dank der Hilfe seines Gönners, des Medici-Papstes Clemens VII., vier Wochen lang in der Engelsburg ausgeharrt. Fast alle seine wichtigen Werke waren jedoch von den Vandalen vernichtet oder schwer beschädigt worden. Bedingt durch diese Vorkommnisse schien der hoch talentierte Maler seine Malkunst verloren zu haben, er litt unter Depressionen und Nervenzusammenbrüchen.

Mandele schaute auf die beiden jungen Leute und bedauerte sehr, nicht mehr zwanzig zu sein. Er beschloss, sich zurückzuziehen und die Jugend mit ihrer Jugend alleine zu lassen, bevor ihn die Erinnerungen noch einmal übermannen konnten. Es kam Pietro sehr zupass, dass Mandele sich verabschiedete, denn er wollte sich auf seine Aufgabe konzentrieren und mit seinem Modell alleine sein. Mandele hatte ihm zu einem sehr persönlichen Bild geraten, eines, für das »Amor die Farben mischen« sollte. Und auch er wollte ja unbedingt Rosa Amalias Schönheit und Grazie auf dem Bild festhalten.

Zuerst zeichnete er sie mit der Kohle. Ihr Antlitz trat bereits in einigen kecken Strichen hervor, in ihren halb verträumt, halb unterkühlt blickenden Augen blitzte das Leben. So reserviert, wie sie sich gab, war sie vermutlich nicht, dachte Pietro und nahm sich vor, in dem Porträt zugleich die Familiengeschichte abzubilden. Die Geschichte einer unruhigen Zeit, aber auch einer aufregenden Epoche. Er war sich bewusst, dass er gerade eine bewegte, eine spannende und ereignisreiche Ära miterlebte. Es machte ihn stolz, dass er so viele wichtige Menschen kennenlernen durfte und er hoffte, noch vielen anderen großen Frauen und Männern dieser Epoche zu begegnen, eine Hoffnung, die sicher nicht unbegründet war.

»Und wie wollt Ihr Euer Bild nennen?« Die plötzliche Frage riss den Maler aus seinen Gedanken. Rosa Amalia hatte sich direkt an ihn gewandt, ihre Augen glänzten in den durch das halb geöffnete Fenster eindringenden goldenen Strahlen der Sonne.

Pietro schaute sie verträumt an und sagte mechanisch: »Das Bildnis Rosa Amalias.«

Nach kurzem Schweigen widersprach sie skeptisch: »Ach nein, das ist zu einfach, viel zu anspruchslos. Da fällt Euch doch sicher noch etwas Besseres ein.«

»Vielleicht *Venus von Bologna* oder einfach *Die Madonna*? In meiner Fantasie sehe ich die Liebesgöttin vor mir, die den Olymp heruntersteigt und dem Maler Modell steht, eine wunderschöne, unnahbare Erscheinung.«

»Das ist keine Fantasie, lieber Pietro, das sind Gedanken eines Verwirrten. Eure Komplimente beschämen mich, denn ich bin ein durch und durch irdisches Wesen.«

Pietro antwortete nicht, er konzentrierte sich ganz auf seine Aufgabe. Je mehr Details er malte, desto mehr wuchs seine Leidenschaft. Rosa Amalia dagegen saß wieder schweigsam und fast bewegungslos auf ihrem Lehnstuhl. Der Maler vor seiner Staffelei griff nun nach Pinsel und Palette. Das Bild würde ihm gelingen, es war jetzt schon wunderbar. Er würde seinen Seelenzustand, seine Anbetung, aber auch einen gewissen Fatalismus in dieses Bild hineinmalen. Ob es ihm gelingen würde, sie durch dieses Bild zu erobern? Ob sie wusste, dass sie sein Herz bereits erobert hatte? Ihrer Anziehungskraft war er hilflos ausgeliefert, ihrem Zauber konnte er nicht entgehen – aber sie seinem auch nicht. Das wusste er nur noch nicht.

Die Welt ist voller Überraschungen

Etwas erholt von den vielen überwältigen Eindrücken, von der Vielfalt an Dingen, die im Kaufhaus angeboten wurden, von dem Trubel der Menschen im Einkaufsstress, wanderten wir durch eine Abteilung, die, wie ich befürchtete, auch auf ein »antikes« weibliches Geschöpf unwiderstehlich wirken würde. Und tatsächlich erhellten sich die Augen meiner Begleiterin angesichts des Glanzes in den Uhren- und Schmuckauslagen und ich hörte einen seligen Seufzer. »Ist das schön!«, rief sie entzückt und vergaß fast ihre aristokratische Würde. »Wie das glänzt!« Wie ein Kind unter dem Weihnachtsbaum schaute sie mit glänzenden Augen auf die ausgestellten Preziosen. Sie deutete auf eine Vitrine mit Armbanduhren. »Solchen Armschmuck tragen viele Besucher im Museum. Er dient wohl der Zeitmessung, denn sie blicken immer wieder darauf und lesen die Uhrzeit ab.«

»Wenn Sie so eine Uhr haben wollen, dann können Sie sich hier eine aussuchen«, ließ ich meine sehnsüchtig diese Kostbarkeiten begutachtende Begleiterin wissen.

»Das ist bestimmt sehr teuer. Schenkt Ihr sie Eurer Freundin, wenn ich wieder ins Museum zurückkehre? Denn dort kann ich sie nicht behalten.«

»Welche Freundin?« Ich wusste nicht, was sie meinte.

»Nun, die Dame, mit der Ihr gekommen seid und Euch mein Porträt angeschaut habt. Ich habe die Blicke gesehen, mit denen Ihr sie angesehen habt.«

»Da irrt Ihr Euch gewaltig! Ich hatte diese Frau erst kurz zuvor im Museumscafé kennengelernt.« Ich merkte mit Erschrecken, dass ich mich vor ihr rechtfertigte und noch dazu ihre antiquierte Anrede übernahm.

Die Verkäuferin, eine schwarzhaarige Dame mittleren Alters, zeigte meiner Begleiterin unzählige Zeitmesser in allen erdenklichen Varianten. Schließlich entschied sich Rosa Amalia nach langem Überlegen und wiederholtem Anprobieren für ein goldenes

Modell. Da ich nicht genügend Bargeld bei mir hatte, bezahlte ich mit meinem guten Namen, also mit meiner Kreditkarte. Dieser Bezahlvorgang irritierte Rosa Amalia, sodass sie mich noch im Kaufhaus, schon mit der Uhr auf ihrem adligen Arm, darüber befragte.

»Diese Karte aus Plastik ist ein Geldersatz und heißt Kreditkarte. Was ein Kredit ist, wissen Sie sicher? Wenn man bei der Bank ein Konto führt und dort genügend Geld hat, kann man mit dieser Karte bezahlen. Das ist ein Ersatz für Bargeld, denn das Geschäft bekommt den Betrag von der Bank auf sein eigenes Konto gutgeschrieben.«

»Das ist also sozusagen ein Plastikkredit, den die Bank ihren Kunden gewährt? Auch in meiner Zeit gab es schon Kredite, Wechsel und Wertpapiere. Wechsel waren das Papiergeld der Kaufleute, sie nutzten diese auf Märkten und Messen statt Bargeld. So wie ich mich erinnern kann, bedurfte es nur einer Unterschrift.«

»Sie kennen sich sehr gut aus in solchen Dingen«, sagte ich voller Anerkennung.

»Ich hatte eine sehr gescheite Gouvernante. Sie brachte mir Mathematik, Italienisch, Latein, Geschichte und Handarbeiten bei und auch Musik. Ich musste am Klavier viele Etüden spielen, die Haushaltsführung lernen und auch gutes Benehmen.«

Inzwischen hatten wir das Kaufhaus verlassen und spazierten die Zeil entlang. An einer Ecke spielten vier peruanische oder bolivianische Indios Volksweisen ihrer Heimat auf ihren spezifischen Instrumenten. Rosa Amalia blieb stehen und fragte erstaunt, was das für Leute wären, worauf ich ihr erklärte, es seien Indios aus Südamerika, die hier spielten, um etwas Geld zu verdienen. Zu meiner Verwunderung wusste meine Begleiterin, dass Indios aus Südamerika stammen. Christoph Kolumbus habe schließlich schon vor ihrer Geburt den neuen Kontinent entdeckt. Auch der Seefahrer Magellan sei dort aufgekreuzt, nachdem er von Karl V. den Auftrag bekommen hatte, die Gewürzinseln ausfindig zu machen. Sie kenne diese Geschichte ganz gut, denn das sei zu ihrer Zeit geschehen. Dem Kaiser sei sie sogar bei seiner Krönung in Bologna begegnet.

Ich wusste nicht, was ich von der ganzen Sache halten sollte. Hier stand ich auf einer belebten Straße mitten in Frankfurt mit einer Dame, die ungefähr fünfhundert Jahre alt war, die den letzten Kaiser des Römischen Reiches Deutscher Nation persönlich kannte und in deren Jugend Koryphäen wie Michelangelo und Raffael oder auch Magellan noch lebende Zeitgenossen waren. Sie wusste von den Reformen Martin Luthers und kannte den Papst Clemens VII., der dem Familienclan der Medici angehörte. Aber sie wusste nichts von Napoleon Bonaparte, von Admiral Nelson oder dem Sonnenkönig, von Shakespeare und Goethe, von Verdun, Hitler und dem Holocaust, nichts von der Raumfahrt und der Atombombe. Sie konnte sich glücklich schätzen, dass ihr die brutalen Weltkriege und das dadurch verursachte Leid von Millionen Menschen fremd waren.

Inzwischen war ich ziemlich hungrig geworden und so bot ich Rosa Amalia an, sie in ein Restaurant einzuladen. Sie war nicht abgeneigt und meinte, sie habe schon in einigen Gasthäusern, wo sie übernachtete, gespeist, in Ferrara, in Rom und in Bologna.

»Ich kann den Besuch eines deutschen, eines italienischen, spanischen, indischen, thailändischen, chinesischen oder auch japanischen Lokals anbieten.«

Sie war über die große Auswahl sehr erstaunt. »Bei Euch gibt es aber eine unheimliche Vielfalt! Und diese Köche sind aus aller Welt nach Frankfurt gekommen?«

»Das gehört heutzutage zu jeder Weltstadt. Sogar kleine Städte verfügen über viele internationale Küchen. So lernt man die Speisen und Getränke kennen, die in anderen Ländern zubereitet werden. Und so lernt man auch andere Sitten, die im Ausland herrschen.«

Sie lächelte und zeigte mir ihre schneeweißen Zähne. »Ich würde gerne in jeden der von Euch genannten Gasthöfe gehen.«

Ich musste lachen. »Dann wären wir aber einige Wochen mit Essen beschäftigt.«

Ihr Lächeln erstarb. »Oh, das geht nicht. So lange kann ich nicht bleiben. Ich muss nach spätestens 120 Stunden wieder in mein Bildnis zurückkehren. Würde ich es nicht tun, könnte ich es nie wieder so wie heute verlassen. Ich will aber in einigen Jahrhunderten erneut Frankfurt besuchen. Dann sieht die Stadt bestimmt wieder ganz anders aus.«

»Dann bin ich aber nicht mehr da. Dann muss Sie jemand anderer entzaubern, um Sie aus dem Bild zu befreien«, sagte ich bedrückt.

»Ja, das weiß ich. Eigentlich schade! Ihr seid so nett zu mir. Es wird nicht leicht sein, mich von Euch zu verabschieden.«

»Können Sie ungewohntes internationales Essen überhaupt vertragen?«, fragte ich, um das Thema zu wechseln und das Gespräch in erfreulichere Bahnen zu lenken.

Sie wusste es nicht, deshalb schlug ich ihr vor, ein Experiment zu machen. In der Filiale eines allgegenwärtigen Fastfood-Konzerns reihten wir uns in die Schlange und ich erklärte ihr die Eigenheiten dieser Art des Essens. Sollte sie die Pommes aus dieser Küche ohne Weiteres vertragen, könne sie unbedenklich alle Speisen dieser Welt zu sich nehmen. Sie wäre gegen das schlechteste Essen immun. Mit ängstlichem Interesse beobachtete ich, wie sie manierlich und mit Anmut ein frittiertes Kartoffelstäbchen in ihre langen Finger nahm und bedächtig zum Mund führte. Als das Produkt seinen Weg in den Magen gefunden hatte, schaute sie mich ganz entspannt an und meinte, das habe sehr angenehm geschmeckt. Und ohne meine Reaktion abzuwarten, vertilgte sie auf der Stelle die ganze Portion. Ich schaute sie besorgt an, sie aber strahlte über das ganze Gesicht. »Das war gut! Davon würde ich gerne mehr kosten.«

Verschreckt durch ihre Reaktion erklärte ich ihr, dass das eben Konsumierte ein ungesundes Essen sei.

»Aber warum bevorzugen dann so viele insbesondere junge Menschen diese Nahrung? Ihnen schmeckt das bestimmt so gut wie mir, sonst würden sie nicht dafür sogar Schlange stehen«, philosophierte Rosa Amalia.

Statt einer Antwort nahm ich sie bei der Hand und führte sie weiter, bis wir vor der Alten Oper standen. Ihr gefiel das wieder aufgebaute Opernhaus sehr, während die Silhouetten der Wolkenkratzer, die meistens Banken beherbergten, eher gemischte Gefühle bei ihr erzeugten. Sie war fasziniert von deren Konstruktion und Höhe, aber sie monierte die Bestimmung dieser Bauwerke und meinte, sie wirkten protzig und wie Fremdkörper in ihrer Umgebung.

Ich stimmte ihr zu: »Hier geht es auch um die Selbstdarstellung der Geldinstitute. Je höher ich baue, desto vermögender bin ich und desto mehr Macht besitze ich, das ist das Motto.«

»Genauso wie bei uns in Oberitalien. Jeder Signore wollte den größten, den schönsten Palazzo bauen. Warum? Um Macht zu zeigen, um zu demonstrieren, wie reich er ist. Reichtum bedeutete bei uns gleichzeitig Macht und Einfluss in der Politik, im Stadtleben oder im Kulturleben. Große Familien hatten viel Geld und große Macht und jede hatte ihr Territorium. Dort gehörte alles ihnen, auch die dort arbeitenden und lebenden Menschen unterstanden ihrer Autorität. Wie ich sehe, hat sich die Menschheit in dieser Angelegenheit nicht groß verändert, diese Verhaltensweise ist so menschlich, dass sie auch in den nächsten Jahrhunderten bestehen wird.«

»Das kann ich nicht beurteilen«, lächelte ich milde.

»Aber ich. Wenn ich in fünfhundert Jahren nochmals von einem so netten Menschen wie Euch aus meinem Bild befreit werden sollte, dann werde ich sehen, was aus der Menschheit geworden ist. Aber ich kann Euch jetzt schon sagen, dass nur die Technik sich weiterentwickelt haben wird, der Mensch mit seinen Eigenschaften bestimmt nicht.«

»Düstere Aussichten für die Menschheit«, sagte ich mehr wehmütig als ironisch.

Wir verließen den Opernplatz und landeten in einer Seitengasse, wo wir ein nettes chinesisches Lokal fanden. Rosa Amalia war beeindruckt von der asiatischen Atmosphäre und der chinesischen Bedienung und ließ sich von mir die fremden Speisen auf der Karte erklären. Die Vorspeise verzehrte sie noch mit Vorsicht und Distanz, aber die süß-saure Ente, die wir als Hauptgericht bestellt hatten, verspeiste sie mit deutlichem Vergnügen. Dazu gab es Mineralwasser, was sie nicht weiter verwunderte, denn schon damals habe es Naturheilquellen gegeben, nur sei das Wasser bitter gewesen. Sie genoss das fernöstliche Flair und lobte die Liebenswürdigkeit und die freundliche Zuvorkommenheit der Bedienung. »Wir wussten nicht viel über die fernen Ländern Asiens, aber dank der Entdeckungen unserer europäischen Seefahrer erfuhren wir nach und nach immer neue Einzelheiten über die fremden Völker dieser Weltregion. Ich habe hier zum ersten Mal ein asiatisches Gericht gegessen und ich bin fast begeistert.«

Bei dem Wörtchen »fast« musste ich schmunzeln, denn da zeigte sich ihre aristokratische Vornehmheit, ihre anerzogene Distanz und Reserviertheit. Als die Städel-Bewohnerin schließlich genug asiatisches Ambiente genossen hatte, konnten wir satt und zufrieden das Lokal verlassen. Wir wanderten die Kaiserstraße entlang und ich zeigte ihr die ganze Vielfalt der Vielvölkerstadt Frankfurt am Main. Auf dem Weg zum Hauptbahnhof kamen wir vorbei an türkischen Geschäften, griechischen Tavernen, indisch-pakistanischen Lebensmittelläden, russischen und arabischen Shops, chinesischen Billigmärkten, mexikanischen Bars, deutschen und amerikanischen Nachtclubs. Rosa Amalia war von der Reichhaltigkeit des Angebotenen, der Farbenpracht und der Menschenvielfalt höchst beeindruckt. Sie kannte die Levante nur von den Berichten einiger Reisender, die sich auch im Palazzo Bentivoglio eingefunden hatten, um von ihren Begegnungen mit einer Märchenwelt zu erzählen. Jetzt konnte sie einen Bruchteil dieser Märchenwelt persönlich in Augenschein nehmen und das Gesehene dem Gehörten gegenüberstellen.

Als wir in eine Seitengasse einbogen, angezogen von der blinkenden Reklame eines Nachtclubs, die sie genauer in Augenschein nehmen wollte, ahnte ich, was kommen würde. Erschrocken und empört deutete sie auf einen Glaskasten am Eingang des Clubs, der mit Fotos aus dem Programm bestückt war. »Diese Frauen sind ja alle nackt. Das ist schamlos und skandalös!« Sie rang vor Entrüstung und Scham nach Worten, ihr sonst eher blasses Antlitz färbte sich rot, ihr Blick war peinlich berührt zu Boden gerichtet.

Ich sah mich gezwungen, ihr auch diesen Aspekt der modernen Welt zu erläutern. »Jeder Mensch darf sein Leben frei gestalten, solange er sich nicht strafbar macht oder gegen die Rechte anderer verstößt. Prostitution ist nicht strafbar, genauso wenig wie das hüllenlose Auftreten in einer Nachtbar.«

Rosa Amalia konnte es nicht glauben. »Und was sagt die Kirche dazu?«, wollte sie wissen.

»Die Kirche hat nicht viel zu sagen, sie ist nur eine Institution, die im Leben der meisten Bürger keinen besonderen Einfluss mehr hat. Ihre Mitgliederzahlen sind schon seit vielen Jahren rückläufig. Die Kirche ist vom Staat und von der Politik getrennt, ihr Wirken beschränkt sich auf die sozialen Lebensbereiche.«

»Glauben die Menschen nicht mehr an Gott? Glauben sie nicht

mehr an die Auferstehung Jesu Christi? Mein Gott, das ist unvorstellbar! Früher hatte die Kirche eine enorme Macht, Kirche machte Politik, ohne sie lief nichts.«

»Durch die Erkenntnisse der Wissenschaften und die fortschreitende Aufklärung der Menschen über die Zusammenhänge in der Welt hinterfragten diese die Rolle der Kirche in ihrem Leben und manche kamen zu der Überzeugung, man könne gut auch ohne sie leben. Manche Philosophen, wie Karl Marx, wollten den Menschen glaubhaft machen, dass es Gott nicht gebe und seine Existenz unmöglich sei. Von ihm soll der Spruch stammen: *Religion ist das Opium des Volkes.* Forscher wie der Engländer Charles Darwin haben bewiesen, dass die Menschen nicht von Gott erschaffen wurden, sondern von den Affen abstammen. Auch die Kirche selbst hat durch ihre Selbstgerechtigkeit und ihre Arroganz zu der Distanzierung der Menschen von dieser Organisation beigetragen.«

»Aber früher war die Kirche auch nicht viel anders. Den Posten des Papstes konnte man durch Protektion und viel Geld kaufen, die Kirche verwaltete große Reichtümer an Geld und Arealen. Außerdem war sie einer der größten Arbeitgeber und der erste Ansprechpartner für das Volk, das an die Kirche glaubte und ihr viele Ungereimtheiten großzügig verzieh.«

Inzwischen hatte Rosa Amalia den Blick wieder erhoben und ihre Augen fanden verstohlenes Interesse an den Fotografien von den nackten Darstellerinnen. Noch mehr Aufmerksamkeit zeigte sie eine Straße weiter, als wir zwei nur knapp bekleidete Frauen erblickten, die vor dem Eingang zu einem Haus der Freude standen. »Sind das …?« Sie konnte den Namen des Berufes nicht aussprechen.

»Ja, das sind diese Damen, die dem ältesten Beruf der Welt nachgehen.«

Erst als wir das Ende der Kaiserstraße erreicht hatten, konnte sich meine Begleiterin von den Vorgängen an diesem Ort erholen. Einen weiteren Schock erlitt sie jedoch gleich an der nächsten Ecke. Dort lungerten junge und ziemlich abgerissen wirkende Menschen wie unabsichtlich herum. Manchmal trat jemand an einen von ihnen heran und dann verschwanden sie gemeinsam in der Weite des Bahnhofsvorplatzes. Irritiert beobachtete meine

Begleiterin dieses Verhalten und wollte den Grund dafür wissen.

»Das sind Drogenabhängige, bei uns auch Junkies genannt, sie warten auf Stoff«, lautete meine allzu kurze Auskunft.

Prompt hakte sie nach: »Ich habe leider nichts verstanden. Wozu brauchen sie den Stoff? Sind das Schneider?«

»Mit Stoff meine ich Drogen. Das sind Rauschmittel, die süchtig machen. Diese Menschen sind von den Drogen abhängig, ohne sie können sie nicht mehr leben. Die Drogen sind sehr teuer, deshalb geht ihr ganzes Hab und Gut dafür drauf und sie finanzieren ihre Sucht mit Diebstählen, Gaunereien und Prostitution. Obwohl die Drogen auf der ganzen Welt verboten sind, ist der Handel damit ein großes Geschäft, die Gewinne sind märchenhaft. Das Leid der abhängigen Menschen interessiert die kriminellen Händler nicht. Sie investieren die Gewinne in Immobilien oder in Aktiengesellschaften, das heißt sie erwerben Wertpapiere dieser Firmen. Und so wird aus ihrem schmutzigen Geld das sogenannte gewaschene Geld.«

»Warum verhaftet man diese Banditen denn nicht, damit das aufhört?«, fragte sie empört.

»So einfach ist das nicht. Die Rauschgifthändler sind bestens organisiert, sie verfügen über Verbindungen zur Politik und Wirtschaft in den Staaten, in denen sie tätig sind. Sie bezahlen die armen Bauern für den Anbau der Rauschgiftpflanzen, was für diese oft die einzige Einkommensquelle ist. Die größten Drogenkartelle findet man in Südamerika, aber auch in den Vereinigten Staaten und in Asien sind die Drogensyndikate sehr stark vertreten.«

Wir erreichten den Bahnhofsvorplatz mit dem Taxistand und dem großen Busbahnhof. Erschrocken zögerte Rosa Amalia angesichts der riesigen Fahrzeuge. »Die Busse transportieren Menschen und fahren in alle möglichen Städte«, klärte ich meine Gefährtin auf. »Von hier kann man nach Belgrad, Zagreb, Sofia oder bis nach Istanbul fahren.«

»Diese Namen sagen mir nichts.«

»Auf dem Balkan gibt es viele neue Staaten wie Bulgarien, Rumänien, Serbien, Kroatien oder auch Mazedonien. Dazu gesellen sich Griechenland und die Türkei. Dieses Land entstand nach dem Zerfall des Osmanischen Reiches. Die Busse fahren auch nach Berlin und zu anderen deutschen Städten.«

Rosa Amalia war von der Größe und dem Aussehen dieser »Maschinenkutschen« sehr beeindruckt und äußerte den Wunsch, einmal so ein Ungeheuer besteigen zu dürfen. Ich versprach, mit ihr eine Busfahrt zu unternehmen, wenn die Zeit es erlaubte.

Das Bahnhofsgebäude bestach schon von außen mit seiner einmaligen Architektur und Rosa Amalias Begeisterung steigerte sich noch, als sie die Glaskuppel des Bahnhofs von innen betrachtete. Sie sah wirklich imposant aus. Auch die Bahnhofshalle mit ihrer Ansammlung von Gleisen und Bahnsteigen, Pavillons und Rolltreppen zu den S- und U-Bahnen war ein eindrucksvolles Wunderwerk der Technik. Aber insbesondere erschienen die Züge ihr märchenhaft: Wie Schlangen waren sie lang, sie krochen auf den Schienen und sahen sehr gefährlich aus. Dass diese Ungeheuer auch unter der Erde fahren sollten, konnte sie nicht verstehen und sie grübelte die ganze Zeit, wie das möglich war. Damit sie solch eine unterirdische Fahrt selbst erleben konnte, stieg ich mit ihr kurz entschlossen in die nächste Bahn. Ängstlich hielt sie mich wie ein kleines Mädchen an der Hand und schaute etwas bedrückt in die gelangweilten Gesichter der Mitreisenden. Nach einer Haltestelle stiegen wir wieder aus und fuhren mit der anderen Bahn zurück. Erst als wir wieder in der Halle des Hauptbahnhofs standen, wurde mir bewusst, dass wir schwarzgefahren waren. Hätte man mich erwischt, hätte ich eine Strafe bezahlt und die Angelegenheit wäre erledigt gewesen. Anders sah der Sachverhalt bei Signorina Bentivoglio aus. Sie hatte ja keine Papiere bei sich und war eigentlich gar kein realer Mensch. Wie hätte ich das den Kontrolleuren erklären sollen? Man würde die Polizei einschalten, diese würde im schlimmsten Fall die italienischen Behörden einschalten und von ihnen erfahren, dass eine Rosa Amalia Bentivoglio, Spross einer Adelsfamilie in Bologna, vor fünfhundert Jahren verstorben war. Die deutschen Ermittlungsbehörden würden dann die Dame vernehmen, sie erkennungsdienstlich behandeln und mich ermahnen, keine absurden Märchen zu erzählen. Da die Wahrheit für die Ermittelnden nicht zu erkennen wäre, würde man uns vermutlich in eine psychiatrische Anstalt einweisen. Aber wir hatten Glück gehabt und ich erwähnte die Angelegenheit mit keinem Wort.

Dagegen erklärte ich meiner italienischen Begleiterin, dass wir am nächsten Tag mit dem »Zugungeheuer« zum Flughafen fahren könnten, um die silbernen Vögel, diese fliegenden Maschinen, aus der Nähe zu beobachten. Sie war begeistert und freute sich wie ein kleines Kind. Bevor wir den Bahnhof jedoch verlassen konnten, steuerte sie zielstrebig zum Ende der Geschäftemeile, denn sie hatte das ihr schon bekannte Schild des Fastfood-Unternehmens entdeckt. Also kaufte ich ihr noch mal eine Tüte Pommes frites, die sie mit Genuss verspeiste, obwohl unser Abendessen im Chinarestaurant noch nicht lange her war.

Schließlich traten wir wieder hinaus ins Freie, wo wir feststellten, dass es inzwischen dunkel geworden war. Ich hatte den Eindruck, dass das zarte Geschöpf an meiner Seite müde geworden und nicht mehr so gut zu Fuß war. Mir wurde klar, dass ich mir über ihr Verbleiben in der Stadt noch überhaupt keine Gedanken gemacht hatte. Ich wollte sie noch nicht zurück zum Museum bringen, daher musste ich für sie eine Unterkunft organisieren. Vorsichtig fragte ich nach, wo sie die Nacht verbringen wolle.

»Gibt es in Eurem Haus nicht genügend Zimmer, in denen Ihr mich beherbergen könntet?«, fragte sie erstaunt.

»Nun, ja, ich wohne zur Miete, ich besitze kein Haus. Ich habe zwei kleine Zimmer, dazu eine Küche, Bad und einen Balkon. Das genügt meinen Ansprüchen. Als Schriftsteller verdiene ich keine Reichtümer, aber ich brauche nicht viel zum Leben.«

Sie schaute mich verständnislos an. »Und so lebt Ihr? Braucht Ihr nicht Platz für die Dienerschaft, für die Gäste, für die Empfänge?«

»Ich lebe nicht so wie Ihre Familie in einem Schloss. Nur einige wenige sehr reiche Bürger können sich heutzutage große Herrenhäuser und Dienerschaft leisten. Die Mehrheit wohnt zur Miete, so wie ich.«

»Das heißt, Ihr seid nicht besonders vermögend? Ihr gehört wohl keiner Familiendynastie an, verfügt nicht über Besitz und trotzdem seid Ihr zufrieden«, sagte sie mit Anerkennung in der Stimme. »Ich könnte so nicht leben. Wisst Ihr was? Ihr könntet doch eine Geschichte über unsere Begegnung schreiben, vielleicht brächte diese einige Dukaten in Eure Schatulle.«

»Es ist sehr liebeswert, dass Sie sich um mich Gedanken machen«, wiegelte ich lächelnd ab. »Aber solch eine unglaubliche Geschichte würde kein Verleger akzeptieren und auch kein Leser annehmen.«

»Ich weiß nicht. Ich glaube, die meisten Leser lieben solche Erzählungen. Manchmal will der Mensch belogen und betrogen werden, und solche Geschichten sind Balsam für sein Gefühlsleben. Die Menschen werden Euch keinen Glauben schenken, aber trotzdem das zu Papier Gebrachte lesen und sich daran erfreuen. Das war schon früher so und das wird auch in fünfhundert Jahren nicht anders sein. Ich werde es vielleicht erleben und dann an Euch denken.« Sie lächelte verschmitzt.

»Danke, das ist nett. Sie werden sicher die einzige Person sein, die nach fünfhundert Jahren noch an mich denkt.«

Wir lachten beide und sie hakte sich unter meinem Arm ein. So wanderten wir durch die Nacht. Die Gebäude und Geschäfte waren hell erleuchtet und Werbeslogans sprachen zu uns aus der Dunkelheit. Rosa Amalia fand das sehr schön und sie konnte sich an dem Strahlen der bunten Lampen nicht satt sehen. Sie fand das alles wunderschön und war hingerissen von der Lichterpracht. Doch wir waren auch beide müde und froh, den Weg nach Hause einzuschlagen.

Ferrara

Das Porträt von Rosa Amalia wurde mit jedem Tag deutlicher, die Farben augenfälliger, das Gesamtbild offenkundiger. Die künstlerische Hand Pietros war schon deutlich zu erkennen. Sein Modell, zeitweise unterstützt von der in diesen Dingen schon routinierten Schwester, zeigte große Ausdauer und Stehvermögen. Wie immer vornehm und zurückhaltend, stets um Contenance bemüht, harrte Rosa Amalia an allen Sitzungen geduldig aus, ohne sich über die Strapazen zu beschweren. Ihre wahren Gefühle verbarg sie unter der Maske kühler Gleichgültigkeit. So blieben für den Maler die seelischen Qualen der Ungewissheit, wie er sich der reservierten Aristokratin nähern könnte.

Es traf sich gut, dass die Familie Bentivoglio eine Einladung von der befreundeten Familie d'Este zur Hochzeit ihres Sohnes Ercole mit einer französischen Prinzessin erhielt. Man nahm Mandele Albero di Mele mit, und die Töchter bestanden darauf, dass auch Francesco und Pietro sie begleiten sollten. So begab sich am 27. Juni Anno Domini 1528 die adlige Reisegesellschaft in das etwa dreißig Kilometer entfernte Ferrara. Francesco und Pietro erfreuten sich an der wunderschönen Landschaft Oberitaliens, an den Obstgärten, den bis zum Horizont reichenden Feldern, den mit grünem Gras bedeckten Wiesen, den malerischen, zwischen Anhöhen und Ebenen liegenden Dörfern. Der blaue Himmel war wie so oft in dieser Gegend fast wolkenlos, die Sonne sendete ihre goldenen Strahlen zur Erde. Die Kutsche bahnte sich ihren Weg durch den staubigen Landstrich, nur einige wenige Equipagen kamen ihr entgegen. Pietro spähte durch das kleine Fenster und genoss die einmalige Aussicht. Er erinnerte sich an seinen Weg zu Fuß zum Castello Bentivoglio und an seinen Aufenthalt in Ferrara, an seine kleine Romanze mit einer schönen Einwohnerin, deren Namen er schon vergessen hatte.

Der Palazzo der Familie d'Este war ein imposantes Bauwerk, ein typisches oberitalienisches Kastell. Es befand sich am rechten Ufer des Po, dessen Seitenarm Po di Volano mitten durch Ferrara floss. Die Statue des heiligen Giorgio begegnete den Ankömmlingen vor der Schlosseinfahrt. Da stand er, der Patron Ferraras und der herrschenden Signori, mit rotem Kreuz auf weißem Grund, und schaute stumm und regungslos auf die ankommenden Gäste. Auch die Familie Bentivoglio schätzte ihn als Patron ihres Standes, sie kannten die Geschichte mit dem Drachen und verehrten ihn als den unerschrockenen Vorkämpfer des Christentums, den Helfer in der Not.

Sie wurden vom Marchese Dumonti begrüßt, einem Vertrauten der Familie d'Este. Er führte die Gäste zu ihren Gemächern, wobei nur das Ehepaar Bentivoglio zwei ihrem Stand angemessene Gemächer erhielt. Pietro bekam eine kleine Stube zugewiesen, eigentlich eher eine Abstellkammer gleich am Treppenaufgang. Dort hielt er jetzt Rückblick auf das Vergangene. Er kam in der Fremde schnell zurecht und nun war er hier einer Frau begegnet, für die er besondere Gefühle hegte. Anders wollte er seine Empfindungen nicht nennen, aus Furcht von dem Ungemach, das sie bewirken könnten. Er wollte sich nicht eingestehen, dass er die junge Aristokratin lieb gewonnen hatte. Er fürchtete nur, dass diese Liebe von der angehimmelten Person nicht erwidert wurde.

Doch da machte er sich unnötige Sorgen, denn Rosa Amalia hegte die gleichen Gefühle wie er, und genauso wie er wollte sie sich diese Liebe nicht eingestehen. So gab sie sich weiterhin kühl und unnahbar. Dass sie Pietro damit kränkte, nahm sie in Kauf. Sie wollte alle Trümpfe in der Hand behalten, sie war die Spielleiterin in diesem Spiel der Gefühle. Sie wollte ihre Empfindungen nicht preisgeben, noch nicht. Sie war es, die den richtigen Zeitpunkt auswählen, dem Spiel neue Impulse geben und das Tempo bestimmen würde.

Zusammen mit ihrer Schwester hatte sie ein großes Zimmer bekommen, in dem zwei Betten standen und Blumenmotive eines unbekannten Künstlers an der Wand hingen. Auch sie lagen jetzt beide auf ihren Betten und waren in Gedanken versunken. Francesca war immer noch in Francesco verliebt, aber nach der Fertigstellung des Bildes waren ihre Begegnungen viel seltener und sie konnte sich des Eindrucks nicht erwehren, dass der Höhepunkt ihrer Romanze überschritten war. Über die Gefühle Francescos ihr gegenüber war sie sich im Klaren. Sie spürte seine Liebe, sie spürte die Macht seiner Empfindungen. Aber sie war auch bestürzt über das leichte Erlöschen des Feuers, dessen Flammen nun nicht mehr so hell loderten. Ob Francesco das auch so empfand?

Dieser saß auf seinem Bett in einer ebenfalls kargen Kammer und dachte an seine Angebetete. Er spürte eine Veränderung in Francescas Gefühlen, konnte diese aber nicht benennen. Er verstand noch nicht, welche Umwandlungen stattfanden, und wusste sie nicht einzuordnen. Eigentlich war ihm klar, dass die Liebe zu Francesca nicht die Erfüllung war, die er sich erträumte. Seine wirkliche Liebe galt der Malerei, der Kunst. Er wollte malen, er hatte so große Pläne. Zwar war sein Talent bekannt, sein Name wurde schon neben dem von Tizian erwähnt. Ach ja, Tizian. Die Herzöge von Ferrara favorisierten seinen Konkurrenten, sie bevorzugten diesen entzückenden Jüngling, ohne wahrzunehmen, dass sich mit ihm, Francesco, ein genauso talentierter und wunderbarer Künstler aus Tizians Schatten bewegen wollte.

In seinem Element war hingegen Mandele Albero di Mele. Er hatte schon bei einer früheren Begegnung ein Auge auf die französische Comtesse Veronique de Acre Pierre geworfen, eine entfernte Verwandte der Frau seines Sohnes. Die Comtesse hatte signalisiert, dass sie einem Rendezvous nicht abgeneigt wäre, das dann jedoch aus Zeitgründen nicht stattfinden konnte. Eine neue Gelegenheit hierzu kam nun früher als gedacht, denn Mandele hatte aus gut unterrichteter Quelle erfahren, dass die Comtesse beabsichtigte, zur Hochzeit ihrer Freundin Renée de France mit dem künftigen Herzog von Ferrara zu kommen.

Die hübsche Renée, die eines Tages als Renata, Herzogin von Ferrara, die Geschicke des Herzogtums zusammen mit ihrem Gatten gestalten sollte, war die Tochter von Anne de Bretagne und König Ludwig XII. Sie wurde im Schloss Blois geboren, zu ihren Spielgefährtinnen gehörte die englische Adlige Anne Boleyn. Renée war auf dem Schachbrett der Diplomatie mit Ercole, dem Sohn von Herzog Alfonso d'Este und Lucrezia Borgia, zusammengebracht worden. Nichtsdestotrotz gefiel dem smarten Jüngling die gebildete und selbstbewusste Prinzessin aus Frankreich. Der Bräutigam war zwar nicht königlicher Abstammung, aber Renées

Heimatland erwartete sich von seiner Familie große Unterstützung für seine Italienpolitik. Und da Ludwig XII., König von Frankreich, auch Blut der Visconti in sich hatte, betrachtete man ihn dem italienischen Adel zugehörig. Seine Tochter Renée war auch deshalb eine willkommene Person am Hofe der d'Esti.

Die Adelsfamilien d'Esti und Bentivoglio waren befreundet, was aber nicht hieß, dass man nicht diplomatische Spielchen gegeneinander einsetzte, wenn die Lage es erforderte. Seit einiger Zeit war die Atmosphäre zwischen den Familien abgekühlt und beide Signori sahen in der Einladung zur Hochzeit die Möglichkeit, die Beziehungen wieder aufzuwärmen und freundschaftlicher zu gestalten. In schweren Zeiten, wenn die Diplomatie häufig einmal kriegerischen Auseinandersetzungen weichen musste, war es nur von Vorteil, einen starken Partner und Verbündeten an der Seite zu haben. Die Familie Bentivoglio hoffte zudem, Annibale II., den Sohn des letzten Alleinherrschers von Bologna, Giovanni II. Bentivoglio, begrüßen zu können. Dieser hatte Lucrezia d'Este geheiratet und somit den beiden Familien zu noch besseren Beziehungen und zur Beilegung von verschiedenen Irritationen und Missverständnissen verholfen.

Die in Ferrara ausgerichtete Hochzeit sollte nur ein Vorspiel sein. Man beabsichtigte, in Frankreich eine pompöse Feierlichkeit wie bei einer königlichen Vermählung zu veranstalten. Auf Wunsch des Hauses d'Este wurde auch in Ferrara gefeiert, denn man wollte diese Gelegenheit nutzen, um die Beziehungen zu Freunden und Verbündeten zu festigen. Nach der kirchlichen Zeremonie tafelte man im Palazzo Este. Den Gästen wurde ein opulentes und aufwendig zubereitetes Festmahl serviert – ein Festschmaus für jeden Feinschmecker. Die Hochzeitgesellschaft machte sich alsbald an den Verzehr des Aufgetischten und man verspeiste die dargebotenen Köstlichkeiten mit sicht- und hörbarem Genuss. Man unterhielt sich mit den Tischnachbarn und genoss das Leben. Auch den angebotenen Getränken sprach man gerne und reichlich zu, und so wurden die Gespräche immer lautstarker, länger und verworrener und immer mehr Menschen wurden in diese involviert.

Pietro beobachtete die französische Prinzessin, die artig neben ihrem Fast-Gatten saß und sich mit den künftigen Schwiegereltern unterhielt. Sie war, wie Pietro fand, ein schönes Mädchen, aber die Engländerin Anne Boleyn gefiel ihm noch ein wenig besser. Sie hatte das gewisse Etwas, was sie von den anderen Adligen unterschied. Ihr Gesicht hatte edle Züge und ihr Auftreten fand der junge Mann faszinierend und bezaubernd.

Nach dem Festmahl trank man einen besonders raffinierten Digestif, dessen Rezeptur aus Frankreich stammte. Danach war die Tischordnung aufgehoben und man begann sich kreuz und quer mit auch weiter entfernt sitzenden Gästen zu unterhalten. Francesca und Rosa Amalia konnten ihr Französisch auf den Prüfstand stellen, sie plauderten mit Renée in deren Muttersprache. Währenddessen näherte sich Mandele Albero di Mele der Comtesse Veronique de Acre Pierre. Diese freute sich aufrichtig, den charmanten Frauenhelden hier zu treffen, sie spürte eine fast beunruhigende Anziehungskraft. Irgendetwas an ihm zog sie in Bann und machte sie schwach. Sie fühlte eine angenehme Wärme, wenn er in ihrer Nähe stand, ihr Herz schlug schneller, wenn er sie anschaute. Mandele war der jungen Frau auf jeden Fall sehr sympathisch. Und auch ihm hatte die schöne Veronique mit dem blonden Haar und den koketten hellblauen Augen schon bei ihrer ersten Begegnung ausnehmend gut gefallen. Aber er wusste, dass der Altersunterschied eine Barriere darstellte, die nicht so einfach zu überwinden war, auch wenn er Chancen bei ihr hatte. Er hatte Chancen bei jeder Frau, ob von Adel oder aus einfachen Verhältnissen. Er wusste, dass er Frauen gefiel, er war sich seiner Wirkung auf das weibliche Geschlecht sehr wohl bewusst. Alles war eine Sache der Taktik, des richtigen Vorgehens, der delikaten Diplomatie. Die junge Französin entzückte ihn über die Maßen und er wollte sie unbedingt erobern.

Pietro sprach mit einigen Gästen und plötzlich stand er der hinreißenden Anne Boleyn gegenüber. Die schöne Engländerin schaute ihn interessiert an, ihr Lächeln lud ihn zu einem Gespräch ein. Diese Frau hatte Ausstrahlung, das erkannte der Künstler in ihm sofort. Sie hatte ein sicheres Auftreten, ihr Verhalten war souverän und zeugte von einem soliden Selbstbewusstsein. Sie war durch und durch Aristokratin, eine Dame, die ihren Platz in der Welt gefunden hatte. Pietro wusste von den Gerüchten, dass Anne die Mätresse des englischen Königs Heinrich VIII. sei. Sie sprach mehrere Sprachen, unterhielt sich mit Renée auf Französisch, mit den d'Esti und Bentivoglio sprach sie Italienisch, mit einer älteren Dame, die am anderen Ende des Tisches saß, parlierte sie deutsch. Nun sprach sie Pietro wieder auf Italienisch an: »Ich habe gehört, Ihr seid wie Francesco ein Künstler, ein Maler?«

»Ja, das stimmt. Im Moment bin ich dabei, ein Porträt von Rosa Amalia Bentivoglio fertigzustellen, zu dem mich ihr Vater beauftragt hat.«

Die Hofdame horchte auf. »Euer Italienisch zeigt mir, dass Ihr nicht von hier stammt. Darf ich fragen, woher Ihr kommt?«, wollte sie wissen.

»Ich bin in Brüssel geboren, meine Heimat ist Flandern«, gab Pietro Auskunft.

»Oh Gott, Ihr seid aus Flandern! Wie schön«, freute sich Anne. »Ich habe zwei Jahre in Mechelen verbracht«, erklärte sie in flämischer Sprache. »Ich war dort Hofdame bei Königin Margarete von Österreich. Danach lebte ich einige Zeit am französischen Hof bei meiner Freundin Renée. Und wie seid Ihr nach Italien gekommen?«

Pietro schaute sie unsicher an. »Ich? Da ist nicht viel zu erzählen. In Brüssel habe ich das Malen, die Goldschmiedekunst und das Teppichknüpfen gelernt. Dann bin ich in fremde Länder gegangen, um mir weitere Kenntnisse anzueignen. So bin ich eines Tages in Italien angekommen. Das ist meine Geschichte. Eure ist um vieles spannender.«

Anne lächelte dazu freundlich, aber leicht zerstreut und betrachtete das Gespräch als beendet.

Tags darauf hatte man eine Jagd für die Gäste organisiert. Pietro und Francesco nahmen Abstand von dieser Veranstaltung, sie sahen sich lieber im Palazzo um. Die Familie d'Este besaß eine große Gemäldesammlung mit Werken von Leonardo da Vinci, Tizian, Michelangelo, Bellini und vielen weiteren Künstlern. Ein Gemälde von Francesco war leider nicht zu finden, was dieser ohne eine Miene zu verziehen zur Kenntnis nahm. Die Bibliothek der Herzöge von Ferrara war eine Fundgrube für die bibliophil Interessierten. Die beiden Männer entdeckten dort Werke von Petrarca, Thomas Morus, Dante Alighieri, Ulrich von Hutten, Erasmus von Rotterdam, Machiavelli und Thomas Murner. Auf einem der Bände waren folgende Worte zu lesen: »Der Mensch ist der Maß aller Dinge.«

»Wie wahr«, rief Francesco aus, »wie wahr! Das ist das Motto unserer Zeit, das ist die Losung unserer Epoche. Der Mensch ist das wichtigste Element, wir müssen erforschen, wie und was er fühlt, warum er das tut, was er tut, was er denkt und warum er denkt und nicht seinen Instinkten folgt.«

Pietro pflichtete ihm bei. »Der Mensch ist immer noch ein unerforschtes Gebiet. Eigentlich wissen wir nicht viel über uns. Wir hören auf Gefühle, die uns nicht immer gut beraten, die uns sogar in Schwierigkeiten bringen. Zum Beispiel die Liebe. Warum muss man sich in eine Frau verlieben, die unsere Gefühle nicht erwidert? Einmal zeigt sie einem ihr warmes Herz und zugleich die kalte Schulter. Die Ambivalenz einer Frau hat man bis heute nicht erforscht.«

»Hast du dich verliebt?« Francesco schaute seinem Freund fragend in die Augen.

»Ach was, das sind rein theoretische Fragen. Ich wollte an diesem Beispiel nur zeigen, wie wenig das menschliche Verhalten erforscht ist. Es stimmt, dass der Mensch das Maß aller Dinge ist, aber was wissen wir Konkretes über ihn? Kaum etwas. Nur dass der Mensch im Gegensatz zu den Tieren seine Gefühle, seine Vorhaben verbergen und sein Gegenüber irreführen kann.«

Francesco musste heimlich schmunzeln. »Wie ich sehe, mein Freund, hast du deine philosophische Ader entdeckt.« Nachdenklich fuhr er fort: »Ein Maler ist ja auch ein Poet, ein Poet des Bildes. Die Geistesverwandtschaft zwischen einem Dichter und einem Maler ist schon faszinierend. Manchmal scheint mir, dass der Maler eine plastische Dichtung hervorbringt. Ich selbst spüre eine geistige Nähe zu den Werken Petrarcas und Dante Alighieris. Aber um bei der Wahrheit zu bleiben: Vor allem anderen spüre ich eine profunde Übereinstimmung mit dem großen Raffael. Ich entdecke viele Ähnlichkeiten, fühle seinen künstlerischen Atem in meiner Nähe, seinen geistigen Schatten. Ich weiß, mein lieber Pietro, meine Ausführungen werden dich irritieren, aber ich will nicht vor der Wahrheit fliehen, ich will dir mein schmerzliches Geheimnis preisgeben.«

Pietro begriff plötzlich, welchen Kampf sein Freund insgeheim austrug, welcher Kraft es bedurfte, diesen inneren Konflikt auszuhalten. Er verstand, dass das Genie in Francesco sich unbedingt entfalten wollte, dass aber andere Charaktereigenschaften diesen Prozess hemmten und bremsten. Francesco hatte durchaus die Möglichkeiten, die Ausstrahlung und insbesondere die künstlerische Genialität, um als Raffaels Nachfolger zu gelten. Er war genauso zart und anmutig wie sein großes Idol und fast genauso kunstfertig. Was ihm fehlte, war das Durchsetzungsvermögen und das einmalige Charisma seines Vorbildes. Dieses hatte aber sein großer Konkurrent Tizian, der Liebling der Kunstsammler, der Schützling der Kirchenmänner und der Favorit des Adels. Und er, Pietro, was hatte er für besondere Eigenschaften, die ihm zu Ruhm und Ehre verhelfen könnten? Er war redlich und wahrhaftig, er konnte gut malen, insbesondere war er ein ausgezeichneter Wiedergabekünstler. Und er war lernwillig und bereit, einige Experimente zu machen und Neues zu wagen. Seine Künstlerseele führte ihn zu Unbekanntem, lockte ihn in die verheißungsvolle Ferne. So war er im Süden Europas gelandet, wo die Welt etwas anders aussah, wo das Leben einen anderen Rhythmus besaß, wo die Sonne ihre Heimat hatte und die Zeit ihren eigenen Gesetzen unterstand. Hier war alles anders als zu Hause, auch die Malerei. Hier lebte man unbeschwerter, hier diktierte die Sonne die Launen der Menschen, hier war der Hauch des Sommers allgegenwärtig.

Am späten Nachmittag kam die Jagdgesellschaft zurück. Man hatte gute Beute gemacht, Wildschweine, Hasen, Hirsche und Vögel waren erlegt worden. Pietro folgte Mandele in die Gerätekammer, wo dieser mit stolz geschwellter Brust die bei der Jagd eingesetzten Waffen deponierte. Mandele war ein großer Freund der Jagd, bereitwillig erklärte er dem Maler die verschiedenen Gerätschaften.

»Hier haben wir die Jagdschwerter, die zu den Stichwaffen zählen. Einen angreifenden Eber mit einem Schwert zu töten, erfordert viel Mut und Geschicklichkeit. Alleine mit Schwerthieben könnte man einem Bären oder einem Wildschwein wenig anhaben. Gewöhnlich steigt der Reiter vom Pferd, umfasst das Schwert mit beiden Händen und stützt sich auf das rechte Knie. In dieser Stellung erwartet er das heranstürmende Tier, das zwischen Hals und Schulter direkt ins Herz getroffen werden muss, sodass es sofort zusammenbricht. Für die Jagd von Wildschweinen und Bären benutzen wir außerdem Sau- und Bärenspieße. Die vor Euch liegenden Werkzeuge nennen wir auch Praxen. Die Praxe ist eine spezielle Ausführung des Weidmessers und dient als Hiebwerkzeug. Die Jäger verwenden sie zum Zerlegen des Wildes, zum Ausschlagen des Gehörns oder zum Freischlagen des Jagdstandes und der Pirschpfade. Zur Jagdausrüstung gehört auch ein Besteck aus verschiedenen Messern zum Aufbrechen und Zerlegen des erlegten Wildes, die gemeinsam in einer Scheide aufbewahrt werden.«

Mandele hatte es jetzt eilig und er verschwand grußlos durch die Kammertür. Als Pietro ebenfalls aus der Tür trat, sah er nur noch dessen Rücken in Begleitung einer weiblichen Person um die nächste Ecke biegen.

Pietro selbst verspürte keinerlei Interesse am Jagen. Er liebte Tiere und es tat ihm weh, wenn er sah, wie ein Tier von den Menschen geschlachtet wurde. Auch die Schwestern Rosa Amalia und Francesca Bentivoglio machten sich nichts aus der Jagd. Sie blieben in den Gärten des Palazzos und unterhielten sich angeregt mit der künftigen Herzogin von Ferrara und den Hofdamen. Man tauschte sich aus über die Unterschiede und Gemeinsamkeiten der Höfe in Italien, Frankreich und England, über die neueste Mode, über das Reisen, über die Entdeckung der neuen Kontinente und über deren Bewohner. Natürlich waren auch die Gerüchte und Nachrichten aus dem eng verzweigten europäischen Adel ein unerschöpfliches Thema. Schließlich zog man sich ermüdet auf die Zimmer zurück.

Pietro zog es in die Bibliothek, wo er auf seinen Kollegen Francesco traf, der in einem Buch über die Goldschmiedekunst blätterte.

»Interessiert Euch dieses Handwerk? Ich habe es in Brüssel gelernt. Ich bin ein ausgebildeter Goldschmied«, erklärte Pietro.

»Fürwahr, das interessiert mich sogar sehr. Und noch mehr die Alchemie, mit der man versucht, Gold und andere Edelmetalle zu erzeugen, indem man Naturstoffe in geeigneter Weise mischt.«

»Von der Alchemie habe ich gehört. Nach der Lehre von den Elementen bestehen alle Stoffe aus den vier Essenzen Wasser, Erde, Luft und Feuer. Dazu kommen die den Elementen zugeordneten

Qualitäten kalt, feucht, heiß, trocken und Dünste entstehen lassend. An der Erdoberfläche bringen diese Elemente Wolken, Regen und Schnee, im Erdinneren dagegen Mineralien hervor. Durch neue Mischungen will man daraus Gold selbst herstellen«, dozierte der junge flämische Künstler. »Das ist schon interessant, aber ich selbst bin mehr an der Kunst des Goldschmiedens interessiert.«

»Das eine hat mit dem anderen ja auch nur oberflächlich etwas zu tun«, meinte Francesco und schloss das dicke Buch.

Am Abend wurde das meisterhaft zubereitete Wild verspeist. Die Festgesellschaft aß, trank und vergnügte sich bis in die späte Nacht. Hätte Pietro zu fortgeschrittener Stunde seine Angebetete nicht im Palazzo, sondern in den Gartenanlagen gesucht, wäre er im Gebüsch in der Nähe einer steinernen Brücke auf ein eng umschlungenes Paar gestoßen, das leidenschaftliche Liebkosungen austauschte und die nötige Vorsicht völlig außer Acht ließ. Aber Pietro fand Rosa Amalia in der Bibliothek, vertieft in ein Gespräch mit einem jungen Mann, dem Neffen des Gastgebers. Verzweifelt und benommen vor Eifersucht beobachtete er das schöne Paar und hegte dabei Mordgedanken in seinem Kopf. Erschrocken über seine überwältigenden Gefühle, die er nicht beherrschen konnte, zog er sich leise zurück in sein Zimmer, wo er das höchste Gericht anrief und sich über die Ungerechtigkeit der Welt beschwerte. Aber die göttliche Macht schwieg, was Pietro als Strafe wegen seines unwürdigen Verhaltens gegenüber einer Prinzessin verstand. Es folgte eine schlaflose Nacht, in der ihn Bilder von ihr verfolgten, wie sie Arm in Arm mit dem jungen Mann im Garten spazieren ging. Er sah ihre vollen Lippen, die an denen ihres Begleiters hingen, ihr Körper schmiegte sich an seinen. Doch plötzlich war es er, Pietro, der ihren süßen Geruch einatmete und ihre Lippen fühlte. Mit diesem vollkommenen Bild vor Augen schlief er endlich doch ein. Im Traum flanierte er mit der Dame seines Herzens im frühlingshaften Garten der Herzoge von Ferrara und hielt sie zärtlich im Arm.

Einen ähnlichen Traum hatte auch Rosa Amalia. Sie saß mit Pietro im Garten und spürte seine Lippen auf den ihren. Ihr Herz raste, ihre Brust berührte seinen Körper, ihre Beine schmiegten sich an seine. Ein Sturm der Gefühle übermannte sie. Das war die wahre Liebe, dachte sie beseelt und voller Liebeswonne. Doch als sie aufwachte, war der Traum schnell verflogen und auch das Gefühl der grenzenlosen Freude verblasste schnell. Träume sind Schäume, dachte sie bei der Morgentoilette.

Das, was die jungen Verliebten nur zu träumen wagten, hatte dagegen ein nicht ganz so junger Mann in vollem Bewusstsein erlebt. Erst am frühen Morgen verließ er das Gebüsch und schlich leise und vorsichtig durch die leeren Gänge in sein Zimmer, wo ein kaltes Bett auf ihn wartete. Beim gemeinsamen Frühstück konnte Mandele Albero di Mele seine Müdigkeit kaum verbergen. Ständig wollten ihm die Augen zufallen und Pietro befürchtete schon, Mandele könnte am Tisch zu schnarchen anfangen, was von den Gastgebern als großer Affront aufgefasst werden könnte. Zum Glück für alle Beteiligten widerstand der gute Mann allen Widrigkeiten und hielt die Augen standhaft geöffnet. Kaum war er allerdings für die Rückfahrt zum Schloss Bentivoglio in die Kutsche eingestiegen, suchte er sich eine bequeme Lage und war fast sofort eingeschlafen.

Die Erde ist eine Kugel

Meine Wohnung lag im Frankfurter Stadtteil Bockenheim, in einem kleinen Haus mit noch zwei weiteren Mietwohnungen. Ich wohnte im ersten Stock, unter mir residierte ein Ehepaar mit zwei Kindern, im ausgebauten Dachgeschoss über mir ein Paar mit einem Kind. Trotz seiner recht zentralen Lage gab es hinter dem Haus einen Garten, der mit seinen Bäumen, Sträuchern und Blumen eine wunderbare grüne Oase mitten in der Stadt bildete. Durch mein Fenster konnte ich oft alle möglichen Tiere beobachten. Ein Specht bearbeitete mit beneidenswerter Geduld die Baumrinde auf der Suche nach appetitlichen Insekten, Vögel wetteiferten um die schmackhaftesten Würmer, Eichhörnchen zeigten akrobatische Einlagen auf den Baumspitzen und versteckten ihre Nahrung in der Speicherkammer des Gartens. Hier in meinem persönlichen Garten Eden herrschte eine Ruhe, die es mir ermöglichte, Spannungen abzubauen und mich vom Stress des Lebens in einer Großstadt zu erholen. Hier kannte man sich noch, die Nachbarn grüßten sich und veranstalteten öfter mal einen Schwatz auf der Straße. Ich war gespannt, was sie zu meiner neuen »Freundin« sagen würden, die ja fast noch ein Kind war.

Das »Kind« betrachtete derweil mit großem Interesse die Geschäfte und die Passanten, an denen wir vorbeigingen. »Es gibt hier viele Läden mit fremden Spezialitäten und Menschen aus aller Herren Länder«, stellte sie fest.

»Ja, die Welt ist international geworden. Manche kommen nach Deutschland, weil sie in ihrer Heimat verfolgt werden, und suchen hier Schutz. Bei uns gelten das Grundgesetz und Demokratie, man kann hier frei leben. Es gab außerdem Zeiten, in denen unser Land Arbeitskräfte brauchte. Deshalb lockte man damals Arbeitnehmer aus anderen europäischen Ländern wie Portugal, Spanien, Türkei und Italien zu uns.«

»Italienische Bürger sind nach Deutschland eingewandert?«, fragte sie erstaunt.

»Ja, auch aus Italien kamen Gastarbeiter. Die Menschen in Sizilien und Süditalien hatten kaum Arbeit, deshalb nahmen sie unsere Einladung gerne an. Viele sind im Land geblieben, sie haben hier Familien gegründet oder ihre Familie nachgeholt. Jetzt wohnen hier bereits die Enkel der Einwanderer. Sie sind Deutsche und Italiener zugleich.«

»Dann sind sie Europäer, Bürger von Europa.«

»Da haben Sie recht. Wir sind alle Bürger Europas, eines vereinigten Europas. Sie müssen wissen, dass fast dreißig europäische Länder sich zu einer wirtschaftlichen und politischen Union vereinigt haben. Die meisten davon haben sogar eine gemeinsame Währung, den Euro.«

»Die Idee von einer europäischen Vereinigung ist nicht neu. Schon Karl der Große und auch unser Karl V. verfolgten mehr oder weniger dieses Vorhaben«, merkte Rosa Amalia an.

»Allerdings wollten die beiden Karls ein von ihnen selbst geführtes und kontrolliertes Europa«, erhob ich Einspruch. »Die Idee der jetzigen europäischen Gemeinschaft beruht jedoch auf einem demokratischen System, bei dem man die anfallenden Probleme gemeinschaftlich zu lösen versucht.«

»Und Italien ist dabei?«

»Sicher. Italien hat sogar den Euro eingeführt. Eine neue Währung, aber leider alte Probleme.«

»Was meint Ihr mit alten Problemen?«

»Zum Beispiel Korruption und Vetternwirtschaft. Wie schon in der Renaissance versuchen Familienclans Macht zu gewinnen und missbrauchen ihren Einfluss für kriminelle Zwecke. Sie kaufen Parlamentsabgeordnete, verschaffen sich wirtschaftliche Vorteile, handeln mit Drogen, erpressen die Bevölkerung und schüchtern sie ein. Diese kriminellen Vereinigungen nennen wir Mafia.«

»Nicht zu glauben, dass das immer noch so ist. Bei uns waren das die Signori, die ehemaligen Söldner, die für die Päpste, für die Kaiser und Könige kämpften und dafür mit Adelstiteln und Höfen belohnt wurden. So wie meine und viele andere bekannte Familien. Die Familien hatten eine strenge Organisation, sie hatten ihre Vertrauten am Hof des Papstes, bei vielen Königen und auch beim Kaiser. Ihre Spione waren überall, man war bestens informiert über alle politischen und wirtschaftlichen Angelegenheiten. Sie waren sogar in der Lage, wichtige Ämter nach ihrem Gutdünken zu besetzen. Unbequeme Gegenspieler ließen sie umbringen, sie kontrollierten die Wirtschaft und die Finanzen. Es hat sich also seit dieser Zeit nichts geändert«, wunderte sich der Spross eines der mächtigsten Familienclans Italiens.

Die Gegend, die wir jetzt betraten, änderte sich zusehends. Die Geschäfte und der Verkehr wurden weniger, die Häuser waren kleiner und hatten Vorgärten. Bevor wir das Haus, in dem ich wohnte, erreichten, kamen wir an einer Kirche vorbei.

»Da ist ein Gotteshaus«, rief Rosa Amalia erfreut, als hätte sie ein seltenes Kleinod entdeckt. »Können wir für einen Augenblick hineingehen?«

Ich hatte keine Bedenken, und da die Kirchentür noch geöffnet war, stiegen wir die wenigen Stufen zum Eingang hinauf. Rosa Amalia bekreuzigte sich beim Eintreten und mit gesenktem Haupt schritt sie nach fast fünfhundert Jahren Abwesenheit wieder in einem katholischen Gotteshaus zum Altar. Demütig und konzentriert kniete sie nieder und schaute zum Bild ihres Herrn Jesus Christus hinauf. Schließlich setzte sie sich in eine Bank und ich gesellte mich zu ihr. Gemeinsam schauten wir uns die Fresken und die kunstvoll bemalte Decke an.

Außer uns beiden hielt sich niemand in dem christlichen Gebäude auf. Das war meiner Begleiterin unbegreiflich, immer wieder blickte sie auf die leeren Bänke. »Warum ist niemand hier?«, fragte sie verstört.

»Die Antwort ist nicht so einfach, es gibt verschiedene Gründe. Manche Gläubige kommen nur an den Wochenenden zur Messe her. Rundfunk, Fernsehen und Internet bieten den Menschen in ihrer Freizeit Zerstreuung, auch deshalb bleiben sie den Kirchen fern. Es sind außerdem viele Mitglieder aus der Kirche ausgetreten, weil sie sich von dieser nicht richtig vertreten fühlen. In der letzten Zeit gab es bei der katholischen Kirche in Deutschland einige Affären. Manche Kirchenmänner haben die ihnen anvertrauten Gelder zweckentfremdet eingesetzt. Ein besonders geltungssüchtiger und selbstverliebter Bischof ließ als Bischofssitz einen Prunkbau für viele Millionen Euro erbauen. Die offizielle Kirche enthob den Geistlichen nur deshalb seines Amtes, weil die Medien diese Prunksucht anprangerten. Die Kommerzialisierung der Institution Kirche, ihre Geschäfte als Wirtschaftsunternehmen und ihr Vertuschen von Fehlverhalten schrecken die Gläubigen ab.«

»Haben denn die Menschen Eurer Epoche den Glauben an Gott verloren?«

»Die moderne Technik, die Erkenntnisse der Wissenschaften, die Aufklärung über naturwissenschaftliche Zusammenhänge – all das brachte die Menschen vom Glauben ab. Die Lehren der Kirche konnten in sehr vielen Fällen dem Wissen aus der Forschung nicht standhalten. Im Mittelalter wussten die Menschen nur einen Bruchteil von dem, was man heute weiß. Inzwischen ist zum Beispiel bekannt, dass der Mensch vom Affen abstammt oder dass die Erde nur einer von vielen Planeten im Sonnensystem ist. Wir können die Geschichte des Weltalls fast zum Urknall zurückverfolgen. Wenn es im Universum unzählige Galaxien und Sonnensysteme gibt, wo soll da Platz für Gott sein, fragt sich mancher. Schon in Ihrer Epoche hat Nikolaus Kopernikus die kirchliche Lehre von der Erde als Mittelpunkt unseres Sonnensystems widerlegt. Die Kirche verteidigte stets starrsinnig ihre Lehren und wollte keine Diskussionen zulassen. Und doch wurden den Gläubigen durch die Einsichten der Gelehrten die Augen geöffnet, sie begannen selbstständig zu denken und zogen ihre eigenen Schlussfolgerungen. Die Menschen wurden mündig und begannen den Geistlichen unangenehme Fragen zu stellen.«

»Das sind bedeutende Veränderungen. Damit habe ich nicht gerechnet«, sagte die Aristokratin leicht resigniert.

Kurz darauf standen wir endlich vor meinem Domizil. Ein Blick auf die Fassade ließ mich aufatmen, keiner meiner Nachbarn stand am Fenster. Dieser Umstand verschonte mich mit unnötigen Fragen. Meine Begleiterin schaute sich mein Zuhause interessiert an. »Ein nettes Häuschen«, teilte sie mit. »Hier wohnen ja noch andere Menschen«, rief sie fast erschrocken, als sie am Briefkasten die Namen der Mieter las. »Ist das nicht zu eng in diesem kleinen Haus?«

»Es ist genug Platz«, beruhigte ich sie.

Wir waren an meiner Wohnung angelangt. »Peter Ackerstein«, las sie das rechts an der Tür angebrachte Namensschild. »Das seid wohl Ihr«, folgerte sie und lächelte zufrieden.

Ich schloss die Tür auf und bat sie einzutreten. Als ich Licht machte, wich meine Begleiterin einen Schritt zurück. »Bei Euch sieht es nicht besonders ordentlich aus«, merkte sie dezent an.

»Ich habe keinen Besuch erwartet, deswegen habe ich heute früh nicht aufgeräumt. Ich bitte um Verzeihung«, rechtfertigte ich mich. Doch insgeheim schämte ich mich für den Zustand meiner Wohnung, den ich jetzt mit ihren Augen sah. Sie war nicht nur nicht aufgeräumt, sondern das Geschirr war schon seit Tagen nicht gespült, das Bett nicht gemacht. Schnell beseitigte ich die gröbste Unordnung, während sie sich neugierig umsah, und bot ihr etwas zu trinken an. Außer einer Karaffe Wasser wollte sie nichts. Da ich jedoch keine Karaffe besaß, musste sie mit einem Glas vorlieb nehmen.

»Was ist dies für ein merkwürdiger Kasten?« Sie deutete auf den Fernseher.

»Das ist so ein Fernsehapparat, wie wir sie im Kaufhaus gesehen haben. Man kann darin die bewegten Bilder aus der Ferne sehen.«

Ich schaltete das Gerät ein und der Bildschirm erwachte zum Leben. Es lief eine Unterhaltungssendung mit Musik, Tanz und Gesang. Zunächst schaute sie sprachlos auf die bunten Bilder. »Das ist ja unglaublich! Das gefällt mir sehr«, jubelte sie dann begeistert. Hingerissen ließ sie sich in einen Sessel sinken und vergaß mich und ihre Umwelt vollständig.

Während sie sich dem unbekannten Zeitvertreib hingab, nutzte ich die Gelegenheit, um zu duschen. Als die Sendung beendet war und sie von mir erfuhr, dass es noch mehr TV-Kanäle gab, war ihr Erstaunen grenzenlos.

Ich schlug ihr vor, ebenfalls zu duschen und erklärte ihr die Vorrichtung. Dann händigte ich ihr ein sauberes Badetuch und den Bademantel meiner Verflossenen aus. Auch die Dusche versetzte meine Besucherin in helle Begeisterung, sie fühlte sich pudelwohl unter dem Wasserstrahl und genoss die Einrichtung so ausgiebig, als wollte sie eine fünfhundertjährige Schmutzkruste vom Körper entfernen. Irgendwann entschloss sie sich aber doch, das Duschbad zu beenden und ich reichte ihr einen Fön. Fast hätte sie ihr schönes Haar verbrannt, so lange und intensiv arbeitete sie an ihrem Schopf. In diesem Augenblick unterschied sie sich kaum von ihren modernen Geschlechtsgenossinnen, die ihre Schönheitspflege auch in alle Ewigkeit ausdehnen können.

Als sie das Bad endlich verließ, sah sie toll aus. Eine junge Dame mit dem gewissen Etwas, das Menschen ausstrahlen, die schon ihr ganzes Leben der Oberschicht angehören. Ich bemerkte aber auch, dass der Abstand, die natürliche Distanz, die seit der ersten Begegnung zwischen uns da war, allmählich schrumpfte. Auch ihr aristokratisches Benehmen änderte sich. Obwohl sie ihr Deutsch immer noch mehr sang als sprach, konnte ich außerdem eine deutliche Steigerung ihres Wortschatzes feststellen. Ich bat meinen Besuch, es sich bequem zu machen und etwas von sich zu erzählen.

»Von mir ist nicht viel zu erzählen. Ich bin die unbekannte Dame auf dem Gemälde eines unbekannten Künstlers. Das ist alles, was die Nachwelt von mir und dem Maler Pieter de Kempeneer weiß oder eher nicht weiß.«

»Mehr ist über das Bild nicht bekannt?«

»Bis jetzt wissen die Kunsthistoriker nicht, wer ich bin und wie ich heiße – außer Euch selbstverständlich. Noch vor etwa zwanzig Jahren wusste man nicht einmal, welchem Maler man die Autorenschaft an dem Bild zusprechen sollte. Das ist schon hart. Die Experten Eurer Zeit haben so viele wissenschaftliche Möglichkeiten, die ausgereifteste Technik, die die Menschheit je hatte, und trotzdem konnten sie nichts Brauchbares feststellen. Wie oft lag ich auf einem Tisch vor Kunstexperten aus vielen Ländern, die mir in die Augen schauten, aber nichts sahen. Sie haben mich vermessen, beschrieben, angefasst und trotzdem das Rätsel nicht lösen können. Immerhin fand jemand von diesem Städel-Museum heraus, dass Pietro das Bild gemalt hat, ohne jedoch einen Hinweis auf meine Person zu entdecken.«

»Wie sind Sie denn dem Maler Pieter de Kempeneer begegnet? Meinen Recherchen zufolge stammte er doch aus Flandern?«

Sie nahm einen Schluck Wasser, lehnte sich zurück und lächelte gedankenversunken. »Das war wohl zwei Jahre vor der kaiserlichen Krönung in Bologna und ein Jahr nach dem furchtbaren Gemetzel in Rom. Eines Tages erschien ein ausländischer Maler in unserem Palazzo, der auf der Durchreise nach Bologna und Rom war. Mein Vater beauftragte ihn, ein Porträt von mir anzufertigen. Ihr müsst wissen, dass es damals üblich war, die Familienmitglieder auf Gemälden zu verewigen. Dieser Künstler war Pietro.« Nachdenklich fuhr Rosa Amalia fort: »Ich habe oder besser gesagt hatte eine ältere Schwester, Francesca. Sie war gerade von einem sehr begabten Maler, Francesco Mazzola aus Parma, porträtiert worden. Er hatte sich schon einen Namen gemacht, allerdings war er als Parmigianino bekannt. Er war ein begnadeter Künstler, den man damals mit Tizian verglich, und mancher sah in ihm den Nachfolger von Raffael. Giorgio Vasari war voller Begeisterung für Francescos Werke und sagte einmal, der Geist Raffaels sei in den Körper Francescos übergegangen, denn man sehe, dass dieser junge Mann in der Kunst außergewöhnlich und in den Umgangsformen so höflich und anmutig wie Raffael sei. Giorgio sprach von Geistesverwandtschaft zwischen den beiden Künstlern. Mein Vater hatte Francesco den Auftrag erteilt, ein Bildnis von Francesca anzufertigen. Ein Auftrag, den dieser zuerst ohne große Lust annahm, aber dann mit steigender Begeisterung ausführte. Was war geschehen? Die beiden hatten sich ineinander verliebt. Ich sah ihre verstohlenen Blicke, die leichten Berührungen der Hände, Francescas leises Zittern, wenn der Mann aus Parma den Raum betrat. Das war furchtbar.«

Diese Aussage konnte ich nicht verstehen. »Warum sollte Liebe furchtbar sein? Sie ist doch die Erfüllung des wichtigsten Gefühls, alle Menschen wünschen sich doch die große Liebe.«

»Für mich war es furchtbar, das mitanzusehen. Ich wollte auch lieben und geliebt werden, aber da war keiner. Ich litt unter der Romanze der beiden. Ich redete mir ein, die Liebe sei eine unglückliche Verwirrung der Gefühle, bringe nur Kummer mit sich und ende meistens tragisch. Die griechischen und römischen Dramen endeten oft mit dem Tod eines oder auch beider Helden. Ich wollte keine tragische Heldin sein, aber ich fühlte mich so. Ich beschloss, niemanden zu lieben, niemals. Einzig der alte Frauenheld Mandele Albero di Mele schien mich zu verstehen. Aufgrund seiner großen Lebenserfahrung durchschaute er meine unglückliche Lage. Ich mochte Mandele sehr, denn er war nett, brachte uns immer kleine Geschenke mit und konnte gut mit Kindern umgehen. Er hatte stets ein schelmisches Lächeln im Gesicht. Über seine Frauengeschichten gab es die tollsten Gerüchte, wie er aber wirklich war, vermochte niemand zu sagen, denn er konnte schweigen. Er hatte überall gute Beziehungen, kannte viele wichtige Menschen. Er förderte Francesco und später auch Pietro, wo er nur konnte.

Aber ich bin vom Thema abgekommen. Jedenfalls litt ich Qualen und träumte doch gleichzeitig von der großen Liebe.« Rosa Amalia lächelte versonnen. »Doch dann tauchte Pietro auf. Anfangs konnte ich ihn gar nicht gut leiden. Er sprach ein komisches Italienisch, benahm sich etwas merkwürdig und hatte nur Augen für meine Schwester. Ich hatte den Eindruck, dass er mich gar nicht wahrnahm. Deshalb war ich wenig begeistert, als mein Vater mir eröffnete, dieser hergelaufene Ausländer werde mich malen. Ich wollte lieber von Francesco porträtiert werden, auch wenn dieser ganz von seiner Liebe zu meiner Schwester in Beschlag genommen war. Dann begann Pietro mich zu malen. Er war ein akribischer Künstler, der sich am Detail ergötzte. Und ich erkannte mit großer Freude, dass er Gefühle für mich entwickelte, auch wenn ich ihm nach außen die kalte Schulter zeigte. Ich quälte ihn, folterte sein Herz, indem ich die vornehme Dame spielte, die gefühllose, eiskalte Venus. Pietro revanchierte sich auf seine Art und stellte mich auf seinem Gemälde als eine unnahbare und distanzierte Aristokratin dar. Erst allmählich rückten wir von unserem starren Getue ab und fanden zueinander. Es dauerte seine Zeit, bis das Eis geschmolzen war und wir uns wie kultivierte Menschen unterhalten und manchmal sogar in die Augen schauen konnten. Einmal, als wir in der Bibliothek allein waren, nahm er mich plötzlich in die Arme und küsste mich. Ich wollte mich wehren, aber ich konnte nicht. Alle meine Sinne waren verwirrt, ich fühlte eine unbekannte Hitze in mir aufsteigen. Ich musste mir mit Entsetzen und zugleich Glückseligkeit eingestehen, dass dieser Kuss wunderbar war und mich in euphorische Freude versetzte. Leider öffnete in diesem Augenblick Mandele die Tür zur Bibliothek. Als er uns entdeckte, lächelte er vergnügt und verschwand gleich wieder. Doch der Zauber war gebrochen und ich lief mit glühendem Gesicht auf mein Zimmer, wo ich ein Gedicht schrieb über glühende Herzen, die Seelenverwandtschaft zwischen Liebenden und tausend andere Sachen, die mir durch den Kopf gingen. Ich liebte Pietro und wollte seine Liebe erwidern, das war mir jetzt klar. Das Gefühl der Liebe, das ich in mir trug, war etwas ganz Neues in meinem Leben. Ich konnte nur noch an ihn denken, überlegte ständig, was er wohl gerade machte, ich stand morgens mit seinem Namen auf den Lippen auf und ging mit dem Gedanken an ihn schlafen. Meine Sitzungen in Pietros Atelier wurden der Höhepunkt des Tages. Und doch konnte ich dort vor ihm sitzend nicht aufhören, meine abweisende Rolle zu spielen, obwohl ich wusste, dass ich Pietro damit verletzte. Das war stärker als ich, diese Schauspielerei war wie eine Droge. Außerdem wusste ich, dass die Liebe zu Pietro nur eine vorübergehende Herzensangelegenheit sein konnte und dass mein Vater nie einer Ehe mit einem Künstler, noch dazu aus dem Ausland, zustimmen würde. Und selbst wenn ich mit Pietro unseren Palazzo heimlich verlassen hätte – wohin hätten wir gehen sollen und wovon leben? Die Spione meines Vaters hätten uns alsbald gefunden. Auf Pietro hätte das Gefängnis gewartet oder Schlimmeres.«

Rosa Amalia trank ihr Glas leer und gab zu, müde zu sein. Hinlegen wollte sie sich allerdings noch nicht, sie wollte etwas über mich wissen. Ich überlegte, was ich von mir Interessantes erzählen könnte. Mein Leben war lange nicht so spannend wie ihres, ich konnte mit keinerlei außergewöhnlichen Leistungen aufwarten. Schule, Studium, verschiedene Arbeiten, erste Zeitungsartikel, ein paar Erzählungen, ein Roman. Ein kleiner Freundeskreis, einige gescheiterte Beziehungen, zurzeit allein auf der Wanderung durchs Leben. Kein Vermögen auf dem Bankkonto und eine Neigung zu Fatalismus, was auch ein wenig mit Selbstmitleid zu tun hatte, denn ich war überzeugt, irgendetwas am Anfang meiner Laufbahn falsch gemacht zu haben und es jetzt nicht mehr ändern zu können. Ich besaß einen Gebrauchtwagen, einen Computer mit Internetanschluss und ein Verlag hatte das Selbstmordkommando übernommen, meine Bücher herauszugeben. Der Verleger war kein guter Freund von mir, aber er glaubte an Wunder und deswegen ging er jeden Sonntag in die Kirche.

Ich fand von mir oder über mich nichts Wissenswertes, nur unwichtige Details: Ich ging spät schlafen, rauchte nicht, ging gerne ins Kino und Theater, verabscheute Volksmusik, mochte gutes Essen und mied Fastfood. Ich las mit Begeisterung gute Bücher, wobei der Begriff »gut« subjektiv war, denn Geschmack ist verschieden. Für meinen Nachbarn im Haus gegenüber, ein Anwalt, waren nur Sachbücher, die er für seinen Beruf brauchte, »gute« Bücher. Meinen Roman hatte er gelesen, zum Zeitvertreib, wie er meinte, und aus Neugier, wie ich vermutete. Sein Fazit: Das Buch könne man lesen, wenn der Fernseher und das Internet streikten und nichts anderes zur Hand sei.

»Warum seid Ihr eigentlich nicht verheiratet?«, platzte meine reizende Besucherin mit ihrer Frage mitten in meine Überlegungen.

»Eine Ehe ist mir nicht besonders wichtig«, versuchte ich mich zu rechtfertigen.

»Was denn? Ihr sucht nicht nach einer Person Eures Herzens, mit der Ihr Euer Leben verbringen wollt? Wollt Ihr tatsächlich alleine bleiben?«

»Ihr habt Ideale, die zu Eurer Epoche passen. Heutzutage wird das Heiraten nicht so ernst genommen.« Unwillkürlich hatte ich ihre antiquierte Form der Anrede übernommen. »Viele Paare wohnen auch ohne Trauschein zusammen, das ist nicht mehr tabu. Man sollte erst prüfen, ob man wirklich zueinander passt und die Gefühle von Dauer sind.«

»Bei uns hat man schon sehr jung geheiratet. Die Eltern suchten einen standesgemäßen Partner für ihre Kinder. Eine Prinzessin sollte einen Prinzen heiraten, eine Bäuerin einen Bauer. Die Liebe war dabei zweitrangig. Ein Künstler wäre für eine Aristokratin nicht akzeptabel gewesen, es sei denn er war selbst von Adel. Man tolerierte diese Menschen und machte von ihrem Schaffen Gebrauch, aber sie gehörten nicht zu unserer gesellschaftlichen Schicht.«

Ich nickte verständnisvoll. »Das kann ich mir gut vorstellen. Dieses Verhalten ist nur allzu menschlich.«

»Habt Ihr schon einmal die große Liebe erlebt?« Meine Besucherin war sehr wissensdurstig.

Als netter Gastgeber antwortete ich wahrheitsgemäß. »Ja, ich habe schon einmal mein Herz an eine Frau verloren. Sie war schön, selbstbewusst nach außen, aber zurückhaltend mit ihren Gefühlen. Sie war sehr gläubig, und um Ihrer Frage zuvorzukommen: Sie war katholisch. Sie war sehr sittenstreng und besuchte jeden Tag die Kirche. Das Zusammensein mit ihr gestaltete sich allerdings mühsam, denn meine Auserwählte war leider ausgesprochen eifersüchtig. Ständig kontrollierte sie mich und ließ keine anderen Kontakte zu. Mit ihrer Prüderie machte sie uns beiden das Leben schwer, denn gerade weil sie so viel Angst davor hatte, war sie gezwungen, fortwährend an Unsittliches zu denken. Ihre

Sprödigkeit, ihre geistige Starrheit, ihre Verlogenheit wurden zum Problem, mit der Zeit bekam ich Ekel vor dem Zusammensein mit ihr. Bevor dieser Ekel in Hass umschlagen konnte, beendete ich die Beziehung.«

Rosa Amalia fehlten anscheinend die Worte, aus ihrem Mund kam keine Erwiderung, kein Kommentar. Sie wirkte müde und ich hatte Mitleid mit ihr.

Und dann klingelte das Telefon.

Das Bildnis wird vollendet

Nach der Rückkehr aus Ferrara feierte man Mandele Albero di Meles Geburtstag. Als besonderes Geschenk überreichten ihm sowohl Francesco als auch Pietro eine Zeichnung von ihm. Auch Francesca und Rosa Amalia hatten ein ausgesuchtes Präsent. Da sie von Mandeles Begeisterung für Zauberei wussten, hatten sie von einem Händler einen Talisman aus dem Orient erstanden. Neben verschiedenen Ölen und Gewürzen, orientalischen Gewändern und Amuletten gegen Krankheiten konnte man bei diesem auch Perlenketten aus Samarkand, goldene Krüge aus Damaskus und siebenarmige Kerzenleuchter aus Jerusalem erwerben.

Mandele hängte die zwei Porträts nebeneinander an die Wand und betrachtete die unterschiedlichen Methoden und Stile der beiden Maler. Während das Bildnis von Francesco die typischen Kennzeichen seiner Epoche aufwies, trug Pietros Werk etwas Erfrischendes in sich, obwohl auch diese Arbeit sich an die euphorische Malerei der italienischen Künstler der Gegenwart anlehnte. In Francescos Bild erkannte man die Schule Raffaels und die strenge Frömmigkeit des jungen Italieners. Die Zeichnung von Pietro basierte hingegen auf der alten Schule der niederländischen Malerei, angereichert mit einer Prise italienischen Überschwangs.

Mandele hatte noch eine dritte Zeichnung in seiner Kommode, die er kaum jemandem zeigte. Aber jetzt nahm er sie aus dem Möbelstück und hängte sie zwischen die beiden anderen Bilder. Diese Zeichnung war das Geschenk eines Mannes, mit dem ihn eine herzliche Freundschaft verband. Albrecht Dürer hatte eines Tages die Idee gehabt, ihn zu zeichnen. Der Meister arbeitete nach einem Plan, alles war organisiert, alles passte, auch seine mathematischen Berechnungen, was den Körper und die gesamte Zeichnung anging. Mandele hütete das Bild als wertvollen Schatz. Jetzt besaß er drei Porträts von sich von drei verschiedenen Künstlern. Jedes hatte eine andere Ausdrucksweise, jedes wurde mit einer anderen Technik gemacht und jedes sprach zu ihm in seiner eigenen Sprache. Dürers Mandele war eine ausgearbeitete Zeichnung, bei der die Symmetrie des Körpers alle Freiheiten zügelte, um ihn getreu dem Modell wiederzugeben. Kurioserweise litten die künstlerische Aussage, die malerische Fantasie nicht unter diesem Gleichmaß nach Plan, sondern dieses verhalf dem Bild zu seiner unbestreitbaren Größe. Die Sprache Pietros war noch etwas rau und der Suche nach seinem Platz in der Malerei geschuldet. Seine Technik beinhaltete gute handwerkliche Arbeit, gewürzt mit träumerischer Eingebung und jugendlichem Elan. Francescos Kunst bestach mit dem Außergewöhnlichen. Mit großer Kunstfertigkeit konnte er naturgetreu das Gesehene auf ein Bild übertragen. Er wollte, dass sich das Gemälde nicht von der Wirklichkeit unterschied. Er achtete auf Licht und Schatten, auf alle die Details, die zu einem perfekten Gemälde führten.

Dieser Francesco, der ein ganz großer Maler zu werden schien, hatte inzwischen das Porträt von Francesca fertiggestellt und sein Auftrag war erfüllt. Pietro dagegen war mitten in der wichtigsten Phase seiner Bemühungen. Jetzt sollten alle Details seines Modells zum Vorschein treten und farbengetreu verewigt werden. Pietro liebte die Detailarbeit, darin ging er auf, denn hier konnte er seine Begabung zur Finesse ausleben.

Regelmäßig suchte Mandele das Atelier auf und begutachtete den Fortschritt. Ihm gefiel Pietros Idee, ein kleines Bild in sein Gemälde hinein zu komponieren. Dieser Künstler hatte den Blick und das Talent, das den brillanten Maler von dem guten Maler unterschied. Erfindungsgabe, neue Ideen und träumerische Fantasie, das alles konnte man ihm rückhaltlos bescheinigen. Mandele schaute zu Rosa Amalia und entdeckte auf ihrem schönen Antlitz eine Art Verzückung, während sie mit Pietro sprach. Insgeheim musste er schmunzeln. Hatte sie also doch ihr Herz für den Mann aus Flandern entdeckt! Die jüngste Bentivoglio war zu einer entzückenden jungen Dame herangewachsen, stellte er anerkennend fest. Auch Pietro war ein hübscher junger Mann, ein talentierter Maler, der es mit Glück und Geschick zu etwas bringen konnte.

»Ich kann Euch zu dem Bild nur beglückwünschen«, lobte der Kunstkenner mit aufrichtiger Bewunderung. »Was für eine Gabe für das Detail. Pietro, Ihr habt mich von Eurer Kunst überzeugt,

Eure Qualitäten habt Ihr im wahrsten Sinne des Wortes plastisch dargestellt.«

»Es freut mich sehr, dass Euch mein Werk gefällt. Ich bin noch nicht besonders erfahren, ich lerne mit jedem Pinselstrich dazu und bin für jeden Hinweis dankbar. Dies ist mein erstes großes Gemälde und ich habe in dieses Bild viel Energie investiert. Ich möchte gerne noch viele überzeugende Bilder malen.«

Rosa Amalia schaute ihn zustimmend an, in ihren Augen stand ein warmes Leuchten. Auch ihr Antlitz erwärmte sich und ihr Mund verlor die vornehme Strenge. »Ihr habt schön gesprochen«, sagte sie. »Ihr habt Euch wirklich sehr angestrengt, um das Bild so schön und ansprechend, wie es nur vorstellbar ist, zu malen. Und Ihr habt mich sehr liebenswürdig dargestellt, obwohl ich das nicht immer war. Inzwischen ist mir sogar dieses Kleid, das doch jedes Mal sehr umständlich anzulegen ist, lieb und teuer geworden.«

Während Pietro sich wieder in seine Arbeit vertiefte und weitere Details gestaltete, verließen Mandele und Rosa Amalia den zum Atelier umgestalteten Raum, um einen Spaziergang im Garten des Palazzos zu unternehmen. Dort trafen sie auf Signora Bentivoglio, die Mutter von Rosa Amalia, die auf einer Bank sitzend ihr Gesicht der Sonne entgegenhielt. Donna Bentivoglio litt seit einigen Jahren an mehreren Krankheiten, die ihre Spuren in dem immer noch attraktiven Gesicht der Frau hinterlassen hatten. Immer wieder zwangen sie die Schmerzen in ihren Gelenken zu unfreiwilligen Ruhepausen. Dann lag sie im Bett und nahm die vom Dottore gemischte Medizin. Diese hatte jedoch nur kurzzeitige Wirkung, die Schmerzen kamen immer wieder und mit steigender Intensität zurück. Ein herbeigerufener Spezialist für Gelenkkrankheiten, Professor an der Universität in Padua, konnte ihr auch nicht helfen, wurde aber fürstlich für sein Kommen bezahlt. Die Signora war eine starke Frau, die den Unwägbarkeiten des Lebens mit innerer Kraft Paroli bot. Sie litt still, nach außen ließ sie sich nichts anmerken, sie hatte das Leben im und um den Palazzo stets unter Kontrolle und traf tagtäglich unzählige Entscheidungen, die meist die richtigen waren. Sie schien in ihrem Behauptungswillen unermüdlich zu sein. Donna Bentivoglio war eine gebildete Person, eine selbstbewusste und anziehende Frau. Einige Zeit nach ihrer Hochzeit hatte sie eine Affäre gehabt, die den Ehefrieden in eine große Krise hätte stürzen können. Doch sie hatte dieses Liebesabenteuer eisern verschwiegen, nur sie und ihr damaliger Geliebter hatten davon Kenntnis. Damals hatte sie sich Hals über Kopf in den charmanten, sehr gut aussehenden und mit Zauberkräften begabten jungen Mann verliebt, dem sie sich atemlos hingab. Als der Zauber verflogen war, trennten sie sich und schworen einander, niemals jemandem von dieser Liebe zu erzählen. Dieses Geheimnis bewahrten die immer noch Befreundeten bis zum heutigen Tag. Doch noch heute konnten sie sich, wenn sie sich zufällig trafen, nicht in die Augen schauen, ohne sich mit einem Stich im Herzen an die Tage ihrer großen Leidenschaft zu erinnern.

Mandele Albero di Mele verbeugte sich vor der Schlossherrin, die ihm ihre Hand zum Kuss reichte. Rosa Amalia küsste ihre Mama und fragte nach der Gesundheit. »Solange ich hier sitze und die Sonnenstrahlen auf mich wirken lasse, geht es mir gut. Was nachher kommt, werde ich sehen. Und wie geht es Euch, Signore Mandele?«, fragte sie den Begleiter ihrer Tochter.

»Ich kann nicht klagen. An manchen Tagen bin ich glücklich und fühle mich frei wie ein Vogel, an anderen habe ich dunkle Gedanken und werde traurig. Warum das so ist, vermag ich nicht zu sagen. Vielleicht liegt es am Alter, denn das macht sich inzwischen bemerkbar. Manche Krankheiten kommen und verlassen mich nicht mehr. Ich versuche diese Vorgänge zu verstehen, deshalb befasse ich mich mit orientalischer Medizin. Dadurch kann ich auf manche Mittel zugreifen, die unsere europäische Medizin nicht kennt. Manchmal hilft das, aber nicht immer.«

»Mandele beschäftigt sich mit der Zauberei«, erklärte Rosa Amalia.

»Nicht direkt«, entgegnete er, »nicht alles ist Zauberei. Aber ich gebe zu, diese Art von Wissenschaft besonders interessant zu finden.«

»Wie geht es Eurer Gemahlin?«, wollte Signora Bentivoglio wissen.

»Nicht besonders gut. Sie hustet Blut und hat ständig Fieber. Auch mein Zauber hat hier Grenzen, ich kann ihr nicht helfen.« Alle wussten, dass Signora di Mele an einer schweren Krankheit litt. Manchmal hatte sie schlimme Träume und redete wirr. Hohes Fieber vernebelte ihre Sinne, sie erkannte ihren Gemahl nicht mehr. In ihrem Gemach war es immer dunkel und die Luft war stickig. Rosa Amalia war einmal dort gewesen, in der Nacht danach hatten sie Alpträume geplagt.

Das Gesicht der Signora erwärmte sich unter den Strahlen der Sonne, es bekam Farbe und sah nun etwas gesünder aus. Im goldenen Glanz funkelten ihre Augen, unter ihren fröhlichen Blicken wurde nicht nur Rosa Amalia wärmer ums Herz. Die Mutter befragte sie bei dieser Gelegenheit über das Lernen mit der neuen Gouvernante, die aus Venedig stammte und einen hervorragenden Ruf hatte.

»Signora Rosalinda hat gestern mit mir Mathematik und Handarbeiten geübt, morgen machen wir mit italienischer Grammatik und Latein weiter«, antwortete Rosa Amalia.

»Ich hoffe, diese Dame kann dir und deiner Schwester viel beibringen. Wenn ihr mal heiratet, sollt ihr uns nicht beschämen und euren Ehemännern gute Gemahlinnen sein. Eure Gouvernante ist teuer und anspruchsvoll, ich hoffe sie ist das Geld wert.«

»Aber teuerste Freundin«, Mandele küsste noch einmal ihre Hand, »Signora Rosalinda ist wirklich eine Kapazität, eine der besten Lehrerinnen, die ich je getroffen habe. Das dürft ihr mir glauben. Ich habe sie schon vor Jahren in Venedig kennengelernt.«

»Ihr wart in Venedig?« Rosa Amalia schaute ihn mit Bewunderung an.

»Na ja, ich bin eine Art Weltenbummler, ich bin immer gerne gereist. Ein bisschen was von der Welt habe ich schon gesehen. Ich habe viele Städte Italiens besucht und war auch in Spanien und Frankreich, den Niederlanden und Deutschland unterwegs. Ich war sogar bei den Osmanen in Konstantinopel und im Orient. Aber am liebsten verbringe ich die Zeit hier bei Euch im Palazzo.«

»Das ist auch gut so«, sagte Signora Bentivoglio. »In der Fremde mag es interessant und schön sein, aber zu Hause ist es doch am schönsten.«

Mandele küsste zum Abschied erneut die Hand der Signora und wünschte ihr noch einen schönen Tag. Die Tochter gab ihrer Mama einen Kuss und wanderte dann mit Mandele zurück zum Palazzo.

Dort erfuhren sie vom Schlossherrn persönlich, dass noch am

heutigen Tag Besuch zu erwarten war. Die Schwester seiner Frau, die Signora Sabatini, oder Tante Lucrezia, wie man sie in der Familie nannte, hatte sich angesagt. Rosa Amalia freute sich aufrichtig, denn sie liebte diese lustige, charmante Tante, die überall auf der Welt, insbesondere in den Königshäusern, ihre Freunde hatte.

Ihr Vater und Mandele teilten diese Freude nur bedingt, wussten sie doch von den Problemen, die dieser Besuch mit sich bringen würde. Lucrezia Sabatini war eine resolute, mit allen Wassern gewaschene Dame, die ihre unbestritten vorhandene Intelligenz nicht nur für gute Zwecke einzusetzen pflegte. Sie war vor fünf Jahren Witwe geworden, als ihr Gemahl, ein Verwandter der Borgias und Ritter der päpstlichen Armee, bei einem Reitunfall ums Leben gekommen war. Man munkelte, dass er zu viel Wein getrunken hatte, als er versuchte, sein Pferd zu besteigen. Signora Sabatini trauerte drei Tage und zwei Nächte, in der dritten Nacht wurde sie dann vom besten Freund ihres verstorbenen Gatten dabei unterstützt. Tante Lucrezia war bauernschlau und geistreich zugleich, gebildet und aufgeweckt, schlagfertig, ironisch und witzig. Aber wer sie zum Feind hatte, hatte nichts zu lachen. Sie konnte gemein und boshaft, dreist und unfein sein.

Auch sie hatte den Zeitgeist ihrer Epoche verinnerlicht und betätigte sich als kenntnisreiche Gönnerin der Kunst. Sie war erst dreißig Jahre alt, der adligen Gesellschaft galt sie aber schon als alte, lebenslustige Dame, man nannte sie »die lustige Witwe«. Während bei den Ehefrauen und Hofdamen alle Alarmglocken schrillten, wenn sie vom Kommen dieser Person erfuhren, sahen die Männer an den Höfen den Besuchen Lucrezias mit Freude und leichter Spannung entgegen. In ihrer Anwesenheit fühlten sie sich wieder wie Männer und träumten von Dingen, von denen sie schon lange nicht mehr zu träumen gewagt hatten. Lucrezia kokettierte nicht, flirtete kaum, verführte niemanden zu unüberlegten Handlungen, und doch fand sich während ihrer Besuche immer ein Opfer, das ihr aus der Hand fraß und ihr allzu gerne mit Haut und Haar verfiel. Signore Bentivoglio und Mandele kannten Lucrezia nur zu gut und wussten von ihrer Macht über das männliche Gemüt. Deswegen sorgten sie sich um die jungen ledigen und auch um die verheirateten Männer im Palazzo – potenzielle Opfer der »lustigen Witwe«.

Trotzdem war Signore Bentivoglio guter Dinge. »Wir freuen uns alle über den Besuch deiner Tante«, sagte zu seiner Tochter. Dabei schaute er zu Mandele, der mit einem ironischen Lächeln die Worte des Schlossherrn bestätigte. Und als Rosa Amalia einem Ruf Francescas folgte und den Raum verließ, lächelten die beiden Männer einander zu. »Könnt Ihr Euch noch erinnern an den süßen Schmerz damals?«, fragte Signore Bentivoglio.

»Und wie! Die Zeit vergeht, aber die Erinnerungen bleiben.«

In der Zwischenzeit hatte Pietro die letzten Stellen an seinem Bild fertig gemalt. Er verbesserte noch einige Details, retuschierte ein paar Kleinigkeiten und setzte dann seinen Namen unter das Werk, der leider etwas unleserlich geriet. Zufrieden lehnte er sich zurück und betrachtete von allen Seiten den soeben zu Ende geführten Auftrag. Er war mit seiner Arbeit sehr zufrieden, er spürte, dass dieses Gemälde seinen Weg zu etwas Ruhm unterstützen könnte. Er hatte viel gelernt, viel gesehen, sich von Francesco inspirieren lassen wie auch von seiner Liebe zu der Prinzessin. Er war glücklich. Im Kopf plante er schon seine nächsten Schritte, seine Reise nach Bologna und Rom. Vielleicht gab es auch eine gemeinsame Zukunft mit Rosa Amalia? Er wusste, dass er für sie nicht standesgemäß war. Signore Bentivoglio war ein großzügiger Herrscher. Schon seine Idee, für das Porträt seiner jüngsten Tochter einen unbekannten fremdländischen Maler zu beauftragen, zeugte von der Weitsicht, Erfahrung und Klugheit dieses Mannes. Aber wenn es sein müsste, wäre Pietro bereit, ihn gegen sich aufzubringen, wenn es um seine Tochter ging.

Pietro freute sich über die Freundschaften, die er geschlossen hatte. Insbesondere die Freundschaft zu Francesco war ihm aus vielen Gründen wichtig. Zum einen mochte er ihn sehr und außerdem konnte er viel von ihm lernen, er hatte einige Kunstgriffe und Einfälle von ihm übernommen. Francesco zeigte ihm auch die italienische Lebensart, die sich vom Leben in seiner Heimat beträchtlich unterschied. Hier nahm man das Geschehen mit einer Prise Humor, begleitet von einem guten Rotwein. Man spürte das besondere Ambiente, das einmalige Flair der Mittelmeerländer. Hier erschien alles leicht, man war ungezwungen, Probleme löste man unkompliziert, über jedes Vorhaben verbreitete man sich mit großer Euphorie. Bei Misserfolgen weinte und trauerte man eine Zeit lang, um danach tatendurstig das Fiasko in einen Sieg umzumünzen. In seiner Heimat dagegen nahm man alles sehr ernst, man arbeitete um der Arbeit willen, etwaige Fehlschläge wurden mit Akribie analysiert, so lernte man aus den Fehlern. Für Euphorie war kein Platz, man war sehr gewissenhaft und eher humorlos. Er liebte die italienische Lebensweise, aber genauso liebte er die Kultur in Brüssel und Flandern.

Auch Mandele Albero di Mele zählte er zu seinen Freunden, obwohl dieser viel älter war. Seine Erfahrung, seine Beschlagenheit in vielen Dingen kamen auch Pietro zugute. Er war ein interessanter Mensch, der schon die halbe Welt bereist hatte. Außerdem kannte er sich mit dem weiblichen Geschlecht aus wie kein anderer und konnte in dieser Beziehung mit allerlei hilfreichen Ratschlägen dienen.

Pietro fühlte sich wohl im Schloss Bentivoglio, und manchmal wünschte er sich, dass sein Aufenthalt hier ewig dauern möge. Doch er hatte andere Pläne, die er auch nicht aufzugeben gedachte. Die Ewige Stadt am Tiber war schon immer sein Traumziel gewesen. Was danach kommen würde, lag in Gottes Hand. Nur konnte er sich nicht vorstellen, die Prinzessin seines Herzens verlassen zu müssen.

Diese betrat plötzlich nach kurzem Anklopfen das Atelier und berichtete ausgelassen und voller Freude von dem bevorstehenden Besuch. »Tante Lucrezia ist meine Lieblingstante. Sie hat viel Humor und immer interessante Geschichten auf Lager«, schwärmte sie. »Sie ist großherzig und anmutig, bezaubernd und charmant. Und sie ist wunderschön, obwohl sie schon dreißig Jahre alt ist – aber man sieht ihr das Alter nicht an«, fuhr Rosa Amalia mit der unbewussten Arroganz der Jugend fort. »Leider ist sie verwitwet, doch obwohl ihr viele Männer den Hof machen, will sie nicht wieder heiraten. Sie ist sehr gottesfürchtig und geht fast jeden Tag in die Kirche, um zu beten. Ich finde sie toll und will auch so werden wie sie.«

»Ich freue mich darauf, Eure Tante kennenzulernen. Wo ist denn ihr Wohnsitz?«

Bei dieser Frage wurde Rosa Amalia verlegen und sie erklärte, dass ihre Tante seit dem Tod ihres Gemahls auf Reisen sei. Sie wohne bei Freunden oder bei Verwandten, von denen es unzählige gebe. »Sie ist, wie meine Mutter auch, eine Visconti, und durch ihren verstorbenen Gatten wiederum mit den Borgias verwandt. Die Visconti, die Borgia und die Bentivoglio bilden zusammen eine unschlagbare Macht. Auch wirtschaftlich helfen sich die Familien. Wir sind kreuz und quer miteinander verflochten, unsere Vorfahren haben das mit Bedacht arrangiert.«

In diesem Augenblick entstand im Palazzo eine Unruhe, die das Erscheinen des erwarteten Besuchs anzeigte. »Ich glaube, meine Tante ist angekommen«, rief Rosa Amalia aufgeregt und verließ, sich entschuldigend, schnell den Raum. Pietro war etwas enttäuscht, dass sein Modell das fertige Bild nicht angeschaut hatte. Aber die Tante hat Vorrang, sagte er sich ironisch. Er baute die Staffelei ab, reinigte seine Pinsel, verstaute seine Farben und stellte das Tischlein zurück unter das Fenster, wo sein ursprünglicher Platz war. Das Gemälde packte er in ein Tuch und legte es neben seine Staffelei.

In seinem Zimmer wusch er sich und legte frische Kleidung an. Das Abendessen stand bevor und Pietro war sehr neugierig auf die angekündigte Dame. Auch Lucrezia Sabatini machte sich für das Diner zurecht. Ihre Wahl fiel auf ein dunkelrotes Kleid mit wenig Ausschnitt. Sie sah darin sehr anmutig und fast keusch aus. Als sie im Saal erschien, glänzten nicht nur ihr Kleid, sondern auch die Armbänder, das Kollier und die Ringe, die sie trug, und ein angenehmer Duft umwehte die Eintretende.

Ein fünfhundertjähriger Teenager in der Moderne

Als das Telefon klingelte, erschrak meine Besucherin, denn sie kannte zwar Mobiltelefone, aber keinen stationären Apparat. Am anderen Ende der Leitung hörte ich eine mir nur allzu bekannte Stimme. »Ich habe einige Sachen bei dir gelassen. Da ich zufällig wieder in Frankfurt bin, dachte ich mir, ich könnte diese jetzt abholen.«

Ich wehrte ab, dass es jetzt nicht passe, denn ich sei müde und brauche Ruhe. Doch damit kam ich nicht durch. Sie fragte resolut, ob ich nicht allein in der Wohnung sei, denn ich hätte mich nie nach Ruhe gesehnt. Das seien ganz neue Töne. Sie wiederholte die Frage, ob ich alleine sei.

»Selbstverständlich bin ich allein, aber ich würde dich gern ein anderes Mal empfangen«, behauptete ich.

»Mach dir keine Mühe, ich will nur meine Sachen holen, dann bin ich auch gleich weg. Ich bin schon unterwegs.«

»Vielleicht ein anderes Mal, heute nicht«, sagte ich mit Bestimmtheit.

Doch sie gab nicht auf. »Ich stehe bereits vor deiner Tür, mein Lieber, also lass mich rein.« In diesem Augenblick klingelte es auch schon, aber ich machte nicht auf.

»Erwartet Ihr Besuch?«, fragte Rosa Amalia erstaunt.

»Eigentlich nicht, aber meine ehemalige Lebensgefährtin ist nach Frankfurt gekommen und will ihre hier verbliebenen Sachen mitnehmen.«

»Wollt Ihr sie nicht hereinbitten?«

Ich fühlte mich in die Enge getrieben. »Eigentlich nicht. Ich habe keine Lust auf ein Wiedersehen.«

Doch es hörte nicht auf zu läuten und schließlich riss ich entnervt die Tür auf und stand meiner Verflossenen plötzlich von Angesicht zu Angesicht gegenüber. Sie schaute triumphierend, und dann erblickte sie meinen Gast. »Also doch! Dachte ich's mir doch, dass du Frauenbesuch hast. Lügen konntest du noch nie«, wandte sie sich zu mir. »Vielleicht kannst du uns einander vorstellen?« Da ich keine Anstalten machte, ihrem Wunsch zu entsprechen, ergriff sie selbst die Initiative: »Ich heiße Renate und bin die frühere Freundin von ihm hier.« Dabei zeigte sie mit geringschätzigem Gesichtsausdruck auf mich.

»Sehr angenehm. Ich heiße Rosa Amalia Bentivoglio.«

»Ihrem Akzent und auch dem Namen nach sind Sie vermutlich Italienerin? Ich war vor einiger Zeit in Italien. Da haben wir in einer kleinen Ortschaft vor den Toren von Bologna übernachtet, die genauso hieß. Es gibt dort ein altes Kastell, das früher einer Familie Bentivoglio gehörte.«

Bevor die Prinzessin antworten konnte, drängte ich Renate, ihre Sachen zu nehmen und schlug vor, meinen kleinen Reisekoffer mit ihrem Zeug zu befüllen. Sie aber, raffiniertes Weib, bat mich, einen Kaffee für sie aufzusetzen, denn sie habe einen langen Tag hinter sich. Als ich gehorsam in meine Küche wanderte, um die Kaffeemaschine in Gang zu setzen, kam sie mir nach und fragte ernst, ob ich von allen guten Geistern verlassen sei und jetzt mit Teenagern »rummachen« würde.

Empört gab ich zurück, dass sie mit ihren vorschnellen Urteilen vorsichtig sollte. Ich hätte im Städel mit Rosa Amalia Bentivoglio Bekanntschaft gemacht und sie sei in Frankfurt nur zu Besuch. Dieser dauere nur wenige Tage, dann werde sie wieder den ihr zugewiesenen Platz einnehmen.

Natürlich wollte Renate sofort wissen, was ich mit dieser Bemerkung meinte.

»Dort, wo sie hingehört.«

»Und wo gehört sie deiner Meinung nach hin?«

Ich schwieg, denn ich konnte Renate ja nicht sagen, dass dieser Platz ein Bild im Städel-Museum war.

»Ich wollte dich nur vor einer Beziehung zu einer Minderjährigen warnen«, sagte sie süffisant. »Wird sie bei dir übernachten?«

»Das geht dich nichts an, unsere Wege haben sich getrennt.« Endlich war der Kaffee fertig. Ich reichte Renate ihre gefüllte Tasse und wir gingen in das Zimmer zurück.

Rosa Amalia saß auf der Couch und schaute sich ein von Renate vergessenes Modejournal an. »Ihr habt hier einen sehr gewagten

Bekleidungsstil! Solche offenherzigen Kleidungsstücke wären bei uns ein Problem. Damit könnte man auf dem Scheiterhaufen enden.«

Renate schaute völlig entgeistert. In ihrer sprachlosen Verwunderung trank sie unbedacht einen großen Schluck Kaffee und verbrannte sich prompt ihr loses Mundwerk, was mich mit einer gewissen Genugtuung erfüllte. »Verdammt, jetzt habe ich mir die Lippen verbrannt«, rief sie mit gequältem Gesichtsausdruck.

»Ihr müsst einen kalten Umschlag auf die verbrannte Stelle legen, das hilft.« Die Prinzessin entpuppte sich als eine in allen Lebenslagen versierte Person.

Obwohl sie Schmerzen hatte, konnte Renate nicht schweigen und bombardierte Rosa Amalia mit Fragen. Doch diese hatte selbst eine dringende Frage, die sie viel mehr interessierte. »Ihr sagtet, in dem Ort Bentivoglio steht noch ein Kastell. Habt Ihr es gesehen? Ist es bewohnt?«

Renate schüttelte den Kopf. »Ich weiß nicht viel darüber, nur dass es einer Familie Bentivoglio gehörte, die es auch erbauen ließ. Sind Sie etwa mit dieser Familie verwandt?«

»Aber selbstverständlich, ich bin eine Bentivoglio. Und aus welcher Familie stammt Ihr?«

Diese Frage hatte Renate nicht erwartet. »Ich stamme aus Wetzlar, das ist eine Stadt in Mittelhessen. Mein Vater hat dort eine orthopädische Praxis, meine Mutter ist seine Sprechstundenhilfe.«

»Was ist das, eine Sprechstundenhilfe?«, wollte Rosa Amalia wissen.

Ich setzte zu einer Erklärung an: »Ein Arzt, der eine eigene Praxis betreibt, kümmert sich nicht nur um die Kranken, er muss seine Arbeit auch verwalten. Er muss einen Terminkalender führen, Abrechnungen machen, Krankenakten führen, Rezepte ausstellen. Mit diesen Rezepten gehen die Patienten zu einer Apotheke, wo sie die verschriebene Arznei bekommen. Alle diese Arbeiten, die dem Doktor nur Zeit stehlen würden, verrichtet die Sprechstundenhilfe. Man könnte …«

»Sie wollte doch nur wissen, was das Wort bedeutet, aber du erklärst es so, als wüsste sie nichts von den Aufgaben einer Sprechstundenhilfe. Es gibt bestimmt ein Wort im Italienischen, das diesen Berufsstand beschreibt«, unterbrach mich Renate befremdet.

»Bestimmt. Aber Signora Bentivoglio hatte einen langen Tag und würde jetzt gerne zu Bett gehen.«

»Sie bleibt über Nacht hier?« Renate war wohl wirklich eifersüchtig.

»Ja, sie bleibt hier. Und du wolltest doch gehen! Deine Sachen hast du ja nun. Fährst du jetzt zu deinem Partner oder zu deinen Eltern nach Wetzlar?«

Renate schaute mich unsicher an. »Eigentlich hatte ich gehofft, die Nacht hier verbringen zu können. Ich habe ich mich von meinem Partner – wie du ihn nennst – getrennt.«

Ich verstummte angesichts dieser Nachricht. Schließlich meinte ich perplex: »Und warum, wenn ich fragen darf?«

»Wir passten einfach nicht zusammen. Als die erste Verliebtheit vorbei war, da verflog der Zauber wie eine Seifenblase und es blieb eine große Fremdheit zwischen uns beiden. Es ist traurig, wie schnell Gefühle vergehen können und zwei Menschen, die soeben noch für immer miteinander sein wollten, sich nichts mehr zu sagen haben.«

»Und was hast du nun vor?«

»Ich dachte … vielleicht könnten wir … du weißt … es noch mal miteinander versuchen? Eigentlich sind wir gut miteinander ausgekommen, findest du nicht?«, stotterte sie verlegen.

»Das stimmt, aber die Lage hat sich geändert. Ich kann nicht einfach von vorne anfangen. Da ist zu viel zerstört, zu viel ist falsch gelaufen. Ich würde lügen, wenn ich behaupten würde, dass du mir durch deinen Entschluss zur Trennung nicht das Herz gebrochen hast. Man kann nicht einfach nach Belieben den Partner wechseln. Heute ich, morgen er … und übermorgen jemand anders. Nur weil du jetzt eine negative Erfahrung gemacht hast, kannst du nicht einfach zurückkommen und so tun, als hättest du nicht meine Gefühle verletzt. Ich brauche Abstand, um darüber nachzudenken, und du bestimmt auch. Deshalb sollten wir uns Zeit lassen, vielleicht drei Monate, würde ich vorschlagen. Wenn wir dann beide der Meinung sind, dass wir zusammengehören, dann soll es so sein und dann ziehen wir auch zusammen.«

Renate sah mich lange prüfend an, dann erschien ein Funkeln in ihren Augen. »Du liebst mich immer noch«, sagte sie leise, aber mit Überzeugung. »Gut, ich akzeptiere deinen Vorschlag. Ich gehe jetzt in ein Hotel und morgen fahre ich zu meinen Eltern.«

»Du brauchst nicht ins Hotel, du kannst die Couch nehmen. Ich werde auf der Luftmatratze schlafen«, sagte ich versöhnlich, was mir einen glücklichen Kuss von Renate eintrug.

Währenddessen hatte sich Rosa Amalia erneut dem Fernsehprogramm zugewendet. Diesmal wurde ein Bericht aus dem Louvre gezeigt, wo man die dort ausgestellten Kunstschätze vorstellte. Als die *Mona Lisa* präsentiert wurde und man den Besucheransturm speziell für dieses Gemälde kommentierte, wunderte sich die Prinzessin. »Sonderbar, dass so viele Menschen die Signora del Giocondo betrachten wollen. Sie war doch niemand Besonderes. Ich habe sie einmal kennengelernt, als Giorgio sie mit ihrem Gemahl Francesco und anderen Florentiner Herrschaften zu sich nach Hause eingeladen hatte. Lisa war eine gewöhnliche Frau, sehr nett, aber keine Aristokratin.«

Renate wirkte völlig entgeistert. »Wie können Sie so etwas behaupten?«, fragte sie argwöhnisch.

Bevor Rosa Amalia antworten konnte, schritt ich ein und erklärte, dass es bei diesem Bild um die Maltechnik und den Ausdruck gehe. Dann führte ich meine italienische Bekannte ins Schlafzimmer, wo sie zum ersten Mal nach fünfhundert Jahren in einem Bett schlafen durfte. Dankbar ließ sie sich auf die Matratze sinken und war schon eingeschlafen, bevor ich die Tür wieder hinter mir geschlossen hatte.

Auch Renate hatte sich umgehend ins Land der Träume begeben und lag schon friedlich schlummernd auf der Couch, als ich zurückkam. Ich breitete eine Decke über sie und schlug mein einfaches Lager am Boden auf.

Am nächsten Tag war Rosa Amalia die Erste, die ihr Bett verließ. Sie verbrachte viel Zeit im Badezimmer, aber als sie es verließ, sah sie noch bezaubernder aus als am Vortag. Nachdem ich selbst einer kurzen Morgentoilette nachgegangen war, belegte Renate das Bad, während ich beim Bäcker frische Brötchen holte.

Nach dem Frühstück bestellte ich für Renate ein Taxi, das sie zum Hauptbahnhof bringen sollte. Von dort wollte sie den Regionalzug nach Wetzlar nehmen. Als wir allein zurückgeblieben waren, merkte Rosa Amalia an, meine ehemalige Lebensgefährtin sei ein Mensch, der orientierungslos durchs Leben segle. Als ich um eine Erklärung bat, meinte sie: »Ich habe zufällig euer Gespräch mitgehört und verstanden, dass sie wieder zu Euch zurückkommen möchte. Ihr habt ihr Ansinnen nicht rundheraus abgelehnt und daraufhin behauptete sie, Ihr würdet sie noch immer lieben. Aber sie hat nicht gesagt, dass sie Euch liebt!«

Eigentlich hätte ich sie für das Belauschen von Gesprächen fremder Leute tadeln müssen, aber ihre Konklusion erschien mir sehr treffend und gab mir zu denken.

Wie versprochen fuhr ich mit ihr an diesem sonnigen Tag zum Flughafen. Schon die Zugfahrt war für Rosa Amalia ein besonderes Erlebnis. Die »große schnelle Fahrmaschine auf Rädern, die auf langen Eisen fährt«, hinterließ bei ihr einen bleibenden Eindruck. »Ihr müsst höllische Maschinen haben, die solche Fuhrwerke antreiben können. Es sitzt sich hier sehr angenehm, man merkt kaum, wie schnell man fährt«, befand sie. Fasziniert beobachtete sie, wie Bäume, Wiesen und Felder an uns vorbeizogen. Als wir in den Tiefbahnhof des Flughafens einfuhren, zeigte sie sich etwas beunruhigt und dachte wohl, wir seien auf dem direkten Weg in die Hölle. Als aber dann der hell erleuchtete Bahnhof auftauchte, legte sich ihre Unruhe.

Mittels einer Rolltreppe erreichten wir das Flughafengebäude, dessen Größe Rosa Amalia fast einschüchterte. »So viele Menschen habe ich noch nicht in einem Haus gesehen«, bekannte sie freimutig. Und als sie das erste Flugzeug in seiner normalen Größe erblickte, drückte sie sich Schutz suchend an mich und fasste meine Hand. »Ist das dieser silberne Vogel, den wir am Himmel gesehen haben?«, fragte sie mit Angst und Respekt in der Stimme.

»Mit diesem Vogel aus Metall könnten wir binnen zwei Stunden in Bologna sein«, erklärte ich großspurig. Sie schaute mich mit offenem Mund an, sie verstand nicht, wie das möglich sein sollte. »Dieser Riesenvogel fliegt sehr schnell von Stadt zur Stadt. Er ist mit einem äußerst starken Antrieb ausgerüstet. Theoretisch könnten wir am Abend zurück in Frankfurt sein.«

»Oh ja, fliegen wir nach Bologna, oder noch besser nach Bentivoglio!« Ihre Augen leuchteten vor Aufregung.

Bedauerlicherweise musste ich ihrer Begeisterung einen Dämpfer versetzen. »Das geht leider nicht. Sie haben keinen Pass, und ohne den können wir nicht ins Flugzeug steigen. Wer eine Grenze zu einem anderen Land überquert, muss dieses Papier haben, das ihn ausweist. Darin wäre zum Beispiel verzeichnet, dass Sie Rosa Amalia Bentivoglio heißen, italienische Staatsbürgerin sind und in Bologna wohnen, dazu Straße und Hausnummer sowie das Geburtsdatum. Außerdem enthielte der Pass Ihr Foto, damit man Sie als dessen rechtsgültige Besitzerin erkennt. Jeder Bürger eines Staates hat so einen Ausweis und muss ihn auf Verlangen der Polizei oder einer Behörde vorzeigen.« Ich zog meinen Personalausweis aus meiner Jackentasche und zeigte ihn ihr. Interessiert studierte sie das Dokument und erklärte, dass man in ihrer Epoche keine Ausweispapiere brauchte.

Um auf die Aussichtsterrasse zu gelangen, mussten wir eine Kontrolle passieren. Ich warnte Rosa Amalia, dass dies zu Problemen führen könnte, doch sie wollte es versuchen. Der Beamte kontrollierte meinen Ausweis und ich musste alle meine Sachen aus den Taschen holen und in eine Kiste legen. Diese wanderte in das Ultraschallgerät und wurde nach eingehender Prüfung wieder aus dessen Bauch gespuckt. Meine Begleiterin hatte außer einem Paket Taschentücher, das ich ihr mitgegeben hatte, nichts vorzuzeigen. Sie legte das geöffnete Päckchen in die Kiste, was zu allgemeiner Erheiterung beim Kontrollpersonal führte. Nach ihrem Ausweis gefragt, erklärte sie, sie habe ihn im Hotel vergessen, aber sie sei mit mir zusammen hier. Bevor sie heimkehre, wolle sie gerne die Aussicht auf der Terrasse genießen. Sie sagte das in ihrem gesungenen Deutsch und mit so viel Grazie und Koketterie, dass der Beamte, obwohl er genaue Direktiven hatte, einfach nicht Nein sagen konnte. Betört von dieser fünfhundertjährigen Erscheinung vergaß er alle Anweisungen und Instruktionen und zeigte sein menschliches Gesicht. Auf diese Art gelangte meine Begleiterin ohne gültige Ausweispapiere auf die Aussichtsterrasse des Flughafens.

Dort verfolgten wir geraume Zeit die Starts und Landungen der verschiedenen Flugzeuge. Bei der ersten Landung schloss Rosa Amalia noch voller Angst die Augen, denn sie konnte sich nicht vorstellen, wie dieser Riesenvogel unbeschadet auf dem Boden aufsetzen sollte. Doch dann siegte ihre Neugier, und obwohl sie sich bei jeder startenden Maschine die Ohren zuhielt, klatschte sie danach immer wieder begeistert Beifall. Schließlich kaufte ich uns ein Eis und wir verließen unseren Aussichtspunkt. Beim Hinausgehen bedankte sich Rosa Amalia bei dem Sicherheitsbeamten noch einmal für sein Entgegenkommen, was diesem ersichtlich das Herz erwärmte.

Zurück in der Frankfurter Innenstadt besuchten wir den Dom, denn die Prinzessin hatte den Wunsch geäußert, in einer Kirche beten zu können. Die Kathedrale gefiel ihr, obwohl die in Rom und Bologna größer und prächtiger waren. Sie kniete sich in eine Bank und verharrte einige Zeit in dieser Haltung. Am Ausgang stellten wir Kerzen zum Gedenken auf und machten uns dann auf den Weg in ein deutsches Restaurant. Dieses befand sich im Römer, im Zentrum der Altstadt. Ich wählte ein durch und durch deutsches Essen aus: Schweineschnitzel mit Bratkartoffeln und gemischtem Salat. Rosa Amalia verzichtete auf das Bier und trank Mineralwasser. Besonders angetan war sie von der deutschen Küche nicht. Nudeln, Fisch und der geschätzte Rotwein seien ihr lieber, meinte sie.

Im Schirn-Museum gab es eine Ausstellung mit Bildern von Impressionisten, die ich Rosa Amalia gerne zeigen wollte, denn diese Kunstrichtung war ihr fremd. Wir schauten uns Werke von Monet, Cézanne, Degas, Gauguin, Renoir und vielen anderen Malern aus dieser Zeit an und bewunderten die prächtige Farbgestaltung. Die Abkehr von der Linie als ausschlaggebendes Gestaltungsmittel fand Widerhall bei ihr, das zeigte sich, als sie sich von den Bildern Monets nicht trennen wollte. Als Kind der Renaissance war sie zwar mit den Werken von da Vinci, Michelangelo und Raffael groß geworden, aber die Frische und die Farbenspiele der impressionistischen Gemeinschaft weckten eine tiefe Begeisterung bei ihr und fanden einen Weg in ihr Herz. Ich referierte, was ich über impressionistische Malerei gelesen hatte, nämlich dass die meisten Werke im Freien entstanden sind und dass sie in einer skizzenhaften Art gemalt wurden. Dadurch waren die Lichtreflexe leichter zu empfangen.

Meine Begleiterin war vollkommen von der Bilderbetrachtung in Beschlag genommen. »Wenn das Pietro hätte malen können«, sagte sie halb zu sich selbst. Ich erklärte ihr, dass dieses Spiel mit dem Licht für Pietro und die Künstler seiner Epoche zu früh gekommen wäre, denn diese Beobachtungen der Natur und die entsprechenden Maltechniken hätten sich erst viel später entwickelt.

Rosa Amalia konnte sich kaum von den Werken der Impressionisten trennen. »Wie gerne würde ich einen dieser Maler kennenlernen und mich mit ihm über seine Kunst unterhalten«, sagte sie. »Das tat ich auch mit Francesco, Pietro und Tizian. Das hat mir viel Freude gemacht.«

»Ihr habt mit Tizian gesprochen, mit *dem* Tizian?« Ich konnte meiner Verwunderung nicht Herr werden und übernahm für einen Augenblick Rosa Amalias Anredeform.

»Selbstverständlich. Einen anderen kenne ich nicht. Ich traf ihn in Bologna, während der Krönung von Karl V. zum Kaiser. Damals kamen viele Künstler nach Bologna. Pietro war da, Francesco, auch Giorgio. Tizian und seine Kollegen trafen sich im Gasthaus Cocciollini, unweit der Kathedrale. Der alte Cocciollini kannte fast alle berühmten Persönlichkeiten der damaligen Zeit, und sein Sohn Sandro war auf diesem Gebiet dem Vater ebenbürtig. Auch Mandele Albero di Mele war häufig in dem Gasthaus zugegen. Sie tranken alle Rotwein um die Wette und führten heftige Diskussionen, denen meine Schwester und ich mit Interesse lauschten.«

Wir verließen das Schirn-Museum und spazierten den Main entlang. Ich deutete auf die andere Seite des Flusses, wo sich unter den vielen Ausstellungshäusern des Museumsufers auch das Städel befand, der ewige Aufenthaltsort meiner Begleiterin. »Dort ist Ihr Heimathafen, Ihr Heimatort«, informierte ich.

»Das ist nicht meine Heimat. Meine Heimat ist Italien, ist Bentivoglio, ist das Kastell«, widersprach sie heftig. Sie wurde melancholisch und still. Auch ich schwieg, und auf diese Weise konnten wir das Echo der Stadt wahrnehmen.

Wir gingen nach Hause, denn wir waren müde geworden und ich wollte sie im Internet einen Blick auf ihre Heimat werfen lassen. Sie wunderte sich über gar nichts mehr, denn fast alles, was sie bisher erlebt und gesehen hatte, war etwas vollkommen Neues und eigentlich Unglaubliches. Ich zeigte ihr das heutige Bologna: die Piazza Maggiore, den Palazzo del Podesta, der auf Wunsch ihres Onkels eine elegante Fassade erhalten hatte, die Arkaden und die unzähligen Türme. Über hundert dieser Bauwerke hatte man zu jener Zeit, in der Rosa Amalia unweit von Bologna gelebt hatte, gebaut. Einige von ihnen wurden als Wohntürme genutzt, der Asinelli-Turm und der kleine Torre Garisenda dienten als Gefängnis. Rosa Amalia erinnerte sich, dass man einen Dieb, der ein von Pietro gemaltes Gemälde gestohlen hatte und erwischt worden war, in so ein Turmgefängnis warf. Übrigens war der Asinelli-Turm damals genauso wie heute mit seinen fünfhundert Stufen der höchste schiefe Turm Italiens.

Danach googelten wir das Kastell Bentivoglio. Das, was wir fanden, machte Rosa Amalia stutzig, zum Teil traurig, aber auch neugierig und bisschen wütend, dann wieder brachte es sie zum Schmunzeln. Aber der Reihe nach. Der Palazzo gehörte zu dem Ort Bentivoglio, einem Städtchen in 16 Kilometer Entfernung von Bologna. Die Ortschaft in der Provinz Emilia-Romagna lag in einer malerischen Gegend zwischen grünen Wiesen und bestellten Feldern. In diesem Städtchen existierten drei Hotels, ein Amt für Touristikinformation, das Bürgermeisteramt und kirchliche Institutionen. An der Autostrada A13 Bologna-Padova befanden sich ein Rastplatz und eine Tankstelle unter der Adresse Castelbentivoglio, 40010 Bentivoglio, Emilia-Romagna. Das war alles, was wir zunächst unter dem Namen Bentivoglio im Internet ausfindig machen konnten. Nach erweitertem Stöbern stießen wir auf eine italienische Notiz, die besagte, dass ein Giovanni II. Bentivoglio in den Jahren 1475 bis 1481 das Kastell gebaut hatte. Der Architekt G. Nadi war mit dem Bau beauftragt worden.

Viel mehr wir nicht zu entdecken, außer vielleicht noch der Anmerkung, dass sich gegenüber dem Palazzo in einem antiken Haus das Hotel Bentivoglio befand, welches mit seiner familiären Atmosphäre besonders bei den Wanderern beliebt war. Es gab Fotos von dem Hotel und Rosa Amalia entdeckte in dem Gebäude den alten Wirtschaftsbau des Kastells. Ich rief weitere Bilder von Bentivoglio ab, aber Rosa Amalia konnte nichts Bekanntes wiederfinden. Alles war neu und ihr fremd. »Das soll der Palazzo Bentivoglio sein, meine Heimat?« Sie war enttäuscht, aber sie verstand, dass die Zeit nicht stehen blieb und sich mit ihr ganze Landschaften veränderten. Aus den umliegenden Dörfern war ein Städtchen entstanden mit dem Kastell in dessen Mitte. Niemand aus dem Geschlecht Bentivoglio bewohnte noch den Palazzo, so wurde er zu einer Touristenattraktion wie so viele andere Ziele in der Region Emilia-Romagna.

Am Abend wollte ich mit meinem Gast ein angekündigtes Bach-Konzert besuchen. Daher machten wir uns wieder auf den Weg in die Innenstadt. Als wir den »Frankfurter Hof« passierten, deutete meine Besucherin darauf und fragte, was dieses prunkvolle Gebäude beherberge.

»Das ist ein Luxushotel.« Ich sah das Unverständnis in ihrer Miene und fuhr mit meiner Erklärung fort: »Es ist ein besonders nobles Gasthaus für Touristen, die Frankfurts Sehenswürdigkeiten sehen wollen, oder auch Geschäftsleute, die hier etwas zu erledigen haben. Außer für Übernachtungen dient dieses Hotel auch als Ort für Konferenzen und Tagungen oder sogar Modeschauen. Es beherbergt zudem Restaurants, Bars und sogenannte Gymnastikräume und Wohlfühlbereiche.«

»Und wozu das alles? Wir hatten nur einfache Gasthäuser, die den Reisenden zum Schlafen dienten, dazu gab es einen Speisesaal, wo er seinen Hunger und Durst stillen konnte. Sicherlich waren einige dieser Herbergen prächtiger als andere, aber alle dienten nur dem Zweck, dem Fremden ein Obdach zu geben und für sein Wohl zu sorgen.« Doch die Prinzessin hatte mehr auf dem Herzen: »Wie ich sehe, macht ihr modernen Menschen aus jedem Anlass ein Geschäft, ihr seid dem Wahn verfallen, alles immer noch besser machen zu müssen, das Feinste noch zu verfeinern. Wo das enden wird, weiß ich nicht, aber es macht euer Leben nicht viel lebenswerter als es unseres war. Mir kommt euer Alltag sehr aufreibend und hektisch vor. Wenn ich da an unser Leben in der Wiederaufbauzeit, wie Giorgio sie zu nennen pflegte, denke, dann schienen die Tage nicht so schnell zu vergehen wie jetzt, wir hatten Zeit für unsere Familien, für Freundschaften, zum Nachdenken. In der kurzen Dauer meines Aufenthaltes bei Euch in der Moderne habe ich viel seelische und körperliche Anspannung bei den Menschen beobachtet. Sie gehen nicht, sie laufen, sie haben es immer eilig. Ihre Unruhe ist wie eine ansteckende Krankheit. Ihr habt so viele technische Errungenschaften, die Euer Leben verbessern und erleichtern sollen, aber ich weiß nicht, ob Ihr damit wirklich glücklich seid. Ich habe nicht den Eindruck, dass Ihr zufriedener seid als wir damals. Für Euch war meine Welt grausam und rückständig, für mich ist Eure Welt gnadenlos schnelllebig, sehr anstrengend und verwirrend.«

Nach diesem Vortrag, der tief von Herzen kam, blieb sie schweigsam, bis wir die Kirche, in der das Konzert stattfand, erreicht hatten. Anschließend musste ich ihr alles über den Komponisten Bach erzählen, was ich wusste. Die Orgelstücke hatten sie sehr berührt und sie wollte mehr über diese Musik erfahren. Ich versprach, ihr zu Hause einige Aufnahmen klassischer Werke vorzuspielen.

Vor dem Nachhauseweg führte ich sie in ein Weinlokal, wo meine Begleitung endlich einen italienischen Rotwein der Spitzenklasse genießen konnte. Sie entpuppte sich als eine echte Weinkennerin. »Ich bin doch ein Kind Italiens, dort trinkt man den Wein fast schon mit der Muttermilch«, scherzte sie gut gelaunt. Unter dem Einfluss des roten Elixiers verlor sie etwas von ihrer steifen Vornehmheit und zeigte sich von einer ganz anderen, unbekümmerten Seite. Ein bisschen beschwipst, aber fröhlich und ausgelassen traten wir den Weg nach Hause an.

Dort angelangt, wollte Rosa Amalia unbedingt noch die versprochene Musik hören. Ich spielte CDs von Beethoven und Haydn, Tschaikowsky und Mozart und schließlich auch noch Opern von Verdi. Den letzten Werken lauschte sie schon alleine, denn ich verabschiedete mich von den Großen der Musik und träumte vom morgigen Tag, an dem ich sie mit den Beatles bekannt machen wollte.

Sie schlief noch, als ich schon das Frühstück herrichtete und meine Beatles-Sammlung in Position brachte. Als die Prinzessin endlich aufwachte, klagte sie über Kopfschmerzen, was sicher dem guten Rotwein geschuldet war. Ich brachte ihr das Frühstück ans Bett, wofür sie sich mit einem bezaubernden Lächeln bedankte. An der Musik der vier Jungs aus Liverpool hatte sie ihre Freude, obwohl sie betonte, dass ihr die »andere« Musik, also die klassische, besser liege. Mit den »modernen Klängen« könne sie meist nicht viel anfangen.

Als wir die Wohnung schließlich verließen und die Treppe hinunterstiegen, wurden wir von meiner Nachbarin angehalten, die meine »Cousine« kennenlernen wollte. Meine »Cousine« setzte ihre vornehme, Distanz schaffende Miene auf und sagte artig »Guten Morgen«. Damit betrachtete sie die Audienz als beendet. Als wir außer Hörweite waren, stellte sie abfällig fest, dass diese Frau wohl sehr neugierig sei und sich gern in fremde Angelegenheiten mische. Das konnte ich nur bejahen. Meine Nachbarin wusste alles oder fast alles über die Mitbewohner und war jetzt erpicht darauf, mehr über meine Besucherin zu erfahren. Von dieser war sie nun regelrecht mit Missachtung gestraft worden. Rosa Amalia behandelte die Menschen so, wie es vor fünfhundert Jahren ihrem Stand entsprach. Als Prinzessin kannte sie ihren Status und pflegte diesen auch im 21. Jahrhundert.

Verwirrung der Gefühle

Pietro und auch die anderen Anwesenden im Speisesaal des Palazzos blickten mit großem Interesse auf die neu angekommene Erscheinung. Das nach oben gekämmte hellblonde Haar, das eine Klammer aus Smaragden zierte, das rote Kleid und die passenden Accessoires verwandelten die Dame in eine Zauberprinzessin für die einen und in eine Femme fatale für die anderen. Der Schlossherr und Mandele Albero di Mele rückten fast gleichzeitig ihre Stühle näher an den Tisch, so als hätten sie plötzlich Angst vor künftigen Geschehnissen, die sie instinktiv erahnten. Sie waren erfahrene Männer, die im Leben schon viel gesehen hatten, Leid und Glück, Pech und Verzückung. Donna Bentivoglio betrachtete ihre Schwester mit gemischten Gefühlen, wogegen sich die Töchter der Herrscherfamilie aufrichtig über die Begegnung mit ihrer Tante freuten, die so viel Interessantes aus der Glitzerwelt des Adels zu erzählen hatte.

Pieter de Kempeneer saß irritiert auf seinem Stuhl und war nicht imstande, seine Augen von dieser außergewöhnlichen Frau abzuwenden. Er spürte, dass von ihr eine unbestimmte Gefahr drohte und sie ihn zugleich in ihren Bann zog. Ihre magische Anziehungskraft erlebte Pietro fast schon physisch. Da saß sie, unnahbar und wunderschön, mit einem ironischen Lächeln auf dem hübschen Gesicht, und redete über den englischen Königshof, wo sie einige Tage verbracht hatte. Sie kannte die neue Freundin des Königs, Anne Boleyn, aber auch mit der Königin, Katharina von Aragon, war sie gut bekannt. Da erzählte Francesca von der Begegnung mit Anne Boleyn während der Hochzeitsfeierlichkeiten in Ferrara. Bei dieser Gelegenheit wurde die Tante auf Pietro aufmerksam und Rosa Amalia stellte ihn ihr vor.

»Also seid Ihr ein Maler. Kann man davon leben?«, fragte sie sehr direkt.

Der Flame errötete. Bevor er jedoch antworten konnte, erklärte der Schlossherr, dass Pietro sehr talentiert sei und soeben ein Bildnis von seiner Tochter Rosa Amalia beendet habe. Er werde ihn gut bezahlen und vielleicht werde es dem jungen Maler gelingen, neue Aufträge von der Kirche oder potenten Mäzenen zu bekommen.

Doch Lucrezia Sabatini war damit nicht zufrieden. »Dann seid Ihr auch so ein Künstler wie dieser Francesco, dieser Parmigianino. Dieser ist doch unfähig, richtig Geld zu verdienen. Kunst um der Kunst willen ist zwar edel, aber das bringt nichts, um den Hunger zu stillen. Ein guter Künstler muss Schöpfer und Kaufmann zugleich sein. Nehmen wir zum Beispiel Buonarroti, den alle nur noch Michelangelo nennen. Er ist ein großer Künstler, aber er versteht auch wie kaum ein anderer, seine Kunst zu verkaufen. Pietro Aretino erzählte mir einmal, wie Michelangelo seine Bilder an den Mann bringt. Er verwickelte zum Beispiel einen Kaufmann in ein Gespräch, in dem es um Geld ging. Dann machte er dem Geschäftsmann plausibel, dass eine Investition in Bilder sehr lohnend sei, und erzählte von einem Bekannten aus Padua, der ein Bild Leonardos für eine mickrige Summe erstanden und nach einigen Jahren für den fünffachen Preis verkauft habe. Ob das wirklich so geschah, sei dahingestellt. Der Kaufmann sah vor seinen Augen schon den großen Gewinn und kaufte gleich drei Werke von Buonarroti.«

»Ihr kennt den großen Dichter Aretino?«, staunte der ebenfalls anwesende Geistliche und blickte mit Bewunderung auf das weiblichste Weib, das er je gesehen hatte.

»Aber gewiss. Pietro schrieb sogar drei erotische Sonette mit einer Widmung für meine Wenigkeit.« Das Wort *Wenigkeit* klang aus ihrem Munde wie eine selbst herbeigeführte Verhöhnung ihrer Person, denn es passte zu dieser Frau so wenig wie das Wort *Malerlehrling* zu Michelangelo.

»Tante Lucrezia, was ist aus deiner eigenen Malerei geworden, malst du noch manchmal?« Rosa Amalia schaute ihre Tante neugierig an.

»Leider, mein Kind, habe ich in letzter Zeit kaum einen Pinsel in die Hand genommen. Ich bin andauernd unterwegs. Eigentlich finde ich das sehr schade, aber wie soll ich noch Zeit für meine Lieblingsbeschäftigung finden?«

»Indem Ihr einfach weniger reist«, sagte Mandele Albero di Mele und schickte ihr ein charmantes Lächeln.

Lucrezia Sabatini lächelte ebenfalls. »In letzter Zeit reise ich schon viel weniger, auch aufgrund meiner Gesundheit«, gab sie zu. »Doch es lässt sich nicht immer vermeiden. Meine nächste Reise wird mich nach Rom führen, dort treffe ich einige Freunde und auch Geschäftsleute, mit denen ich meine Geschäfte besprechen will.«

»Du machst Geschäfte in Rom?«, rief Donna Bentivoglio überrascht.

»Aber selbstverständlich, ich muss doch von irgendetwas leben«, antwortete Lucrezia ihrer Schwester.

»Und was für Geschäfte machst du, liebe Tante?«, wollte Francesca nun wissen.

Die große Diva wandte sich an die beiden Schwestern und erklärte, dass sie Bilder verkaufe oder Aufträge zwischen Künstlern und potenziellen Käufern vermittle. »Ich kenne viele Maler und Bildhauer persönlich, ich kenne aber auch viele Kunstmäzene und Kaufwillige. Unter dem Adel, unter der Priesterschaft und unter den großen und mächtigen Familien unserer Stadtstaaten sind viele sachkundige Kunstliebhaber, die gern ihre Passion und ihre Sammelleidenschaft mit einer rentablen Investition vereinigen möchten. Der Gemahl von Leonardos *La Gioconda*, Francesco del Giocondo, erwarb von Leonardo vier Bilder, zwei davon verkaufte er wieder und verdiente damit sehr viel Geld.«

Mandele lächelte verschmitzt. »Man munkelt, dass Donna del Giocondo nicht nur die Muse Leonardos war.«

»Sie soll eine sehr lebensbejahende Frau sein«, sagte Lucrezia diskret. »Ihr habt doch auch mit ihr Bekanntschaft gemacht.« Donna Lucrezia schickte Mandele einen ebenso verschmitzten Blick.

Francesca und Rosa Amalia freuten sich, Tante Lucrezias Geschichten aus der weiten Welt zu hören. Für sie war die Nachricht vom künstlerischen Sachverstand ihrer Tante neu, genauso wie für den Rest der Runde. Nur Mandele und Signore Bentivoglio war ihre Sachkenntnis schon bekannt und sie waren vom Erfolg der Dame völlig überzeugt.

»Wie viele Bilder habt Ihr schon verkauft?«, wandte sich Lucrezia an den Flamen.

Der Angesprochene errötete erneut und rutschte unruhig auf

seinem Stuhl umher, als er mit Lucrezia Blickkontakt aufnahm und ein wenig stotternd zugab, dass das Bildnis von Rosa Amalia sein erstes großes Auftragswerk sei, er allerdings auch schon einige Bilder für kleines Geld abgegeben habe. Pietro nutzte die Gelegenheit, um seinem Gastgeber für die Erteilung dieses Auftrages und die großzügige Gastfreundschaft zu danken. Er habe das Gemälde mit größter Sorgfalt ausgeführt und hoffe, den Anforderungen gerecht geworden zu sein. Außerdem bedankte er sich bei Rosa Amalia für ihre Geduld und Ausdauer beim Modellsitzen. Diese nickte vornehm und distinguiert in seine Richtung, konnte aber ihr Erröten und ihre Freude über dieses Lob nicht verbergen.

Der erfahrenen Lucrezia fiel dieser Blickkontakt sofort auf und sie machte sich so ihre Gedanken. Diese blieben aber verborgen hinter einem nichtssagenden Lächeln. Von ihrem Schwager nach den weiteren Plänen bezüglich ihrer neuen Tätigkeit als Kunsthändlerin befragt, erklärte sie: »Wie gesagt, ich werde zuerst nach Rom reisen. Dort will ich maßgebende Personen treffen, Pietro Aretino zum Beispiel, aber auch Giorgio Vasari, der sich jetzt in Rom aufhalten sollte, und vielleicht auch Michelangelo. Außerdem würde ich gerne der Krönungszeremonie in Bologna beiwohnen. Bei dieser Gelegenheit kann ich auch meinen guten Freund Giulio de Medici sehen.«

Diese Worte sollten den Versammelten deutlich machen, welch wichtige Person hier bei ihnen saß. Diese Tochter aus dem Hause Visconti traf sich mit Päpsten und Königen, sie wurde vom Kaiser empfangen und war eine gern gesehene Person an Europas Höfen. Lucrezia schaute unter ihren langen Wimpern hervor diskret auf die Reaktion in der Runde und konnte zufrieden feststellen, dass ihr Auftritt Wirkung zeigte. Ihre Beredsamkeit, der distinguierte und gleichzeitig freche Auftritt gehörten zu ihrem Repertoire. Eine Prise Arroganz, ein halb verstecktes Lächeln, ein unschuldiger, mit einer Prise Erotik versehener Blick hatten ihr schon immer ausgereicht, um bei ihrem Publikum Punkte zu sammeln. Und dann wickelte sie die bedauernswerten Menschen um den kleinen Finger. Auf diese Weise hatte sie sich stets Helfer verschafft für das Erreichen der von ihr anvisierten Ziele.

Nach dem Abendessen setzte sich Lucrezia mit Francesca und

Rosa Amalia in kleiner Runde zusammen. Jetzt sprach fast nur noch die Tante, während die Mädchen gespannt zuhörten. Lucrezia erzählte ihnen von ihren Reisen und ihren Begegnungen an den Höfen von England, Frankreich und den Niederlanden. Sie erwähnte ihre Freundschaft mit Maria von Burgund, der späteren Gemahlin von Kaiser Maximilian I., und die Freundschaft mit ihm selbst. Die Nichten wollten unbedingt wissen, wie er so war, der zum Kaiser Gekrönte. Also erzählte Lucrezia ihnen von einem Mann, der als Krieger erbarmungslos war, sich aber auch sehr für Kultur interessierte und die Kunst der Malerei besonders schätzte. Er hatte ein gutes Herz für seine Freunde und ein Herz aus Stahl für seine Feinde. Es folgten Geschichten von tapferen jungen Männern, schönen Frauen und hinterhältigen Feinden. Es gab Verschwörungen und Intrigen, Ränke und Arglist. Nicht immer siegten die Guten, öfter war es umgekehrt und das Böse gewann die Oberhand. Sie beschrieb die vielen imposanten Bauten, die überall in Europa entstanden, und die großartigen Werke der Malerei, der Bildhauerei und der Literatur, die von begnadeten Künstlern geschaffen wurden. Sie erwähnte auch Martin Luther, der die Welt der Christenheit entscheidend veränderte, indem er die Kirche spaltete. Die Engländer und die Deutschen, aber auch die Niederländer seien diesem Emporkömmling von Wittenberg verfallen, der behauptete, die katholische Kirche müsse reformiert werden. Sogar Renée, die Tochter des Franzosenkönigs Ludwig XII., sei eine Anhängerin dieses unruhestiftenden Reformators.

An dieser Stelle unterbrachen die Schwestern die Ausführungen ihrer Tante und erklärten, sie hätten die Genannte vor Kurzem kennengelernt. Sie erzählten abwechselnd von ihrer Fahrt nach Ferrara und von der Hochzeitsfeier von Renée de France mit Ercole II. d'Este. Es seien auch ihre zwei besten Freundinnen anwesend gewesen: Anne Boleyn und Veronique de Acre Pierre.

»Anne und Veronique kenne ich schon, seit sie Kinder waren«, lächelte die weit gereiste Aristokratin. »War Mandele Albero di Mele auch dabei?«, wollte sie plötzlich wissen.

Als sie eine bejahende Antwort erhielt, verkam ihr Lächeln zu einer ironischen Grimasse. Francesca sah die veränderte Mimik ihrer Tante und erklärte schleunigst, dass Mandele ein guter Freund ihrer Familie und auch der beiden Mädchen sei.

»Das überrascht mich nicht! Dieser Mann hat überall gute Freunde, insbesondere gute Freundinnen«, kommentierte Lucrezia etwas verkniffen.

»Ich habe den Eindruck, dass aus Euch so etwas wie Eifersucht spricht«, sagte Rosa Amalia, die noch nicht in der Kunst der Diplomatie bewandert war, offenherzig.

Lucrezia Sabatini blickte ein wenig verwirrt auf die junge Prinzessin. Es dauerte einige Augenblicke, bis sie eine Replik in petto hatte. »Mein liebes Kind, was Eifersucht wirklich bedeutet, hast du sicher noch nicht erfahren. Aber das wird noch kommen, das ist unausweichlich.« Und zu sich selbst sagte sie im Stillen: Du willst bald erfahren, wie schmerzhaft Eifersucht sein kann. Dein Herz wird brennen, deine Seele wird weinen, du wirst vor Wut schäumen, dich sehnen, bangen, Gott um Hilfe anrufen. Du wirst hundert Tode sterben und nachts nicht schlafen können, du wirst die Hoffnung verdammen und trotzdem weiter hoffen. Und das könnte schon sehr bald geschehen, mein Kopf arbeitet schon an einem Plan. Dabei lächelte sie Rosa Amalia nachsichtig an. »Eifersucht ist eine allzu menschliche Eigenschaft. Wenn man liebt, steht die Eifersucht schon um die Ecke. Es gibt aber verschiedene Arten der Eifersucht, die verschiedene Merkmale und Ursachen haben kann. Das Leben wird dich auch auf diesem Gebiet lehren, das ist unvermeidlich.«

Während der Unterhaltung versuchte Lucrezia, den beiden jungen Damen Informationen der verschiedensten Art zu entlocken, um ihren Plan erfolgreich durchführen zu können. So stellte sie während dieses zwangslosen Gesprächs verschiedene Fangfragen, die sie weiterbringen sollten. Die Schwestern merkten kaum, was sie so alles ausplauderten. Tante Lucrezia war mit ihrer List zufrieden und zeigte sich von ihrer besten Seite. Sie erfuhr auf diese Weise, dass sowohl Francesca als auch Rosa Amalia verliebt in die jeweiligen Künstler waren, die ihre Bildnisse geschaffen hatten. Dieser Umstand spielte der eiskalten und rachsüchtigen Tante in die Karten. Sie besaß die seltene Fähigkeit, sich auf hohem Niveau zu unterhalten und gleichzeitig Pläne zu schmieden, die ein akribisches Vorgehen und analytisches Denken erforderten. In Gedanken arbeitete sie schon an einem Plan, der ihr in vielerlei Hinsicht Genugtuung verschaffen sollte. Ihr Vorgehen sollte unterschiedliche Vorhaben und Zielsetzungen bündeln und mehrere Erträge bringen.

Diese Dame der feinen Gesellschaft hatte verschiedene Gesichter. Ihr gegenüber war das geheimnisvolle Lächeln der Signora del Giocondo nur ein müder Abklatsch an Rätselhaftigkeit. Das Antlitz von Lucrezia Sabatini, die diesen Namen nach ihrem verstorbenen Gemahl aus dem Hause Borgia trug, war viel mysteriöser als alle Frauengesichter, die die italienischen Künstler dieser bemerkenswerten Epoche malten. Weder Leonardo da Vinci noch Michelangelo oder auch Raffael bekamen die Möglichkeit, sie zu verewigen. Gelegenheiten waren vorhanden. Auf Leonardo traf sie bei einem Empfang der del Giocondos in Florenz und er war von ihrer Person sehr beeindruckt. Francesco del Giocondo, angesehener Florentiner Seidenhändler und Gemahl der Dame mit dem geheimnisvollen Lächeln, versuchte Lucrezia zu verführen, was ihm nur eine Ohrfeige von ihr einbrachte. Bei einem Empfang im Palazzo del Podesta durch den damaligen Herrscher Giovanni Bentivoglio in Bologna hatte Michelangelo versucht, sie in sein Atelier zu locken, um sie zu malen. Er umgarnte sie mit Komplimenten über ihre Schönheit und ihre Ausstrahlung. Sie blieb zwei Tage als Muse bei ihm, um ihn zu besonderer Schaffenskraft zu beflügeln, dann verschwand sie wieder. Porträtieren lassen wollte sie sich nur von einem unbekannten, entwicklungsfähigen Maler, der noch nicht in schablonenhafte Monotonie verfallen war. Er sollte mit Liebe und Leidenschaft an sein Werk gehen, sein Herz sollte bluten, scinc Ergebenheit für sie sollte wehtun und ihn dadurch zu einem besonderen Werk anspornen. Das konnte auch Raffael nicht leisten, dem sie in Rom begegnet war.

Sie konnte nicht wissen, dass ihre Nichte fast genauso gehandelt hatte, als sie Pietro Modell stand. Die peinigende weibliche Raffinesse beherrschte die junge Frau zwar nicht so eindrucksvoll wie ihre Tante, aber sie zeigte dasselbe Talent dafür. Hätte Lucrezia davon gewusst, wäre sie bestimmt stolz auf Rosa Amalia gewesen.

Pietro hatte sich in sein Zimmer begeben, wo er sich auf das Bett warf und über die Frau nachdachte, die ihm nicht mehr aus dem Sinn ging. Diese weibliche Erscheinung war etwas Besonderes, eine elementare Kraft, wie er sie noch nie in seinem jungen Leben erlebt hatte. Wie ein Traumbild beherrschte sie seine Gedanken, obwohl er sie nicht verstand, sogar fürchtete, aber in seiner Fantasie eben auch begehrte. Sie stiftete Verwirrung in seiner Gefühlswelt, vergiftete seine Seele und stellte seine angebetete Rosa Amalia in den Schatten. Diese erschien ihm nun als ein nettes, vielleicht etwas gefühlskaltes Wesen, das seine Reize in seiner Jugend und Frische hatte. Dagegen präsentierte ihre Tante eine reife, abgeklärte Schönheit und eine betörende Attraktivität, die aus ihrem Charme und ihrem reichen Erfahrungsschatz resultierte. Eigentlich war er ihr gegenüber feindselig eingestellt, ihre ganze Aufmachung, ihre Dekadenz fand er verabscheuungswürdig. Aber nach und nach begann genau diese Ausstrahlung der versteckten Schamlosigkeit auf ihn zu wirken. Der Zauber des Verbotenen, der Erotik, der Sinnlichkeit machte sie für ihn so interessant und begehrenswert. Das physische Verlangen gewann immer mehr die Oberhand über moralische Bedenken. Aber er kämpfte noch, noch war seine Seele nicht gänzlich verloren. Er dachte an Rosa Amalia, an die reine, platonische Liebe zu ihr, an Werte, denen er höchste Priorität einräumte. Treue, Hingabe, Pflichterfüllung, Korrektheit, Ehrlichkeit und Gerechtigkeit waren die sechs Grundsätze, die er schon immer zu verfolgen trachtete. Eigentlich gab es noch eine weitere Säule in seinem Katalog der Grundsätze, das war die Gottesfurcht, die er aber leider häufiger vernachlässigte.

Am nächsten Morgen traf Pietro am Frühstückstisch auf Lucrezia. Es war noch früh am Tag und kein anderer ließ sich blicken. Lucrezia schenkte ihm anfangs gar keine Beachtung und der junge Flame beobachtete nach einem kurzen Gruß sein Gegenüber wortlos aus den Augenwinkeln. Erst als sie mit ihrem Frühstück fast fertig war, fing Signora Sabatini eine Konversation an. »Was meint Ihr, dürfte ich Euer Bildnis von Rosa Amalias in Augenschein nehmen?«

Pietro spürte, wie seine Ohren plötzlich brannten und er vor Verlegenheit keinen Laut von sich geben konnte. Daher nahm er zuerst einen kräftigen Schluck Wasser, um überhaupt klar denken zu können. Dann räusperte er sich und krächzte mit heiserer Stimme: »Ich möchte zuerst ihr mein gerade fertiggestelltes Werk zeigen und es anschließend Signore Bentivoglio zur Beurteilung vorlegen, da er mein Auftraggeber ist. Doch ich würde mich freuen, wenn Ihr danach einen Blick darauf werfen würdet. Sicherlich kann sich meine Arbeit nicht mit den großen Meistern messen, aber ich bin noch jung und lernfähig.«

»Wenn Ihr auf mein Urteil Wert legt, kann ich Euch sicher mit wertvollen Hinweisen helfen. Außerdem habe ich auf meinen vielen Reisen wichtige Menschen kennengelernt, die Euch eventuell behilflich sein könnten. Ich könnte meine Bekanntschaften einspannen, um Euch das Tor zur Welt der Künstler und der Mäzene zu öffnen. Dafür müsstet Ihr aber meinen Anweisungen folgen.« Bevor Pietro etwas dazu sagen konnte fuhr sie fort: »Ihr solltet Euch einen Schnurrbart wachsen lassen. Die Damenwelt hat ein Faible für Männer mit Schnauzer, dieser verleiht dem Jüngling Männlichkeit. Auch die Männer nehmen einen Schnurrbartträger eher ernst.«

Die mit einer guten Prise Arroganz ausgesprochenen Worte verletzten Pietros Stolz. Diese italienische Aristokratin maßregelte ihn wie einen kleinen Jungen, als sei er völlig unerfahren. Ihr Ton war lehrmeisterlich und erzeugte bei ihm Angstgefühle. Doch trotz seines Ärgers fühlte er eine fast schon krankhafte Begierde. Bei dieser Frau, obwohl sie ein Monster ist, fühle ich mich wie ein Mann, gestand er sich ein und spürte, wie Hitze in ihm aufstieg. So erregt und verunsichert zugleich hatte er sich noch nie gefühlt, er war zu rationalem Denken nicht mehr fähig und merkte nicht, wie er dem gefährlichen Frauenzimmer immer mehr zu verfallen begann. Wäre Mandele Albero di Mele zugegen gewesen, hätte er Pietro vielleicht warnen können. Er kannte diese Dame ausgesprochen gut und wusste von der Gefahr, die von ihr ausging. So aber war Pietro ihren Ränken hilflos ausgeliefert.

Lucrezia unterbrach Pietros Gedankengänge: »In drei Tagen reise ich nach Rom. Wenn Ihr Lust und Mut habt, könnt Ihr mein Reisebegleiter werden. Ihr könntet dort malen und Euch auf die Suche nach potenziellen Käufern machen.«

»Ich kenne leider in Rom niemanden«, entgegnete der junge Maler zweifelnd.

»Darum kümmere ich mich.« Lucrezia Sabatini wusste, dass sie auf dem besten Wege war, über das Leben dieses jungen Mannes zu bestimmen. Wenn sie ihn sich erst hörig gemacht hätte, gab es für ihn kein Entkommen, freute sie sich schon jetzt. Dann lag es ganz bei ihr, wann sie ihn wieder fallen lassen und seinem Schicksal überlassen würde. Auf diese Art würde ihre Nichte etwas über Eifersucht lernen, wenn sie zusehen musste, wie ihr Geliebter mit einer anderen Frau wegfuhr.

Vorerst aber widmete sie sich anderen Dingen, nämlich dem Gespräch mit ihrer kranken Schwester. Diese Unterredung war für Lucrezia eine traurige Angelegenheit, denn obwohl sie boshaft und hinterlistig war, liebte sie ihre Schwester von Herzen und die Trauer um ihre Krankheit war echt. Auch ihren ersten Gemahl, den Stadtrat und Kunstmäzen Sabatini, hatte sie wirklich geliebt. Aber wenige Monate nach der Hochzeit war er plötzlich gestorben und Lucrezia war schlagartig frei und vermögend. Als ein Vertreter des Medici-Clans sie wie Freiwild behandelte und aus ihr seine private Sklavin machte, hatte sie nur eins im Sinn: Hass. Nachdem er ihrer überdrüssig geworden war und sie aus seinem Haus warf, schwor sie sich, nie wieder einem Mann zu gehorchen. Sie hatte viele Männer, mit denen sie aber immer nur für kurze Zeit zusammen war. Manche wollten sie mit finanziellen Mitteln bei sich halten, aber Lucrezia verfolgte eisern ihr Ziel, sich nie wieder an einen zu Mann binden. Sie schätzte ihre Unabhängigkeit und beugte sich weder dem Staatsmann noch dem Aristokraten. Man begann sie zu respektieren und sie erarbeitete sich eine geachtete Stellung in der italienischen Männergesellschaft. Die Männer verfielen ihrer Weiblichkeit, man begegnete ihr mit Wertschätzung, aber auch mit einer gewissen Furcht vor ihrer Raffinesse.

Lucrezia bemühte sich redlich, ihrer Schwester Mut zuzusprechen. Diese freute sich über so viel Aufmerksamkeit und Zuneigung und war dankbar für die entgegengebrachte Wärme und die aufmunternden Worte, die wirklich so gemeint waren, wie sie ausgesprochen wurden.

Während des Abendessens verkündete Lucrezia dann die Nachricht, dass sie bereit sei, Pieter de Kempeneer bei seinem weiteren Werdegang behilflich zu sein und ihn mit nach Rom zu nehmen. »Da ich, wie ihr wisst, über gute Beziehungen zur Kunstwelt verfüge, habe ich beschlossen, diesem jungen Mann zu helfen. Ich habe mit Pieter ein gutes und vertrauliches Gespräch geführt. Er erzählte mir von seinen Wünschen und Träumen, die sich um seine Karriere als Maler drehen, und auch von den Schwierigkeiten, in einem fremden Land Fuß zu fassen. Wir werden also übermorgen in der Frühe aufbrechen.«

Sie schaute in die Gesichter der Anwesenden und freute sich heimlich über manche mimische Reaktion. Rosa Amalia saß blass und wie erschlagen am Tisch, die Augen auf die weiße Tischdecke geheftet. Signore Bentivoglio ließ Verwunderung und Unverständnis erkennen, während Mandeles Gesichtszüge seine heftige Ablehnung widerspiegelten.

»Verehrte Lucrezia«, begann Mandele seinen Einwand, »ich glaube, ein weiterer Aufenthalt im Palazzo wäre geeigneter für den jungen Mann.« Er zeigte auf Pietro, der versunken vor sich hin schaute und kaum registrierte, was um ihn herum vorging. »Hier hätte er die Muße für weitere Gemälde, während er sich in Rom zuerst seinen Lebensunterhalt verdienen müsste. Ihr habt doch so viele Verpflichtungen privater und geschäftlicher Natur, dass Ihr Euch kaum um ihn kümmern könnt und er auf sich allein gestellt wäre.«

Die schöne Aristokratin lächelte unschuldig und schaute Mandele aus großen blauen Augen an. »Es ist rührend, wie Ihr Euch sorgt. Ein Vater könnte sich nicht besser kümmern. Aber ich habe einige Argumente, die Eure Sorgen als unbegründet entkräften werden. Ihr habt wohl vergessen, dass dieser junge Mann kein Kind mehr ist. Wer einen so langen und beschwerlichen Weg von den Niederlanden bis nach Italien auf sich genommen und diesen so erfolgreich genutzt hat, der wird sich nach einigen Tagen der Eingewöhnung auch in Rom zurechtfinden. Selbstverständlich werde ich ihm einige Adressen bereitstellen, die ihm seinen Aufenthalt in dieser Stadt erleichtern werden. Außerdem werde ich Herrn de Kempeneer Empfehlungsschreiben ausstellen und ihm, soweit es meine Zeit erlaubt, beratend zur Seite stehen. Ich hoffe, Ihr seid jetzt beruhigt und wisst, in welch verantwortungsbewussten Händen sein Schicksal liegt.«

Lucrezias herausfordernder Gesichtsausdruck zeigte ihre Entschlossenheit, ihren Plan durchzuführen. Mandele schwieg dazu und behielt den skeptischen Blick, der bei dieser Erklärung auf seinem Gesicht erschienen war. Donna Bentivoglio dagegen bestärkte ihre Schwester und meinte, diese wisse schon, was für einen talentierten Künstler am besten sei. Rosa Amalia verlor jeden Mut, der Tante Fragen zu stellen oder gar zu widersprechen.

Später traf die Königin der Intrige in der Bibliothek auf Pietro. »Ich würde schon gerne nach Rom reisen und meine Karriere als Maler vorantreiben. Aber ich kann Euch doch nicht zur Last fallen«, stotterte dieser, verzaubert vom Erscheinen dieser ungewöhnlichen Frau.

»Wenn Ihr wirklich Karriere machen wollt, dann bin ich Euch gerne behilflich. Nicht umsonst selbstverständlich, ich bin keine Samariterin. Ihr werdet mich malen. Ich möchte, dass Ihr zwei Porträts von mir anfertigt.«

»Warum zwei?«, wollte der Maler erstaunt wissen.

»Das werdet Ihr zur gegebenen Zeit in Rom erfahren«, sagte Lucrezia mit einem schelmischen Lächeln auf ihrem schönen Antlitz und ließ einen total verwirrten Pietro in der Bibliothek zurück.

Tags darauf, als sich Pietro erneut in der Bibliothek aufhielt, wo er sich in Petrarcas Werk vertieft hatte, öffnete sich plötzlich die Tür und Rosa Amalia stand vor ihm. Sie bedankte sich für das gelungene Porträt, denn Pietro hatte es kurz zuvor den im Salon Anwesenden gezeigt und viel Lob und Anerkennung für seine Arbeit geerntet. Doch dann kam sie gleich zu dem Thema, das ihr wirklich auf dem Herzen lag. »Warum wollt Ihr uns verlassen? Ihr habt es doch gut hier.« Sie hatte ihre ganze Kälte verloren, die Distanz war verschwunden und hatte einer Art Verzweiflung Platz gemacht, die aber immer noch distinguiert und vornehm ausfiel. »Ich dachte, Ihr wärt mir freundschaftlich verbunden? Aber vermutlich habe ich mich getäuscht – nicht in meinen Empfindungen, aber in Euch.«

Pietro verstand auf einmal, dass Rosa Amalia ihm eben ihre Empfindungen für ihn preisgegeben hatte. Sie versteckte sich nicht mehr und zeigte ihre Gefühle, die er zwar vermutet, auf deren Geständnis er aber nicht zu hoffen gewagt hatte. Er wusste nicht, was er sagen und wie er das, was er ausdrücken wollte, formulieren sollte. Deshalb nahm er unvermittelt ihre Hand und küsste sie.

Rosa Amalia zog schnell ihre Hand zurück, als hätte sie sich verbrannt. »Nein, nein, bitte nicht. Ich habe mich in Euren Gefühlen mir gegenüber getäuscht. Das ist bitter. Geht nur nach Rom. Meine Tante wird schon alles richten.«

»Aber, liebe Rosa Amalia«, Pietro merkte gar nicht, wie vertraulich diese Anrede war, »ich hege Euch gegenüber wirklich besondere Gefühle. Ich konnte sie nur nicht zeigen, weil … weil Ihr so distanziert wart. Ihr wart so unzugänglich, so abweisend, dass meine Seele und mein Herz wehtaten.«

Rosa Amalia schaute Pietro so zärtlich an wie noch nie. »Dann fahrt Ihr nicht nach Rom?«, fragte sie voller Hoffnung.

»Aber ich muss es tun! Ich will Karriere machen, ich will meine Bilder verkaufen, ich will so bekannt werden, wie Francesco es schon ist. Ich möchte dort meine Fähigkeiten unter Beweis stellen. Sollte es mir gelingen, mir einen Namen zu machen und meine Bilder zu verkaufen, komme ich zurück als erfolgreicher Künstler. Sollte ich in Rom jedoch kein Glück haben und erfahren müssen, dass meine Kunst den Anforderungen der Kunstkenner nicht genügt, würde ich auch dann zu Euch zurückkommen und meine Niederlage eingestehen, auch wenn Ihr dann vielleicht kein Interesse mehr an mir habt. Doch das ist meine große Chance, die kann ich mir nicht entgehen lassen. Ich werde die Güte Eurer Tante annehmen, aber sie nicht ausnutzen. Ihr könnt über mich ein Urteil fällen, aber ich bin ehrlich und sage Euch diese Worte jetzt und hier.«

Rosa Amalia stand wie versteinert da, ohne ein Wort erwidern zu können. Tausend Gedanken gingen ihr durch den Kopf, sie konnte nicht klar denken. Schließlich straffte sie sich und stammelte: »Dann wünsche ich Euch eine gute Reise und die Verwirklichung Eurer Träume. Möge Gott Euch schützen. Ob wir uns jemals wiedersehen werden, liegt in Gottes Hand.« Damit verschwand sie mit eiligen Schritten hinter der schweren Holztür der Bibliothek.

Im Rausch der Erinnerungen

An diesem Tag wollte ich mit Rosa Amalia im Supermarkt Lebensmittel einkaufen. Wir schnappten uns einen Einkaufswagen und begannen unseren Rundgang. Die Fülle der angebotenen Waren, die farbenfrohen Auslagen, die Möglichkeit, alles was man wollte einfach mitzunehmen, das alles war für meine Begleiterin unfassbar. Ich erklärte ihr, dass die Produkte später an der Kasse bezahlt werden mussten, was die Prinzessin mit der Bemerkung abtat: »Das habe ich schon verstanden! Alles kostet Geld. Diese Tatsache gilt seit über fünfhundert Jahren.«

Am liebsten hätte sie sofort alles, was ihr gefiel, in den Einkaufswagen gelegt. Ich sah mich gezwungen einzuschreiten, denn sonst wäre dieser in wenigen Augenblicken voll gewesen. Alle möglichen Käsesorten, Joghurts, Dosen und Süßigkeiten wanderten hinein, ebenso Tomaten, Apfelsinen, Bananen und Paprika. Die Artikel mussten nur farbenprächtig sein, sofort wurden sie von Rosa Amalia in den Wagen gepackt. Ihr kindlicher Sinn für Farben und symmetrisch gestapelte Waren war frappierend.

Als sie ein Päckchen Kondome fand und mich fragte, wozu diese dienten, geriet ich in Erklärungsnot. Ich versuchte ihr deren Zweck auf schonende Art und Weise beizubringen, aber ihre Reaktion war wie befürchtet. »Das ist eine Schande! Wie kann es sein, dass man alles unternimmt, um keine Kinder zu bekommen? Eine Frau ist glücklich, wenn sie schwanger wird und ein Kind zur Welt bringt. Ohne Nachwuchs wäre die Menschheit schon lange ausgestorben. Was sagt denn die Kirche dazu? Es kann ja wohl kaum sein, dass sie zu diesem Thema schweigt?«

»Die Kirche schweigt nicht, aber sie hat auch nicht viel zu sagen oder zu bestimmen. Wir leben hier nicht mehr in einem Kirchenstaat, wo die Geistlichen das Leben erklären und darüber wachen, dass man ihre Vorstellungen umsetzt. Es gibt inzwischen viel mehr Menschen und manche haben nicht viel Geld zum Leben. In anderen Kontinenten, zum Beispiel in Afrika, leiden viele Hunger. Und noch mehr Erdbewohner bedeutet mehr Hunger, mehr Armut.«

»Aber die Menschen wohnen hier nicht in Afrika, sondern in Europa. In Europa gibt es doch genügend Nahrung, oder nicht?«

»Ja, schon, doch auch hier sind zwar manche Einwohner reich oder sehr reich, es gibt aber auch arme Menschen, die so wenig Geld haben, dass sie vom Staat oder von kirchlichen Einrichtungen unterstützt werden müssen.«

»Jetzt habt Ihr endlich mal nichts Schlechtes über die Kirche gesagt. Das ehrt Euch. Doch wie kann es sein, dass in einer Zeit, die mir so mit Wohlstand gesegnet zu sein scheint, die Güter so unterschiedlich verteilt sind, dass Menschen trotzdem die Hilfe des Staates und der Kirche brauchen?«

»Das hat mit den politischen und wirtschaftlichen Systemen zu tun. Das Wirtschaftsleben eines Staates ist von der jeweiligen Konjunktur abhängig. Diese ändert sich ständig und wird von vielen Komponenten beeinflusst. Sollte eine Staatsregierung die Lage falsch einschätzen oder zu spät reagieren, sollten die Wirtschaftsträger des Landes die Finanzmärkte nicht richtig bewerten oder fehlerhafte Entscheidungen treffen, dann entsteht eine wirtschaftliche Abwärtsspirale, deren Dynamik das Land an den Rand des Ruins bringen kann. Am schlimmsten trifft das dann die Menschen am unteren Ende der Einkommensskala. Die Kirche ist gegen die Empfängnisverhütung, aber eine Lösung zur Bekämpfung der Probleme, die durch die Überbevölkerung entstehen, hat sie bis jetzt auch nicht gefunden.«

Mit vereinten Kräften stellten wir die von Rosa Amalia in den Wagen gelegten Waren, die wir nicht benötigten, wieder an ihren Platz zurück und kauften nur die Artikel, die wir wirklich brauchten.

Zu Hause hatte ich eine Überraschung für meinen Besuch. Ich wollte sie auf eine virtuelle Reise durch Bologna mitnehmen. Nachdem ich die passende Internetseite gefunden hatte, machte ich ihr Platz am Computer und die Tour konnte beginnen. Die Kathedrale erkannte sie sofort, aber es fiel ihr zunächst schwer, im heutigen Stadtbild Vertrautes aus der Vergangenheit zu entdecken. Schließlich sah sie aber doch einige Orte, die ihr bekannt vorkamen.

»Hier gingen Francesca und ich mit unserem Vater spazieren.« Sie zeigte auf eine enge Gasse, die zwischen hohen Mauern hindurchführte. »Und hier war ich mit meiner Tante Lucrezia«, meinte sie, als wir die fünfhundert Stufen hinunter zur Fontana del Nettuno auf dem Bildschirm betrachteten.

Eifrig führten wir unsere virtuelle Reise fort und erreichten die Piazza Maggiore, den Hauptplatz Bolognas. Auf diesem Platz standen Bauwerke aus verschiedenen Jahrhunderten, die stumme Zeugen der Geschichte dieser Stadt waren. Zuallererst der Palazzo del Podesta, er war der Prinzessin sehr gut bekannt. »Dieses Gebäude ließ einer meiner Vorfahren errichten, es sollte als Verwaltungssitz dienen. Ich kann mich noch gut an die Renovierung erinnern. Aber dieser Bau daneben, den gab es damals noch nicht.«

Damit meinte sie den benachbarten Palazzo Re Enzo, der an der Via Rizzoli stand. Im Internet fand ich eine Notiz, dass dieses Gebäude erst viel später errichtet wurde.

»Ich hatte also recht, deswegen kannte ich es nicht.« Sie seufzte. »Vieles, was ich hier sehe, ist fremd für mich. Das ist eine andere Stadt, die nur noch den Namen meines alten Bologna trägt.«

»Das ist kein Wunder! Auch Städte und ihre Bauwerke unterliegen einem ständigen Wandel. Altes wird abgerissen und durch Neues ersetzt. Es entstehen neue Gebäude und andere Straßenführungen. Jede Generation verändert ihre Umgebung und passt sie an die jeweiligen Bedingungen an. Ich habe einmal nach zehn Jahren Abwesenheit meine Heimatstadt besucht und fand mich nur schwer zurecht. Alles schien mir fremd und anders. Da ist es schon erstaunlich, dass Sie im heutigen Bologna überhaupt noch etwas wiedererkennen können.«

Rosa Amalia biss in einen Apfel und schaute mich fast kokett an. »Ihr erklärt alles immer sehr schön, ich höre Euch gern zu.«

Von dem Lob beflügelt gab ich gleich weiteres angelesenes Wissen preis: »Der Turm mit der Glocke, der Torre dell'Arengo, ist wohl der älteste Teil des Palazzos.«

»Ich kann Euch noch dazu verraten, dass sich unter den Bogengängen des Podesta Statuen von den Heiligen der Stadt befinden. Bologna hatte gleich vier: Petronius, Proculus, Dominikus und Francesco del Assisi. Ich erinnere mich an eine Begegnung mit Giorgio Vasari unter den Arkaden. Er war in Begleitung von

Francesco, dem nicht lange zuvor sehr Missliches widerfahren war.«

»War Ihr Freund Pieter de Kempeneer auch dabei?«

»Nein, er war zwar in Bologna, aber damals gingen wir schon getrennte Wege. Nachdem Pieter mein Porträt fertiggestellt hatte, nahm ihn meine Tante Lucrezia mit nach Rom, wo sie ihn mit vermögenden Menschen bekannt machte, die auch einige Bilder von ihm kauften. Aber es war nicht einfach für einen Neuling auf dem dortigen Kunstmarkt, nach dem furchtbaren Überfall auf Rom brauchte man das Geld für andere Dinge. Wirklich berühmt wurde Pietro als Maler nicht.«

»Bis jetzt scheint Ihr Bildnis das einzige erhalten gebliebene Werk de Kempeneers aus seiner italienischen Zeit zu sein. Seine späteren Werke sind besser bekannt. Diese stammen aus seinem Aufenthalt in Spanien, wo er unter dem Namen Pedro de Campaña in der Kirchenmalerei erfolgreich war. Laut Lexikon sind seine Bilder in vielen Kirchen Sevillas zu sehen. Eine für ihn charakteristische Mischung aus niederländischen, italienischen und spanischen Stilelementen soll seine Malerei auszeichnen.«

»Ich hatte immer angenommen, Pietro sei nach Brüssel zurückgekehrt«, meinte Rosa Amalia erstaunt.

»Ja, das stimmt, aber erst im Jahr 1563, nach einem recht erfolgreichen Spanien-Aufenthalt. In Brüssel leitete er dann eine Teppichmanufaktur. Auch aus dieser Zeit sind noch einige seiner Bilder erhalten. Er ist 1580 in Brüssel gestorben.«

»Ich sah Pietro einige Wochen vor der Krönung wieder. Er kam nochmals nach Bentivoglio und erzählte mir von seinem Leben in Rom.«

»Was ist dem Maler Francesco eigentlich für ein Missgeschick geschehen?«, kam ich auf das vorherige Gesprächsthema zurück.

»Francesco hatte Kontakt zu einem Kupferstecher aufgenommen, Antonio da Trento, eine zwielichtige Erscheinung. Er sollte wohl ein sehr guter Handwerker sein, der sich mit Kupfer- und Holzschnitten hervorragend auskannte, aber als Mensch hatte er einen schlechten Charakter. Francesco experimentierte mit der Druckgraphik und nach Ansicht von Giorgio waren seine Bemühungen erfolgreich. Was er da genau machte, vermag ich Euch allerdings nicht zu sagen. Übrigens war Francesco in Bologna wirklich von der Muse geküsst worden, er schuf dort ein sehr großes Gemälde des *Heiligen Rochus* in der Kapelle der Monsignori in San Petronio. Danach hatte er plötzlich viele Aufträge und musste zwangsläufig die Arbeit an den Kupferstichen und der Holzschnitzerei zunächst ruhen lassen. Francesco wollte die Kontrolle über das Verfahren behalten, was dem Kupferstecher Antonio da Trento nicht passte und was er als Missachtung seiner Arbeit wertete. Wahrscheinlich trug dies zu seiner gemeinen Tat bei. Denn er öffnete eine verschlossene Truhe und entwendete die Kupferstiche und Holzschnitte und auch die Zeichnungen, die Francesco gehörten. Francesco war am Boden zerstört, die Früchte von jahrelanger Arbeit waren verloren. Verzweifelt musste er von Neuem anfangen und er malte wie ein Besessener. Zum Glück bekam er einen weiteren Auftrag von den Benediktinerinnen von Santa Margarita, für die er schon zwei Jahre zuvor die *Madonna mit der heiligen Margarethe* geschaffen hatte. Und für Tante Lucrezias Freund Pietro Aretino malte er ebenfalls eine Madonna. Da aber zu jener Zeit der Medici-Papst Clemens VII. in Bologna weilte, um Kaiser Karl V. zu krönen, schenkte Francesco kurzerhand diesem das Bild.«

»Soviel ich weiß, war Pietro Aretino ein Schriftsteller und Dichter aus Arezzo?«, fragte ich nach.

»Ja, Aretino heißt auch *Mann aus Arezzo*. Er war ein edelmütiger Mensch aus einfachen Verhältnissen. Und er war stolz, dass ein von ihm bestelltes Bild die Gunst des Papstes fand. Danach schuf Francesco für ihn ein allegorisches Porträt des Kaisers aus der Erinnerung, ein großes Gemälde in Öl. Es zeigte die Verkörperung der Fama, die ihn mit Lorbeer krönt, und Herkules in Gestalt eines kleinen Jungen, der ihm die Welt reicht, um ihm damit die Herrschaft über sie zu verleihen.«

Wir setzten unseren virtuellen Bologna-Rundgang fort, der bei Rosa Amalia immer mal wieder Erinnerungen an ihre Besuche dort weckte. Auch die imposante Kirche San Petronio rief den Gedanken an ein Detail hervor, dessen kunstgeschichtlicher Hintergrund so manchen Historiker in helle Freude versetzt hätte. »Hier in einer Seitengasse in der Nähe von San Petronio hatte ein gewisser Don di Stefano, ein Spanier übrigens, einen Raum, wo sich die Künstler trafen. Hier diskutierten sie über die Probleme ihrer Zunft, stritten und versöhnten sich. Vermögende Bürger besuchten die Bilderausstellung der Künstler und sahen sich deren Gemälde, Zeichnungen, Kupferschmiedearbeiten und Holzschnitte an. Wenn einem der Besucher ein Werk gefiel, dann verhandelte er mit dessen Schöpfer über den Preis. Manchmal vermittelte di Stefano und nahm dafür von beiden Seiten eine kleine Aufwandsentschädigung. Wenn Tante Lucrezia anwesend war, konnte sie fast immer einen gerechten Preis aushandeln, aber die von ihr berechnete Aufwandsentschädigung war meistens deftig. Einmal war ich mit meinem Vater und Mandele Albero di Mele in diesem Laden und traf dort auf Francesco und Pietro. Auch Tante Lucrezia war da und Don di Stefano, dem ein Mann in einem dunkelgrünen Wams und mit einer schwarzen Mütze auf dem Haupt eine Zeichnung mit religiösem Charakter erklärte. Das war er, der *Da Cadore*, der aufgehende Stern unter den Malern unserer Heimat. Francesco schien allerdings eine Aversion gegen Tizian zu haben, er wandte sich ab. Tiziano war etwas arrogant und in seine Werke verliebt, aber welcher Künstler ist das nicht? Sein Pech – das auch für Francesco und Pietro galt – war, dass mit Leonardo, Michelangelo und Raffael Maßstäbe gesetzt worden waren, die nur sehr schwer erreicht oder übertroffen werden konnten. Aber Tizian gelang es, durch gute Organisation und Beziehungen zu den Mäzenen und den Großen unserer Zeit den Olymp der Malerei zu besteigen. Er konnte sich am besten von allen Kunstschaffenden seiner Altersgruppe verkaufen, eine Gabe, die zum Beispiel Pietro vollständig abging.«

Nach diesem Bericht aus der Vergangenheit widmeten wir uns der größten und wichtigsten Kirche Bolognas, der Basilika San Petronio. Wir schauten uns die unvollendete Fassade an und setzten unseren virtuellen Spaziergang dann im Inneren fort. Man konnte die Terrakottagruppe von Vincenzo Onofri sowie Fresken von Giovanni da Modena betrachten. Neben dem *Meridian* von Domenico Cassini im linken Seitenschiff entdeckte Rosa Amalia den von Parmigianino gemalten *Heiligen Rochus* und wies mich begeistert darauf hin. Sie freute sich sehr, dass dieses Gemälde von Francesco an diesem Platz erhalten geblieben war.

»Wisst Ihr, dass der heilige Petronio der Schutzpatron Bolognas ist?«, fragte sie mich.

»Nein, das wusste ich bisher nicht. In Ihrer Gegenwart lerne ich gerade ständig Neues und es macht mir großen Spaß, mit Ihnen zusammen zu sein.«

»Seid Ihr etwa in mich verliebt?«, fragte sie streng. »Pietro sagte auch, er sei glücklich, mich in seiner Nähe zu haben. Er liebte mich, dafür gab es genügend Beweise. Aber dann ist er trotzdem weggegangen.«

»Nun, ich freue mich aufrichtig, Sie bei mir zu haben, aber verliebt bin ich nicht. Ich unterhalte mich köstlich in Ihrer Gesellschaft und genieße die mit Ihnen verbrachte Zeit. Es kommt mir vor wie ein Märchen, denn ich weiß ja, dass das, was ich gerade erlebe, nicht möglich ist, dass es ein Traum sein muss. Deshalb will ich diese glücklichen Augenblicke aus vollem Herzen auskosten. Schließlich sind Sie eine aparte und gebildete Frau mit ganz besonderen, in unserer Gesellschaft leider schon längst vergessenen Umgangsformen. Man kann sich Ihrem Charme kaum entziehen. Sie strahlen etwas aus, das Ihre Besonderheit hervorhebt und Respekt einflößt, und Sie haben die Mentalität Ihrer Epoche bewahrt.«

Abwehrend und verlegen hob die so Gelobte beide Hände. »Vielen Dank für Eure netten Worte. Ihr beschämt mich.«

»Ich finde es äußerst spannend, durch Sie den Geist der Renaissance sozusagen aus erster Hand zu erfahren und an Ihrem Wissen teilhaben zu dürfen. In Ihrer Epoche erlebte die Kunst eine goldene Zeit, viele der geschaffenen Werke überdauerten die Jahrhunderte. Unser Zeitalter der Moderne ist wiederum eine Zeit des technischen Fortschritts. Im vergangenen und gegenwärtigen Jahrhundert gelangen den Erfindern und den Wissenschaftlern bahnbrechende Erfolge. In jedem Bereich der Forschung konnten richtungsweisende Ergebnisse die Welt verändern. Nehmen wir die Medizin als Beispiel: In der Zeit, in der Sie lebten, bedeuteten viele Krankheiten den Tod. Scharlach, Pocken, Pest, Typhus oder andere ansteckende Krankheiten waren eine tödliche Bedrohung, es gab kein Entkommen. Auch für Brüche oder andere Unfallfolgen gab es oft keine Heilung. Viele dieser Krankheiten können heute erfolgreich behandelt werden. Gegen ein Leiden sind aber auch unsere Ärzte meist immer noch machtlos. Obwohl Milliarden an Forschungsgeldern ausgegeben werden, kann man bis heute diesem Schrecken der Menschheit nicht beikommen. Diese

Krankheit ist hinterhältig, schmerzhaft und führt immer noch häufig zum Tod. Sie hat verschiedene Erscheinungen, sie kann in allen Körperregionen auftreten und zerfrisst den Betroffenen von innen. Gegen den Krebs gibt es bis jetzt kein Mittel. Er ist der zweitgrößte Feind des Menschen – nach dem Menschen selbst.«

»Diese Krankheit hatte wohl auch mein Onkel. Er litt höllische Schmerzen in den unteren männlichen Partien, kein Mediziner konnte ihm helfen, er starb sehr qualvoll.«

»Ihre Epoche hatte Leonardo da Vinci, Raffael, Michelangelo, Dante, wir haben Computer. Die Technik erfindet jeden Tag etwas Neues, und manchmal habe ich den Eindruck, dass sie uns zu ihren Sklaven macht. Wir können ohne technische Gerätschaften nicht mehr existieren. Computer steuern und begleiten unser Leben und sind auf dem besten Weg, dieses zu bestimmen. Früher las ich gerne Zukunftsromane, die uns in eine imaginäre zukünftige Welt versetzten. Inzwischen ist so manche Fiktion Realität geworden. Man kämpft jetzt mit unbemannten, ferngelenkten Flugobjekten, fliegt ins Weltall, baut menschenähnliche Maschinen. Einerseits ist es toll, im Internet mit Menschen auf der ganzen Welt zu kommunizieren und von der unglaublichen Vielfalt an Informationen zu profitieren, aber anderseits verlieren wir unsere Privatsphäre. Die Konzerne, die uns die Nutzung des Internets ermöglichen, sind durch ihre Programme und technische Ausrüstung in der Lage, jeden unserer Schritte zu überwachen. Sie kennen unsere Gewohnheiten und unser Verhalten und nutzen dieses Wissen, um es an andere zu verkaufen.«

Ich entschuldigte mich bei Rosa Amalia für meine Tirade, die zwar von Herzen kam, aber von unserer virtuellen Tour nur unnötig ablenkte. Als wir zur Basilika Santo Stefano kamen, freute sie sich sehr, denn hierher sei sie öfter zum Beten gekommen. »Hier herrschte eine fantastische Ruhe, man empfand die Nähe Gottes. Es war ein einmaliger Komplex aus Kirchen, Höfen und Kreuzgängen. In einem Hof von San Stefano hätte mich Pietro einmal fast geküsst.« Rosa Amalia errötete bei diesem Geständnis, das ihr unwillentlich herausgerutscht war.

Bevor ich darauf eingehen konnte, fragte sie mich unvermittelt nach meiner Familie. Ich antwortete wahrheitsgemäß, dass meine Familie nicht besonders groß sei, die Eltern verstorben, mein Bruder lebe geschieden von seiner Frau in einer anderen Stadt. Ich fügte hinzu, dass sein Sohn in einer eheähnlichen Gemeinschaft mit einem Freund zusammenlebe.

Natürlich verstand meine Bekanntschaft aus der Renaissance nicht, was damit gemeint war. »Sind sie Freunde, wohnen sie im gleichen Haus?«, wollte sie wissen.

»Der Sohn meines Bruders ist homosexuell und lebt mit einem anderen Mann zusammen wie Mann und Frau. Sie lieben sich, sie streiten sich – wie ein normales Ehepaar.«

»Ein Mann liebt einen anderen Mann? Das ist doch nicht normal! Ein Mann muss eine Frau lieben, um eine Familie zu gründen und Kinder zu haben. Das steht schon in der Bibel geschrieben. Sogar Martin Luther unterstrich die Bedeutung der Familie. Ist denn die Kirche zu schwach, um dagegen vorzugehen? Solche Paare können doch keine Kinder bekommen. Oder doch? Hat Eure moderne Technik auch dieses Problem gelöst?«

»Nein, das nicht. Aber gleichgeschlechtliche Paare können Kinder adoptieren.« Als ich ihren Gesichtsausdruck sah, erklärte ich schnell, dass diese Paare elternlose Kinder als eigene Kinder annehmen dürften. In vielen Ländern der Welt erlaube das Gesetz diese Vorgehensweise.

»Das ist ja krank. Was ist nur aus der Gesellschaft geworden, wohin soll das die Menschheit führen?«

»Diese Frage ist schwer zu beantworten. Bis jetzt brauchen Sie aber keine Angst um die Menschheit zu haben, sie stirbt nicht aus. Gefahr besteht hier eher durch eine atomare Katastrophe, einen Meteoriteneinschlag oder einen Krieg mit Atomwaffen. Oder auch durch Naturkatastrophen, die der Mensch durch sein verantwortungsloses Verhalten gegenüber der Umwelt selbst herbeiführen könnte.«

»Ihr seid ein Pessimist, ein Schwarzmaler. Warum denkt Ihr immer negativ? Der Mensch muss die Natur ausnutzen, um ein besseres Leben zu führen, er muss sich weiterentwickeln. Wenn in meiner Epoche alle solche Pessimisten gewesen wären, hätte Leonardo seine Theorien nicht offengelegt und seine Bilder nicht gemalt, hätte Kopernikus nicht sein neues Weltbild begründet, Machiavelli nicht sein literarisches und philosophisches Werk geschrieben und Erasmus von Rotterdam seine Thesen nicht veröffentlicht.« Ich wollte die Diskussion nicht unnötig verlängern und gab ihr deshalb recht. Einmal in Fahrt gekommen, konnte sie aber nicht mehr aufhören und dozierte weiter: »Ihr bekämpft die Kirche und beschneidet ihre Rechte. Die Kirche war bei uns jedoch der Halt für alle Menschen, sie gab die Sicherheit, die man im Leben braucht, und die Gewissheit, dem Herrgott nahe zu sein. Die Kirchenmänner konnten immer einen Rat geben, sie waren für uns da, wenn wir einen Ausweg und Unterstützung brauchten. Sicherlich waren sie keine Heiligen, das mussten sie aber auch nicht sein. Sie vermittelten zwischen dem Himmel und uns Sterblichen. Unsere Liebe für Jesus Christus war echt und kam von Herzen.« Rosa Amalia schaute mich etwas schräg an und fragte versöhnlich: »Habe ich Euch zugesetzt mit meinen Ausführungen?«

»Überhaupt nicht. Es gefällt mir, wie Sie zu Ihrer Meinung stehen und diese auch erklären. Dafür haben Sie meine volle Hochachtung.«

Sie lächelte dankbar und sendete mir strahlende Blicke. Gerade in diesem Moment fand die Sonne Einlass ins Zimmer spiegelte mit ihren goldenen Strahlen das Lächeln der Prinzessin.

Wenn der Kopf dem Ruf des Herzens folgt

Der Abschied von Rosa Amalia und dem Palazzo Bentivoglio war sehr schwer für Pietro. Der Palazzo war ihm zu einem neuen Zuhause in der Fremde geworden, seine Bewohner zu guten Freunden – und bei einer Person war es viel mehr als nur Freundschaft. Rosa Amalia wollte überhaupt nicht verstehen, was Pietro in Rom suchte. Es war klar, dass in dieser Stadt, die sich noch von den Plünderungen erholen musste, nicht leicht Fuß zu fassen sein würde. Michelangelo, Raffael und Tizian waren schon früher anerkannte Größen der Malerei gewesen, sie hatten es viel einfacher. Sogar ein Talent wie Francesco hatte große Probleme, sich hier durchzusetzen. Tante Lucrezia war zwar eine weit gereiste Person, die viele Kontakte hatte und auch in Rom nicht unbekannt war. Es ehrte sie, dass sie Pietro helfen wollte, aber Rosa Amalia war keineswegs überzeugt vom Glück dieser Mission. Anderseits kannte ihre Tante so viele wichtige Personen, dass eigentlich nur sie Pietro zu einem Durchbruch verhelfen konnte. Doch im Gegensatz zum kühlen Kalkül sendete ihr heißes Herz beunruhigende Signale. Irgendetwas sagte ihr, dass in Rom eine Gefahr auf Pietro wartete. Sie spürte, dass dem Mann, der ihr alles andere als gleichgültig war, Unheil drohte. Aber im Ganzen vertraute sie den Künsten ihrer Tante, die sich wie kaum ein anderer Mensch im Leben durchsetzen und jede drohende Niederlage in einen Sieg ummünzen konnte.

Mandele Albero di Mele versuchte Lucrezia davon abzuhalten, Pieter de Kempeneer mit nach Rom zu nehmen. Er traf sie im Garten während ihres morgendlichen Spaziergangs. Sie stand vor dem Teich und starrte vor sich hin. Ihr Kopf plante schon die nächsten Schritte. Sie sieht aus wie eine Hexe, die eben einen teuflischen Plan ausgeheckt hat, dachte er, als er sich ihr näherte. Sie sah ihn kommen und wandte sich zu ihm um. »Ihr schleicht Euch an, als wolltet Ihr mich überraschen oder bei irgendeiner schlechten Tat ertappen.«

»Nun, liebe Lucrezia, man sagt, dass ein schlechtes Gewissen nie Ruhe gibt, aber Ihr habt doch überhaupt kein Gewissen, also braucht Ihr Euch auch nicht zu beunruhigen«, konterte Mandele mit zynischem Lächeln und küsste ihre Hand. »Ich bin froh, dass ich Euren Gemeinheiten nicht mehr ausgesetzt bin. Ihr werdet mir nicht glauben, aber ich habe mich von Euch befreit, ich bin frei wie ein Vogel, der überallhin fliegen kann.«

»Und nirgendwo heimisch wird.«

»Genauso wie Ihr. Ein Platz für Euch ist noch nicht gefunden. Ihr wart schon überall, heimisch seid Ihr nirgendwo geworden. Selbst der Palazzo Bentivoglio ist Euch keine Heimat.«

»Das haben wir beide gemeinsam, wir werden auf dieser Welt nicht ansässig. Meine Heimat ist zwar hier in Italien, aber ich bin eine Europäerin, ich reise gerne, treffe nette und wichtige Menschen. Das ist mein Leben.«

»Eigentlich wollte ich mit Euch über etwas ganz anderes reden ...«

»Ich weiß schon, worum es geht. Ihr seid mir kein Geheimnis, ich kann in Euren Augen lesen. Ihr seid um Pietro besorgt und fürchtet, ich könnte ihn verderben, ich würde nur mit ihm spielen. Nicht wahr, mein Lieber?« Ohne Vorwarnung schmiegte sich Lucrezia plötzlich an ihn und küsste ihn heftig auf den Mund.

Mandele erwiderte den Kuss und umarmte sie leidenschaftlich. »Noch immer ein göttlicher Geschmack!«, befand er, als er sich schließlich wieder von ihr löste.

»Eure Küsse können eine Frau zum Glühen bringen, immer noch«, sagte sie und biss ihn leicht in die obere Lippe.

»Au, das tut weh.«

»Darum ging es mir auch, den Schmerz solltet Ihr spüren.«

Mandele kam wieder auf sein Anliegen zurück. »Der Junge ist mir ans Herz gewachsen. Ich befürchte, dass Ihr ihn nur ausnutzen wollt.«

»Da liegt Ihr falsch! Nennt es die Kapriolen einer Frau im besten Alter, aber ich will ihn unterstützen, damit er seine Bilder malen und gut verkaufen kann. Er ist der Künstler, ich werde mich um den Verkauf kümmern. Er hat Talent, aber er ist ein Fremder und hat keine Fürsprecher. Deshalb werde ich ihm helfen. Ich kann nicht versprechen, dass er Erfolg haben wird, aber man muss es versuchen. Wer nichts wagt, gewinnt auch nichts – das kam aus Eurem Mund, lieber Mandele. Und ich weiß auch noch genau, wo Ihr diese Worte gebraucht habt. Erinnert Ihr Euch an Anne de Bretagne, bei der wir zu Gast waren?«

»Gewiss. Sie sollte damals den französischen König Karl VIII. heiraten. Man schickte mich mit einer Mission zu Maximilian. Dort traf ich auch Dürer, Maximilians Lieblingsmaler.«

»Damals in der Bretagne freundeten wir uns mit Anne richtig an.«

»Daran erinnere ich mich gut. Allerdings war auch Signora Borgia zugegen, die Ihr nicht ausstehen konntet.«

»Das stimmt. Dabei haben wir denselben Vornamen. Damals habt Ihr zu mir gesagt, wir müssten an einem Strang ziehen, um der Diplomatie auf die Sprünge zu helfen. Ihr seid dann zu Maximilian gereist, ich nach England. Und wir haben tatsächlich geholfen, die Bretagne zu retten, wir haben gute Dienste geleistet. Durch unsere Mitwirkung und königliche Allianzen erlebte Europa eine Phase der politischen Stabilität. Ich hatte am Anfang noch Bedenken, aber Ihr erklärtet mir sehr anschaulich den Ernst der Lage. Als ich noch zauderte, sagtet Ihr: ›Wer nicht wagt, der nicht gewinnt!‹ Und dann kam die Nacht, wir zählten die Sterne und ich verstand, was wirkliches Glück bedeutet.«

Mandele winkte ab. »Aber, meine Liebe, Ihr werdet mit dem Alter sentimental.«

»Und Ihr noch zynischer.«

»Später hat Anne mit Ludwig XII. den dritten König geheiratet. Erinnert Ihr Euch auch noch an die Taufe der kleinen Renée? Stellt Euch vor, ich war unlängst in Ferrara bei der Hochzeit zwischen dem jungen d'Este und Annes Tochter Renée. Die andere Lucrezia sah bezaubernd aus. Eine stolze Mutter.«

»Soll sie der Teufel holen! Aber Ihr seid doch nicht wegen Renée dort gewesen …«

»Ich verstehe nicht, was Ihr meint, meine Liebe.«

»Ich bin nicht Eure Liebe, schon lange nicht mehr. Ich meine es so, wie ich eben sagte: Ihr seid wegen der kleinen Französin gekommen. Ihr braucht es gar nicht erst zu leugnen, denn sonst kommt Ihr noch in die Hölle.«

»Aber ich wäre dort nicht allein. Auf Eure Anwesenheit freue ich mich schon jetzt.«

Sie lachten vergnügt und er küsste ihre Hand. Als sie sich der Natur zuwandten und das Leben am Teich beobachteten, kam Signore Bentivoglio dazu. Sie plauderten eine Weile und erfreuten sich am Spiel des Sonnenlichts auf der vom Wind leicht bewegten Wasseroberfläche.

Doch schon bald kam auch der neu Hinzugekommene auf den jungen Maler zu sprechen. »Sagt mir, liebe Lucrezia, wie kommt Ihr auf die Idee, uns unseren Gast zu entführen?«

»Ich entführe ihn doch nicht, er hat selbst mein Angebot angenommen. Wieso sind nur alle so um den jungen Mann besorgt, er ist doch erwachsen und kann machen, was er will! Ich werde einen guten Maler aus ihm machen, ich werde ihn aufbauen, betreuen und fördern. Ich werde meine Beziehungen spielen lassen, um ihm Aufträge zu verschaffen. Er wird für die Kirchen malen, für die Sammler, für mich.«

»Für Euch ganz besonders«, sagte Mandele süffisant. »Ihr werdet ihn bei der erstbesten Gelegenheit verführen. Rosa Amalia tut mir jetzt schon leid.«

»Wieso tut Euch Rosa Amalia leid?«, wunderte sich Signore Bentivoglio.

»Ach, Bartolomeo, wenn es um Eure Kinder geht, versteht Ihr nicht viel«, seufzte Mandele Albero di Mele.

»Mandele meint, dass Ihr nicht mitbekommen habt, welche Gefühle Rosa Amalia und Pietro füreinander haben«, warf Lucrezia ein.

»Was soll da zwischen den beiden sein? Ihr meint, die beiden lieben sich? Das ist mir überhaupt nicht aufgefallen.«

»Nun, jetzt wisst Ihr es. Ich gehe davon aus, dass diese platonische Liebe eines Tages erlischt, aber in diesem Alter ist es doch allzu verständlich, wenn junge Männer sich in Eure schönen Töchter verlieben. Und das beruht auf Gegenseitigkeit«, lächelte Lucrezia.

»Wart Ihr in diesem Alter nicht auch hoffnungslos verliebt?«, fragte ihn Mandele.

Der Schlossherr überlegte kurz. »Sicher, ich weiß sogar noch in wen. Maria Santaluzzi war ein hübsches, resolutes Mädchen, das mich verwirrte und alle meine Gedanken beanspruchte. Sie wusste, dass ich etwas für sie empfand, und nutzte das auf ihre

Weise aus. Es war nicht besonders rühmlich, was ich da veranstaltete. Aber dieses neue Gefühl, das Kribbeln, die nur um sie kreisenden Gedanken – so etwas vergisst man nicht. Damals habe ich sogar versucht, sie zu malen«, lachte er, »aber ich musste einsehen, dass die Malkunst und ich nie zueinanderfinden würden. Dann versuchte ich es mit Gedichten, damit konnte ich meine verborgenen Gefühle besser ausdrücken.«

Lucrezias Augen funkelten boshaft. Gerne hätte sie das Geständnis ihres Schwagers mit der ihr eigenen Ironie beantwortet, aber Mandeles Anwesenheit bremste ihre Absichten. Mandele war einer der wenigen Menschen, die ihr Paroli bieten konnten und denen sie deshalb mit Respekt begegnete. So begnügte sie sich damit, solche Liebesgeschichten aus der Sicht der Frauen zu beleuchten. »Die Frauen sind immer gefährlich, wenn es um die Beziehung zu einem Mann geht«, erklärte sie. »Sie haben nur wenige Waffen, um sich zu verteidigen. Deshalb müssen sie ihre Interessen resolut vertreten, um nicht zur Marionette des Mannes zu werden. Der Mann ist körperlich stärker, er verdient das Geld, er lenkt die Geschicke der Frau und betrachtet seine Anvertraute sozusagen als Eigentum. Und die Frau? Sie gehorcht ihm. Ihr werdet einwenden, dass es so schon immer war. In der Menschheitsgeschichte waren und sind die Frauen den Männern ausgeliefert. Aber sie haben durch die Jahrtausende gelernt, wie sie die Männer trotzdem unbemerkt in ihrem Sinne lenken können.«

Bartolomeo Bentivoglio schaute seine Schwägerin nachdenklich an und beließ es bei weisem Schweigen. Mandele Albero di Mele dagegen meinte gequält lächelnd: »Das sind gefährliche Gedanken, für die man Euch einsperren könnte, obwohl sie bei näherem Betrachten gar nicht so ketzerisch sind. Nur eine so selbstbewusste Frau wie Ihr traut sich, eine solche Meinung auszusprechen. Dazu gehört viel Stolz und eine große Überzeugung von den eigenen Stärken.«

»Das ist der Stolz aller italienischen Frauen«, gab Lucrezia bescheiden zurück.

»Ihr seid schon eine ganz besonders außergewöhnliche Frau«, widersprach Bartolomeo. »Meint Ihr wirklich, dass der junge Flame so begabt ist, dass Ihr ihn in Rom für größere Aufträge vermitteln könnt?«

»Ich werde es jedenfalls versuchen. Er ist auf alle Fälle talentiert und könnte sich mit etwas Unterstützung schon durchsetzen. Vielleicht ist er noch nicht so weit wie Parmigianino, aber er hat das Zeug zum großen Maler. Einen Versuch ist die Sache wert. Aber wir sind in diesem Fall dem Schicksal ausgeliefert, ohne ein Quäntchen Glück und gute Beziehungen wird er kaum erfolgreich sein. Ich zähle hierbei auch auf Giorgio, er ist mir noch etwas schuldig. Außerdem kenne ich einen erfolgreichen Besitzer eines Geldhauses, der noch nie imstande war, mir etwas abzuschlagen.«

»Manchmal ist es also auch von Vorteil, eine Frau zu sein«, warf Bartolomeo Bentivoglio ein und alle lachten.

Der Schlossherr verabschiedete sich von den beiden Freunden, die anschließend ein Gespräch begannen, das nicht für fremde Ohren bestimmt war.

»Habt Ihr die Nachricht überbracht?«, fragte Mandele leise.

»So wie es verabredet wurde. Jetzt liegt es nur an den beiden. Wir haben alles, was nötig war, getan.«

»Das ist fürwahr richtig. Die Franzosen und die Spanier sollten nur alles langsam angehen.«

»Von meiner Seite aus gab es keine Abweichungen vom Plan. Die Engländer schauen der Angelegenheit entspannt zu. Die Franzosen haben die Wichtigkeit der Sache verstanden und ich hoffe, die Spanier auch.«

»Davon bin ich zutiefst überzeugt, obwohl man nie vor Überraschungen aller Art gefeilt ist.« Mandele schaute sich aufmerksam um. Alles war ruhig, niemand war in der Nähe. Er berührte mit seinen Lippen fast das Ohr Lucrezias, als er sich vorbeugte und flüsterte: »Ich bin in ein paar Tagen bei ihm. Er muss sich langsam entscheiden.«

»In Rom treffe ich die maßgebende Person, dann werden wir die Sache zu Ende bringen.«

Mandele lächelte wissend. »Deshalb nehmt Ihr den Maler mit? Sehr einfallsreich, ein raffinierter Schachzug!«

»Aber ich interessiere mich wirklich für Kunst und würde ihm gerne helfen. Ich benutze nur meinen Verstand und erkenne die Chancen, die sich bieten.«

»Ihr könnt gut planen und analytisch denken, das haben wir wohl gemeinsam«, gab Mandele zu.

Plötzlich hörten sie leise Schritte. Schnell nahmen die beiden eine neutrale Haltung ein und schauten konzentriert in das Wasser des Teiches, vor dem sie standen. Auf leichten Sohlen, wie vom Wind getragen, näherte sich Rosa Amalia. Sie starrte nachdenklich vor sich hin, ihre Miene wirkte angespannt. Das Paar drehte sich um, als wäre es von Rosa Amalias Anwesenheit überrascht.

Diese ergriff sofort die Initiative und nutzte die Gelegenheit, bei ihrer Tante ein gutes Wort für Pietro einzulegen. »Ich wollte Euch bitten, liebe Tante: Behandelt Pietro nicht zu streng und verzeiht ihm etwaige Fehlauftritte. Er kommt doch aus Nordeuropa, dort sind die Menschen ein wenig anders als wir. Er muss noch viel lernen.«

»Aber, aber, liebes Kind, ich bin eine sehr verständnisvolle Lehrerin und werde dem jungen Mann schon die richtige Richtung weisen. Übrigens bin ich gut vertraut mit der Wesensart von Menschen in anderen europäischen Ländern, die tatsächlich oft ein wenig anders ist als bei uns. Wo die Sonne so lange und intensiv scheint wie hier in Italien sind die Menschen aufgeschlossener und freundlicher als in Ländern, wo das Klima rauer und das Leben viel härter ist. Aber deren Bewohner sind genauso klug oder eben nicht klug wie wir. Nur das Temperament ist anders. Wir haben mehr Verve, mehr Feuer, die Menschen im Westen und Norden Europas sind ruhiger und ernster. Auch dort gibt es herausragende Persönlichkeiten. Man denke nur an Dürer, Erasmus von Rotterdam, Gutenberg oder Jan van Eyck. Auch der Reformator Martin Luther stammt aus diesem Teil Europas.«

»Dieser verzeichnet große Erfolge, womit wohl niemand gerechnet hätte«, bemerkte Mandele.

»Nun«, meinte Lucrezia verdrossen, »er hat zwar viele Kämpfe gewonnen, aber noch nicht den Krieg. Dieser Umstürzler ist allerdings auf dem besten Weg, das Christentum neu zu erfinden und unsere heilige katholische Kirche zu spalten. In einigen Gegenden hat er bereits eine große Anhängerschaft, viele Deutsche, Niederländer und Engländer sind von seinen umstürzlerischen Lehren überzeugt.«

»Das ist ja entsetzlich«, rief Rosa Amalia aus.

»Die katholische Kirche als Institution bedarf schon einer Erneuerung«, gab Mandele zu bedenken.

Doch Lucrezia wischte seinen Einwand beiseite. »Dieser Luther stellt den ganzen Katholizismus und die bewährten überlieferten Regeln der Religion infrage. Er ist dabei, eine Revolution des christlichen Glaubens voranzutreiben. Dann wird dieser Glaube, diese Religion nicht mehr das sein, was sie einmal war. Die Germanen, aus deren Mitte dieser falsche Heiland stammt, sind tief gespalten. Noch stemmen sie sich mehrheitlich gegen den Wittenberger. Aber die Seuche, einmal freigesetzt, vergiftet immer mehr Grafschaften und Städte und infiziert inzwischen ganz Europa. Das ist wie ein Orkan, der unaufhaltsam alles, was im Weg steht, niederwalzt. Aber auch der stärkste Wirbelsturm beruhigt sich irgendwann und kommt zum Stillstand. Dann ist er nur mehr ein laues Lüftchen. So wird es auch mit dieser Reformation geschehen«, gab sie sich überzeugt.

»So einfach ist das nicht«, widersprach Mandele. »Luther hat nicht ohne Grund so viele Anhänger. Es sieht so aus, als ob die Gläubigen sich nach Veränderungen gesehnt und diesen Menschen fast herbeigewünscht hätten. Es fehlte einfach jemand, der den Mut hatte, die vorhandenen Probleme und Fehlentwicklungen zu benennen. Die Zeit bleibt nicht stehen, das Leben auch nicht. Jede Religion muss sich weiterentwickeln, sonst verkrustet sie und passt nicht mehr zu den Bedürfnissen der Menschen. Es ist nicht von der Hand zu weisen, dass der Katholizismus in der jetzigen Form Veränderungen braucht. Die christliche Kirche hat sich im Laufe ihrer Geschichte auch immer wieder reformiert, sie ist nie stehen geblieben. Ein Schub täte der Kirche gut, würde sie weiterbringen. Aber eine Spaltung ist des Guten zu viel, das führt zu Auseinandersetzungen und Unfrieden. Dem muss man etwas entgegensetzen.«

»Darin bin ich mit Euch einig«, meinte Lucrezia und verabschiedete sich dann, um ihre Reise vorzubereiten.

»Was meint Ihr, wird sie es schaffen, Pietro als Maler bekannt zu machen?«, fragte Rosa Amalia den väterlichen Freund, als ihre Tante verschwunden war.

»Gewiss wird sie das versuchen, aber es wird nicht leicht werden. Rom ist nach dem Überfall eine andere Stadt geworden. Die Soldaten haben sie gründlich verwüstet. Das weltoffene, glanzvolle Rom gibt es nicht mehr. Die Werke von Michelangelo und Raffael sind von Ruinen umgeben, vorausgesetzt, die Vandalen haben sie nicht vernichtet. Viele Kunstwerke sind im Feuer verbrannt, Paläste und Herrenhäuser wurden geplündert. Pietro wird eine Wüstenlandschaft antreffen, zumindest im kulturellen Bereich. Aber langsam wird die Wüste wieder bewohnbar. Auch die schönen Künste werden sich wieder entwickeln, zu den alten Malern und Bildhauern werden neue hinzukommen, von deren Namen wir noch nichts wissen. Es braucht nur Zeit. Zeit ist die beste Medizin, so war es schon immer. Zeit heilt alle Wunden, das wussten schon unsere Vorfahren.«

»Das habt Ihr aber schön gesagt!« Rosa Amalia fühlte sich getröstet von Mandeles ehrlichen Worten. Auch sie verabschiedete sich jetzt und wanderte etwas zuversichtlicher zurück zum Palazzo.

Die Fahrt nach Rom verlief ohne besondere Vorkommnisse. Lucrezia hatte viele Gepäckstücke dabei, die alle auf dem Kutschendach festgezurrt wurden. Dagegen nahmen sich Pietros einfacher Koffer und seine Malutensilien wie mickriges Handgepäck aus. Der Maler saß neben seiner adligen Mentorin, ihnen gegenüber hatten der Arzt Monteforte und dessen Diener Giacomo Platz genommen. Die beiden fuhren nach Rom, um die prekäre Gesundheitslage in der Stadt am Tiber etwas zu entschärfen. Die Auswirkungen des Gemetzels der Barbaren waren immer noch zu spüren, das Leben normalisierte sich nur langsam. Einem Aufruf seines Freundes Dottore Balotelli folgend, hatte sich Monteforte von seinen Patienten und seiner Gemahlin verabschiedet, um Hilfe zu leisten.

Die Nähe zu Lucrezia bewirkte bei Pietro unbegreifliche Schwingungen im ganzen Körper und entfachte ein starkes Feuer in seinem Inneren. Als sie – aus Versehen selbstverständlich – sein Bein mit ihrem berührte, drohte bei dem jungen Mann eine Explosion stattzufinden. Die in solchen Spielen erfahrene Dame wusste aber, wann sie aufhören musste, und so konnten die Reisenden ihr Ziel ohne peinliche Zwischenfälle erreichen.

In Rom angekommen entwickelte Lucrezia große Dynamik, um sofort ihre alten Beziehungen aufzufrischen und neue zu knüpfen. Sie überließ Pietro im Gasthof ihres alten Bekannten Bonipetri zunächst sich selbst und widmete sich der leisen Diplomatie, wobei sie ihren ganzen Charme in die Waagschale warf. Sie wusste, dass die Männer ihr nur schwer etwas abschlagen konnten, und sie setzte dieses Wissen gewinnbringend ein. Vor dem Überfall von Karls Marodeuren war Rom eine lebensbejahende, pulsierende Stadt gewesen, in der ein reges kulturelles Leben standfand und die größten Künstler Italiens eine Heimat fanden. Hier hatten Michelangelo, Raffael und Tizian gewirkt, und hier wollte nun Pieter de Kempeneer sein Glück versuchen. Was Pietro nicht wusste, aber seine Mentorin umso besser, war, dass Rom auch eine Stadt der politischen Taktik und der Intrigen war. Ein willkommener Ort für diplomatische Spiele, listige Manöver und gesellschaftliche Winkelzüge. In diesem Durcheinander oder Nebeneinander der verschiedenen Menschen und Kulturen fühlte sich Lucrezia Sabatini wie ein Fisch im Wasser. Da war sie in ihrem Element, und es gab nur wenige, die ihr Paroli bieten konnten.

Einer von ihnen war Alfredo de Rivera. Er war vor Jahren aus der Toskana an den Tiber gekommen und führte hier ein angesehenes Geldhaus. Er unterhielt ausgezeichnete Beziehungen zu den maßgebenden Entscheidungsträgern dieser Stadt. Ob hohe Stadtbeamte oder Kirchenmänner, Generalität oder Bohemiens, de Rivera war mit allen vertraut. In allen Ecken der Stadt hatte er seine Getreuen, man zählte auf ihn und er wusste, dass er auf seine Bekanntschaften zählen konnte. Er war ein wahrer Meister der Intrigen, konnte im Nu Allianzen wechseln und Feinde zu Freunden machen. Mit ihm traf sich Lucrezia in einem Gasthaus unweit des alten Kolosseums. Nach dem Gespräch, das Diplomatie bemühte, aber auch einer kleinen Erpressung Platz bot, konnte die adlige Venus einen Erfolg verbuchen. Sie bekam von dem Bankhausbesitzer die Erlaubnis, für eine unbestimmte Zeit dessen kleines Schlösschen zu nutzen. Es war ein malerisch inmitten von viel Grün direkt am Fluss gelegener Palazzino, den der Finanzmensch für eine seiner zahlreichen Geliebten hatte bauen lassen. Ab und an wohnten hier ein wichtiger Diplomat, ein königlicher Gesandter oder auch eine schöne Frau, die de Rivera hier versteckte.

Vor dem Sturm auf Rom hatte Alfredo de Rivera vorzügliche Kontakte sowohl zu König Karl V. als auch zu dessen Gegenpart, dem Medici-Papst Clemens VII., gepflegt. Diese Nähe zu den Machthabern hatte ihm viele wichtige Informationen verschafft, die er gewinnbringend für seine Interessen zu nutzen wusste. Durch Botschaften hatte er damals rechtzeitig erfahren, dass Clemens VII. im Konflikt zwischen Karl V. und dem französischen König plötzlich die Allianz mit Karl verlassen und sich dem Franzosen angeschlossen hatte. Als Karl V., König von Spanien und Anführer des Hauses Habsburg, über Franz I. von Frankreich obsiegte, sah sich Clemens in die eigene Falle geraten. Die Rache des Verratenen war grausam gewesen. Er hatte befohlen, Rom einzunehmen und der Bevölkerung eine Lehrstunde zu erteilen. Noch bevor Clemens die Gefahr realisierte, hatte Alfredo schon längst gewusst, was sich da anbahnte. Kurzerhand hatte er Rom verlassen und sich in seine toskanische Heimat zurückgezogen. Die Horrormeldungen seiner Informanten hatte er mit stoischer Ruhe aufgenommen, wissend, dass sein Eigentum wohl nicht in Mitleidenschaft gezogen würde. Und so geschah es auch. Sein Palazzo überstand das Massaker unversehrt, ebenso seine Wohnung in der Stadtmitte und auch sein Palazzino.

Alfredo überließ also Lucrezia und ihrem Schützling seinen Palazzino, ohne seine Freundin vorher zu fragen, welche Absichten sie mit der Unterstützung Pietros hegte. Diese nutzte den Künstler in ihrem Schlepptau nicht nur als willkommene Abwechslung, sondern sie konnte mit ihm auch einen wichtigen Zweck ihrer Anwesenheit in Rom verschleiern.

An einem nur ihr und ihrem Gesprächspartner bekannten Ort traf sie sich mit Francesco Guicciardini, einem Florentiner Patrizier. Dieser war einer der größten Intellektuellen seiner Zeit und außerdem Berater des unglücklichen Papstes Clemens VII., der in der Welt der Intrigen und Lügen von Anfang an auf verlorenem Posten stand. Der zum obersten Kirchenmann der katholischen Kirche aufgestiegene Sprössling eines der wichtigsten Familienclans Italiens war zwar mit Hinterlist und Heimtücke durchaus vertraut, nur war er seinen Gegenspielern hoffnungslos unterlegen und von der politischen Geschicklichkeit seines Beraters Guicciardini abhängig. Dieser musste einige Hürden überwinden, um eine Aussöhnung zwischen dem Papst und Karl V. herbeizuführen.

Beide Seiten hatten Klärungsbedarf, weshalb auch Lucrezia nach Rom gekommen war.

Während seine Beschützerin in der Stadt weilte, schaute sich Pietro das Schlösschen nach seiner Ankunft dort genauer an. Es lag auf einer Anhöhe nahe am Wasser. Von den anderen Seiten wurde es von einer wunderschönen Gartenanlage umgeben, in deren Mitte ein Teich angelegt war. Im linken Flügel des Gebäudes hatte die Dienerschaft ihre Räume. Pietro bekam ein Zimmer mit Blick auf den Fluss, während Lucrezia ein Zimmer zum Garten bewohnte. In den Räumen hingen Bilder von unbekannten italienischen Malern, meist mit religiösen Motiven.

Am nächsten Tag nahm Lucrezia ihn mit in die Stadt, um ihm die gebeutelte Metropole aus der Nähe zu zeigen. Rom präsentierte sich mit einem traurigen, von den Verwüstungen gezeichneten Gesicht. Die grandiose Baukunst der nahen Vergangenheit erschien wie das Überbleibsel einer großen, einer goldenen Zeit. Jetzt waren diese Prachtstücke der Architektur durch den *Sacco di Roma* versehrt und angeschlagen. Pietro sah himmelumspannende Kuppeln und hochragende Paläste, aber auch zerfallene Kirchen, Tempelruinen, mit Asche zugeschüttete Brunnen und halb verbrannte Mietshäuser. Die Menschen, die in ihnen lebten und die auf den Straßen unterwegs waren, sahen immer noch verängstigt aus, als würden sie dem vorläufigen Frieden nicht trauen und mit einer Rückkehr der todbringenden Marodeure rechnen. Über den Straßen lag eine gespenstische Ruhe, die den düsteren Anblick noch verschärfte und ihn fast unerträglich machte. Viele der Bewohner waren in einer unbeschreiblich grausamen Tötungsorgie hingemetzelt worden. Ihre Knochen erblassten unter den steinernen Fußböden der Gotteshäuser in der modrigen Abgeschiedenheit der Grüfte. Die Verkaufsschreie der Fischhändler bei San Angelo in Pescaria waren ihrer Lautstärke beraubt, sie verloren sich im Gemäuer der nebenstehenden Häuser. Die Bettler von der Via Belsiana gaben bei der Ausübung ihrer Arbeit nur mitleiderregende Seufzer von sich.

Pietro hätte sie gerne gemalt. Aber bis jetzt bestimmte Lucrezia jeden seiner Schritte in dieser Stadt, ohne ihren Willen geschah nichts. Der junge Maler war verwirrt, genauso wie seine Gefühle.

Er hätte gerne so viele Sachen gemacht, aber die Regisseurin seines Aufenthaltes gab ihm andere Anweisungen, die er ohne Widerrede befolgte. Pietro vernahm die Zurufe der Maurer auf den schwindelerregenden Gerüsten neuer Gebäude, die den Aufbruch zu neuen Zeiten dokumentierten. Denn es gab auch ein Leben nach der Katastrophe. Von etwas weiter weg tönte das Rumpeln der Kutschen und Karossen herüber, die sich auf den von Schutt und Asche freigeräumten Straßen fortbewegten. Die Pest, die nach dem Gemetzel des deutsch-spanischen Gesindels ausgebrochen war und der Stadt weitere Tote abverlangt hatte, war immerhin gestoppt worden, auch dank der Aktivitäten solcher Menschen wie dem Bologneser Arzt Balotelli.

Als sie an einer Kirche vorbeikamen, konnte man das gedämpfte Gemurmel deutlich aus dem Inneren hören. Bußprediger prangerten mit mahnend erhobenen Stimmen das zügellose Leben der Römer an, das sie für den *Sacco di Roma* als Strafe Gottes verantwortlich machten. Damals, als sich Zeichen eines Umdenkens bei den Menschen andeuteten und eine Epoche der Freiheit des einzelnen Menschen und damit der Entfaltung seiner bisher im Verborgenen gehaltenen Fähigkeiten entstand, hatte die katholische Kirche diesen Umbruch als persönliche Niederlage betrachtet. Mit Widerwillen und Unverständnis begegneten die Kirchenoberen der Geburt einer neuen Zeit, in der das Leben sich aus den verkrusteten Strukturen, dem schablonierten Gefüge löste. Die zentrale Rolle der Kirche wurde etwas zurückgedrängt. Der Papst im Vatikan ließ die Zügel schleifen, was nicht bei allen Mitstreitern auf Gegenliebe stieß. Doch nun war das Rad der Zeit zurückgedreht worden, das Aufblühen der Stadt, des kulturellen Lebens und der Freiheit der Kunst war gestoppt. Ein Kapitel in der Geschichte Roms war unwiderruflich geschlossen.

Lucrezia Sabatini hatte durchaus die Absicht, ihren Schützling den ihr bekannten finanzkräftigen Kunstliebhabern vorzustellen. Um den Künstler beurteilen zu können, musste man allerdings seine Werke in Augenschein nehmen. Das bis jetzt Geschaffene reichte nach ihrer Ansicht jedoch nicht aus. Und da hatte sie eine Eingebung gehabt, eine pikante Idee. Wer wagt, der gewinnt, lautete ihr Motto. Ich muss vom Teufel geritten sein, dachte sie vergnügt, aber der Teufel hätte gegen mich sowieso keine Chance. Ihre Strategie, den glühenden Pietro, der in einer Art Traumwelt lebte und ihr fast wie ein Hund folgte, für ihre Zwecke einzusetzen, war von langer Hand vorbereitet und gut geplant. Sie kannte die männlichen Triebe zu Genüge und wusste sie für ihre eigenen Interessen auszunutzen. Pietro taugte fabelhaft für den Versuch, sich selbst fast unsterblich zu machen. Und als Frau im besten Alter wollte sie ihre Fähigkeit zur Verführung überprüfen. Der Junge ist schon so entflammt, dass seine Hitze mich noch verbrennen könnte, ich muss da aufpassen, dachte sie amüsiert und gleichzeitig etwas beunruhigt.

Als sie ihr Schlösschen wieder erreichten, war die Sonne schon hinter dem Horizont verschwunden und die ersten Schatten der einziehenden Dunkelheit begannen das Gebäude zu umhüllen. Dieser Umstand passte ausgezeichnet zu dem Szenario, das Lucrezia sich ausgedacht hatte und bei dem sie die Regie führte. Signora Panucci war eine ausgezeichnete Köchin, die schon seit Jahrzehnten in diesem Haus arbeitete. Das Essen, welches sie für das ungleiche Paar zubereitet hatte, schmeckte den beiden fabelhaft. Danach trank man Wein und erzählte sich Geschichten. Schon während dieser Unterhaltung verzauberte Lucrezia mit ihren nur in Ausschnitten gezeigten Reizen das Gemüt des jungen Mannes. Sie wollte ihn so in Ekstase versetzen, dass er sie malen würde wie kein anderer es vermochte. Sie wollte der Nachwelt ein besonderes Bild von sich hinterlassen, und dieses Bildnis konnte nur ein junger Künstler mit glühendem Kopf, heißem Herzen und in vollster Erregung malen. Ich bin wirklich verdorben, vom Kopf bis zum kleinen Zeh, sagte sich die Verführerin und war gespannt auf das, was kommen sollte. Sie setzte sich auf ein karminrotes Sofa und zeigte dabei, wie aus Versehen, ihre Knie.

»Fürchtet Ihr mich?«, fragte sie ihr Gegenüber mit kehliger Stimme. Pietro, ein wenig überrascht, wusste keine plausible Antwort, also schwieg er. »Fürchtet Ihr mich?«, wiederholte Lucrezia ihre Frage.

»Warum muss ich Euch fürchten«, antwortete endlich Pietro mit einer Gegenfrage.

»Dann setzt Euch zu mir«, lautete ihre verlockende Anweisung. Sie sah das Zögern in seinen Augen, doch dann erhob er sich und kam auf wackeligen Füßen zum Sofa. Auffordernd klopfte sie auf den Platz neben sich. Kaum hatte er sich gesetzt, berührte sie ganz beiläufig sein Bein und ihm wurde glühend heiß, was der Aufmerksamkeit der Dame nicht entging. »Gefalle ich Euch?«, fragte sie verführerisch. Und als Pietro verwirrt schwieg, fuhr sie fort: »Das heißt, ich gefalle Euch also nicht?«

»Doch, doch Ihr gefallt mir, sehr sogar, aber …« Seine Stimme versagte, seine Augen brannten wie zwei schwarze Kohlestücke, sein Gesicht wurde rot, der Hals trocken.

Lucrezia war auch in dieser Szene die Dame von Welt. Sie stand auf und brachte ihm ein Glas Wein. »Trinkt!«, befahl sie. Er nahm das Glas in beide Hände und schluckte hastig, die Flüssigkeit brachte ihm ein wenig Abkühlung. »Nicht so schnell, sonst werdet Ihr betrunken«, lachte seine Mentorin. Sie entdeckte neben Begierde auch Anzeichen von Angst in seiner Miene und weidete sich genüsslich an seiner Furcht. Ein spöttischer Zug zuckte um ihre reizenden Lippen. »Ihr seht wohl die Liebe als etwas Finsteres an, obwohl diese doch die schönsten und höchsten Gefühle in uns zum Ausdruck bringt.«

»Da irrt Ihr, ich betrachte die Liebe als etwas Einmaliges und Wunderbares. Es ist ein Geschenk Gottes, dass der Mensch zu diesem Gefühl imstande ist.«

»Ein Geschenk Gottes ist die Liebe allemal, aber mit diesem Geschenk muss man auch umgehen können«, meinte Lucrezia anzüglich.

Pietro konnte sich eine spitze Bemerkung nicht verkneifen. »Es steht außer Zweifel, dass Ihr damit umgehen könnt«, gab er zurück.

Lucrezia lächelte milde. »Euer Vertrauen in meine Fähigkeiten ehrt mich. Welche Gefühle hegt Ihr also für mich?«

Die Frage war so trocken und direkt, dass der Gefragte erst Luft holen musste, bevor er sich eine Antwort zu geben traute. »Ich glaube, Euch zu lieben«, sagte Pietro und erschrak sofort, sein Gesicht rötete sich erneut, diesmal nicht vor Begierde, sondern vor Scham.

»Ihr glaubt es also, aber Ihr wisst es nicht. Vielleicht ist das, was Ihr empfindet, nicht Liebe, sondern Begierde. Ihr seid ein Mann und die Männer haben eine ganz andere Auffassung von der Liebe als das weibliche Geschlecht. Wir sind romantische Geschöpfe, die gerne träumen und die Liebe als eine ernste Angelegenheit begreifen. Wir betrachten sie als eine Einheit aus vielen einzelnen Aktionen. Eigentlich bevorzuge ich die heitere Sinnlichkeit, die Freude ohne Schmerz. Denn an die ewige Liebe, welche das Christentum predigt, glaube ich nicht. Das ist, um Eure Einwände vorwegzunehmen, keine Häresie, sondern gesunder Menschenverstand.«

Pietro schaute sie mit Erstaunen an. »Ich kann Euch nicht folgen. Warum glaubt Ihr nicht an die Liebe, wie sie das Christentum anmahnt?«

»Kennt Ihr, lieber Pietro, den Willen Gottes? Wisst Ihr, was der Allmächtige denkt? Nein, man wird es nie genau ergründen. Unsere Religion stößt an ihre intellektuellen Grenzen, weil ihre Theorien überholt sind, ihre Gesetze starr und unserer Zeit hinterher.«

Die Diskussion wirkte beruhigend auf den jungen Maler, die Röte verschwand von seinem Gesicht und das gefährliche Funkeln in seinen Augen erlosch. Lucrezia beschloss, wieder ein wenig Feuer in den jungen Mann zu bringen und lockerte wie aus Versehen ihr Kleid. So kam ein Teil ihres Mieders zum Vorschein. Die Wirkung auf Pietro entsprach genau der Intention dieses Unterfangens. Er wurde wieder unruhig und griff schnell zu seinem Glas, das er hastig leerte. Und plötzlich, als wäre er nicht mehr Herr seiner Sinne, als wäre er von seinen Gefühlen überwältigt, ging er vor Lucrezia auf die Knie und legte seinen Kopf in ihren Schoß.

Für einige Augenblicke erfüllte heißes Schweigen den Raum. Die beiden verharrten in ihrer Stellung, bis Lucrezia wieder die Regie ergriff und ihm behutsam über sein Haar strich.

»Ist das Liebe?«, fragte er. »Ihr müsst es wissen!«

»Es ist Begierde, Leidenschaft, aus der Liebe hervorgehen könnte. Ihr wollt besitzen, aber ob Ihr auch liebt?« Und dann, ganz schnell und unerwartet, beugte sie sich über ihn und er spürte ein nie dagewesenes Glück, etwas, von dem er bisher nur geträumt hatte. Leicht strich sie mit ihren Lippen über die seinen. Sie schmiegte sich an ihn und küsste ihn innig, bis ihm die Luft ausging und er sich wie ein Ertrinkender an sie klammerte.

Nicht verloren in der Moderne

Ich hatte meinen Besuch aus der Vergangenheit eingeladen, mit mir die Ausstellungsräume des Städel-Museums zu besuchen. »Vielleicht werden Sie verschiedene Bilder aus Ihrer und aus anderen Epochen interessieren? Sie mögen doch Gemälde?«

»Aber selbstverständlich, sogar sehr. Ich wuchs sozusagen mit ihnen auf. Ich versuchte mich sogar selbst im Metier der Malerei, musste aber feststellen, dass ich dafür nicht genügend Talent und Begeisterung aufweisen konnte. Besser war ich in Handarbeiten. Außerdem interessierte ich mich für Geschichte und Politik, aber die Lage in Europa war so verworren, dass es schwer war, das Ganze zu verstehen. Der Papst agierte nicht wie ein Pontifex, sondern war in politische Machenschaften verstrickt und unterhielt eine eigene Armee, die in kriegerische Auseinandersetzungen verwickelt war. König Karl V. wiederum stellte große Gebietsansprüche, er nahm halb Europa unter seine Fittiche und wurde sogar zum Kaiser gekrönt. Der französische Monarch wollte die Macht des Kaisers einschränken und versuchte dies durch Intrigen und wechselnde Bündnisse zu erreichen. Viele Menschen mussten wegen der Konfrontationen und politischen Geplänkel zwischen den Herrschern leiden. Das war mein Europa, so war meine Welt!« Sie wirkte ein wenig aufgebracht, von Erinnerungen überwältigt.

»Mein Europa, meine Welt ist nicht unbedingt besser«, meinte ich aufmunternd. »Auch im 21. Jahrhundert gibt es machthungrige Politiker, diplomatische Manöver, unzählige politische Allianzen und Hegemoniebestrebungen verschiedener Staaten. Da wir in einer globalisierten Welt leben, in der die moderne Technik die Entfernung zwischen den Kontinenten schrumpfen lässt, haben viele Ereignisse weltweite Auswirkungen. Damals blieben die militärischen Auseinandersetzungen auf einzelne Länder in Europa beschränkt, aber heute beeinflussen einige wenige Staaten und Konzerne die Politik, die Wirtschaft und das Leben auf der ganzen Welt. Die Vereinigten Staaten von Amerika sind so eine Weltmacht, auch China und Russland. Europa wiederum hat sich zu einer Gemeinschaft zusammengeschlossen, in der man gemeinsame wirtschaftliche und politische Interessen verfolgt und eine strategische Partnerschaft anstrebt. Europa will geschlossen handeln, aber trotzdem ist man oft gespalten und kann sich nicht einigen.«

Auf dem Weg zur U-Bahn trafen wir auf meinen guten Bekannten Isidor. Er war ein Dichter, schrieb komplizierte Verse, die häufig nur er selbst verstand. Bei seinen Gedichten war die Technik den Gefühlen überlegen, die Form eines Verses war für ihn das Wichtigste, das Nonplusultra eines Poems. Isidor war ein hochgewachsener Mann mit langem blonden Haar und azurblauen Augen, der sich als Frauenheld sah. Nun schaute er verwirrt auf meine Begleiterin und brachte nur ein leises »Hallo« heraus. Rosa Amalia lächelte, ohne einen Laut von sich zu geben.

Doch Isidor fand seine Sprache schnell wieder und schlüpfte in die vertraute Attitüde des Casanovas. »Was für eine reizende Begegnung«, rief er, »Sie haben meinen Tag gerettet. Woher kommen Sie? Aus Frankreich, Skandinavien, von den Färöer Inseln?«

Rosa Amalia lächelte weiterhin schweigend. »Sie wohnt in Sachsenhausen, stammt aber aus Italien«, informierte ich den armen Isidor.

»Roma, Napoli, Firenze?« Isidor war nicht zu bremsen. »Sizilien, Sardinien?«

»Das ist nicht Italien«, platzte meine Begleiterin heraus. »Die Bewohner dieser Inseln sind keine echten Italiener.«

»Das war vielleicht früher so«, warf ich ein, »jetzt sind sie Bürger Italiens.«

»Wieso früher?«, wunderte sich Isidor, der nicht lockerlassen wollte. Er hatte die Angewohnheit, den Dingen auf den Grund zu gehen. Er bohrte gerne immer weiter, bis er die gewünschte Information erhielt. »Diese Inseln gehören doch zum italienischen Staat.«

»Wir haben immer gesagt, auf Sizilien ist schon Afrika.« Rosa Amalia lächelte ihn unschuldig an. Sie kokettiert mit ihm, schoss es mir durch den Kopf.

»Aus welcher Gegend in Italien kommen Sie also?«, hakte mein Bekannter nach.

»Sagt Euch Emilia-Romagna etwas?«

»Aber selbstverständlich. Eine sehr schöne Gegend. Vor zwei Jahren habe ich sie bereist und später einen Gedichtband mit meinen Empfindungen während dieser Reise veröffentlicht. Und in welcher der beeindruckenden Städte dieser Region sind Sie zu Hause?«

Rosa Amalia strahlte und schaute ihm aufmerksam in die Augen, was mir nicht gefiel. »Ich komme aus Bentivoglio. Das liegt in der Nähe von Bologna.«

»Das kenne ich, ich habe dort sogar übernachtet. Das ist ein sehr schönes Fleckchen Erde, Wenn man sich nach Natur sehnt, ist man da richtig. Gegenüber dem Hotel liegt eine altes Schloss oder Kastell.«

»Wart Ihr in diesem Bau? Konntet Ihr ihn besichtigen?« Rosa Amalia versuchte ihre Aufregung zu verbergen, was ihr auch ganz gut gelang.

»Wieso sagen Sie eigentlich immer *Ihr* zu mir?«, fragte Isidor irritiert.

»So spricht man halt in dieser Gegend«, kam ich ihr zu Hilfe.

»Eine uralte Redewendung, eine Sprache der Vergangenheit. Aber es gefällt mir, wie *Ihr* sprecht. Es ist schade, *Euch* nicht schon früher begegnet zu sein, *Ihr* habt eine außergewöhnliche Ausstrahlung, *Ihr* seid eine Muse für meine Poesie.« Isidor schaffte es spielend, immer wieder ein Kompliment an die Dame in meiner Begleitung einzuflechten. Ich stellte fest, dass ihr Interesse an ihm stieg, und auch der Dichter schien sich außerordentlich für sie zu interessieren.

»Also, du warst in dem Ort Bentivoglio und hast in der Nähe eines ehemaligen Palazzos genächtigt«, unterbrach ich gezielt seinen Redestrom, um auf das Thema zurückzukommen.

»Ja, wie gesagt, dort befand sich ein restauriertes Schloss, das ich mir angeschaut habe. Wenn ich mich richtig erinnere, wurde es in der Zeit der Renaissance erbaut, gegen Ende des fünfzehnten Jahrhunderts. Ein Teil des Schlosses ist eine Art Museum geworden und in einem anderen Teil werden die Räume von verschiedenen Institutionen und Vereinen genutzt. Es gab einige Veranstaltungen in dem Gebäude, die Mitarbeiter waren nett und zuvorkommend. Eine ältere Dame, die indirekt mit der Familie Bentivoglio, die das Schloss erbaut hat, verwandt sein soll, erzählte uns dessen Geschichte und auch etwas über die ehemaligen Bewohner.«

»Über welche Personen hat die Dame gesprochen?«, wollte Rosa Amalia wissen. »Hat sie Namen genannt?«

Mein Kollege Isidor überlegte lange, rief sein Erinnerungen ab und meinte dann, er könne auf die Frage von Rosa Amalia antworten. Aber zuvor lud er sie und notgedrungen auch mich ein zu einer Lesung seiner Gedichte im *Klub des Freien Gedankens*, der sich in der Innenstadt in der Nähe der Hauptwache befand. Als sie den Namen des Klubs hörte, fragte die Eingeladene erstaunt, ob hier in Deutschland die Gedanken nicht frei seien, da man ein Lokal brauche, wo man sich frei äußern könne. Das verwirrte den Frankfurter Poeten, er brauchte etwas Zeit, um die Frage zu verstehen.

»Ich verstehe den Sinn *Eurer* Frage nicht ganz. *Ihr* wisst doch sicher, dass dies nur der Name des Klubs ist, in dem wir Intellektuellen uns treffen. *Euer* Begleiter«, dabei zeigte er auf mich, »ist ein Dauergast dieser Veranstaltungen und hat schon häufig Lesungen seiner Werke dort abgehalten. Sie haben ihm durchaus einen gewissen Bekanntheitsgrad gebracht. Ich würde mich wirklich sehr freuen, *Euch* bei dem Poesieabend begrüßen zu dürfen. Was *Euren* Einwand, in diesem Land gebe es keine freie Meinungsäußerung, angeht ...«

»Das hat niemand behauptet. Rosa Amalia hat einfach den Sinn des Klubnamens nicht verstanden, er hat sie irritiert«, nahm ich meine Begleiterin in Schutz. »Wir alle wissen, dass die heutige Bundesrepublik das freieste und demokratischste Staatswesen ist, seitdem die germanischen Stämme sich vereinigten und ein Gebilde namens Deutschland gründeten.«

»Das Wort Gebilde würde ich durch die Bezeichnung Staat ersetzen«, entgegnete Isidor, der hier sofort die Gelegenheit für eine vertiefende intellektuelle Diskussion sah.

Doch ich beharrte auf meinem Standpunkt. »Das ist leider nicht korrekt. Die vereinigten Germanen gründeten noch keinen Staat im modernen Sinn, sondern ein Staatengebilde, eine Form, aus der erst später ein eigenes Staatswesen entstand.«

»Die alten Römer hatten ein sehr transparentes Staatswesen«, warf Rosa Amalia ein.

»Was haben die alten Römer mit unserer Diskussion zu tun?«, wunderte sich der Dichter der Moderne.

Wieder musste ich ihn auf das eigentliche Thema zurückführen. »Wir kommen gerne zu deiner Lesung, aber du hattest von dem Städtchen Bentivoglio erzählt. Rosa Amalia wollte wissen, von welchen Personen die Schlossführerin gesprochen hat.«

Isidor widmete sich also der Fortsetzung seiner Erzählung. »Den Worten dieser Dame folgend lebte der Erbauer des Schlosses nur kurz dort, dann erledigte er seine Geschäfte von Bologna aus. Danach wurde ein naher Verwandter der neue Schlossherr. Nach Jahrhunderten, in denen die Familie Bentivoglio diesen Palazzo bewohnte, zerstreute sie sich mit der Zeit in alle Winde und das Schloss bekam andere Besitzer. Übrigens gibt es in einem Ort am Flusslauf des Po auch einen Palazzo Bentivoglio, der in den Jahren 1594 bis 1600 erbaut worden ist.«

Rosa Amalia schaute mich verblüfft an. »Noch ein Palazzo Bentivoglio, habe ich das richtig verstanden?«

»Ja, irgendwelche Mitglieder der Familie zogen hinauf zum Po und bauten dort wieder einen Palazzo. Soweit ich verstanden habe, waren die Ahnen der Bentivoglios früher Söldner gewesen, die dann als Despoten über einen Teil der Emilia-Romagna herrschten und diesen als ihr feudales Besitztum ansahen. Der Clan ist noch heute in der Region vertreten. In Bentivoglio leben drei Nachfahren dieser Sippschaft, die im Mittelalter und noch in der Zeit des Barock ihr Unwesen trieb, bis sie schließlich vom Horizont der Geschichte gestoßen wurde und im schwarzen Loch der Bedeutungslosigkeit verschwand. Die drei sind aber nicht mehr die jüngsten, die Nachkommen sind wohl in andere Städte ausgewandert.«

Rosa Amalia vernahm diese Ausführungen mit einer kaum verschleierten Missbilligung. Den Ärger über seine Worte konnte man ihren Augen ansehen, die ihn scharf und intensiv musterten. Aber ihre Blicke erreichten den Sprecher nicht, der im Rausch der Selbstgerechtigkeit nur Augen für seine eigene Großartigkeit hatte. »Und Sie haben auch in dieser Gegend gelebt? Darf ich erfahren, wie *Euer* Name ist?«, fragte er Rosa Amalia teils belustigt, teils ernst.

»Bentivoglio«, sagte sie kalt und ohne mit der Wimper zu zucken.

Der gute Isidor verstand zuerst nicht, aber dann ging ihm ein

Licht auf und er machte ein ziemlich dümmliches Gesicht. Er lächelte verlegen und sagte betreten: »Das überrascht mich. Ich hielt Ihre Redewendungen aus einer anderen Epoche und Gesellschaftsschicht für eine Marotte, die ich mir erlaubte zu kopieren …«

»Oh nein, ich entspringe direkt dem schwarzen Loch der Geschichte.«

»Aber, liebe Signora Bentivoglio, ich wollte Ihnen nicht zu nahe treten. Falls ich Sie gekränkt habe, tut mir das leid«, versuchte Isidor sich zu entschuldigen.

Rosa Amalia schwieg und mir war klar, dass der Dichter bei der oberitalienischen Aristokratin nun keine Chance mehr hatte. Zwar versuchte er noch im Gespräch zu bleiben, indem er über seine Reise nach Italien und seine Gedichte darüber schwadronierte, aber er erreichte damit nur, dass sie ihm den Rücken zukehrte. Fast verzweifelt fragte er mich, ob ich mit ihr liiert sei und meinte, ich sei doch viel zu alt für sie. Als ich ihm beschied, dass ihn das nichts anginge, wandte er sich beleidigt ab und ging davon, ohne sich zu verabschieden.

»Dieser Mensch verfügt über keine guten Manieren«, befand der Spross des italienischen Adels.

»Er fühlte sich gekränkt, dass Sie ihn einfach abserviert haben.«

»Wenn dieses Wort eine Ablehnung bedeutet, dann habt Ihr recht, dann ist er von mir abserviert worden. Was bedeutet das Wort liiert?«

Ich schaute sie überrascht an. Sie hatte die Eigenart, vieles nicht für ihre Ohren Bestimmte zu hören und auch verstehen zu wollen. »Liieren heißt sich binden, eine Beziehung eingehen oder sich auf etwas einlassen. Meist ist damit ein Liebesverhältnis gemeint.«

»Dieser Mensch hat also gefragt, ob wir ein Liebesverhältnis haben? Wenn ein Mann mit einer Frau spazieren geht, vermutet man also, dass die beiden liiert sind? Vielleicht sind sie jedoch nur Freunde oder Bekannte.«

»Mein Kollege hat das auf seine besondere Art betrachtet. Da er wusste, dass ich von meiner Partnerin getrennt bin, hat er unser Zusammensein als mögliche neue Beziehung interpretiert.«

»Ist er mit jemandem liiert?«

»Er hat eine Freundin, aber soviel ich weiß, ist es eine lockere Gemeinschaft.«

»Was meint Ihr damit?«

Meine italienische Freundin konnte sehr anstrengend sein, wie ich soeben feststellen musste. Ich versuchte eine Erklärung: »Wenn die beiden Lust auf ein Zusammensein haben, dann kommen sie auch zusammen. Und danach geht jeder wieder seiner eigenen Wege.«

Die ankommende U-Bahn verschonte mich vor einer weiteren Diskussion über dieses heikle Thema. Als wir das Städel-Museum erreichten, war die Angelegenheit vergessen. Ich kaufte zwei Eintrittskarten, was Rosa Amalia nicht einsehen wollte.

»Um zu mir selbst zu gelangen, muss ich eine Eintrittskarte kaufen. Das ist unerhört! Aber auf den Dürer bin ich gespannt. Mandele hat mir so viel von ihm erzählt, er war sehr angetan von dessen Werken.«

»Kannte dieser Mandele Dürer persönlich?«

»Selbstverständlich. Seinen Erzählungen zufolge stammte der Maler aus der Stadt Norimberga in Bavaria.«

»Auf Deutsch heißt Norimberga Nürnberg und Bavaria Bayern«, erklärte ich. »Ihr Freund Mandele scheint mit vielen wichtigen Persönlichkeiten verkehrt zu haben.«

Sie schaute mich mit großen Augen an. »Mandele Albero di Mele war einer der wichtigsten Menschen in meinem Leben. Von ihm lernte ich sehr viel, er war ein Mann von Welt und kannte sich in einer Vielzahl von Themen aus. Er konnte mehrere Sprachen und hatte mehrere Länder bereist. Er wurde sogar von Kaiser Karl V. empfangen und auch vom Papst. So wie übrigens meine Tante Lucrezia auch.«

»Ich würde mich sehr freuen, wenn Sie mir heute Abend mehr darüber erzählen könnten, dann hätte ich einige Informationen für ein eventuelles neues Buch.«

»Ihr wollt ein Buch über unsere Begegnung schreiben?«, rief Rosa Amalia voller Freude. »Ich erzähle Euch alles, was ich weiß. Ein Buch über mich, das ist fantastisch!«

»Ein Bild von Ihnen ist schon gemalt worden, nun ist die Zeit reif für ein Buch.«

Wir stiegen die Treppe hinauf und wurden durch Hinweispfeile zur Dürer-Ausstellung geleitet.

»War Dürer eigentlich den Katholiken oder eher den Protestanten zugeneigt?«, wollte meine Begleiterin wissen.

»Soviel ich weiß, wollte er es sich mit keiner dieser Richtungen verderben. Den *Heiligen Hieronymus* gab er den Katholiken, den *Christlichen Ritter* erhielt die Gegenbewegung. Er lavierte hierbei mit viel Geschick. Was sagte denn Ihr kenntnisreicher Mandele dazu?«

»Mandele erzählte von Dürer zwar einiges, aber nichts über dessen politische Einstellung. Er unterhielt sich mit dem Maler wohl eher über die Kunst, seine Maltechniken und über Frauen, denn da hatten sie wohl gemeinsame Interessen«, lächelte Signora Bentivoglio vergnügt. »Dürer war einige Jahre älter als Mandele, aber nach den Worten meines Freundes verstanden sie sich prima. Mandele kannte auch Dürers Mäzen, den König Maximilian, der Großvater des letzten Kaisers des Heiligen Römischen Reiches Deutscher Nation, wie sich Karl V. nennen ließ, was bei Mandele immer zu Heiterkeit führte. Auch zu Papst Clemens VII. hatte Mandele ein ambivalentes Verhältnis, er monierte dessen Unentschlossenheit, seine falschen Beurteilungen der Lage und seine Planlosigkeit, die ihn fast die Tiara gekostet hätte.«

Wir betrachteten die Arbeiten des hochbegabten Nürnbergers, der nicht nur ein überragender Maler war, sondern auch ein hervorragender Zeichner, Formschneider und Kupferstecher. »Der hat wirklich toll gemalt. Seine Technik ist anders als bei Francesco oder auch Pietro«, sagte Rosa Amalia anerkennend.

»Die Stile ändern sich mit der fortschreitenden Zeit. Dürer war der Wegbereiter einer neuen Epoche der Malerei, seine Technik war damals einmalig und bahnbrechend. Seine mathematischen Berechnungen waren ein Novum in der Malkunst, sie zeugten von der Genialität des Künstlers. Seine akribische Arbeitsweise war sehr zeitraubend, aber sie schuf revolutionäre, epochenübergreifende Ergebnisse.«

»Ihr seid wie ein Buch. Egal welche Seite man öffnet, man erfährt gleich etwas Neues, und das noch sehr ausführlich.«

Ich wusste nicht, ob diese Bemerkung Lob oder versteckten Tadel beinhaltete, also schwieg ich und betrachtete Dürers Bilder, die aus der ganzen Welt zusammengeführt für eine begrenzte Zeit hier im Museum ein einmaliges Stelldichein hatten.

Schließlich ließen wir uns im Städel-Café nieder und besuchten danach den Buchladen des Museums, der, wie nicht anders zu erwarten, auf Kunstbücher und Bildbände spezialisiert war. Zur Dürer-Ausstellung gab es unzählige Bücher und mehrere Kataloge. Rosa Amalia interessierte die Zeit der Wiedergeburt Europas, also die Renaissance, was ich nur allzu gut verstehen konnte. Es gab einige Werke über diese Kunstepoche und in einem fand meine Gefährtin auch Bilder von Francesco Mazzola, genannt Parmigianino, und sogar ein Porträt des Malers.

»Francesco sieht hier reizend aus«, bemerkte sie beim Durchblättern.

Ein Bild von Pietro war leider nirgendwo zu finden, was nach Ansicht der Prinzessin mit seinem geringen Bekanntheitsgrad zu tun hatte. Wäre er bekannter gewesen, hätte man sicher auch seine Werke in den Band aufgenommen. Rosa Amalia litt unter der Nichtberücksichtigung ihres Freundes, das konnte man aus ihrer Miene lesen. »Er war in Italien ein Fremder und als solcher hatte er es viel schwerer. Tante Lucrezia nahm ihn mit nach Rom, um ihm den Einstieg in das Künstlerleben zu erleichtern, doch das Ergebnis war eher dürftig. Pietro war enttäuscht, aber er nahm es gefasst. Zum Glück schaffte er es dann in Spanien unter einem spanischen Namen zu einer gewissen Anerkennung. Als Pieter de Kempeneer wäre er wahrscheinlich auch dort nicht erfolgreich gewesen.«

Dann entdeckte sie im obersten Regal ein Buch, das sie zu einem überraschten »Oh!« verleitete. Es handelte sich um Giorgio Vasaris »Kunsttheorie und Kunstgeschichte« in deutscher Übersetzung. Mit Begeisterung nahm sie das teure Exemplar in ihre schmalen Hände.

»Das hat Giorgio geschrieben, wie wunderbar. Er hat uns erzählt, dass er an einem Buch über die Künstler unserer Epoche arbeitet, er hat es also wirklich vollendet.« Sie blätterte darin, fand immer wieder etwas Bekanntes und quittierte es mit lauten Seufzern, womit sie das Ladenpublikum auf sich aufmerksam machte. »Da steht etwas über Francesco, da über Leonardo und da über Raffael und Tizian. Und hier hat Giorgio Sebastiano erwähnt.« Sie hielt mir das geöffnete Buch vor die Nase. »Sebastiano dell Piombo, er war ebenfalls ein sehr guter Maler. Habt Ihr nie von ihm gehört?«

Ich gab zu, keine Werke von ihm zu kennen, aber ich erinnerte mich, gelesen zu haben, dass man auch ihm schon einmal die Urheberschaft des Bildnisses von Rosa Amalia zugeschrieben hatte. Diese blätterte weiter in Vasaris Buch, und wenn sie einen bekannten Namen fand, jubelte sie, weil jede Erinnerung ein Glücksgefühl in ihr hervorrief. Als sie damit fertig war, sah sie auf dem Tisch einen Bildband mit den Werken von Leonardo da Vinci liegen. Ein weltberühmtes Lächeln versuchte den Leser zu betören. »Was man an ihr findet, ist mir rätselhaft. Tante Lucrezia konnte dieses Frauenzimmer nie leiden«, kommentierte sie die Abgebildete geringschätzig.

»Es ist dieses rätselhafte Lächeln, dieser geheimnisvolle Gesichtsausdruck, der das Bild so faszinierend macht. Ein gleichzeitig nichts- aber auch vielsagendes Lächeln, als wollte sie spotten oder etwas Geheimnisvolles andeuten.«

»Donna la Giocondo hatte viele Geheimnisse und einen eifersüchtigen Mann, der aber nie hinter ihre Heimlichkeiten kam. Das hat mir Tante Lucrezia erzählt. Sie war eine Zeit lang sogar mit Donna Lisa befreundet.«

»Haben Sie Meister Leonardo gekannt?«, fragte ich neugierig.

»Ich nicht mehr, aber Tante Lucrezia und Mandele kannten ihn persönlich. Ich war außer mit Pietro und Francesco noch mit Sebastiano und Tizian bekannt und selbstverständlich mit Giorgio.«

Jetzt wollte ich es genau wissen: »Haben Sie denn auch den Medici-Papst Clemens VII. und Kaiser Karl V. kennengelernt?«

»Leider nicht persönlich. Bei der Krönung in Bologna konnte ich sie aber sehen.«

Erst jetzt bemerkte ich eine ältere Dame neben uns, die unser Gespräch belauschte. Unser Dialog musste sie sehr irritiert haben, denn sie schaute uns verwundert an und meinte kopfschüttelnd: »Sie machen wohl Scherze?«

Ich beeilte mich zu erklären, dass unsere Konversation der Vertiefung des Textes eines Theaterstücks diene, das demnächst seine Premiere feiern würde. Die Dame schaute uns zweifelnd an. Dann bemerkte sie, dass man keineswegs sagen könne, wem das undurchsichtige Lächeln auf dem Bild da Vincis gehöre. Es gebe verschiedene Vermutungen, wer diese Dame sein könnte.

Bevor ich das Wort ergreifen konnte, war Rosa Amalia schon

zur Stelle. Es gebe nur eine verlässliche Quelle und die sei ihre Tante Lucrezia, die das Modell, dessen Gemahl und den Künstler persönlich gekannt habe.

Dies war für die ältere Dame zu viel des Guten. Sie beschimpfte uns als primitive Scherzbolde, die sich über andere lustig machen und sie verhöhnen wollten.

Wir verließen die Buchhandlung im Eiltempo und betraten den Saal mit den »alten Meistern«. Botticelli, Tizian und Francesco waren Rosa Amalias italienischen Lieblinge. Zu Raffael hatte sie eine gespaltene Beziehung, einerseits mochte sie sein größenwahnsinniges Gehabe nicht, anderseits schätzte sie sein Talent sehr. Ihr Urteil über de Kempeneer war durch ihre Gefühle für ihn natürlich beeinträchtigt. Sie bemängelte, dass seiner Kunst die Lockerheit des Pinsels und der südländische Einfallsreichtum fehlten, gleichzeitig bezeichnete sie ihn als sehr guten Handwerker, einen peniblen und aufmerksamen Beobachter, der an Details hing und bei seiner Arbeit auch sehr streng sein konnte, wie sie am eigenen Leib erfahren habe.

Plötzlich wurden wir von einem lauten »Hallo, was für ein Zufall, da treffen wir uns wieder« aufgeschreckt. Vor uns stand Isidor und strahlte, sichtlich glücklich über die neuerliche Begegnung. Er blickte Rosa Amalia auffordernd an. »Darf ich *Euch* fragen, ob *Ihr* heute Abend schon etwas vorhabt?«, fragte er sie gleich sehr direkt.

»Nein«, schrie ich fast, sodass einige Besucher im Saal sich umdrehten und mich verärgert anschauten.

»Schon gut, schon gut, ich wollte dir nicht zu nahe treten.« Dann wandte er sich wieder an meine Begleiterin: »Ich würde *Euch* gerne näher kennenlernen. *Ihr* habt doch bestimmt nichts dagegen, *Euch* heute Abend mit mir zu treffen?«, insistierte er.

Die Angesprochene zwinkerte mir heimlich zu und sagte dann: »Nein. Aber heute geht es nicht.«

Isidor sah sich schon als großen Gewinner, als unwiderstehlichen Adonis. »Dann würde ich *Euch* gerne für den nächsten Dienstag zu einer Lesung meiner Gedichte einladen und danach in ein besonderes Restaurant mitnehmen. Ein Dinner for two sozusagen.«

Im Geiste lächelte ich vergnügt. Nächsten Dienstag wäre Rosa Amalia wieder in ihrem Bildnis im Städel daheim und würde die nächsten fünfhundert Jahre lang die Besucher anschauen und ertragen müssen. Ich schlug vor, uns weiterhin den ausgestellten Bildern zu widmen, dafür waren wir schließlich hergekommen. Wir alle waren zufrieden, allerdings jeder aus einem anderen Anlass. Allerdings näherten wir uns mit großen Schritten, wenn auch in langsamem Tempo, unvermeidlich der Stelle, die eine spezielle Herausforderung beinhaltete und zu einem Drama der besonderen Art führen konnte. Bevor wir dieses Ziel erreichten, kamen wir an Parmigianinos *Madonna mit Kind und Engel* vorbei. »Oh! Francescos Madonna!«, rief Rosa Amalia begeistert.

Isidor begutachtete mit zusammengekniffenen Augen das Kunstwerk und drehte sich dann zu ihr um. »Wen habt *Ihr* mit Francesco gemeint? Den Künstler? Er hieß tatsächlich Francesco de Mazzola, wurde aber Parmigianino genannt. Einer der ersten Vertreter des Manierismus. Diesen Begriff habt ihr vielleicht schon gehört?«

Um ihm zu zeigen, dass er uns mit seinen Kenntnissen nicht beeindrucken konnte, erklärte ich, dass sowohl Rosa Amalia wie auch mir die Begriffe *Renaissance* und *Manierismus* geläufig waren und wir auch den Maler Parmigianino kannten. Isidor konnte seine Enttäuschung kaum verbergen und er zog die höchste Karte, die er zu haben glaubte. »Ich empfehle, das Buch von Giorgio Vasari über die Kunstgeschichte und insbesondere über die Künstler der Renaissance zu lesen. Es ist sehr interessant und lehrreich.«

Ich lächelte ironisch und gab ihm zu verstehen, wir seien beide mit diesem Werk vertraut und meine Begleiterin sei sogar eine echte Vasari-Kennerin.

»Deshalb habt *Ihr* also den Künstler Parmigianino als Francesco tituliert?«, bohrte Isidor nach.

»Francesco de Mazzola ist beziehungsweise war ein begnadeter Künstler, der viel mehr Achtung und Aufmerksamkeit verdient hätte, als ihm zu Lebzeiten gewährt wurde«, sagte Rosa Amalia mit einer Prise Wehmut in der Stimme, die einem so aufmerksamen Beobachter, wie Isidor es war, nicht entgehen sollte.

»Rosa Amalia beschäftigt sich mit der italienischen Renaissance und schreibt eine Arbeit über die Künstler dieser Epoche«, beeilte ich mich mit einer Erklärung.

»Ich wusste nicht, dass *Ihr* studiert.« Isidor lächelte sie an. »Vermutlich Kunstgeschichte?«

Wir bejahten unisono seine falsche Vermutung und hofften, nun von weiteren Fragen des Dichters verschont zu bleiben.

Isidor gab sich jedoch nicht so schnell geschlagen. »Studiert *Ihr* in Italien oder hier in Deutschland, vielleicht sogar in Frankfurt?«

»In Italien, in Bologna«, antwortete der Spross der Familie Bentivoglio.

»Ach Bologna, was für eine schöne Stadt! Die Altstadt ist etwas ganz Besonderes. Die Bauwerke spiegeln die Geschichte der Stadt wider. Die Universität ist die wohl älteste in Europa«, schwärmte Isidor.

»Ihr seid also dort gewesen?«

»Ja, ich besichtigte fast zwei Wochen lang die Stadt und ihre Kunstschätze. Ich erinnere mich gut an alle die grandiosen Plätze und Bauten.«

Rosa Amalia schien glücklich über seine Ausführungen zu sein, denn seine Schilderung machte sie stolz auf ihre Heimat. Nun nahte jedoch der Moment der Begegnung der besonderen Art, wir traten vor das Bild de Kempeneers. Rosa Amalia machte große Augen, als sie das Gemälde sah. Von dieser Seite aus hatte sie ihre eigene Darstellung im Kreis der benachbarten Gemälde noch nie gesehen. Sie schaute wie erstarrt darauf, während sich der Poet einem anderen Meisterwerk widmete. Ich beobachtete diskret das Zusammentreffen Rosa Amalias mit ihrem Bildnis. Sie trat ganz nah heran und studierte das Kunstwerk genau. Fast hätte sie ihr Abbild angefasst, was sofort zum Einschreiten des Sicherheitspersonals geführt hätte. Im letzten Augenblick hielt sie sich jedoch zurück, wodurch uns viel Ärger erspart blieb. »Das ist Flandern, Pietros Heimat«, flüsterte sie mir zu und zeigte auf das Bild im Bild.

Jetzt wandte sich auch Isidor dem Gemälde zu. Er las zunächst aufmerksam die Erklärungstafel und überflog dann die ergänzenden Informationen, die er auf seinem Smartphone dazu abrufen konnte. »Peter de Kempeneer … nie gehört. Was malte er denn Schönes, der Bursche?« Er blickte auf das Kunstwerk und nach einer schnellen Analyse meinte er etwas gönnerhaft: »Ein sehr guter Handwerker. Das Porträt ist ihm einwandfrei gelungen, obwohl man natürlich nicht weiß, wie die Abgebildete in natura aussah.«

Plötzlich schaute er Rosa Amalia aufmerksam an. »*Ihr* habt einige Ähnlichkeit mit der hier dargestellten Person«, stellte er fest.

Rosa Amalia zuckte zusammen, berappelte sich aber schnell und blickte Isidor mutig in die Augen. »Tatsächlich, die Dame könnte meine Schwester sein«, sagte sie frech und hielt dem Blick des Dichters unerschrocken stand.

»Dies ist ein typisches Renaissance-Gemälde«, prahlte dieser mit seinem Wissen. »Damals wurden viele Porträts der Oberschicht auf Bestellung gemalt. So wohl auch dieses Werk. Die Dame, die wirklich große Ähnlichkeit mit *Euch* hat, war sicher eine Adlige oder eine Angehörige eines dieser Familienclans, die damals Italien beherrschten. Ich sage Italien, weil dieses Bild laut den Zusatzinformationen wohl dort gemalt wurde, obwohl dieser flämische Maler später unter einem spanisch klingenden Namen in Spanien tätig war.« Er musterte das Porträt noch einmal eingehend. »Genau genommen könnte diese Person sogar eine Angehörige der Familie Bentivoglio sein«, sagte er dann zu Rosa Amalia und lächelte maliziös.

Deren Gesicht hatte eine auffallend rote Farbe angenommen, aber sie schwieg aus taktischen Gründen, um den dichtenden Kunstkritiker nicht zu weiteren Konklusionen zu animieren. Ich musste meinem Kollegen für seine Schlussfolgerungen Anerkennung zollen. Er war schon immer ein Freund des analytischen Denkens gewesen. Mit kühlem Kopf verfolgte er den einmal eingeschlagenen Weg und bohrte nach der Wahrheit, das Ziel seiner Nachforschungen immer im Blick.

Doch Rosa Amalia hatte ihre Schlagfertigkeit rasch zurückgewonnen und spöttisch erklärte sie dem verdutzten Isidor: »Vielleicht bin ich das auf diesem Bild, vielleicht bin ich diese Prinzessin aus der Renaissance?«

Isidor war ein gestandener Mann, der Humor verstand und selbst ein Anhänger des eiskalten Witzes war. Deswegen lachte er, als er Rosa Amalias These hörte, und beglückwünschte sie zu dem gelungenen Scherz. Damit war die Gefahr weiterer detektivischer Recherchen zu diesem Thema gebannt und die Anspannung löste sich.

Als wir das Museum verließen, verschwand die Sonne hinter dem westlichen Horizont und Rosa Amalia bemerkte, dass ihr kalt sei. Ich hätte von dem selbst ernannten Casanova das Verhalten eines Gentlemans erwartet, aber ich hatte mich in ihm getäuscht. Rosa Amalias Hinweis blieb von ihm unbeachtet, sodass ich selbst ihr meine Sommerjacke auf die schmalen Schultern legte.

Das Bildnis einer nackten Schönheit

Lucrezia blickte auf den neben ihr liegenden nackten Körper des jungen Malers. Wie süß er wirkte, wie hilflos. Sie war Realistin und wusste, dass dieser Mann ihrem starken Willen nicht gewachsen war. Die Rache an ihrer Nichte gestaltete sich einfacher als gedacht und ihr Reiz verpuffte zusehends. Diese Jugend wurde immer einfältiger, dachte sie, während sie aufstand, um sich zu waschen. Ein wenig enttäuscht war sie schon, denn außer Talent und jugendlicher Stärke fand sie nichts Bewegendes in dem jungen Mann. Diesen müsste man erst in die Schule der Liebe schicken, aber so viel Aufwand wollte sie nicht investieren, so viel war er ihr nicht wert. Sollte sich doch Rosa Amalia um den Einfaltspinsel kümmern, sie passten hervorragend zueinander. Sie hatte wichtigere Sachen zu erledigen, ihre Angelegenheiten dienten der Allgemeinheit.

Während sie ihn jedoch so unschuldig schlafen sah und seinen jungen Körper bewunderte, begann ein gefährlicher Wirrwarr von Gedanken in ihrem Kopf zu wachsen. Er sollte sie malen, nackt und in ihrer vollkommenen Schönheit. Er sollte sie malen, aber nicht berühren dürfen, damit würde sie ihn quälen und dadurch würde ein Kunstwerk entstehen. Sie würde vor ihm posieren und er vor Pein wimmern, denn er würde wissen, was ihm entging. Und wenn er sich mit seinem Schicksal abgefunden hätte, wenn er nicht mehr begehrte, dann käme sie mit einer neuen Einladung. Daran würde er zerbrechen und ihre Rache wäre vollkommen. Mit Zuckerbrot und Peitsche wollte sie ihn behandeln, wie ein domestiziertes Tier. Dieser Gedanke machte sie lustvoll und sie musste sich sehr zurückhalten, um nicht wieder unter die Decke zu kriechen und ihn herauszufordern. Er musste sich in Enthaltsamkeit üben, er musste verrückt werden nach ihr, er musste leiden und begehren. Ihre unruhigen Augen ruhten mit einem seltsam hämischen Wohlgefühl auf ihrem nackten Galan. Plötzlich ergriff sie eine süße Trunkenheit, sie konnte sich nicht mehr bremsen und legte sich zu ihm. Aber dann, in Anbetracht der sich entwickelnden Gelegenheit, hielt sie inne, gab ihrem inzwischen wachen Liebhaber einen Kuss und entfernte sich schleunigst vom Bett. In dem Alter noch so liebestoll, das habe ich von mir nicht mehr erwartet, dachte sie. Aber ich bin immer noch ein rassiges Weib!

So zufrieden mit sich ging sie ins Bad, und als sie zurück ins Zimmer kam wartete Pietro schon und warf sich wie ein wildes Tier auf sie. Doch sie wäre nicht Lucrezia gewesen, wenn sie ihn nicht zu bremsen vermocht hätte und sein Feuer hätte erlöschen lassen können. Der in seiner euphorischen Begierde so Gebremste lag auf dem Perserteppich des Gemachs und atmete schwer. Lucrezia beendete in aller Ruhe ihre Toilette und ließ den Unglücklichen auf dem harten Boden der Tatsachen liegen.

»Ich muss gehen, ich habe eine wichtige Verabredung. Wenn ich zurück bin, werdet Ihr mich malen. Richtet alles her, ich will Euch bereit sehen.« Und als er erneut nach Liebe rief, antwortete ihm die resolute Frau, die nie ihren Humor verlor: »Liebe gibt es im Theater und dieses Spektakel kostet Geld. Wer keins hat, der darf von Liebe nur träumen.«

Zufrieden mit ihrem Auftritt verließ sie das Schlösschen und ließ sich in den Vatikan bringen, wo ihr Gesprächspartner schon wartete. Pietro blieb allein, nicht in der Lage, die chaotischen Gedanken in seinem Kopf zu ordnen. Was machte er hier? Warum ergab er sich dieser raffinierten Frauengestalt, warum gehorchte er ihr? Das waren Fragen, auf die er keine Antworten fand. Natürlich wollte er Karriere machen, aber war das ein Grund, an diesem Experiment teilzunehmen? Tizian und Parmigianino hatten ihre Förderer. Raffael, Michelangelo und Leonardo da Vinci wurden auch in ihren besten Zeiten von finanziell gut situierten Freunden unterstützt. Er wusste, dass er Talent hatte, er könnte wie sie werden, obwohl er als Fremder, als *straniero*, mit vielen Schwierigkeiten zu kämpfen hatte, die seinen einheimischen Kollegen erspart blieben. Aber er war ehrgeizig genug, um es zu versuchen.

Doch er war dieser teuflischen Frau nicht nur ausgeliefert, sondern er war ihr auch hoffnungslos ergeben. Sie wirkte auf ihn wie eine Zauberin, war mal ein Engel, dann wieder eine Hexe, die sich seine Seele aneignete und das Spiel auf ihre Weise gestaltete. Den Grund ihres Tuns konnte er nicht durchschauen. Ihre Wohltätigkeit entsprang nicht ihrer reinen Seele, ihrem guten Herzen oder ihrer Güte, sondern basierte auf Berechnung, Perversität und kleinkariertem Egoismus. Von ihrer Rolle als Rachegöttin konnte Pietro selbstverständlich nichts wissen. Eine unbekannte Kraft zog ihn in Lucrezias Bann. Sicherlich war er in sie verliebt, aber es war eine andere Art von Liebe, eine feurige Leidenschaft, eine Innigkeit der Körper, weniger der Seelen. Er begehrte sie so, wie er noch nie nach jemandem verlangt hatte, seine Gefühle waren eine Mischung aus Sehnsucht, Begierde und Sinnlichkeit.

Pietro erinnerte sich plötzlich an ihren Befehl, sie zu malen. Er holte seine Malutensilien und bereitete alles vor. Für das Vorhaben hatte Lucrezia einen Raum an der Sonnenseite mit Blick zum Tiber ausgewählt. Diese Wahl zeugte nach Pietros Ansicht von technischen Kenntnissen der Malerei, die er der Diva so nicht zugetraut hätte. Aber andererseits wieder schon, denn es schien nichts zu geben, was sie nicht wusste, und wenn sie etwas nicht wusste, ließ sie das nie erkennen. Von ihr konnte er viel lernen, angefangen von diplomatischem Verhalten, der Fähigkeit, andere zum Reden zu bringen und selbst zu schweigen, gesellschaftlicher Abgeklärtheit und selbstbewusstem Auftreten. Sie wusste, wann sie lachen, ein betretenes Gesicht machen, unschuldig schauen oder die Leidende mimen musste.

Nach einiger Zeit kam Lucrezia von ihrer Verabredung zurück und entführte ihn überraschend in ein Gasthaus in der Nähe einer Kirche, deren Kuppel schon von weitem zu sehen war. Nachdem sie gespeist hatten, erhielten sie Besuch von einem sehr jungen, elegant gekleideten Herrn, der Lucrezia mit einem Handkuss begrüßte und Pietro die Hand gab. Dieser Mann, dessen Namen Pietro überhört hatte, war von schlanker Gestalt, dunkelblondes Haar bedeckte seine Ohren. Er stellte sich als Kunstschaffender vor, was er jedoch genau machte, entging Pietros Aufmerksamkeit, der nur an Lucrezia denken konnte. Dem Gespräch entnahm er, dass dieser Jüngling die hiesige Kulturszene gut kannte. Er erzählte von den modernen Strömungen in der Malerei, für die er den italienischen Begriff *rinascita* verwendete, den Pietro noch nie gehört hatte. Es war unklar, ob damit die neuen Formen in der Malerei gemeint waren oder ob es um die Kunst in ihrer Gesamtheit ging. Zu seinem

Erstaunen war Lucrezia mit allen Erscheinungsformen der Kunst gut vertraut. Sie kannte die jungen aufstrebenden Maler genauso wie die berühmten Größen der italienischen Malerei. Sie kannte außerdem die Mäzene der Künstler sowie deren Treffpunkte und Ausstellungsräume. Zu seiner Überraschung erfuhr Pietro auch, dass sein künftiges Modell von so berühmten Künstlern wie Leonardo, Raffael und Tizian gemalt worden war. Zugleich schoss die Eifersucht einen Pfeil direkt in sein Herz, denn er stellte sich vor, wie sie wohl mit den Kunstschaffenden umgegangen war und wie sie ihre Maler zu Höchstleistungen motiviert hatte.

Der elegante junge Gast meinte, es gebe nur wenige vollkommene Maler, hier nannte er Botticelli, Leonardo, Michelangelo, Raffael und den Germanen Dürer, dem er großen Respekt zollte. Ihre Kunst bleibe zwar unerreichbar, aber ihre Werke seien Vorbilder, aus denen ein aufstrebender, ehrgeiziger Maler lernen und die richtigen Schlüsse ziehen könne. Dann beschrieb er, was er unter der Malerei der Gegenwart verstand: Der Kunstschaffende müsse das Wesen der Schönheit erfassen und darstellen. Pietro verstand nicht alles aus dieser Abhandlung, aber er begriff, dass dieser Mann ein besonderes Verhältnis zur Kunst und insbesondere zur Malerei hatte.

Er fragte Pietro nach seinen bisherigen Arbeiten und dieser erzählte von dem Bildnis, das er im Auftrag der Familie Bentivoglio angefertigt hatte. Lucrezia bezeichnete es als kleines Kunstwerk. Der Besucher wollte wissen, ob Pietro einige seiner Arbeiten mitgebracht habe, denn er brauche Beweise seiner Kunst. Die Meister des Metiers seien bereit, einen jungen Künstler mit Hilfsmaßnahmen zu unterstützen, aber um dessen Begabung und Chancen einschätzen zu können, müssten sie seine Werke in Augenschein nehmen. Er erzählte von einem jungen Maler, der nach Rom kam, um seine künstlerische Einmaligkeit unter Beweis zu stellen. »Er hat sein eigenes Spiegelbild in einem halbrunden Barbierspiegel gemalt. Als er jene bizarren Effekte sah, die die Wölbung des Spiegels hervorbringt, wodurch sich die Deckenbalken biegen und die Türen und Wände auf seltsame Weise krümmen, bekam er Lust, alles täuschend echt darzustellen.«

»Wisst Ihr, um wen es sich hier handelt?«, wurde Pietro von Lucrezia gefragt.

»Leider nicht«, antwortete dieser, »mein Aufenthalt in Eurem Land ist noch zu kurz, um alle Kunstschaffenden und ihre Geschichten zu kennen.«

Lucrezia schaute den eleganten Mann an und beide lächelten nachsichtig. Dann fuhr er mit seiner Erzählung fort: »Dieser Künstler ließ an der Drechselbank eine Holzkugel anfertigen und diese in der Mitte teilen, sodass er eine halbrunde Form erhielt, auf der er mit großer Kunstfertigkeit all das nachahmte, was er im Spiegel sah.«

»Und er malte sich selbst sehr naturgetreu«, beendete Lucrezia die Erzählung.

»Und wurde er mit diesem Bild berühmt?«, fragte Pietro.

Lucrezia und der Erzähler tauschten einen schnellen Blick. »Berühmt ist er bisher nicht, aber bekannt schon«, antwortete Lucrezia. »Er hat große Fähigkeiten und das Talent, sogar in die Fußstapfen eines Tizian zu treten, was ihm aber fehlt ist das Durchsetzungsvermögen, sowohl in künstlerischer als auch in wirtschaftlicher Hinsicht.« Und als sie erkannte, dass Pietro ihrer Erklärung nicht folgen konnte, ergänzte sie, dass der Betroffene nicht genügend Eigeninitiative beim Verkauf seiner Bilder entwickle. »Die eigene Kunst zu verkaufen ist nicht einfach, es sei denn, man hat eine Begabung für den Handel, was den meisten Künstlern aber leider nicht gegeben ist. Also brauchen sie einen potenten Mäzen, der ihre Kunst versteht und liebt und sie finanziell unterstützt. Aber auch dann muss der Kunstschaffende die Beziehungen zu den Vermittlern pflegen, um seine Werke nicht unter Wert zu verkaufen.« Dann zeigte sie auf den Besucher: »Ich würde gerne unserem Gesprächspartner Euer Bildnis von Rosa Amalia zeigen und ihn zu diesem Gemälde befragen.«

»Malt Ihr selber?«, fragte Pietro den Unbekannten neugierig.

»Ja, auch ich bin dieser Kunst verfallen. Ich male, entwerfe Pläne, beschäftige mich aber auch mit Bildhauerei und Architektur. Ich bin ein Mann der Tat, nichts zu tun ist mir nicht möglich.«

Pietro musste lachen. »Darin ist Euch Signora Sabatini ähnlich, auch sie ist immer in Bewegung.«

»Das stimmt!« Lucrezia nickte zustimmend. »Ich hasse Stagnation, ich verabscheue das Nichtstun. Mit Nichtstun vergeudet man nur seine Zeit. Und Ihr wisst ja, dass die Zeit nie stehen bleibt, sie läuft beständig weiter und mit ihr unser ganzes Leben. Je älter wir werden, desto knapper wird sie. In jungen Jahren messen wir ihr nicht so viel Bedeutung zu, aber je älter wir werden, desto schneller vergeht sie. Ihr Schatten begleitet unseren Lebensweg und mit zunehmendem Alter wird dieser Schatten immer bedrohlicher, bis er uns schließlich vollständig bedeckt und unser Leben beendet.«

Pietro und der unbekannte Mann schauten verdutzt auf die schöne Frau. »Ich wusste nicht, dass Ihr eine philosophische Ader in Euch tragt, meine Liebe.« Der Fremde sagte das voller Anerkennung.

Pietros Augen glänzten in einer gefährlichen Euphorie, die seine Empfindungen und seinen seelischen Zustand verrieten, als er lobend ausrief: »Ihr seid eine Frau mit unzähligen Talenten, in Euch schlummern so viele Begabungen. Auch in der Malkunst seid Ihr bewandert, wie ich erfahren habe.«

Lucrezia wandte sich an ihren heimlichen Liebhaber und meinte bescheiden, sie fühle sich geschmeichelt von seinen warmen Worten, aber das seien nur Versuche des Malens, eine Liebhaberei, die eine ausgleichende Beschäftigung darstelle. Sie habe nie in Erwägung gezogen, ihr Geschaffenes der Allgemeinheit zugänglich zu machen, denn das sei eine rein private, persönliche Angelegenheit. Ihre Aufgabe sehe sie in der Hilfe für die künstlerisch begabte Jugend, mit einem besonderen Augenmerk für die Malerei.

Der elegante Besucher beglückwünschte Lucrezia zu ihrem sozialen Herzen und lobte ihren vehementen Einsatz für die Bedürfnisse der Künstler. Sie sei ein besonders helles Beispiel von Wohltätigkeit und Verständnis für die Belange der jungen Maler und deswegen gebühre ihr der Dank der ganzen Zunft. Er wünschte, es gäbe mehr Menschen, die sich so engagierten. Dann schlug er Pietro vor, seine Bilder auch dem Klerus anzubieten oder gegebenenfalls zu schenken, denn eine Schenkung öffne manchmal Türen, die sonst verschlossen blieben. Er untermauerte diesen Hinweis erneut mit dem Beispiel des bereits erwähnten talentierten Künstlers, dessen Weg zum Erfolg er anschaulich beschrieb. »Nach der Fertigstellung seiner Werke, die nach Ansicht von Kennern außergewöhnlich waren und viel Lob erhielten, begab sich der Künstler in Begleitung eines Verwandten nach Rom. Als sich dort Kardinal Giberti, der Vorsteher der päpstlicher Datarie und heutige Bischof von Verona, die Gemälde angesehen und ihren Wert erkannt hatte, wurde der junge Maler sofort zu Papst Clemens VII. vorgelassen, der von den Werken ebenfalls sehr angetan war und mit ihm sein ganzer Hof. In einer großzügigen Geste schenkte der Maler dem Papst sein außergewöhnliches Selbstporträt im Spiegel und sicherte sich damit dessen Gunst. Seine Heiligkeit entschloss sich, den jungen Künstler den Saal der Päpste ausmalen zu lassen, dessen Gewölbe Giovanni da Udine schon mit Stuck und Malerei ausgestattet hatte.«

Damit erhob sich der junge Besucher und verabschiedete sich mit einem vornehmen Lächeln auf seinem hübschen Gesicht. Als sich die Tür des Gasthauses hinter ihm schloss, fragte Pietro seine Förderin, mit wem sie hier die Ehre gehabt hatten.

»Giorgio Vasari«, war die knappe Antwort.

»Kann dieser Mann uns denn nützlich sein?«

»Mir bestimmt nicht, aber Euch vielleicht. Giorgio hat wichtige Beziehungen und Kontakte. Er kennt viele reiche und einflussreiche Menschen, insbesondere in der Familie Medici. Er war auch schon Gast im Palazzo Bentivoglio. Übrigens war er von der Schönheit Rosa Amalias sehr angetan«, konnte sich Lucrezia nicht verkneifen zu bemerken. Sie beobachtete, wie ihr *Freund* die Lippen fest zusammenpresste, ein Zeichen seiner Eifersucht und ein Beweis für seine Liebe zu ihrer Nichte. Das konnte der intriganten Dame nicht gefallen und sie schwor sich, dem entgegenzuwirken.

Eine Kutsche brachte die beiden zurück in das Schlösschen am Fluss, wo sich Lucrezia entschuldigen ließ und in ihrer Kemenate verschwand, während Pietro die letzten Vorbereitungen für das geplante Gemälde traf. Während er seine Utensilien bereitstellte und über den Hintergrund des Bildes nachdachte, kreisten seine Gedanken um den Palazzo Bentivoglio und die Prinzessin, die er dort zurückgelassen hatte. Ob der gewandte und elegante Giorgio Rosa Amalias Gefallen erregte? Aber eigentlich, was ging ihn Rosa Amalia an? Er war hier mit einer Frau aus Fleisch und Blut … und was für einer. Sie war kein Phantom, das man nicht anfassen durfte, das nur die Gedanken verzauberte, aber jede Annäherung zurückwies. Eine platonische Liebe mochte ja eine von der Kirche gelobte Herzensangelegenheit sein, die edle Gefühle erzeugte und die Reinheit der Seele nicht befleckte. Hier aber wartete eine Frau auf ihn, die auch die körperlichen Annehmlichkeiten der Liebe zuließ und Leidenschaft, Hingabe, Begierde, Sinnlichkeit entfachte. Pietro war hin- und hergerissen zwischen seiner reinen Liebe zu Rosa Amalia und der triebhaften zu Lucrezia. Sie hatte ihn von der ersten Begegnung an erregt. Ihn reizte ihr Hochmut, ihre Unnahbarkeit, ihre lässige Abgeklärtheit. Schon damals hatte er verrückte Gedanken gehabt, Fantasien und absurde Träume. Er sah sie nackt im Bett, wo sie sich mit einem Mann ohne Gesicht wälzte, wild wie ein Tier und stöhnend vor Lust, die Körper ineinander verschlungen. Er schämte sich dieser Träume, dieser fiebrigen Zustände seiner Seele, doch er war machtlos gegen die brennende Begierde, die ihn befiel, sobald er sie sah mit ihrer vornehmen, perfekt gespielten Zurückhaltung. Zwar war er trotz seiner lüsternen Sehnsucht imstande zu erkennen, dass er vieles, was Lucrezia sagte und machte, nicht gutheißen konnte, aber seine Gegenwehr war schon längst gebrochen. Eigentlich machte es ihm sogar Spaß, Lucrezias völlig abhängiger Gespiele zu sein, ein Sklave seiner Herrin. Ihrer Macht konnte er sich nicht entziehen und dieser Umstand steigerte nur noch seine Lust. Sein Verlangen nach ihr war noch lange nicht gesättigt.

Und sie, was empfand sie für ihren neuen Liebhaber? War er für sie nur ein unbedeutendes Spielzeug, ein Lückenbüßer in einer wenig romantischen Zeit? Warum wollte sie, dass er ihr verfiel, nach ihren Vorstellungen funktionierte und schließlich zu ihrem willenlosen Sklaven wurde? Vielleicht irrte er auch mit seiner Mutmaßung, sie beherrsche ihn nach Belieben. Eigentlich liebte er ja Rosa Amalia, aber ohne nach ihrem Körper zu verlangen. Die Gefühle, die er für sie hegte, waren rein und unschuldig, sie zu begehren wäre ihm fast wie eine Schändung der geliebten Person vorgekommen.

Während er diese Überlegungen anstellte, ging die Tür auf und Lucrezia betrat den Raum, der die Bühne für das Kunstwerk werden sollte. Sie trug einen Pelzmantel, obwohl draußen der Sommer blühte und es für diese Art Kleidung viel zu warm war.

Sie schaute Pietro streng an. »Ist alles bereit?« Die Frage war rein rhetorisch und diente nur dazu, ihre Machtstellung zu demonstrieren, sollte ihr Lehrling diese vergessen haben. Pietro zeigte auf seine Utensilien, die alle vorbereitet waren und auf ihren Einsatz warteten. Rasch überblickte sie das aufgestellte Zubehör und gab mit der linken Hand ihr Zeichen des Einverständnisses. »Jetzt könnt Ihr mich malen«, sagte sie und ließ das Kleidungsstück auf den Boden fallen.

Pietro sah den nackten Frauenkörper in voller Pracht vor sich stehen, aufreizend und verführerisch, fast in Reichweite. Sofort erwachte seine Begierde und dieser Schmerz steigerte noch seine Passion. Schweißperlen erschienen auf seiner Stirn, der Raum begann zu wanken, seine Hände zitterten vor unterdrücktem Verlangen, diesen Körper zu berühren.

Lucrezia lächelte ihm milde zu. »Warum beginnt Ihr nicht? Gefällt Euch nicht, was Ihr seht?«, provozierte sie den Unglücklichen.

»Nein, das heißt doch ... selbstverständlich ...«, stotterte er verwirrt und griff nach dem Pinsel. Doch er war nicht imstande, den Pinsel ruhig zu halten und die Farben richtig auf die Leinwand zu übertragen.

Zunächst fertigte er eine Zeichnung, die ihm allerdings völlig missriet. Aber Lucrezia agierte auch als Modell sehr professionell und dieses Verhalten ermöglichte Pietro schließlich die Rückkehr zu seiner Konzentration. Er drehte sich um, um einen neuen Pinsel aus dem Malkasten zu nehmen. Zufällig glitt sein Blick über den schweren und soliden Spiegel an der Wand gegenüber und er sah Lucrezia als nackte Venus in dem goldenen Rahmen. Es war ein wunderschönes, anmutiges Bild, ein seltsam bezaubernder Anblick. Schnell griff er zur Kreide und fertigte eine weitere Zeichnung. Daraus mache ich ein eigenes Bildnis, dachte er und zeichnete wie in Ekstase.

Lucrezia beobachtete regungslos seine Bemühungen und zog fragend die Augenbrauen hoch.

»Ich werde noch ein Bild von Euch malen, nämlich Euer Abbild im Spiegel, so wie der von Vasari erwähnte Künstler.«

Lucrezia schwieg vorerst, zufrieden, dass ihr Schützling plötzlich so viel Ehrgeiz an den Tag legte, was nicht schlecht sein konnte.

Pietro war in seiner Euphorie nicht zu bremsen. »Euch malen zu dürfen ist für jeden Künstler, der diesen Namen verdient, eine Auszeichnung. Der Gedanke, dass Euer Liebreiz, Eure Anmut und das Feuer in Euren Augen für die Nachwelt verloren gehen könnten, macht mich traurig. Ich fühle mich geehrt, dass Ihr mich erwählt habt, Eure außergewöhnliche Schönheit festzuhalten. Wie Rosa Amalia will ich auch Euch so verewigen, dass Ihr in meinen Bildnissen weiterlebt, damit auch die nächsten Generationen Euch bewundern können. So werdet ihr über den Tod triumphieren.« Er schaute seine Angebetete mit so viel Leidenschaft an, dass dieser ein Schauer über den Rücken lief. Nicht, dass der Junge vor lauter Wollust und unerfüllter Liebe noch verrückt wurde, dachte sie.

Sie lächelte versonnen. »Rosa Amalia und ich, die zwei Musen, denen Ihr ergeben seid. Ihr Porträt ist Euch außerordentlich gut gelungen, da gibt es keine zwei Meinungen. Solch ein Bildnis von mir in einem prächtigen Kleid sollt Ihr auch noch malen, wenn die Aktbilder fertiggestellt sind«, sagte sie.

Langsam entstand das Bild. Die Farben wurden gemischt, der Pinsel folgte der sicheren Hand. Lucrezias Schönheit, ihre Grazie und Anmut erstrahlten auf dem Gemälde. Pietro, in sich gekehrt, arbeitete zügig, aber mit Bedacht und künstlerischer Eingebung. Sein Modell war in ihre Gedanken vertieft, vielleicht dachte sie sich neue Szenarien aus?

Pietro hatte alle seine Qualen, seine Anbetung und auch seinen Fluch in das Werk hineingemalt. Er blickte von der Staffelei auf und verglich seine Abbildung mit der Wirklichkeit. In diesem Augenblick erschien sie ihm in ihrer unverhüllten Herrlichkeit so heilig, so keusch, dass er das Bedürfnis hatte, wie vor einer Göttin vor ihr auf die Knie zu sinken, um ihr zu huldigen. Er blieb aber reglos stehen und konnte sich nicht an der vor ihm ausgestellten Schönheit sattsehen.

Sie fragte nicht, ob die Sitzung beendet sei, sondern hob ihren Pelz vom Boden auf, hüllte sich ein und kam zu ihm, um sein Werk anzuschauen. Beifällig nickte sie, dann ging sie hinaus und ließ ihn mit seinen Farben und Pinseln stehen.

Rosa Amalia erinnert sich

Der Nachhauseweg fand ohne Isidor statt. Der Dichter hatte eine Lesung in der Innenstadt. Er verabschiedete sich von Rosa Amalia mit einem Handkuss, was sie entzückte, und verabredete sich mit ihr für den nächsten Dienstagabend. Seine Einladung, die das alte junge Mädchen mit Freude akzeptierte, entlockte mir ein ironisches Lächeln. Ich war gespannt auf sein Gesicht, wenn er erfahren würde, dass seine Flamme verschwunden war.

Unterwegs fiel mir ein, dass gerade die *Dippemess* stattfand, ein Volksfest mit Schießständen, Fahrgeschäften und sehr viel Gastronomie, und ich beschloss spontan, mit Rosa Amalia dort vorbeizuschauen. Die Mainmesse, wie sie anfänglich hieß, war ursprünglich ein mittelalterlicher Verkaufsmarkt für Haushaltswaren aller Art gewesen. Töpfer aus dem Westerwald und aus der Umgebung verkauften hier ihre Keramiktöpfe, die im Frankfurter Dialekt *Dippe* hießen, daher der Name *Dippemess.*

Auf dem Weg zum Festplatz am Ratsweg im Stadtteil Bornheim erzählte ich meiner Begleiterin, dass diese Veranstaltung noch älter war als sie selbst, was sie mit Gefallen zur Kenntnis nahm. Von einer Stadt namens Frankfurt habe sie damals gehört, als Mandele Albero di Mele ihr von seinen Reisen in den Norden Europas berichtete. Er habe von einem Maler erzählt, der aus dieser Stadt stammte und später als der *Meister von Frankfurt* bekannt geworden sei. Dass sie sich nun nach Jahrhunderten selbst in Frankfurt wiederfinden würde, war genauso wenig vorhersehbar gewesen wie ihr ganzer Werdegang.

Beim Näherkommen fielen die Massen von Autofahrern auf, die auf der Suche nach einem Parkplatz den Verkehr verlangsamten und fast blockierten. Die Glücklichen, denen es gelungen war, ihr Fahrzeug irgendwo abzustellen, schwärmten aus allen Richtungen zu dem großen Platz, zu dem das Riesenrad die Richtung wies.

Rosa Amalia hatte selbstverständlich noch nie solch ein Fahrgeschäft gesehen und war von dem Ungetüm zugleich erschreckt und begeistert. Sie klatschte voller Freude in die Hände. »Auch bei uns waren diese Märkte immer ein spannendes Ereignis: die Farbenpracht, die strömenden Menschen, die verschiedenen bunten Stände, die Musik, die Begeisterung – ich liebe Volksfeste«, rief sie aufgeregt.

Ich war kein großer Freund dieser Volksbelustigungen. Menschenansammlungen haben mich immer mit Angst erfüllt. Sie waren für mich wie eine dem Berg entsprungene Lawine, die, einmal ins Rollen gekommen, keinen Halt mehr findet und alles auf ihrem Weg zertrümmert und vernichtet.

Die Menschen okkupierten die Gänge zwischen den Ständen, feilschten mit den Händlern, amüsierten sich über Marktschreier, vergnügten sich an den Schaustellerbuden und Fahrgeschäften. An einem Schießstand ließ sich meine Begleiterin in der Benutzung des Gewehrs unterrichten und entpuppte sich zu meiner Überraschung als guter Schütze. Sie gewann ein Gebinde künstlicher Blumen, das sie mir stolz präsentierte. Wie sie das Schießen und die Handhabung des Gewehrs so schnell verstehen konnte, war mir ein Rätsel. Ich hätte bestimmt viel länger gebraucht, um die Vorgehensweise zu kapieren. In einem Gruselkabinett begegneten wir Monstern, Drachen und sogar King Kong, was Rosa Amalia dazu veranlasste, sich bei mir anzulehnen. So trotzten wir gemeinsam der Gefahr. In einem Spiegelsaal konnten wir uns über unsere verzerrten Silhouetten belustigen. Das tapfere Mädchen war zuerst entsetzt über das Abbild ihres Körpers, aber nach meiner Erklärung des Prinzips nahm sie die Angelegenheit locker und lachte mit. Auf einer Karussellfahrt erlebten wir die hohe Leistungsfähigkeit der Schaustellertechnik, wobei Rosa Amalia die Tour besser vertrug als ich. Nach überstandener Fahrt, die sie frei nach ihrem Landsmann Dante Alighieri die Fahrt zur Hölle nannte, tranken wir Bier, was ihr weniger zusagte. Mehr Spaß hatte sie beim Vertilgen von Zuckerwatte.

Die Stände mit *Dippe*, der eigentliche Anlass der Messe, waren von Publikum belagert. Man bot verschiedene Töpfe, Schüsseln und alle möglichen Haushaltswaren zum Verkauf an. Als wir auf die Töpfe zu sprechen kamen, bemerkte meine Begleiterin, dass sich der Name von Giorgios Familie, Vasari, von dem Beruf des Töpfers, *vasaio*, ableitete.

Das Highlight der Veranstaltung hatte ich bis zum Ende aufgehoben. Wie ein dunkler Schatten fiel das große Ungetüm, das wir besteigen sollten, über den Ratsweg. Das Riesenrad verdeckte den halben Himmel und schien bis in die Wolken hinaufzustoßen. Rosa Amalia betrachtete den Stahlkoloss mit gesundem Misstrauen und fragte, ob dieser nicht mit den fliegenden Maschinen kollidieren könnte. Nach meinen klärenden Worten siegte ihre Wissbegierde und ich erstand zwei Fahrkarten gen Himmel. Ganz oben, hoch über der Stadt und weit weg vom Getümmel des Platzes, schwieg sie beharrlich. Ob sie den Höhenrausch genoss, die Nähe des Himmels spürte oder über das Leben und den Tod philosophierte, entzog sich meiner Kenntnis. Ich ließ sie schweigen und genoss das fantastische Panorama, den Blick auf die Lichter der Stadt. Es wurde eine herrliche Fahrt und meine Begleiterin schien glücklich zu sein.

Nachdem wir unbeschadet und von den vielen Eindrücken etwas erschöpft wieder auf festem Boden angekommen waren, meinte Rosa Amalia, es tue gut, Mutter Erde wieder unter den Füßen zu wissen, was ich nur bejahen konnte.

Wir wollten uns an diesem Abend eigentlich Rosa Amalias Erinnerungen widmen, doch zuvor suchten wir ein gehobenes und nicht gerade preiswertes italienisches Restaurant im Westend auf. Das Westend war mit der Zeit zu einem der exklusivsten und teuersten Stadtteile Frankfurts geworden. Durch den Zuzug von Banken, Versicherungen und Werbefirmen waren die Grundstücke und Wohnungen so kostspielig, dass ein Normalverdiener sein Domizil in anderen Stadtteilen suchen musste. Exklusive Restaurants verdrängten die alteingesessenen Gaststätten, noble Boutiquen nahmen den Platz von kleinen Geschäften ein.

Das Restaurant von Mario Francchioni befand sich zwischen dem Palmengarten und der Westend-Synagoge. Ich kannte den Besitzer und so gelang es uns, zwei Plätze am Fenster zu ergattern. Mario war nicht anwesend, dafür aber seine charmante Schwester Rosalia, die mit ihm zusammen das Geschäft führte. Sie hatte pechschwarzes Haar, die Figur eines Models und große schwarze Augen. »Hallo Pietro, come stai?«, begrüßte sie mich wie immer sehr freundlich. Ich stellte ihr Rosa Amalia vor und die beiden Damen unterhielten sich kurz auf Italienisch, was zu keinem befriedigenden Ergebnis führte, wie ich ihren Gesichtern ablesen konnte.

»Diese Person ist keine Italienerin, sondern eine Neapolitanerin, sie spricht kein richtiges Italienisch«, bedauerte Rosa Amalia, als wir Platz genommen hatten, und zeigte ihre ganze vornehme Unterkühltheit. Als ich auf dem Weg zur Toilette auf Rosalia traf, meinte diese, meine Begleiterin wirke wie aus der Zeit gefallen, denn sie spreche ein komisches, anachronistisches Italienisch, wie man es vor einigen Jahrhunderten benutzt habe. Sie habe italienische Philologie studiert und bei einer Prüfung habe sie altitalienische Texte aus der Renaissance in modernes Italienisch übersetzen müssen, diese hätten genauso geklungen. Außerdem habe meine Freundin ein fast aristokratisches Gehabe, das nicht zu unserer Zeit passe. Ich gab ihr recht, enthielt mich aber eines weiteren Kommentars.

Rosa Amalia vertilgte einen ganzen Teller *Spaghetti bolognese* und delektierte sich an dem ausgezeichneten *Tiramisu*, das sie zum *Cappuccino* bekam. Das letzte Mal habe sie dieses Gericht vor fünfhundert Jahren in einem Gasthaus in Bologna gegessen, meinte sie. Wir tranken Rotwein, redeten angeregt über Neapel, Bologna und Frankfurt und wunderten uns, dass die Flasche so schnell leer war. Rosalia brachte uns eine neue und ich bat sie, sich zu uns zu setzen. Zu meiner Überraschung hatte Rosa Amalia nichts gegen die Anwesenheit der Neapolitanerin und so tranken wir zu dritt weiter.

Plötzlich spürte ich den Atem eines fremden Menschen an meinem Hals. Ich drehte mich um und fiel vor Schreck fast vom Stuhl. Hinter mir stand Isidor und grinste schelmisch. Rosa Amalia lächelte ihn höflich an und Rosalia begrüßte ihn wie einen alten Freund, was er mit zwei stürmischen Küssen auf ihre Wangen beantwortete.

»Ich dachte, du hast eine Lesung im Literaturkeller«, sagte ich verblüfft. »Wie kommst du darauf, uns ausgerechnet hier zu suchen?«

Mein Freund lachte auf. Er holte eine bereits halb abgebrannte Zigarre aus seiner Jackentasche und versuchte sie anzuzünden. Dazu benutzte er ein kaum taugliches Feuerzeug, das immer wieder versagte. Rosalia erbarmte sich seiner und reichte ihm eine

Schachtel Streichhölzer. Schließlich schaffte er es, die Zigarre zum Brennen zu bringen, und eine stinkende blaue Wolke hüllte uns ein. »Die Lesung ist schon vorbei, schau nur mal auf die Uhr. Im Literaturkeller habe ich Mario getroffen, der mich auf ein Glas Wein in sein Lokal einlud. Du siehst also, lieber Peter, ich verfolge dich nicht. Und deiner Herzensdame«, hierbei zeigte er auf Rosa Amalia, »mache ich nur Aufwartungen, die sich im Rahmen des guten Tons bewegen.«

Rosa Amalia schaute ihn böse an. »Ihr macht mir Aufwartungen aus gutem Ton?« Ihr Weinkonsum machte sich in ihrer Sprache bemerkbar. »Was versteht Ihr von gutem Ton? Ihr verfolgt uns schon die ganze Zeit, in der Untergrundbahn, im Museum, auf der Straße und jetzt in diesem feinen Lokal. Das ist unerhört.«

Rosa Amalia hatte mit weiblicher Intuition die Signale erkannt, die Isidor an Rosalia aussandte, und war deshalb jetzt besonders angriffslustig. Eine in ihrer Ehre verletzte Signora Bentivoglio war nicht bereit, Zuvorkommenheit zu heucheln und die Regeln der Höflichkeit einzuhalten. Sie beachtete meinen dichtenden Kollegen in der weiteren Unterhaltung gar nicht mehr, er hatte für sie aufgehört zu existieren.

Nach der vierten Flasche hatten alle genug. Rosalia gähnte diskret, Isidors Zunge weigerte sich, an weiterem Gedankenaustausch teilzunehmen. Mir drehte sich der Kopf, als wäre ich eben dem Karussell auf der Dippemess entstiegen. Mario spielte auf seiner Geige melancholische Lieder und ein älterer Herr, der an einem Glas Rotwein nippte, verlor einige Tränen, deren Grund sein Geheimnis blieb. Der Poet machte Rosalia eindeutige Avancen. Sie hatte anscheinend nichts gegen diese primitive Art der Annäherung und verfolgte mit gerötetem Gesicht und beschwipstem Gelächter seine Bemühungen. Bei der Rechnungsstellung zeigte sie jedoch eine aufsehenerregende Metamorphose und errechnete ohne Fehler die zu begleichende Summe.

Mit einem Taxi fuhren wir nach Hause, während der Poet bei den Francchionis blieb. Während der Fahrt legte Rosa Amalia ihren Kopf auf meine Schulter und schlummerte ein, denn sie war nicht an den Konsum von Alkohol gewöhnt. Die Kälte ihres Körpers, die mich am Anfang immer wieder daran erinnert hatte, dass ich es mit einer Gestorbenen zu tun hatte, wich allmählich einer angenehmen Wärme. Je länger sie sich unter Menschen bewegte und am Leben teilnahm, desto mehr erwärmte sich ihr Körper.

Mit schweren Beinen, aber erfrischtem Geist erreichten wir meine Wohnung. Wir wollten noch nicht schlafen gehen. Nach einer belebenden Dusche setzten wir uns mit einer Kanne Tee an den Tisch. Ich bat meinen ungewöhnlichen Gast, mir ihre Biografie zu erzählen, denn ich wollte sie für mein Buchprojekt aufzeichnen. Die Geschichte ihres Lebens war auch die Geschichte des Italiens der Renaissance, des Aufbruchs zu neuen Ufern in so vielen Lebensbereichen. Es war die Zeit der Entdeckung neuer Kontinente und Völker. Kolumbus, Vespucci, Marco Polo, Magellan, das waren nur einige Namen der Seefahrer und Entdecker, die damals die Geschichte schrieben, die auch unsere Geschichte ist. Der Reformator Martin Luther legte den Grundstein für die evangelische Kirche. Ein Habsburger wurde zum letzten Kaiser des Heiligen Römischen Reiches Deutscher Nation gekrönt. In dieser Epoche lebten Künstler und Denker wie Botticelli, Dürer, Leonardo da Vinci, Raffael, Michelangelo, Tizian, Boccaccio, Petrarca, Machiavelli, Erasmus von Rotterdam oder Ulrich von Hutten und schufen bahnbrechende Werke. Die Päpste auf dem Heiligen Stuhl wechselten wie heutzutage die Klubs ihre Fußballspieler. Das Leben eines Menschen war nicht viel wert, insbesondere, wenn dieser einem niedrigen Stand angehörte. Kriege wurden mit großer Brutalität geführt und waren doch von der Grausamkeit der heutigen Kriege mit ihren zerstörerischen modernen Waffen weit entfernt.

Rosa Amalia war gerne bereit, mir von ihrem Leben zu berichten. Sie tat dies locker und ohne jegliche Verbissenheit oder lokalen Patriotismus, der schnell zur Verdrehung oder Verschönerung der Fakten führt. Mir war klar, dass ich hier die einmalige Gelegenheit hatte, einen Zeitzeugenbericht zu hören über eine Periode, die wir nur aus alten Quellen oder wissenschaftlichen Arbeiten der Historiker kennen. Alle Quellen sind aufgeschriebene Ereignisse aus dieser längst vergangenen Zeit. Wir wissen nicht, ob diese Überlieferungen auf Wahrheit beruhen oder der Fantasie des Aufzeichnenden geschuldet sind. Hier hatte ich aber nun eine lebende Quelle, die zwar subjektiv aus ihrer Zeit berichten würde, die ich jedoch befragen könnte, um etwaige Missverständnisse oder Ungereimtheiten zu korrigieren.

Diese meine Quelle saß am Tisch, im Rücken mein übervolles Bücherregal, und nippte an ihrem Tee. Ich legte mein Aufzeichnungsgerät, ein kariertes Heft und einige Kugelschreiber bereit und machte uns einen starken Kaffee. Wir hatten noch eine Nacht und einen Tag, bevor die Dame aus dem Jenseits zurück in ihrem Bildnis sein musste. Diese Zeit wollte ich für die Aufzeichnung ihrer Erinnerungen nutzen.

»Vielleicht fange ich mit meinem Geburtstag an. Ich wurde am 17. Januar 1512 im Palazzo Bentivoglio in der Nähe von Bologna geboren. Als Taufpatin fungierte meine Tante Rosanna, eine Verwandte meines Vaters, der ich meinen ersten Vornamen verdanke. Wir gehörten dem italienischen Hochadel an, obwohl wir mit den Medici, Visconti oder d'Este nicht mithalten konnten, was die Finanzkraft und den politischen Einfluss angeht. Unsere Familie führte eine Signorie. So eine Signorie war wie ein Kleinstaat, mit Steuereinnahmen, einer Art Polizei und auch Armee. Die Signori waren von den Patronen abhängig, diese hatten die Macht, die Signori zu fördern oder sie abzusetzen. Als Patrone fungierten die Könige, deren Einfluss auch die lokalen Stadtregierungen erreichte. Ich weiß nicht, ob es Euch bekannt ist, aber damals war das Königreich Spanien eine starke europäische Macht, das seine Herrschaft auch in Italien ausübte. Mit diesem militärischen und politischen Giganten wollte es sich niemand verderben und jeder italienische Signore war bemüht, sich mit dieser neuen Vormacht, die von dem Habsburger-Spross Karl geführt wurde, zu arrangieren. So pflegte auch unsere Familie gute Beziehungen zu dem Emporkömmling. Meine Tante Lucrezia, die Schwester meiner Mutter, hatte gute Beziehungen zu den Habsburgern und kannte sogar Karl selbst. Sie reiste oft durch halb Europa und traf viele wichtige und weniger wichtige Menschen. Bei der Krönung in Bologna, von der ich Euch später erzählen werde, hielt sie sich in der Nähe des Kaisers und des Papstes auf und beide schienen mit ihr gut bekannt zu sein.

Im Palazzo hatten meine zwei Jahre ältere Schwester Francesca und ich eine venezianische Gouvernante, Signora Rosalinda, die uns Lesen und Schreiben beibrachte, dazu noch Rechnen, die lateinische und die französische Sprache, das Nähen und Handarbeiten und andere wichtige Fächer. Wie lernten, uns bei Tisch zu benehmen, eine Konversation zu führen, die Dienerschaft anzuleiten. Auch die schönen Künste wurden von ihr gelehrt. In religiösen Angelegenheiten unterrichtete uns Padre Alfonso, ein spanischer Geistlicher, der einem geheimen Orden Christi angehörte. Er war ein strenger Lehrer und ließ nie die Zügel schleifen.

Manchmal besuchten wir andere Familien wie die d'Este in Ferrara oder die Medici in Florenz, manchmal besuchten sie uns. Meine Schwester und ich freuten uns immer darauf, denn dann hatten wir Kameraden zum Spielen, es gab ein feierliches Gastmahl und die obligatorische Jagd. Schon damals kam uns zu Ohren, dass es um die Finanzen unserer Familie nicht besonders gut stand. Die Zeiten hatten sich geändert, unsere große Familie verlor Bologna und uns blieben nur die Höfe, die in verschiedenen Gegenden Oberitaliens lagen. Doch dank Tante Lucrezia gehörten wir immer noch zu den angesehenen Adelsfamilien im Land. Obwohl sie, wie meine Mutter, aus dem Mailänder Hochadel der Visconti stammte, warb sie überall für die Belange der Bentivoglios. Eines Tages wurde meine Mutter krank, die herbeigeholten Ärzte konnten ihre Schmerzen leider nur zeitweise lindern. Da brachte Lucrezia einen Mann ins Haus, der sich in der Zubereitung verschiedener Kräuter auskannte und Mama vielleicht helfen konnte. Dieser Mann war groß und gut aussehend, er hatte warme dunkelbraune Augen und einen dunklen Teint. Er war unwahrscheinlich klug, hatte Humor und meistens gute Laune. Seine Mixturen halfen Mama gegen die starken Schmerzen, sie wurde munterer und lächelte wieder, auch wenn sie nicht ganz gesund wurde. Mandele Albero di Mele, so hieß dieser Mann, wurde unser Dauergast, er erhielt eine Kemenate, in der er ein Holzgestell mit seinen vielen klugen Büchern füllte. Francesca und ich lernten eine Menge von ihm und wir freuten uns immer sehr, wenn er von einer seiner häufigen Reisen auf unser Schloss zurückkam. Er brachte stets verschiedene Andenken und Geschenke mit und erzählte uns von anderen Ländern, den Völkern, die sie bewohnten, deren Sitten und Lebensgewohnheiten. Er erklärte uns, was die Gelehrten über unseren und andere Planeten sagten, kritisierte leise und sehr diskret den Herrschaftsanspruch der katholischen Kirche und machte uns mit den Wurzeln unserer Religion vertraut.«

Ich unterbrach den Redefluss meines Gastes. »Dann kennen Sie also die Ursprünge des heutigen Christentums?«

»Allerdings. Es entstammt einer alten Religion aus dem Orient. Die ersten Christen stammten aus der römischen Provinz Judäa, man nannte sie Juden. Viele wurden in der Antike von den Römern versklavt und nach Rom gebracht. Sie könnten sich mit der dort ansässigen Bevölkerung vermischt haben und später auch in andere Gebiete übergesiedelt sein. Von Mandele erfuhren wir auch von den Entdeckungen des Christoph Kolumbus, der auf der Suche nach dem Seeweg nach Indien neue Länder mit rothäutigen Menschen fand. Er brachte viele neue Gewürze und Pflanzen nach Europa und auch einige der Einheimischen, um sie den Europäern zu zeigen.«

»Was machte dieser Mandele eigentlich, womit verdiente er sein Geld?«

»Ich kann nicht sagen, womit er sein Geld verdiente. Er war oft auf Reisen. Tante Lucrezia sagte einmal, dass seine Reisen sehr wichtig seien und er für seine Arbeit gut entlohnt werde. Mehr konnte ich von ihr nicht erfahren. Auch mein Vater hüllte sich in Schweigen, er meinte nur, Mandele sei ein Mann von Welt und verfolge daher Weltgeschäfte. Tante Lucrezia war ebenfalls dauernd unterwegs. Ich glaube, ihre Reisetätigkeit hatte etwas Getriebenes, sie konnte sich wohl mit dem Tod ihres Gemahls nicht abfinden. Sie hatte viele männliche Verehrer, aber sie machte sich nichts aus ihnen, sie trug in ihrem Inneren die Trauer an ihren verstorbenen Gatten und ging häufig in die Kirche, um für ihn zu beten. Einmal sagte ein Monsignore, dass Baronin Sabatini, so hieß meine Tante, eine geborene Diplomatin sei. Ich verstand diese Anspielung nicht und fragte auch nicht nach.

Mein Vater und Mandele waren gute Freunde und diese Freundschaft überlebte alle Geschehnisse unserer Zeit. Eines Tages brachte er von seiner Reise eine blasse Frau mit, die er als seine Gemahlin bezeichnete. Sie sprach nicht viel, man erfuhr nur, dass sie einem Adelsgeschlecht in Sardinien angehörte. Sie wurde später krank und konnte keine Kinder gebären, was Mandele sehr traurig machte. Mandele sprach mehrere Sprachen und kannte viele prominente Zeitgenossen. Auch den alten Patriarchen unserer Familie, den Bologneser Alleinherrscher Giovanni Bentivoglio, der von Papst Julius II. abgesetzt und in Mailand unter Hausarrest gestellt wurde, hatte er noch gekannt.«

»Ihre Familie gehört wohl mit zu den ältesten Geschlechtern Italiens?«, vermutete ich.

»Ich glaube schon. Einer unserer Vorfahren war Enzio von Hohenstaufen, der König von Sardinien war.«

»Die Geschichtswissenschaftler nehmen an, dass dieser Vorfahr ein uneheliches Kind von Kaiser Friedrich II. von Hohenstaufen war und in Bologna residierte. Anderen Quellen zufolge stammte Ihre Familie direkt aus dem Ort Bentivoglio, wo sich der alte Palazzo befindet, der von Ihrem Vater erneuert und umgebaut wurde. Die Geschichte Bolognas ist sehr eng mit Ihrer Geschichte verknüpft.«

»Woher wisst Ihr das alles?« Rosa Amalia schaute mich verblüfft an.

»Nun, nachdem ich Sie getroffen habe, habe ich über Sie und über die Geschichte der Bentivoglios recherchiert.« Ich verschwieg, dass ich alle meine Informationen aus dem Internet, von Wikipedia, hatte.

»Als Giovanni Bentivoglio in Bologna an die Macht kam, verwandelte er das Gesicht dieser Stadt. Bologna wurde zum Zentrum der bürgerlichen Freiheit, die Macht des Kirchenstaates wurde eingeschränkt. Er wurde von den Bologneser Bürgern als Vorkämpfer städtischer Eigenständigkeit zwar nicht geliebt, aber akzeptiert und geachtet. Für manche war er trotzdem ein Tyrann, aber einer mit zwei Gesichtern. Wir Bentivoglios wurden respektiert und geschätzt. Mein Vorfahr Anton Galeazzo Bentivoglio hatte sich mit dem Kirchenstaat arrangiert und sogar geholfen, eine Revolte des Volkes gegen Papst Johannes XXIII. niederzuwerfen. Dafür durfte er auf ausdrückliche päpstliche Order die Steuern der jüdischen Bürger Bolognas eintreiben und frei verwenden. In dieser Zeit hatten wir drei Päpste, die sich untereinander bekämpften, denn jeder von ihnen sah sich als den echten und einzigen Papst an. Um diese Frage endlich zu klären, wurde in Konstanz am Bodensee ein Konzil abgehalten. Dort beschäftigte man sich mit heiklen Rechtfragen. Jeder der Kandidaten brachte eigene Rechtsgelehrte mit; im Stab von Johannes XXIII. war auch Anton Galeazzo Bentivoglio. Während des Konzils konnten sich aber die Päpste Gregor XII. und Benedikt XIII. durchsetzen. Da Johannes XXIII. nach dieser Niederlage in den Wirren der Geschichte verschwand, kehrte mein Vorfahr nach Bologna zurück und rief die freie Republik Bologna ins Leben. Er wurde zum Haupt der Reformatoren gewählt und musste sich späteren Angriffen der päpstlichen Armee erwehren. Außerdem wirkte er als Professor der Rechtswissenschaften an der Universität Bologna und im Jahr 1420 wurde er zum Dekan der Juristenfakultät befördert. Nach einer Revolte um die Macht in Bologna wurde Galeazzo Alleinherrscher in dieser Stadt, so wie sein Vater es früher gewesen war, bis der neue Papst Martin V. ihn in die Knie zwang und ins Exil beförderte. Viele Jahre später gelang es ihm noch einmal, in der Stadt Bologna die Macht an sich zu reißen. Er war sehr beliebt beim Bologneser Volk, was ihm das Misstrauen der päpstlichen Macht einbrachte, die ihn kurz darauf von kirchlichen Soldaten ermorden ließ. Sein Grab befindet sich in der Bentivogliokapelle in der Kirche San Giacomo Maggiore in Bologna. Unsere ganze Familie war stolz auf Galeazzo, der nicht nur ein großer Herrscher und Adliger war, sondern als Professor der Universität Bologna ein geschätzter Gelehrter und eine Kapazität auf dem Gebiet des Rechts. In unserem Palazzo in Bentivoglio hing immer ein Porträt von ihm.«

»Vermutlich hinterließ euer großer Vorfahr auch viele Nachkommen, denn die Familie war doch sicher, wie die anderen großen Familien der damaligen Zeit, in ganz Italien verzweigt, oder irre ich mich da?«

»Nein, Ihr irrt Euch nicht. Die Bentivoglios konnte man in Oberitalien, in der Lombardei oder auch in der Toskana antreffen. Der Stammsitz war jedoch Bologna, bis man das Kastell Bentivoglio vor den Toren Bolognas erbaute, das mein Vater dann später umbauen ließ. Galeazzo war mit Francesca Gozzadini verheiratet und hinterließ drei Kinder. Ihr Sohn hieß Annibale, die Töchter Isabella und Costanza.«

»Manche Historiker behaupten, Annibale wäre nicht der Sohn Francescas.«

»Da wisst Ihr mehr als ich. Unsere Familie wusste nichts von einer anderen Frau, die als Mutter von Annibale auftrat. Annibale heiratete dann Donnina Visconti, die wie meine Mutter aus dem berühmten Mailänder Geschlecht der Visconti stammte. Nach dem gewaltsamen Tod seines Vaters flüchtete Annibale aus Bologna, denn er musste befürchten, ebenfalls von den Schergen des Kardinals da Treviso ermordet zu werden. Erst nachdem ein Vertreter der Visconti das Regieren in Bologna übernahm, konnte Annibale wieder in die Stadt zurückkehren. Dank der Unterstützung durch die Bevölkerung von Bologna gelang es ihm, an die Macht zu kommen und die Stadt zu regieren. Das gefiel wiederum der Familie Canetoli nicht, die seit vielen Jahren die Geschicke der Stadt mitgestaltete. Annibale war bereit, sich mit ihnen zu arrangieren, aber diese gemeinen Leute organisierten ein Komplott gegen ihn. Er wurde von den Verschwörern in einen Hinterhalt gelockt und ermordet. Nach dem feigen Mord erhob sich das Bologneser Volk und verjagte diese Familie aus der Stadt. Da der Sohn Annibales erst zwei Jahre alt war, wählte man Sante Bentivoglio, den Sohn von Annibales Cousin Ercole, zum Stadtvorsteher. Dieser Ercole war der Onkel meines Vaters. Nach dem Tode von Sante übernahm dann der Sohn von Annibale die Macht in der Stadt und nannte sich Giovanni II. Bentivoglio. Er heiratete die Witwe seines Vorgängers Sante, Ginevra Sforza. Giovanni war sehr ehrgeizig, er diente den Familien aus Florenz, Neapel und Mailand als Condottiere und war als solcher bekannt und gefürchtet. Er wurde sogar Oberbefehlshaber der Mailänder Armee. Giovanni II. regierte Bologna mit harter Hand, war aber in seinen Entscheidungen meistens gerecht. Sein größter Feind war Cesare Borgia, der schließlich durch diplomatisches Verhandlungsgeschick den Papst Julius II. auf seine Seite ziehen konnte. Dieser verhängte eine Bulle, ein Dokument des Papstes, wodurch Giovanni II. abgesetzt und exkommuniziert wurde. Die Stadt wurde unter Kirchenrecht gestellt.«

Erneut unterbrach ich Rosa Amalias Bericht. »Eigentlich wollte ich Ihre Geschichte hören und weniger die Ihrer Familie«, fiel ich ihr ins Wort.

Diese bat um etwas Geduld. »Meine Geschichte ist eng mit der meiner Familie verknüpft. Ohne diese zu kennen, ist es schwer, meinen persönlichen Lebensweg zu verstehen. Es gibt auch nicht mehr allzu viel zu berichten. Giovanni II. starb noch vor meiner

Geburt in Mailand, wohin er als Gefangener des französischen Königs Ludwig XII. gebracht worden war, nachdem dessen Truppen die päpstliche Armee bei der Einnahme Bolognas unterstützt hatten. Seinen Söhnen Annibale II. und Ermes gelang es nicht, die Macht in Bologna zurückzuerobern. Ermes wurde im Jahr 1513 in der Schlacht bei Olmo in der Nähe von Vicenza getötet. Sein Bruder Annibale II. heiratete Lucrezia d'Este und diente unter Ercole in Ferrara, wo er auch starb. Bei unserem Besuch in Ferrara war er aber nicht anwesend, weil er in einer wichtigen Mission unterwegs war. So endete die Herrschaft unserer Familie über Bologna.«

Wenn Träume zu Schäumen werden …

Durch das von einem Vorhang halb verdeckte Fenster sickerten Sonnenstrahlen und erhellten den großen Raum im vorderen Bereich des Palastes. Der Mann, der in einem Sessel saß und ein dickes, mit Leder umhülltes Buch in den Händen hielt, wirkte müde und abgespannt. Erst jetzt merkte er, dass er gar nicht verstand, was er da las, denn seine Gedanken kreisten um eine ganz andere Angelegenheit. Er war es gewohnt, Entscheidungen zu treffen. In der Vergangenheit waren es meistens die richtigen gewesen, aber in der letzten Zeit schienen ihn das Glück und das Geschick verlassen zu haben. Er warf sich vor, die Lage falsch eingeschätzt zu haben, seinen Widersacher unterschätzt und durch seine Ignoranz, gepaart mit Arroganz und Hochmut, mit zu dem Desaster beigetragen zu haben. Diese Erkenntnis belastete ihn jedoch nur einige Augenblicke, dann siegte wie immer sein fast schon ungesunder Optimismus. Zuversichtlich überlegte er: Meine Familie konnte sich noch aus jeder prekären Lage herauswinden, konnte stets den Spieß rechtzeitig umdrehen und auf die Straße der Sieger treten. Ich bin aus demselben Holz geschnitzt, ich trage einen großen Namen, der bei den meisten Menschen Respekt und Ehrfurcht auslöst. Ich habe schon viele heikle Situationen überlebt, viele Niederlagen, aber auch Siege erlebt. Ich verfüge über Macht, über eine Armee, über mir ergebene Menschen und ich weiß den Herrgott an meiner Seite. Obwohl, mit dem Allmächtigen ist das so eine Sache. Wie oft bat ich ihn um Hilfe, doch er blieb hart und verweigerte mir seine Unterstützung, obwohl ich doch sein Stellvertreter hier auf Erden bin …

In diesem Augenblick klopfte jemand an die Tür und der Kopf seines Sekretärs erschien. »Sie ist da«, sagte der kleine Mann mit dem schütteren Haar.

»Wartet noch einige Augenblicke, dann lasst sie eintreten.«

Die Dame, die nach »einigen Augenblicken« den Raum betrat, war eine außergewöhnliche Erscheinung. Ihre Schönheit, die ihren

Gastgeber immer wieder betörte, war die einer Heiligen, obwohl ausgerechnet diese Person alles andere als heilig war. Aber es hätte ihren Gastgeber bekümmert, wäre sie plötzlich der Keuschheit erlegen. Er wusste allerdings, dass diese Gefahr nicht drohte und solche Ängste nur diejenigen verfolgten, die besonders gerne mit ihr verkehrten.

Sie kam zu ihm, küsste seine Hand und setzte sich dann auf seine Aufforderung hin auf einen bereitgestellten Stuhl. Der Sekretär schloss die Tür hinter sich und ließ vor dem Eingang zwei Mitglieder der Schweizer Garde Posten beziehen. Drinnen bot der mächtige Mann seiner Besucherin einen Cognac an, den er von dem französischen König Franz I. erhalten hatte. Die Dame nahm einen Schluck aus dem Kristallglas, stellte es zurück auf den Holztisch und meinte anerkennend: »Die Franzosen haben das köstlichste Elixier der Welt. Der französische König kann sich glücklich preisen, solche Zaubertränke in seinem Land zu haben.« Dann kam sie zum eigentlichen Anlass des Treffens, zum Geschäftlichen. »Eure Situation ist nicht die Einfachste«, begann sie. »Karl ist sehr mächtig, er hat starke Verbündete und scheint auf einer Erfolgswelle zu schwimmen. Ihr habt ihn unterschätzt.«

»Wie prekär ist die Lage?«

»Noch ist Zeit für Diplomatie. Mandele ist bei Karl und verhandelt mit ihm. Man wollte ihm keine Audienz gewähren, aber einem Mandele eine Abfuhr zu erteilen, gelingt nur sehr wenigen Menschen. Hoffentlich kann er uns eine frohe Botschaft übermitteln.«

»Die frohe Botschaft ist immer wertvoll, auch wenn uns das Evangelium hier nicht helfen wird. Aber es kann immerhin die Seele beruhigen. Vielleicht noch eine kleine Portion von diesem wohlschmeckenden Heiltrunk?«

»Da sage ich nicht Nein.« Lucrezia Sabatini reichte Papst Clemens VII. ihr Glas. Die beiden kannten sich bereits aus der Zeit, als dieser Giulio de Medici hieß und noch nicht dem Johanniterorden beigetreten war. Damals war Lucrezia noch nicht verheiratet gewesen und eine kurze Liebschaft hatte die beiden zusammengeführt. Nun fanden der jetzige Papst und die geheimnisvolle Witwe erneut zueinander, diesmal allerdings aus völlig anderen Gründen. Jetzt ging es um die große Politik. Clemens VII. schätzte Lucrezias diplomatisches Geschick, ihre Verhandlungskünste und ihre hervorragenden Beziehungen zu vielen Herrscherhäusern Europas machten sie zu einer unentbehrlichen Botschafterin. Sie und der schlaue Fuchs Mandele Albero di Mele erwiesen ihm und auch anderen Machtzentren unschätzbare Dienste. Immer wieder wurde sie mit ihrer unbezähmbaren und bauernschlauen Namensvetterin aus dem Geschlecht der Borgia verglichen, aber während Lucrezia Borgia ein Instrument in den Händen ihres mächtigen Vaters und ihres Bruders war, war Lucrezia Sabatini eine intelligente, sehr gut erzogene und mit diplomatischem Geschick ausgestattete Person, die man stets respektvoll behandelte. Gemeinsam hatten sie allerdings ihre ausgesprochene Schönheit und unwiderstehliche Weiblichkeit. Die beiden konnten sich nicht ausstehen und hatten sich nicht viel zu sagen, wenn sich ein Zusammentreffen auf manchen Empfängen nicht vermeiden ließ. Mandele jedoch unterhielt gute Beziehungen zu allen Mitgliedern des Hauses Borgia, was sein diplomatisches Geschick unter Beweis stellte, denn die Borgias waren höchst unangenehme Zeitgenossen, die für viel Schlechtes und wenig Gutes verantwortlich waren. Als Lucrezia Borgia auf Geheiß ihres Vaters Alfonso d'Este ehelichte, waren die Adelsangehörigen des Herzogtums von Ferrara sehr besorgt über den Einstieg der Borgias in Oberitalien. Zum Glück klärte sich die Lage und am Ende, nachdem der Bruder gestorben war und der Vater seine Tiara hatte absetzen müssen, wurde aus ihr eine brave Ehefrau und eine würdige Fürstin von Ferrara, die viele Kinder in die Welt setzte.

Papst Clemens VII. hielt sich als Mitglied der Familie de Medici für besonders schlau und einfallsreich. Von seiner Unfehlbarkeit überzeugt, lenkte er die Geschicke des Vatikans nach eigenem Gutdünken, was zu peinlichen Auftritten und Fehleinschätzungen der Lage führte. Im Machtkampf zwischen Karl V., in Personalunion König von Spanien, Kaiser der Deutschen und Haupt des Hauses Habsburg, und dem französischen König Franz I., setzte Clemens VII. auf die falsche Karte. In einer Schlacht in Italien im Jahre 1525 hatte der französische König alles verloren. Er verlor die Stadt Mailand, seine besten Mitkämpfer und schließlich seine Freiheit. Vor dieser Schlacht war Clemens VII. ein Alliierter von Karl V. gewesen, hatte dann aber den Franzosen unterstützt, den er für stärker hielt. Mit dem französischen Verbündeten wollte er die Hegemoniebestrebungen von Karl V. bremsen. Süditalien samt Sizilien gehörte schon dem Habsburger Imperium und Karls Appetit wurde mit jedem Tag größer. Die machtpolitischen Interessen Roms ließen sich durch eine erhabene Rechtfertigung beschönigen, nämlich dass der *Pontifex maximus* als gemeinsamer Vertreter der Christenheit für Ausgleich unter den weltlichen Herrschern zu sorgen und deshalb zum Schutz der Kirche und des Glaubens eine einseitige Dominanz zu verhindern habe. Giulio de Medici dachte, den Habsburger gut zu kennen, hatte er doch mit seiner Familie acht Jahre lang die Gastfreundschaft von Karls Großvater Maximilian I. genossen und dort den jungen Karl getroffen. Aber das war vor vielen Jahren gewesen. Seit er als Clemens VII. den Stuhl Petris besetzte, hatte auch er eine Wandlung seines Wesens durchlebt.

Zu Beginn konnte Karl V. diese Metamorphose noch verstehen, denn auch er selbst hatte Erfahrungen gemacht, die ihn zu einem anderen Menschen machten. Er hatte mehr Länder und Titel geerbt, als je ein Sterblicher vor ihm besessen hatte. Damit stieg sein internationales Renommee, er wurde an den europäischen Höfen wahrgenommen, man schenkte ihm Aufmerksamkeit, später fürchtete man ihn. Bisher Gleichgestellte schrumpften zu Lehnsmännern. Auf diese Weise mussten Freunde zu Feinden werden. Nun war Karl V. ein gewiefter Herrscher und guter Diplomat, während der Medici-Papst ein heuchlerischer Sonderling war. Lügen waren für ihn nur eine besondere Art der Diplomatie und er war davon überzeugt, dass alle logen und belogen wurden. Also verbreitete er skrupellos Unwahrheiten und konnte am Ende die Wahrheit nicht mehr von der Lüge unterscheiden. So machte er verhängnisvolle Fehler, die viele Menschen das Leben kostete. Durch sein ungeschicktes Taktieren im diplomatischen Ränkespiel mit Karl war er indirekt mit schuld an den Ausschreitungen von Karls Söldnern, an dem berüchtigten *Sacco di Roma*. Seine Verhandlungspartner warfen ihm Doppelzüngigkeit und sogar Unehrlichkeit vor, für diplomatische Manöver fehlte es ihm an Geschick und in manchen heiklen Augenblicken an Kaltblütigkeit.

Martin Luther, der zu seinem unerbittlichen Gegenspieler wurde, war davon überzeugt, dass dieser Papst von Geldes Gnaden seinen Amtskredit schon längst verspielt hatte und an der Spaltung der Christenheit nicht unbeteiligt war. Er hielt diesen Papst für unfähig, die den Glauben betreffenden Fragen zu erörtern, neue Wege zum Zusammenhalt der Kirche zu suchen und den Christen den gesuchten Halt zu geben.

Von Lucrezia erhoffte sich Clemens VII. nun Ratschläge und diplomatische Hilfe, denn er erkannte endlich, dass er sich in einer prekären Lage befand. Trotzdem wollte er seine Fehler nicht sehen und auch nicht eingestehen. Nach seiner Einschätzung waren alle anderen schuld, nur er nicht. Er witterte überall Feinde und insbesondere schaute er mit Groll und Hass nach Wittenberg, wo er den Teufel persönlich vermutete. Auch auf Karl V. war er nicht gut zu sprechen. Er vergaß die Demütigung und die Gefangenschaft nicht und verzieh dem Habsburger auch nicht die Verbannung seiner Familie aus Florenz. Nur langsam näherten sich die Kontrahenten einander wieder an. Dank mühsamer Vermittlung durch verschiedene Verhandlungskünstler mit Menschenkenntnis, Klugheit und taktischem Fingerspitzengefühl, darunter auch Lucrezia Sabatini und Mandele Albero di Mele, konnte man in Barcelona einen Frieden zwischen den beiden erreichen. Das war schon eine kleine Sensation, aber es gab wohl auch keine Alternativen. Lucrezia und Mandele wussten aber genau, dass die beste diplomatische Leistung der türkische Sultan vollbracht hatte. Die Belagerung von Wien durch die Türken und die Gefahr der Islamisierung Europas führte zum Schulterschluss zwischen den beiden Widersachern.

Jetzt arbeiteten die Diplomaten an einem dauerhaften Frieden und hofften auf einen Durchbruch. Clemens VII. durfte weiterhin über den Kirchenstaat herrschen und seine Familie kehrte nach Florenz zurück. Inzwischen ging es um die Gegenleistung des Papstes, deshalb bekam Lucrezia eine Audienz gewährt und deshalb weilte Mandele bei Karl. Es war ein offenes Geheimnis, dass Karl V. zusätzlich zu seinen vielen Titeln auch gerne die Kaiserkrone des Heiligen Römischen Reiches Deutscher Nation tragen wollte. Darüber wurde verhandelt, oder besser gesagt, dieser Umstand war dem Herrn des Vatikan beizubringen. Er sollte sein Gesicht nicht verlieren, sondern wie ein freier Stellvertreter Christi agieren. Lucrezia und Mandele wussten, dass der eitle Spross der de Medici unter keinen Umständen als Verlierer dastehen wollte.

Die Realität war aber eine andere. Clemens VII. hatte nicht viel zu sagen, er musste sich Karls Entscheidungen beugen. Ihm das schonend beizubringen war Lucrezias Aufgabe, die wusste, wie man mit diesem selbstverliebten und in einer Traumwelt lebenden Mann umgehen musste.

Eine Sache konnte Lucrezia aber nicht durchsetzen. Von Beginn an standen für Pietro die Sterne am römischen Himmel nicht gut. Er verkaufte nur wenige Bilder, kein Mäzen von Namen, kein Römer von Bedeutung fand Interesse an den Arbeiten des Flamen. Auch der Papst wollte kein Bild von einem Künstler aus dem Norden Europas, nicht einmal als Geschenk. Alle Reize und Überredungskünste Lucrezias konnten ihn nicht überzeugen. Giorgio Vasari kaufte ein Bild, auch einige Freunde Lucrezias unterstützten den Maler durch den Kauf von Bildern.

Nach heißen Tagen und noch heißeren Nächten erlosch das Feuer in den beiden Liebenden. Alles wurde zur Routine und es machte am Ende keinem von ihnen Spass. Lucrezia nahm die zwei Bilder, für die sie Modell gestanden hatte, an sich und deponierte sie an einer unbekannten Stelle. Dann verschwand sie für einige Zeit und Pietro blieb enttäuscht und einsam in seinem goldenen Käfig zurück. Nach einigen Tagen der Enthaltsamkeit vom Leben traute er sich, den Palazzino zu verlassen und Rom auf eigene Gefahr zu erkunden.

In einem Gasthaus traf er einen Künstler, der so wie er ein Fremder in dieser Stadt und in diesem Land war. Er hieß Hans Dörner und war ein Schüler von Hans Baldung, genannt Grien, den er in Straßburg kennengelernt hatte. Dörner hatte in Straßburg und Nürnberg einige Bilder verkaufen können, jetzt suchte er sein Glück in Rom und war bisher kläglich gescheitert. Er war Deutscher, seine Mutter hatte aber auch flämisches Blut. Hans erzählte Pietro von seinen Schwierigkeiten bei der Suche nach Käufern. »Ich bin von Markt zu Markt gelaufen, von einer Künstlerversammlung zur anderen, leider vergeblich. Die Konkurrenz ist groß, die Käufer dagegen sind rar.«

»Habt Ihr versucht, einen Förderer zu finden?«, fragte der Flame.

»Auch das ist mir bisher nicht gelungen, sogar der Klerus zeigt kaum Interesse an meinen Arbeiten. Mein Meister in Straßburg, Hans Baldung Grien, hat mir einen Namen genannt, aber ich habe es aufgegeben, diesen Menschen zu suchen.«

»Warum?«

»Weil die ganze Sache etwas unklar war und ich mich leider Gottes an den Namen dieses Mannes, der mir eventuell helfen könnte, nicht mehr erinnern kann.«

»Habt Ihr keine Ahnung, wer das sein könnte?«

»Mein Meister hatte in Nürnberg in der Werkstatt des berühmten Albrecht Dürer gearbeitet. Dieser wurde einmal von einem Italiener besucht, einem guten Freund, der viele wichtige Persönlichkeiten kannte. Was er von Beruf war, weiß ich leider nicht. Mein Meister lobte ihn als einen klugen Mann, der mir vielleicht helfen könnte. Er sprach mit großer Hochachtung von ihm und empfahl mir, mich an ihn zu wenden und die Namen Dürer und Grien zu erwähnen, sollte ich in Italien in einer schwierigen Lage sein.«

Pietro konnte dem guten Mann jedoch auch nicht helfen. Er kannte keinen, der mit Dürer verkehrte. Er selbst war in einer nur wenig besseren Lage. Zwar hatte er mit Hilfe von Lucrezia einige Bilder loswerden und etwas Geld beiseitelegen können, aber seine Zukunftsaussichten in dieser Stadt waren ebenfalls nicht rosig. Die zwei Aktbilder von Lucrezia, die er wie in Trance gemalt hatte, waren von dem Modell zu ihrem Eigentum erklärt worden. Seine erotischen Erlebnisse mit ihr waren ihm allerdings viel mehr wert als alle Bilder.

Hans Dörner nahm Pietro in ein Lokal mit, in dem vorwiegend Künstler verkehrten und sich über die Angelegenheiten ihrer Zunft austauschten. Der Eingang befand sich versteckt in einem Hinterhof und kein Unbeteiligter hätte in dem alten Schuppen einen Künstlertreff vermutet. Dort traf Pietro auf einen bunten Haufen von unbekümmerten Künstlernaturen, die ein ungezwungenes Leben führten. Mit Staunen beobachtete er das Verhalten dieser Lebemenschen, die sich der freien Liebe verschrieben hatten. Frivol tauschten sie untereinander erotische Erfahrungen; Männer küssten Männer, was Pietro einen ziemlichen Schock versetzte. Als er sah, dass Hans einen jungen Mann küsste und umarmte, entfernte er sich. Das war nicht sein Leben und die Gepflogenheiten dieser Menschen waren ihm fremd. Aber sie schienen zufrieden zu sein, sie lachten und genossen das Leben trotz ihrer unsicheren Lage und der Geldknappheit, die sie offensichtlich hatten. Sie waren eine Gemeinschaft und Pietro verstand plötzlich, dass es in einer Gemeinschaft leichter war, die Widrigkeiten des Lebens zu meistern. Trotzdem empfand er Erleichterung, als er auf die Straße hinaustrat und die frische Luft einatmen konnte.

Vom Tiber her wehte eine leichte Brise, die dem flämischen Künstler half, wieder einen klaren Kopf zu bekommen. Auf Umwegen erreichte er das Schlösschen und setzte sich dort auf die Terrasse. Er schaute über den Fluss und kontemplierte über das Schicksal des Einzelnen, die göttlichen Fügungen und seine Bestimmung in der Welt. Er haderte mit dem Geschick, das es nicht gut mit ihm meinte, und mit sich selbst, weil er seine Heimat verlassen hatte, um in der Fremde sein Glück zu suchen. Allerdings hatte er in der Gestalt Rosa Amalias ja auch Glück gefunden, nun aber war sie so fern von ihm wie die Sterne am römischen Himmel. Ob er sie tatsächlich liebte? Vor Lucrezias Erscheinen hätte er diese Frage sofort bejaht, jetzt aber, nachdem er dieser Femme fatale seine Seele verschrieben und sich ihr vollkommen unterworfen hatte, war er sich seiner Gefühle der Prinzessin gegenüber nicht mehr sicher. Lucrezia sorgte für einen gehörigen Wirrwarr in seinem Kopf, die Gedanken waren schwer einzufangen. Ihm war klar, dass sie ihn benutzte, ihn vielleicht sogar ins Verderben führte. Er hatte aber nicht die Kraft, sich dagegen zu wehren. Lucrezia dominierte ihre Beziehung, wenn man dieses Verhältnis überhaupt eine Beziehung nennen konnte. Sie hatte ihn schon am ersten Tag ihres Besuches im Palazzo Bentivoglio betört. Alle seine Sinne hatte sie beansprucht, ihn um den kleinen Finger gewickelt und verspeist, wie ein hungriger Drache sein Opfer auffrisst. Diese Metapher gefiel Pietro nicht, denn Lucrezia war keineswegs eine Bestie und er selbst trug die meiste Schuld an diesem Zustand. Das wusste er und deswegen war er wütend auf sich selbst. Wie würde Francesco mit dieser Situation fertig, fragte er sich. Der junge italienische Künstler war zu seinem Vorbild geworden, ohne dass Pietro ihn nachahmen wollte. Hätte er jedoch Francescos Lebensgeschichte tatsächlich gekannt, hätte er sein Urteil über ihn revidieren müssen. Vieles im Leben des jungen Malers war unklar, kaum jemand kannte seine Geheimnisse und wusste über sein Schicksal Bescheid. Pietro wusste sowieso nicht viel über die ihn umgebenden Personen, weder über Rosa Amalia noch über die Familie Bentivoglio insgesamt. Mandele Albero di Mele erschien ihm geheimnisvoll, obwohl dieser gerne mit ihm plauderte und viele interessante Geschichten erzählte. Aber über ihn persönlich erfuhr Pietro so gut wie nichts. Mit Lucrezia verhielt es sich ähnlich, auch wenn er mit ihr eine private Beziehung hatte. Lucrezia hatte viele Geheimnisse und verriet nur so viel von sich selbst, wie ihr nötig erschien.

Sorgenvoll dachte Pietro über seine Zukunftsaussichten nach. Er spürte eine innere Unruhe, gepaart mit Furcht vor dem Unbekannten. Rom war mit seiner herausragenden Kultur und seiner südländischen Lebensart immer ein Sehnsuchtsort für ihn gewesen. Nun befand er sich in dieser erträumten Stadt und musste erkennen, dass sie nach diesem verfluchten *Sacco di Roma* eine andere geworden war. Sie hatte sich noch nicht erholt, hatte noch nicht zu ihrer alten Größe zurückgefunden, sie leckte noch ihre Wunden und es war nicht abzusehen, wann dieser Prozess zu Ende gehen würde.

Pietro wollte sein Schicksal in die eigenen Hände nehmen und selbst sein Glück versuchen. Die Krönung in Bologna könnte die Chance bieten, sein Können einzusetzen, und die wollte er beim Schopf packen. Er war handwerklich begabt und würde wohl ohne Probleme eine Arbeit finden. Sicher wurden reichlich kunsthandwerklich begabte Menschen benötigt, um die Stadt auf das Ereignis vorzubereiten. Er beschloss, sich bald auf den Weg nach Bologna zu machen.

Plötzlich hörte er Schritte. Lucrezia Sabatini erschien in ihrer ganzen Schönheit vor ihm. »Morgen früh fahren wir zurück zum Kastell Bentivoglio. Meine Arbeit hier ist erledigt.«

»Welche Arbeit?«, wunderte sich der junge Flame.

»Das könnt Ihr nicht verstehen. Jedenfalls werden wir in Bologna eine besondere Krönung erleben«, lächelte sie.

»Ich kann auch nichts verstehen, wenn Ihr mir nichts davon erzählt«, entgegnete Pietro gekränkt.

»Ihr könnt schön malen und seid vermutlich ein talentierter

Handwerker. Das, worauf ich anspielte, ist hohe Politik, und davon habt Ihr wenig Kenntnis. Politik und ihre Schwester, die Diplomatie, sind wirklich schwierige und heikle Angelegenheiten, glaubt mir.«

Sie rief nach Wein und erklärte dem verdutzten Maler, dass jetzt gefeiert werde. Den Anlass nannte sie ihm selbstverständlich nicht. Am Ende ihres kleinen Gelages gingen sie gemeinsam ins Bett und Pietro umarmte zum letzten Mal seine Herrin und träumte von einer großen Karriere.

Das Leben ist schön und kurz

Rosa Amalia goss sich aus der Kanne Tee in ihre Tasse lehnte sich auf ihrem Stuhl zurück. Währenddessen machte ich mir auf einem Zettel Notizen, obwohl ich ihre Erinnerungen mit dem Rekorder aufzeichnete. Darauf kritzelte ich die Fragen, die ich ihr stellen wollte, wenn sie mit ihrer Erzählung fertig war. Ich bat sie, mir auch ihre individuellen Erinnerungen wiederzugeben, denn der politische Rahmen war selbstverständlich weitreichend, aber ihr persönlicher Rückblick war mir wichtiger. Ich überlegte einen Augenblick, ob sie immer noch die junge Frau von achtzehn Jahren war oder ob sie sich wie eine alte, von den vergangenen Jahrhunderten geprägte Dame fühlte.

Als ich sie danach fragte, kam ihre Antwort schnell und spontan. Sie fühle sich wie ein junges Mädchen, das sie ja auch sei, und habe auch dessen Bedürfnisse. Ich hakte nach und erfuhr, dass sie sich wie alle jungen Frauen, die noch am Anfang ihres Erwachsenenlebens standen, nach gleichaltrigen Freunden sehnte, die dieselben Probleme haben, dieselben Sorgen, Wünsche und Gefühle. Sie träume auch von der großen Liebe zu einem adligen jungen Mann, von Kindern und einer Familie. Sie war aber auch Realistin genug, um zu erkennen, dass dies Träume bleiben mussten. Deswegen freue sie sich, in mir so einen guten Freund gefunden zu haben. Sie fühle sich mit mir sehr wohl und habe das Gefühl, mich schon ewig zu kennen. Mit jeder in der Neuzeit verbrachten Minute werde es schwerer, mich und die neue Umgebung zu verlassen und wieder in ihr Bild zurückzukehren.

Ich musste zugeben, dass es auch mir leidtat, sie ziehen lassen zu müssen und sie bald wieder nur in einem Bild an der Wand betrachten zu können. Aber zumindest würde ich dabei dann wissen, dass sich hinter dem Porträt ein ganz besonderes Mädchen versteckte.

Dieses Mädchen an der Schwelle zur erwachsenen Frau stellte seine Tasse auf den Tisch zurück und überlegte, wie es mit der

Geschichte seines Lebens fortfahren sollte. Als Rosa Amalia bereit war, gab sie mir ein Zeichen und ich drückte auf die Aufnahmetaste des Aufzeichnungsgerätes.

»Unser Leben auf Schloss Bentivoglio verlief eher monoton, obwohl immer mal wieder besondere Vorkommnisse unseren Alltag unterbrachen. Als ich noch klein war, hatte mein Vater unseren Palazzo renovieren lassen. Damals liefen die Geschäfte unserer Familie noch hervorragend, verschiedene Tätigkeitsfelder erbrachten Einnahmen, die unsere Familie mit Bedacht einsetzte. Wir investierten in den Weinbau, in die Landwirtschaft und sogar in eine Droschke, die Reisende nach Bologna brachte, was damals ein Novum war. Unsere Steuereinnahmen wuchsen, bis sie durch Kriege und Epidemien beinahe versiegten. Zu jener Zeit waren meine Schwester und ich fast erwachsen und diese unangenehme Lage blieb uns nicht verborgen.

Eines Tages brachte unsere Tante Lucrezia bei einem ihrer Besuche ihren guten Freund Mandele Albero di Mele mit, der später mit seiner Frau bei uns im Palazzo lebte. Mein Vater und er spielten gemeinsam Schach und ihre Gespräche dauerten manchmal ganze Nächte, denn es gab viele Themen, für die sich beide interessierten. Mandele hatte bei uns die Verantwortung für den Fuhrbetrieb. Er befehligte die Leute, die sich um die Pferde kümmerten, unsere Karossen instand hielten und immer in Reisebereitschaft waren. Häufig verreiste Mandele für einige Tage, manchmal sogar auch Wochen. Niemand fragte nach dem Grund seiner Abwesenheit, aber wir wussten, dass er in wichtigen Angelegenheiten unterwegs war. Mandele war es auch, der einen jungen Mann ins Haus brachte, den er als einen der begabtesten jungen Maler Italiens vorstellte. Dieser stammte aus dem fast benachbarten Parma und hieß Francesco de Mazzola, aber man nannte ihn nur Parmigianino. Er erhielt den Auftrag, meine Schwester Francesca zu malen, und als sie ihm Modell saß, verliebten sich die beiden ineinander. Obwohl er einem anderen Stand angehörte und eine Beziehung zwischen den beiden eigentlich nicht denkbar war, stellten sie ein schönes Paar dar. Mandele sah in ihm schon den zweiten Raffael und hätte die beiden gerne miteinander verheiratet gesehen. Dazu ist es aber nie gekommen, ich glaube, sie haben sich einfach auseinandergelebt.

Häufig organisierte mein Vater auf unserem Schloss ein festliches Gastmahl. Man lud Nachbarn ein, Kirchenleute, die Gäste, die sich gerade im Palazzo aufhielten. Es herrschte eine feierliche Atmosphäre, es gab erlesene Speisen und Getränke. Viele junge Männer aus besten Adelshäusern wurden eingeladen, auch in der Hoffnung, künftige Ehemänner für uns zu finden.«

»Bestimmt waren einige dabei, die Ihren Gefallen fanden?«

»Selbstverständlich, aber ich war noch nicht reif für die Ehe und hatte andere Sachen im Kopf. Ich träumte von schönen Kleidern, von Reisen in andere Länder und schwärmte außerdem heftig für einen Mann, der mein Vater hätte sein können. Dieser Mann war Mandele Albero di Mele. Alle weiblichen Personen in der Umgebung erlagen seinem Charme und seinen braunen Augen, die mit so viel Wärme, so viel Wehmut und Weltschmerz dreinblicken konnten. Wir waren eifersüchtig auf seine Gemahlin und auf meine Tante Lucrezia, die in jungen Jahren mit ihm liiert gewesen war.« Sie schaute mich verschmitzt an, als sie das ominöse Wort aussprach.

»Wie ich sehe, sind Sie diesem Wort regelrecht verfallen«, lächelte ich.

Inzwischen war es sehr spät geworden und wir waren nach dem langen und erlebnisreichen Tag rechtschaffen müde. Auch der Tee hielt uns nicht mehr auf den Beinen. Deshalb schlug ich vor, den weiteren Bericht auf den nächsten Tag zu verschieben. Dieses Angebot wurde von meinem Gast dankbar angenommen.

Weil es am Abend zuvor so spät geworden war und wir beide keine Morgenmenschen waren, fanden wir am nächsten Tag erst spät aus unserem jeweiligen Bett. Als wir schließlich mit einer Tasse Kaffee am Tisch saßen, war es fast Mittag.

»Habt Ihr Euch sehr über Isidor geärgert?«, kam Rosa Amalia plötzlich auf meinen aufdringlichen Freund zu sprechen.

»Überhaupt nicht. Schon seit Jahren nehme ich ihn nicht ernst.«

»Das habe ich aber anders empfunden. Man konnte fast meinen, Ihr wart eifersüchtig.«

»Oh nein, da seid *Ihr* auf dem Holzweg«, wehrte ich entschieden ab.

Sie schaute mich kokett von der Seite an. »Aber ein bisschen eifersüchtig wart Ihr hoffentlich schon – ober bin ich keine Frau, die den Männern gefallen kann?«

»Im Gegenteil, Sie gefallen den Männern sogar fast zu gut. In Ihrer Zeit hätten sie sich wahrscheinlich sogar duelliert, um Ihre Gunst zu gewinnen.«

»Leider hat das während meines Lebens keiner geschafft.«

»Vielleicht sollte ich mich mit Isidor um Sie duellieren?« Die Vorstellung eines Degenduells zwischen Isidor und mir war so abstrakt, dass wir beide lachen mussten.

Rosa Amalia konnte es nicht lassen, mich ein wenig zu provozieren. »Und Ihr seid wirklich kein bisschen in mich verliebt?«, fragte sie herausfordernd.

»Ich kann mich doch nicht in eine Person verlieben, die in einigen Stunden verschwinden wird.«

»Seid Ihr überhaupt fähig zu lieben?«

»Natürlich kann ich lieben. Ich bin nur vorsichtig, nachdem ich schon schlechte Erfahrungen gemacht habe. Und Isidor ist nur ein Herzensbrecher. Ich kenne ihn gut, er wendet sämtliche Tricks an, um eine Frau rumzukriegen.«

»Was meint Ihr mit *rumkriegen*?«

»Hm, das heißt, eine Frau ins Bett zu bekommen.«

»Ihr meint, dass er deswegen so nett zu mir ist, um mit mir den Beischlaf zu vollziehen?«

»Allerdings. Um mit einer weiblichen Person den *Beischlaf zu vollziehen,* kann er wahre Zirkusnummern veranstalten. Früher, als wir noch zusammen studierten, wohnten wir eine Zeit lang gemeinsam in einem Zimmer. Jeden dritten Abend schleppte er eine fremde Frau an. Während des *Vollzugs* ging ich ins Kino oder in die naheliegende Kneipe. Bis ich genug hatte und eine eigene Wohnung mietete.«

»Aber das ist doch kein Verbrechen, das machen viele Menschen auf der Welt.«

Jetzt kam ich aus dem Staunen nicht mehr heraus. Die keusche Rosa Amalia, ein Kind der Renaissance und der damaligen strengen Sitten, fand es normal, ein Abenteuer mit einem fremden Mann einzugehen. Wie schnell hatte sie sich hier emanzipiert. »Ich dachte, Sie gehören zu den Menschen, die erst nach der Hochzeit mit einem Mann schlafen.«

»Da seht Ihr, wie man sich täuschen kann«, meinte sie lakonisch.

Ich schlug vor, in einem Lokal zu Mittag zu essen, bevor wir mit dem Bericht ihrer Erinnerungen fortfahren würden. Ich wollte meine Besucherin aus der Vergangenheit mit einem typisch deutschen Essen überraschen. Das Lokal lag in der Nähe meines Domizils, umringt von Kleingärten und dem Grüneburgpark. Schon die Speisekarte stellte für Rosa Amalia ein Problem dar, denn die angebotenen Speisen waren ihr gänzlich unbekannt. Ich erklärte ihr Kasseler Rippchen, Rouladen, Spätzle, aber sie entschied sich für einen Salatteller.

»Eure bürgerliche Küche ist mir zu deftig«, sagte sie und widmete sich ihren Salatblättern. »In Italien essen wir ganz anders«, erklärte sie besserwisserisch.

Pikiert versuchte ich die deutsche Küche zu verteidigen: »Anders heißt nicht besser.«

Sie lachte amüsiert und meinte, ich würde mich wie ein kleiner Junge benehmen. Ich müsse immer recht und dazu noch das letzte Wort haben. »Das Letzte ist manchmal wirklich das Letzte«, sagte sie mit ernstem Gesicht und ich staunte nicht schlecht, wie spielerisch sie mit den Nuancen der deutschen Sprache umging.

Gerade als wir gehen wollten und ich in meiner Hosentasche nach Geld zum Bezahlen kramte, betrat Renate mit einem mir unbekannten Mann das Lokal. Am Anfang sah sie uns nicht, aber als ich schon dachte, wir könnten das Gasthaus unbemerkt verlassen, schaute sie auf und ich sah mich gezwungen, einige Worte mit ihr zu wechseln. Renate wirkte glücklich und strahlte gute Laune und Zufriedenheit aus. Auch ihr Begleiter hatte eine einnehmende Ausstrahlung und sah sehr attraktiv aus. Sie stellte ihn als Doktor Albero di Mele vor. Er sei Psychologe und arbeite an der Frankfurter Universität.

Als ich den Namen hörte, blickte ich sofort zu Rosa Amalia, die ihn mit ungläubigem Gesicht betrachtete. Renate erzählte ungerührt weiter, dass sie ihn bei Freunden kennengelernt habe und seit dieser Begegnung weiche er ihr nicht mehr von der Seite. Und sie lasse ihn auch nicht entweichen, lachte sie und hakte ihren Arm unter den des Psychologen.

Rosa Amalia hatte Mühe, sich von ihrem Schock zu erholen, aber als sie sich etwas gefasst hatte, fragte sie in ihrem einmaligen

Deutsch, ob Herr di Mele Italiener sei. Dieser richtete seine hellbraunen Augen auf die Fragende und erwiderte leise, aber deutlich, dass seine Eltern aus Italien stammten, er selbst aber in Frankfurt zur Welt gekommen sei. »Sie aber sind aus Italien.« Das war keine Frage, sondern er stellte dies als Tatsache fest.

»Ja, das stimmt, ich komme aus Oberitalien, aus der Nähe von Bologna.«

»Was für ein Zufall«, rief der schöne Mann, »meine Eltern stammen auch aus Bologna.«

»Sagt Euch der Name Mandele Albero di Mele etwas? Er hat vor mehreren Jahrhunderten gelebt. Seid Ihr vielleicht mit ihm verwandt?«, fragte Rosa Amalia hoffnungsvoll und mit geröteten Wangen, woran sich ihr emotionsgeladenes Befinden erkennen ließ.

»Nicht direkt, aber mein Großvater väterlicherseits hat mir von einem Vorfahr erzählt, der diesen Vornamen trug. Ich weiß nicht mehr genau, aus welchem Grund er ihn erwähnt hat.«

»Euer Vorfahr war ein sehr geschätzter Mann. Er war ein großer Kunstliebhaber, ein Lebemann und ein begnadeter Diplomat.«

»Woher wissen Sie das alles?« Der Psychologe war sehr überrascht von dem, was ihm diese unbekannte Italienerin erzählte.

»Das habe ich von meinem Großvater gehört«, gab Rosa Amalia schlagfertig zurück. Ich war begeistert, wie schnell sie reagierte. Sie schaute schon wieder ganz normal aus, man merkte ihr keine Aufregung mehr an. Aber ihre Augen waren ganz auf den Gesprächspartner konzentriert. »Euer Ahnherr wohnte mit seiner Gemahlin einige Zeit in unserem Palazzo. Ich bin Rosa Amalia Bentivoglio.«

Der Adonis schaute sie etwas verwirrt an. »Ich habe einmal in einem Ort mit diesem Namen übernachtet. Dort lebte eine alte Frau, die der Familie Bentivoglio angehörte. Sie erzählte uns von der Geschichte des Schlosses und dass die Bentivoglios einmal Bologna regiert hätten. Sie erwähnte auch eine Rosa Amalia Bentivoglio und deren Schwester, die so früh von uns gegangen seien. An mehr kann ich mich nicht erinnern. Aber den Vornamen Rosa Amalia, den habe ich mir schon gemerkt. Sie haben Ihren Namen also von Ihrer Ahnin?«

Rosa Amalia schaute ihr Gegenüber unverwandt an. »Vielleicht bin ich meiner Vorfahrin sehr ähnlich?«

Renate verfolgte das Geschehen sehr interessiert und ich versuchte, das Gespräch auf ein anderes Thema zu lenken. Ich fragte sie, weshalb sie hier in Frankfurt anzutreffen sei, sie habe doch zu ihren Eltern fahren wollen. Meine Ehemalige entgegnete, nachdem sie rein zufällig Albero di Mele getroffen habe, sei sie jetzt mit ihm zusammen.

Dieser wollte von meiner Begleiterin wissen, was sie in Frankfurt mache und wo sie wohne. Ich wollte schon eingreifen und ihr zu Hilfe eilen, aber wieder hatte ich ihre Schlagfertigkeit und ihren Erfindungsreichtum unterschätzt. »Ich wohne schon seit einiger Zeit in Frankfurt. Wenn Ihr wisst, wo sich das Städel-Museum befindet, dann kennt Ihr fast schon meine Adresse.«

»Ich bin ein geborener Frankfurter und weiß genau, wo der Städel ist. Dort gibt es viele nach Künstlern benannte Straßen.«

»Wohnen Sie etwa in der Rembrandtstraße? Dort wohnt meine Freundin Saskia«, mischte sich Renate ein.

»Nein, ich wohne in der Städelstraße«, entgegnete Rosa Amalia resolut. Ich wusste nicht, ob sie diese Straße kannte oder sich einfach etwas zusammenreimte, aber die Städelstraße gab es in Frankfurt wirklich.

»So, so«, sagte Renate, »eine feine Adresse!«

»Wir Bentivoglios können es uns leisten, in feinen Gegenden zu wohnen«, hielt Rosa Amalia dem Angriff von Renate stand.

»Wir di Meles haben leider an die Erfolge unserer Vorfahren nicht anknüpfen können. Ich wohne zur Miete und bin in einem Wohnblock in Preungesheim aufgewachsen.«

»Es ist nicht wichtig, wo man wohnt, sondern was für ein Mensch man ist«, brachte ich meine philosophische Weisheit an den Mann.

Renate und ihr Don Juan setzten sich an einen frei gewordenen Tisch und wir nutzten die Gelegenheit, um uns von dem Pärchen zu verabschieden.

Als wir auf dem Heimweg das Krankenhaus passierten, sah ich etwas, was mich an meiner geistigen Gesundheit zweifeln ließ. Ich befürchtete, unter Verfolgungswahn zu leiden, denn nicht weit vom Eingang stand Isidor und betrachtete unglücklich sein Fahrrad. Während ich am liebsten unerkannt vorbeigegangen wäre, rief Rosa Amalia plötzlich: »Schaut, da ist ja Euer Dichterfreund.«

Isidor hatte einen Fahrradunfall gehabt. Es hatte leicht geregnet, genug, um auf den Straßenbahnschienen auszurutschen und auf dem harten Boden zu landen. Zum Glück für ihn hatte sich auf den Schienen keine Straßenbahn befunden und es war gerade auch kein Auto vorbeigefahren. Sein Fahrrad hatte einen schiefen Rahmen und das Vorderrad war deformiert. Der Dichter blutete am Knie und auch sein linker Ellenbogen war verletzt.

Rosa Amalia zeigte Mitleid mit dem Pechvogel und bot spontan unsere Hilfe an. Ich stützte ihn am Arm, während Rosa Amalia das lädierte Vehikel an einen Laternenpfahl anschloss. Wir brachten ihn in die Ambulanz, wo der Unglücksrabe von einem Arzt untersucht und dann von einer korpulenten Krankenschwester verarztet wurde. Da Rosa Amalia noch nie in einem Krankenhaus gewesen war, machte ich in der Zwischenzeit einen kleinen Rundgang mit ihr. »In solch einem Krankenhaus ist es bestimmt angenehm, krank zu sein«, folgerte Rosa Amalia, als sie die moderne und blitzsaubere Einrichtung inspizierte.

Als wir zur Ambulanz zurückkamen, war unser beschädigter Freund wiederhergestellt. Das in Mitleidenschaft gezogene Knie war erfolgreich behandelt und bandagiert. Wir begleiteten ihn nach Hause und halfen ihm, nach oben in seine Wohnung zu gelangen. Das war ziemlich mühselig, denn Isidor wohnte im obersten Stock des Mietshauses. Der Patient bat uns in sein Gemach, das sich als kleines Zimmer mit Bad und Küche entpuppte. Das Wohnzimmer diente gleichzeitig als Schlafzimmer und als Arbeitsraum. An den Wänden standen Holzregale, die mit Büchern vollgestopft waren. Auch in der kleinen Küche lagen Bücher zwischen dem Kühlschrank und dem Wasserbecken. Im Bad stapelten sich alte Zeitungen und Zeitschriften. Ein moderner Computer stand auf dem Schreibtisch, wo sich auch alle möglichen Papiere häuften.

Isidor verschwand in der Küche, um uns einen seiner legendären Tees zu bereiten. Er war ein anerkannter Teeexperte, der fast alles über dieses Getränk und die einzelnen Sorten wusste. Er sammelte Teeblätter aus der ganzen Welt und bereitete sie auf eine nur ihm bekannte Art zu. Das Teetrinken war bei ihm ein ritueller Akt, bei dem er als Zeremonienmeister auftrat. Schon der Vorgang des Aufgießens glich fast einer religiösen Handlung. Mit konzentriertem Gesicht bewegte er sich langsam, sein lädiertes Bein schonend, in seiner Küche, untersuchte die Beschaffenheit der Blätter, bevor er sie in die Teekanne legte, und goss dann das extra gefilterte heiße Wasser auf. Die Dauer des Aufgusses war von der Sorte des Tees abhängig. Mit Spannung beobachteten wir sein feierliches Handeln, das fast erotisch wirkte.

Wie immer war ich fasziniert von seiner Vorstellung. Isidors schauspielerischen Fähigkeiten waren nicht zu unterschätzen, und obwohl ihn Schmerzen plagten, bekamen wir das gesamte Programm der Zeremonie geboten. Schließlich servierte er uns sein wirklich aromatisches Getränk in feinen Teegläsern und Rosa Amalia schloss entzückt die Augen, als sie die ersten Schlucke kostete. Das Teetrinken war bei ihm schon immer ein Genuss gewesen und auch diesmal enttäuschte er uns nicht.

Auch Isidor genoss seinen Tee und sinnierte über die Leiden eines Künstlers. Da er von seinen Gedichten nicht leben konnte, arbeitete er nachts in einem Postzentrum und sortierte Briefe. Er gab auch Nachhilfe in Deutsch und Geschichte und ab und zu bekam er von einem Verlag Aufträge für ein Lektorat. Schließlich verabschiedeten wir uns und ließen ihn mit seinen seelischen und körperlichen Schmerzen allein.

Auf dem Nachhauseweg unterhielten wir uns über die Zufälle im Leben. Rosa Amalia war fasziniert von der Schicksalsgöttin, die ihr einen Nachkommen des von ihr so geschätzten Mandele Albero di Mele über den Weg geschickt hatte. »Dieser Mann hatte ähnliches Haar und fast dieselben Gesichtszüge wie Mandele und auch dessen Auftreten. Kann es so etwas geben?«

»Anscheinend schon. Die Genetik sorgt immer wieder für Überraschungen. Eigentlich meinen wir, alles darüber zu wissen, aber in Wahrheit wissen wir immer noch sehr wenig. Die Evolution des Menschen war schon immer umstritten.«

»Nichts ist umstritten. Der Mensch ist und bleibt ein Werk Gottes. Gott hat ihn erschaffen und auf die Erde gebracht, Gott holt ihn zu gegebener Zeit zu sich. Warum sollte das nicht so bleiben?«

»Weil wir mit dem Fortschritt in der Wissenschaft immer mehr wissen. Wir wissen inzwischen, dass sich die Erde um die Sonne dreht und dass im Weltall ungezählte Sonnensysteme existieren. Die Wissenschaft brachte uns die Erkenntnis, dass der Mensch nicht von Gott geschaffen wurde, sondern ein Produkt der Evolution ist. Aber es ist immer gut, einen über sich zu haben, an den man sich in schlimmen Situationen halten kann. Mit einem Gott ist man nicht alleine, man kann ihm seine Sorgen offenbaren und ihn um Rat bitten – und wenn Hilfe ausbleibt, kann man das damit begründen, dass die eigenen Probleme gegenüber den Weltgeschehnissen so unbedeutend sind.«

»Ihr seid bei diesem Thema ein bisschen verbissen. Die Frage nach dem Allmächtigen, seiner Bedeutung für die Menschheit, der Bedeutung des Glaubens für uns ist so alt wie die Religionen selbst. Schon in unserer Epoche gab es Menschen, die nicht an den einen, einzigen Gott glaubten. Sie glaubten nur an Zufälle im Leben. Wir nannten sie Häretiker, Abtrünnige, die unserer Kirche in den Rücken fielen. Man bekämpfte sie mit allen Mitteln, da kannte die Kirche keine Gnade. Man verbrannte sie auf dem Scheiterhaufen und die Zuschauer jubelten. Ich zum Beispiel glaube an Gott, an eine über uns Menschen wachende Macht. Man kann diesen Allmächtigen nicht sehen, aber man kann ihn im Herzen fühlen. Ihr wollt diese Welt vom Einfluss der Religion befreien? Da habt ihr keine Chance! Die Christenheit mag wohl zurzeit in einer Krise sein, aber junge Menschen werden sich immer mit Religion beschäftigen, denn diese bringt ihnen verloren gegangene Werte. Der Mensch sehnt sich nach Geborgenheit und einer intakten Gemeinschaft, und dieses Gefühl vermittelt der Glaube. Das Christentum wird wieder auferstehen, so wie damals Jesus Christus auferstanden ist.«

»Eine sehr gewagte Theorie! Ich glaube kaum, dass das Christentum unter jungen Menschen an Attraktivität gewinnt. Eher wird der Islam, der jüngere Bruder des Christentums, aufblühen. Mit seiner kämpferischen Ausrichtung, seiner heiligen Mission, die kranke Welt zu gesunden, wird er dem Christentum noch große Schwierigkeiten bereiten. Der Islam zieht besonders die jungen Menschen an, die sich in der modernen Gesellschaft als Verlierer sehen. Das Christentum ist für diese Menschen nicht attraktiv, seine Ideologie wirkt veraltet und ohne Perspektive einer Erneuerung.«

Wir diskutierten so vehement, dass wir ganz überrascht waren, dass wir plötzlich schon vor meiner Wohnung standen. Es machte großen Spaß, mit Rosa Amalia zu diskutieren, sie konnte ihre Meinung gut vertreten, war belesen und interessiert. Sie war klug, hatte eine schnelle Auffassungsgabe und konnte rational und analytisch denken. Ihre angeborene Vornehmheit sorgte für eine ausgesprochene Korrektheit, gepaart mit Sturheit und einer Prise Eigenwilligkeit, was ihre Persönlichkeit so besonders machte. Ich fühlte mich plötzlich geehrt, mit ihr zusammen sein zu dürfen, und nahm mir vor, die letzten Augenblicke ihrer Anwesenheit zu genießen, bevor sie in ihr Bild zurückkehren musste.

Rosa Amalia widersprach meinen Ausführungen. Sie war sich sicher, dass das Christentum, vielleicht in einer modernisierten Version, auch nach weiteren fünfhundert Jahren immer noch die größte Religion der Welt sein würde. Sie hatte die Chance, ihre These zu überprüfen, ich dagegen würde nie erfahren, ob sie recht hatte.

Als wir die Treppe hinaufstiegen, war unser Gesprächsstoff über dieses Thema zwar erschöpft, aber es gab viele andere Themen, die wir erörtern wollten. Leider stand uns nicht mehr allzu viel Zeit zur Verfügung, und so konzentrierten wir uns darauf, mit Rosa Amalias Erinnerungen an das Leben in ihrer Zeit fortzufahren.

Der Schatten eines großen Ereignisses

Bevor Lucrezia und Pietro den Weg zurück zum Kastell Bentivoglio nahmen, erhielten sie unerwarteten Besuch. Das heißt, für Pietro war er überraschend, Lucrezia dagegen hatte schon damit gerechnet, dass Mandele Albero di Mele sie vielleicht noch in Rom antreffen könnte. Er war in einer heiklen Mission unterwegs gewesen, von der viel für das weitere politische Geschehen in Europa abhing. Mandele konnte mit dem Ergebnis seines Auftrags mehr als zufrieden sein. Zuvor hatte er sich mit Lucrezia abgesprochen, wie sie vorgehen sollten. Durch ihr diplomatisches Taktieren war es ihnen gelungen, die beiden mächtigsten Kontrahenten Europas an einen Tisch zu bringen. Die Streithähne mussten mit großer rhetorischer Überredungskunst zu diesem Schritt überredet werden. Die beiden Unterhändler hatten ihren ganzen Charme und alle ihnen zur Verfügung stehenden taktischen Möglichkeiten eingesetzt, um zu diesem Ergebnis zu kommen. Mit Ausdauer und Geduld gelang ihnen in kleinen Schritten, unter Zuhilfenahme von Kurieren, eine Einigung zwischen den beiden Polen. Ein Kompromiss musste her und am Ende wurde auch ein Kompromiss erzielt, ein Arrangement, bei dem beide Seiten das Gesicht wahren konnten.

Karl V., der Spross einer alten, in Europa herrschenden Dynastie, verhandelte aus der Position des Stärkeren. Clemens VII., der Medici-Papst, konnte jedoch nicht einsehen, dass sein Gegner die Trümpfe in der Hand hatte und dementsprechend in den Verhandlungen einen Vorteil besaß. Der Papst wähnte sich in einer Welt, in der er das Sagen hatte und keine Gegner fürchten musste, was es schwierig machte, ihn zu beraten. In dieser Situation leisteten Lucrezia, Mandele und die anderen Berater und Helfer hervorragende Arbeit. Obwohl man wusste, dass Karl V. zum Kaiser des Heiligen Römischen Reiches Deutscher Nation gekrönt werden wollte, war nach den jüngsten Auseinandersetzungen nicht sicher, ob diese Krönung auch stattfinden würde. Zu viele Tote waren zu beklagen, zu viele Brücken zwischen den beiden Kontrahenten zerstört, zu viele Gräueltaten und Intrigen schienen ein unüberbrückbares Hindernis zu sein. Karl war ein ganz anderer Mensch als sein Gegenpart. Er dachte rational, vertraute nicht einer imaginären Stärke, sondern war ein gewiefter Stratege, ein geborener Führer. Als europäischer Herrscher verfügte er über viele Titel: König von Spanien, Herzog von Burgund, Erzherzog von Österreich – und nun wollte er als gekrönter Kaiser seinen Machtanspruch in Europa demonstrieren. Neben dem Konflikt mit dem Papst, den er nach dem *Sacco di Roma* endgültig besiegte, musste er sein weitläufiges Territorium unter Kontrolle behalten. Hinzu trat das allmählich alles beherrschende Problem der Glaubensspaltung, die in der Person Martin Luthers ihren Anfang nahm. Karl sorgte sich um die Einheit des Christentums, denn er sah sich als der weltliche Hüter und Bewahrer der Christenheit. Die geistliche Zentralgewalt repräsentierte zwar immer noch der Papst, aber Karl wollte in dessen Entscheidungen involviert sein. Der künftige Kaiser war erst zwanzig Jahre alt, als er Europa das Fürchten lehrte und den Medici-Papst demütigte. Er war nur drei Jahre älter als Pietro und Francesco. Aber er war aus einem besonderen Holz geschnitzt und hatte ausgezeichnete Berater. Zu Mandele Albero di Mele hatte er durch seine Tante Margarete von Österreich, die an der Erziehung Karls maßgeblich beteiligt war, eine fast freundschaftliche Beziehung. Er hörte oft auf Mandeles Rat. Karls Vater war der Herzog von Burgund, Philipp der Schöne, seine Mutter Johanna die Prinzessin von Aragon und Kastilien. International erzogen, strategisch geschult und in Intrigen ausgebildet, setzte er das Gelernte in Taten um. In Europa hatte er nur einen ernsthaften Gegner, den französischen König Franz I., während die Engländer ihm noch keinen Gedanken wert waren. Den Papst hatte er besiegt, aber an der Macht behalten, denn er brauchte ihn noch. Im Süden Europas entstand für Karl jedoch eine neue, viel größere Gefahr. Süleyman I., der Sultan der Türkei, war auf einem Feldzug nach Europa, um die Macht der Osmanen weiter zu stärken und den Islam in den Westen zu exportieren. Nach der Eroberung des Balkans standen seine Soldaten schon vor Karls Habsburger Hochburg Wien. Das war vor einem Jahr geschehen und Karl hatte den Verteidigern mit Rat, Geld und Soldaten geholfen.

Während der Fahrt zum Palazzo Bentivoglio war Lucrezia Sabatini sehr schweigsam, sodass Pietro sich mit Mandele unterhielt. Er erzählte ihm von den Schwierigkeiten, die er in Rom hatte, und beschrieb seinen Aufenthalt in der ewigen Stadt als Misserfolg, da er trotz Lucrezias Unterstützung als Maler keine Aufträge bekommen konnte. »Ich habe vor, nach Bologna zu gehen und dort mein Glück zu versuchen. Man sagt, dass dort die Krönung des Kaisers stattfinden wird. Vielleicht findet sich jemand, der mir Arbeit anbietet. Zurück nach Brüssel kann ich immer noch.«

»Hält Euch denn nichts im Palazzo Bentivoglio?«, fragte Lucrezia provokativ.

»Eigentlich nicht. Ich möchte gerne noch die Welt bereisen.«

»Wenn Ihr den Palazzo verlasst, werdet Ihr nie wieder dorthin zurückkehren«, prophezeite Lucrezia. »Aber ich habe gute Nachrichten für Euch: Die Kaiserkrönung soll tatsächlich in Bologna und noch in diesem Jahr stattfinden. Und eines steht jetzt schon fest, nämlich dass es viele Feierlichkeiten in der Stadt geben wird, ein Fest der Freude.«

»Oh, das ist tatsächlich eine gute Nachricht«, freute sich Pietro. »Karl V. ist ein großer Herrscher, er kennt sogar meine Sprache.« Pietro war stolz auf die burgundische Abstammung des künftigen Kaisers.

»Damit wird endlich vollbracht, worauf viele Helfer hingearbeitet haben«, merkte Mandele an. »Man einigte sich für die Krönung auf folgende Aussage: *Diese Feierlichkeit beruht auf dem universalistischen Herrschaftswillen des Kaisers wie der inneren Verbundenheit dieses Kaisertums mit der römischen Kirche.*«

»Woher kennt Ihr solche Details?«, wollte Pietro verblüfft wissen.

»Wenn man wie ich ständig die Welt bereist, trifft man auf viele Menschen, die verschiedene Nachrichten haben und sie gerne teilen. Ich war schon in ganz Europa unterwegs, unter anderem auch in Eurer Geburtsstadt Brüssel.«

Pietros Augen begannen gefährlich zu glänzen, die Erinnerung an die Heimat erzeugte Heimweh und ließ vor seinen Augen Bilder aus der Vergangenheit entstehen. Für einige Augenblicke vergaß er seine persönliche Enttäuschung und dachte intensiv und mit Wehmut an sein Elternhaus, seine Lehrzeit und seine Lehrmeister.

»Ich habe viele Freunde und Bekannte in allen möglichen Ländern, manche berate ich oder helfe Ihnen bei bestimmten Angelegenheiten«, sprach Mandele weiter.

»Habt Ihr auch Baronin Sabatini in bestimmten Angelegenheiten geholfen?«, fragte Pietro und erkannte errötend, dass dies zweideutig klingen musste.

Prompt wurde er von Lucrezia gerügt. »Aber, aber, was soll diese unnütze Frage? Man darf die Privatsphäre der Mitmenschen nicht antasten, das bringt nur Ärger.«

Pietro entschuldigte sich für seinen Fauxpas und schaute dann verlegen aus dem Fenster der Kutsche. Sie fuhren an Zitronenbäumen vorbei, an Wiesen und Feldern, auf denen die Bauern ihre Arbeit verrichteten, im Hintergrund scharte sich eine Herde Schafe um den Hirten, der gestützt auf einen langen Stock in den Himmel schaute.

Mandele dachte an seinen Werdegang von einem unbedeutenden Kaufmann zum Vermittler zwischen zwei europäischen Machtzentren. Schon sein Vater hatte chinesische Seide verkauft und gute Geschäftsbeziehungen geknüpft, die ihn in viele Länder und Städte führten, und Mandele hatte diese Handelstätigkeit zunächst übernommen und ausgebaut. Auf diese Weise war er auch den schönen Schwestern aus dem Hause Visconti begegnet und hatte mit Lucrezia eine heimliche Liebelei begonnen, bis diese dann den Baron Sabatini heiratete. Nach Jahren hatten sie sich zufällig in Bologna wiedergetroffen und waren sich seitdem freundschaftlich verbunden. Seine Geschäftsreisen im In- und Ausland hatten ihn unter anderem mit verschiedenen Würdenträgern zusammengeführt. Eines Tages war er in einer politischen Sache um Vermittlung mit einem ausländischen Partner gebeten worden und hatte diesen Auftrag erfolgreich und zuverlässig erledigt. Danach war er immer wieder gebeten worden, in verschiedenen, auch strittigen Angelegenheiten zu verhandeln. So hatte er langsam begonnen, sich auf dem diplomatischen Parkett zu bewegen.

Durch ihre guten Beziehungen zu vielen wichtigen Persönlichkeiten war auch Lucrezia schnell zu einer Mittlerin zwischen verschiedenen politischen Mächten geworden. Man schätzte ihre Dienste und betraute sie immer wieder mit diplomatischen Aufgaben. Da sie die Männer liebte und von ihnen geliebt wurde, öffneten sich ihr viele Türen, die anderen verschlossen blieben. Mandele Albero di Mele wiederum war ein Mann, der den Frauen gefiel und der Frauen liebte. Es kam immer wieder vor, dass er bei seiner Abreise ein gebrochenes Herz hinterließ. Inzwischen sprach er sich bei manchen Missionen mit seiner ehemaligen Geliebten ab und sie agierten in gemeinsamem Einverständnis. Allerdings waren sie insgeheim eifersüchtig auf die Liebschaften des jeweils anderen, auch wenn sie dagegen nicht viel tun konnten.

Mandele fühlte sich müde, aber er war auch glücklich und stolz, dass er zusammen mit Lucrezia die ihnen gestellte Aufgabe so bravourös und erfolgreich zu Ende gebracht hatte. Im Schloss wartete seine kränkelnde Gemahlin auf ihn, die das Kastell kaum noch verließ. Mandele wusste, dass sie von seinen Eskapaden Kenntnis hatte und trotzdem eisern schwieg, wohl um den Haussegen nicht zu gefährden. Der wahre Grund war ihm jedoch nicht bewusst, nämlich dass sie ihn immer noch liebte und ihm seine Seitensprünge verzieh. Auch über seine Beziehung zu Lucrezia wusste sie Bescheid, deswegen hasste sie diese Person von ganzem Herzen. Lucrezia spürte das und vermied Begegnungen mit Mandeles Gattin so gut sie konnte. Von einer Sache wussten allerdings beide nichts und hätten es auch nie in Betracht gezogen: die Tatsache, dass Mandele auch eine intensive Liebschaft mit der Gattin des Schlossherrn gehabt hatte. Da kaum eine Frau dem besonderen Charme des Frauenhelden widerstehen konnte, war auch Lucrezias Schwester seine Geliebte geworden. Dieses Geheimnis behielten die beiden über die ganzen Jahre für sich und niemand hatte je davon erfahren. Lucrezia wäre nie auf diesen Gedanken gekommen, denn sie betrachtete ihre Schwester, die sie sehr liebte, als Inkarnation der Güte und der Treue, ein Wesen mit goldenem Herzen, das gerne träumte und manchmal Gedichte schrieb.

Im Schloss angekommen, eilte Mandele zu seiner Gemahlin, während Lucrezia ihre Schwester aufsuchte. Albertina Bentivoglio ging es nicht gut. Sie hustete ständig, die herbeigerufenen Ärzte konnten kaum helfen. Nach ihrer Ansicht litt Signora Bentivoglio an Schwindsucht und gegen diese Krankheit war die Medizin machtlos. Sie gaben Lucrezias Schwester nur noch einige Monate.

Betreten schweigend standen Lucrezia und Bartolomeo Bentivoglio mit gesenkten Köpfen vor dem Bett der Kranken. Albertina schaute sie traurig an und schwieg ebenfalls. Sie wusste von der Tücke ihrer Krankheit und wartete erhobenen Hauptes auf das Ende.

Einem kleinen Sonnenstrahl gelang es, in den Raum vorzudringen und Albertinas Gesicht zu erhellen. Sie lächelte beglückt und Lucrezia, diese starke, kalte Frau, begann hemmungslos zu weinen. Irgendwann fand sie ihre Selbstbeherrschung wieder, sie putzte sich die Nase, trocknete die Tränen und zog sich einen Stuhl ans Bett. Dann erzählte sie ihrer Schwester und dem Schwager von dem bevorstehenden Ereignis in Bologna. »Nun ist es tatsächlich so weit, unser Papst wird Karl V. zum Kaiser des Heiligen Römischen Reiches Deutscher Nation krönen. Die offizielle Einladung zu diesem Ereignis können wir in einigen Tagen erwarten.«

Albertina schaute ihre Schwester erfreut an. »Das ist eine sehr gute Nachricht, insbesondere wegen des Friedens zwischen dem Kaiser und dem Heiligen Vater. Nach dem Gemetzel in Rom habe ich nicht mehr an eine Aussöhnung geglaubt. Da haben die Verhandlungsführer ein wahres Wunder vollbracht.« Sie zwinkerte Lucrezia zu, um ihr zu zeigen, dass sie über ihre Mitwirkung daran informiert war.

Pietro hatte nach Rosa Amalia gesucht, aber diese hatte gerade eine Unterrichtsstunde bei Donna Lucia. Während er im Garten auf sie wartete, versuchte er sich über sein Verhältnis zu ihr klar zu werden. Auch wenn es ihm nicht gelungen war, in Rom als Maler zu reüssieren, wollte er die Zeit dort nicht missen. Er hatte viel von Lucrezia gelernt und war fast sicher, dass in jedem Mensch ein Tier verborgen war, das ohne Moral seinen animalischen Instinkten folgte. Auch er hatte dieser inneren Regung nachgegeben und eine erotische Reise in die verborgenen Gärten der Liebe erlebt. Seine Liebe zu Rosa Amalia war noch da, aber er empfand sie jetzt anders, ein wenig distanzierter. Nur schwer konnte er sich vorstellen, mit ihr intim zu werden. Der Spross der Bentivoglios stellte für ihn etwas absolut Reines und Unberührbares dar, etwas, von dem man träumen, das man aber nicht erobern durfte. Ihre hoheitsvolle Erscheinung, ihr edles Antlitz und ihre Schönheit zogen ihn an und bildeten zugleich ein unüberbrückbares Hindernis, eine unsichtbare Barriere, die er nie überwinden würde. Diese Liebe war für ihn eine grausame Prüfung. Er hasste sich für das Geschehene und zugleich sagte er sich, er hätte sich nichts vorzuwerfen. Er war Rosa Amalia nicht verpflichtet und außerdem auch nicht standesgemäß, denn sie war eine Prinzessin und er nur ein einfacher Mann aus Flandern. Er fühlte sich als Betrüger und zugleich als der vom Schicksal Betrogene. Er träumte von der Zukunft und hatte Angst vor der Gegenwart.

So versunken war er in seine Grübelei, dass er ihre Gegenwart erst bemerkte, als ihr Schatten auf ihn fiel. Er blickte auf und wieder überwältigte ihn ihre Schönheit.

»Herzlich willkommen zurück, Pietro. Wie war es in Rom?«

»In Rom?«, stammelte er unbeholfen. Er dachte an Lucrezia und spürte, wie seine Wangen brannten. »Eine interessante Stadt. Ich habe viele neue Eindrücke gewonnen. Doch der Versuch, dort Fuß zu fassen, scheiterte leider. Obwohl Baronin Sabatini alles Mögliche unternommen hat, konnte ich nur wenige Bilder verkaufen und keine größeren Aufträge ergattern.«

»Was wollt Ihr nun machen?«

»Ich werde wohl nach Bologna aufbrechen. Dort finden bald die Krönungsfeierlichkeiten statt und bestimmt gibt es da auch für Künstler Möglichkeiten, um Geld zu verdienen. Und wie ist es Euch während meiner Abwesenheit ergangen?«

Rosa Amalia lächelte schelmisch: »Es gab viel zu tun. Unter anderem habe ich auch meine Freundin in Modena besucht und ihr Bruder, ein sehr netter Marchese, brachte mich zurück nach Bentivoglio.«

Sie beobachtete genau, wie Pietro bei dieser Nachricht reagierte, aber dieser versteckte seine aufkommende Nervosität und seine Eifersucht unter zur Schau gestelltem Desinteresse. Doch ihrem scharfen Blick entging nicht, dass sich unter dem Mantel der kühlen Gleichgültigkeit einige Zweifel, die ihre Person betrafen, verbargen. Sie nickte dem jungen Mann vornehm, aber auch aufmunternd zu und ging ohne ein weiteres Wort davon. Da stand Pietro nun und grübelte über diese Frauenzimmer, die einem Mann den letzten Nerv raubten und ihn in Ungewissheit stehen ließen.

Eine lange Nacht beginnt

Ich bat meine Besucherin, mit ihrer Erzählung weiterzumachen, aber sie bestand darauf, dass ich ihr zunächst meine persönliche Sicht auf die Geschichte und die Politik darlegen solle. Diese Aufgabe war nicht so einfach, wie ich anfangs gedacht hatte. Ich musste mir die Frage stellen, was ich von meinem Leben erwarte und in welcher Gesellschaft ich leben wollte. Ich bin kein geborener Pessimist, aber auch kein unverbesserlicher Optimist, kein harter Realist, sondern eher ein Träumer. Ein schreibender Romantiker, ein gebremster Idealist, ein Schwärmer, aber kein Utopist. Es ist nicht leicht, sich selbst zu charakterisieren. Man versucht zwar objektiv zu sein, aber man ist befangen in seinem Urteil.

Ich erklärte meiner Gesprächspartnerin dieses Dilemma, doch sie meinte nur, ich könne frei reden und mein Herz öffnen. Morgen Abend sei sie schließlich weg und wir würden uns nie mehr wiedersehen. Ich gab mir redlich Mühe und begann meinen Vortrag poetisch, wie es einem Autor gebührt: »Das Grauen ist in allen Schattierungen durch die Jahrhunderte gestürmt, es gab Aufstände und Hungersnöte, Kriege, Epidemien, verhängnisvolle Ideologien, Revolutionen, Armut ganzer Völker. Könige wurden gekrönt und geköpft, Revolutionäre übernahmen die Herrschaft und zerbrachen daran. Weltverbesserer traten an, um der Welt ein menschliches Antlitz zu geben, und scheiterten kläglich. Keiner, der an die Macht kam, hielt seine davor gegebenen Versprechen. Sie machten es nicht besser als ihre Vorgänger, manchmal erwiesen sie sich sogar als das größere Übel. Und die Völker ließen sich gerne in die Irre führen und gaben sich Illusionen hin, die nichts mit der Realität zu tun hatten. Ich glaube, das Streben nach Macht, nach einer herausragenden Stellung in der Gesellschaft oder innerhalb einer Gruppe, ist für den Menschen von entscheidender Bedeutung.«

»Nun, Macht ausüben zu können ist angenehmer als die Macht anderer erdulden zu müssen. Es ist wie eine Sucht, wer einmal Macht genossen hat, will sie nicht mehr missen.«

»Wenn man damit eine bessere Welt erringen will, ist sie ja auch erstrebenswert, aber die Gefahr des Missbrauchs ist eben sehr groß, wie die Beispiele aus der Geschichte belegen. Keine Revolution verwirklichte am Ende das, wofür die Aufständischen kämpften. Weder in der Räterepublik in Russland noch nach der Revolution in Frankreich, wo am Ende *die Revolution ihre Kinder fraß*, wurde das Volk ein wirklicher Machthaber. Häufig übernahmen Individuen die Herrschaft, die zwar nach außen im Namen des Volkes sprachen, aber in Wirklichkeit ihre eigennützigen Interessen vertraten. In Deutschland wurden Millionen leichtgläubige Menschen in einen gnadenlosen Krieg geführt, indem man ihnen mit einer nationalen und völkischen Ideologie rosige Zukunftsaussichten vorgaukelte. Ein Mensch, der wenig hat und sich ängstigt, das Wenige zu verlieren, ist für solche Denkarten anfällig und glaubt jedem hergelaufenen Aufwiegler. Erst als es zu spät war und ihnen mit Gewalt die Augen geöffnet wurden, begriffen sie das Ausmaß dieses Selbstbetrugs. Da fragten sie sich plötzlich, wie es geschehen konnte, dass ihre ganze Kultur und Zivilisation durch Rassenideologie und Träume von der Weltherrschaft vergiftet werden konnte.

Schon seit der Renaissance wurde die Entwicklung durch Entdeckungen und wissenschaftliche Arbeiten in allen Fächern vorangetrieben, aber die Menschheit hat diese nicht nur zum Guten verwendet, sondern zum Beispiel auch Foltermethoden verfeinert und noch teuflischere Waffen geschmiedet. Brutalität und Massaker sind in unserer Geschichte keine einmaligen Vorkommnisse, sondern sie spiegeln den geistigen und moralischen Zustand nicht nur unserer Gesellschaft, sondern der Erdbevölkerung schlechthin. Paradoxerweise zeichnet sich die Menschheit aber nicht nur durch ihre Verbrechen, sondern auch durch gemeinnütziges Handeln und eine soziale Einstellung aus. Der Humanismus sieht in dem Mitmenschen den Bruder, dem man zu Hilfe kommen muss. So entstanden Häuser für Kranke und Schwache und viele weitere soziale Einrichtungen.

Seit Menschengedenken besteht das Streben nach Neuem, Unbekanntem. Man will ödes Land urbar machen, zu den Sternen fliegen, Krankheiten heilen, von der Natur lernen. Der Fortschritt im technischen Bereich zeigt die unheimliche Schaffenskraft des

Menschen. Der unbändige Wille, das Unbekannte zu erforschen und der Allgemeinheit zu präsentieren, ist schon atemberaubend. Man erobert mit dem Flugzeug den Luftraum, übermittelt Worte in einer Sekunde über die ganze Erdkugel, spaltet das Atom, bändigt die Energie. Wir modernen Menschen können und wollen auf unsere technischen Errungenschaften wie Telefon, Computer und Internet, Strahlenmedizin und Autos, Strom aus der Steckdose und bewegte Fernsehbilder nicht verzichten. Das, was gestern noch unmöglich schien, ist heute alltäglich und wird schon morgen überholt sein. Die Menschheit entwickelt sich ständig weiter, manche Erfindungen sind teuflischer als der Teufel selbst, und trotzdem ist sie immer noch gottesfürchtig, obwohl man das All bereist, die Einzelheiten der Evolution kennt und die Entstehung des Weltraums auf den Urknall zurückverfolgt.«

»In den fünfhundert Jahren geschah also sehr viel, wie ich Eurem Vortrag entnehmen kann. Das meiste davon verstehe ich nicht, diese Materie ist sehr schwer zu begreifen«, sagte Rosa Amalia und nahm sich einen Apfel aus der Obstschale. »Ihr betrachtet den Werdegang der Menschheit sehr kritisch, Ihr scheint mir ein großer Skeptiker zu sein. Aber es ist eine Binsenweisheit, dass die Zeit nicht stehen bleibt und sich ständig etwas Neues entwickelt. Ihr aber sucht nach paradiesischen Zuständen, die es nicht gibt. Ihr habt recht damit, dass die Welt nie zu Ruhe kommt, dass unzählige Kriege und andere Waffenkonflikte fast schon zum Aushängeschild der Menschheit geworden sind. Unsere Welt besteht jedoch nicht nur aus Kriegen, sie hat viel mehr als nur Negatives zu bieten. Nehmt zum Beispiel den technischen Fortschritt, den Ihr so lobt, die Kreativität, die Schaffenskraft der Menschen: Ist das nichts? Und wir haben die Liebe, die Eigenschaft, durch Gefühle zu sprechen, die Fähigkeit zum abstrakten Denken, zum Träumen, zur Kreativität.« Sie hielt inne, lehnte sich auf ihrem Stuhl zurück und biss herzhaft in ihren Apfel.

»Ich glaube, Sie haben mich missverstanden. Ich bin kein geborener Pessimist, nur ein desillusionierter Realist. Man ist geprägt von Erinnerungen, diese begleiten den Menschen sein Leben lang. Erinnerungen können Schmerz verursachen, sie können aber auch eine positive Kraft entwickeln. Ein Mensch kann einen anderen glücklich machen, manchmal bedarf es nur eines guten Wortes, es genügt ein Lächeln, eine spontane Umarmung. Als Autor konzentriere ich mich auf das Beobachten und meine Erfahrungen baue ich in meine Erzählungen ein. So kann zum Beispiel ein Ereignis wie eine gemeinsam verbrachte Nacht schöpferische Gedanken auslösen, die in den Geschichten Anwendung finden. Beim Schreiben bieten sich unzählige Möglichkeiten, das Vorhandene in ein neues, besonderes Gewand zu kleiden. Wäre ich kein Optimist, ginge es mir noch viel schlechter, denn dann würde ich nicht an die Liebe glauben.«

Rosa Amalia sah mich belustigt an und verdrehte die Augen. »Ihr sehnt Euch also nach Liebe?«

»Wer sehnt sich nicht?«

»Ihr sagt, eine gemeinsam verbrachte Nacht hilft Euch beim Schreiben. Verzeiht meine indiskrete Frage: Habt Ihr viele *gemeinsame Nächte* verbracht?«

»Schon. Und Sie?«

»Nur eine, und diese fand am helllichten Tage statt.«

Wir lachten und Rosa Amalia entschuldigte sich, um die Toilette aufzusuchen. Als sie zurückkam, zeigte ich ihr die ersten Seiten eines Manuskriptes, aus dem einmal ein Buch entstehen sollte. Der Titel lautete *Dreamworld* und meine Vorstellung von dem Projekt war am Anfang recht wirr gewesen. Erst in der letzten Zeit war es mir gelungen, etwas Zusammenhängendes niederzuschreiben.

»Wovon handelt die Geschichte?«, wollte meine Gesprächspartnerin wissen.

»Die Geschichte beginnt in Italien, im Hafen von Genua, und endet in Deutschland. Auf einem Schiff, der *MS Enotria,* begegnen Menschen aus einem meiner vorherigen Bücher anderen Passagieren. Auch der Erzähler ist mit an Bord. Er war gemeinsam mit seinem Vater und dessen Freund auf einer Reise in die Vergangenheit. An Bord des Schiffes und am Ende der Reise ereignen sich Dinge, die den Erzähler verwirren, die ihm aber nicht fremd sind. Er begegnet einer jungen Frau, die plötzlich verschwindet, um später unerwartet wieder aufzutauchen und seine Gefühle völlig durcheinanderzubringen. Mehr kann ich noch nicht verraten, ich weiß selbst noch nicht, wie die Geschichte endet. Aber Sie werden es erfahren, spätestens nach fünfhundert Jahren, wenn Sie wieder ins Leben zurückkehren.«

»Ich habe den Inhalt nicht ganz verstanden, aber um das Ende zu erfahren, muss ich nicht fünfhundert Jahre warten.«

Jetzt war ich derjenige, der mit dem Verstehen Schwierigkeiten hatte.

»Es ist ganz einfach«, klärte mich Rosa Amalia auf. »Wenn Ihr das Buch fertig habt, könnt Ihr zu mir in den Städel kommen und mir davon erzählen. Ich kann zwar nicht sprechen, aber ich höre jedes Wort, welches im Saal gesprochen wird. Ihr könntet mir davon erzählen und sogar daraus vorlesen. Ich würde mich sehr freuen.«

»Das ist eine gute Idee«, stimmte ich ihr zu und forderte sie dann auf, mit der Erzählung Ihres Lebens fortzufahren. »Wenn ich unsere Gespräche eines Tages veröffentliche, könnte ein nettes Büchlein daraus werden.«

»Wollt Ihr im Ernst unsere Begegnung publik machen?«

»Vielleicht als eine bezaubernde, märchenhafte Geschichte, leicht zu lesen, leicht zu verdauen – warum nicht? So etwas mögen die Leute. Keine schwere Literatur, die nur von Kennern und solchen, die sich dafür halten, gelesen wird. Oder ich nehme meine Aufgabe ernst, bereite mich gewissenhaft vor, recherchiere, kombiniere, erforsche und schreibe etwas Grundlegendes. Das erfordert aber Fleiß, Ausdauer und Disziplin, mit der ich leider auf Kriegsfuß stehe. In dieser Zeit sollte ich keine neue Beziehung anfangen, denn diese Art von zwischenmenschlicher Verbindung nimmt einen immer sehr in Beschlag, insbesondere zu Anfang.«

»Wollt Ihr Euch denn neu verlieben?«, fragte Rosa Amalia neugierig.

»Warum nicht? Die Liebe verleiht Flügel, der Liebende bekommt neue Impulse, die Zeit bleibt für ihn stehen – und in diesem Fall auch die Arbeit an dem Projekt. Am einfachsten wäre es, ich würde mich in Sie verlieben, dann müsste ich die ganze Prozedur nicht nochmals wiederholen.«

»Seid Ihr nicht sowieso schon die ganze Zeit in mich verliebt? Ich bin mir dessen fast sicher, denn ich habe Euch beobachtet, als Ihr das erste Mal vor meinem Bild im Museum gestanden und mich betrachtet habt. Eigentlich hat es sofort gefunkt, wie man heute so schön sagt, und ich gebe zu, dass ich auch ein bisschen in Euch verliebt bin.«

Plötzlich brannte mein ganzes Gesicht, ich musste rote Wangen bekommen haben, während sie trotz ihres Geständnisses ganz kühl und gelassen wirkte.

»Und das sagen Sie mir jetzt, wenige Stunden bevor Sie meine Welt unwiderruflich wieder verlassen?«

»Es ging nicht anders. Ich konnte doch nicht zulassen, dass wir uns auf ein Abenteuer ohne glückliches Ende einlassen.« Damit hatte sie wohl recht. Sie fuhr fort: »Eigentlich komme ich aus einer Zeit, in der ein Mann um die Dame seines Herzens warb. Dieses Werben dauerte lange, denn die beiden mussten sich von ihren Gefühlen gut überzeugen.«

»Nun, da gab es sicher auch andere Beispiele«, gab ich zu bedenken. »Manchmal verheirateten die Eltern ihre Sprösslinge, ohne sie überhaupt zu fragen. Es war eine Sache des Standes, des Geldes und auch der Politik. Je höher die gesellschaftliche Klasse, desto eher wurden die Ehen aufgrund von strategischen Erwägungen konstruiert. Hätte zum Beispiel Karl V. Sie zur Frau nehmen wollen, dann hätte er sicher nicht Sie angesprochen, sondern Ihren Vater gefragt.«

»Der Kaiser hätte niemals um meine Hand gebeten, obwohl ich ihm bestimmt gefallen habe.«

»Sie haben mit ihm gesprochen?«

»Nicht direkt. Es war in Bologna, während der Krönungsfeier. Aber davon werde ich gleich noch erzählen.«

Rosa Amalia bat um ein Glas Wasser, und nachdem sie dieses in einem Zug ausgetrunken hatte, war sie bereit, mit der Erzählung ihrer Vita fortzufahren.

»Nachdem Pietro mit meiner Tante nach Rom gefahren war, umhüllte eine merkwürdige Stille den Palazzo, die mir fremd und bizarr vorkam. Das Leben verlor an Farbe. Ich verstand zwar, dass dieser Stimmungsumschwung mit Pietros Abwesenheit zu tun hatte, aber ich wusste auch, dass meine Gefühle für ihn nur Verliebtheit, aber keine echte Liebe waren. Aber wer konnte mir den Unterschied erklären? Meine Schwester Francesca hatte ihre eigenen Probleme, meine Eltern waren mit viel wichtigeren Aufgaben beschäftigt und ich hätte sie auch niemals mit solchen Fragen belästigt. Außerdem war meine Mutter sehr krank und wir erwarteten tagtäglich einen ernsthaften Rückfall. Donna Lucia war zwar eine der wenigen Personen, mit denen ich ungezwungen reden konnte, aber nicht über dieses Thema. Sie war sehr religiös und wollte über Liebesdinge nicht sprechen. Francesco war verschwunden, man sagte, er sei nach Parma zurückgekehrt. Später trafen wir ihn in Bologna wieder.

Es stimmt übrigens, was Ihr über die strategischen Eheschließungen in den höheren Ständen gesagt habt, denn auch ich sollte, da ich jetzt erwachsen war, nach den Wünschen meiner Eltern vermählt werden. Eines Tages überraschte mich mein Vater mit der Mitteilung, ich sei alt genug um zu heiraten und er habe auch schon den passenden Bräutigam gefunden. Ich antwortete ihm, dass ich mich noch nicht reif für eine Ehe fühlte, aber er ließ meinen Einwand nicht gelten. Da war mir klar, dass keine Widerrede helfen würde, dass er eine arrangierte Hochzeit vorbereitete. Ich wusste, dass ich mich nicht auflehnen durfte, aber alles in mir schrie Nein. Ich wollte noch nicht heiraten und wenn, dann nur einen Mann, den ich liebte. Aber wer fragte mich schon nach meinem Willen? Damals hatte eine Frau wenig zu sagen, nach ihren Vorstellungen wurde nicht gefragt. Ich konnte nicht schlafen, ich konnte kaum essen, ich dachte nur an diese *Heirat aus Vernunft*, wie Donna Lucia es einmal treffend nannte. Wer sollte mein Gemahl werden? Würde er mir gefallen oder nur Abwehr in mir erzeugen? Würde er mich glücklich machen oder müsste ich ein unglückliches Dasein fristen? Ich hatte furchtbare Angst, und die Ungewissheit zermürbte mich. Ich suchte nach Beschäftigung, ich verfeinerte meine Handarbeitskünste und lernte Sprachen, vor allem Französisch. In der heutigen Zeit scheint ja Englisch, die Sprache von Anne Boleyn, die Welt erobert und Latein als federführende Sprache abgelöst zu haben. Eigentlich schade, denn ich mochte Latein.«

»Ja, Englisch ist nun eine Weltsprache. Ohne Englisch sind internationale Kontakte fast nicht möglich. Man wollte für diesen Zweck schon mal eine künstliche Sprache entwickeln. So entstand das *Esperanto*, erfunden von Professor Zamenhof, doch dieses Experiment glückte nur zum Teil, heute ist diese Sprache nur Spezialisten vorbehalten.«

»Bei uns war Latein die alles beherrschende Sprache, ohne die der gebildete Mensch der Oberschicht nicht auskam. Auf internationalem Parkett war dagegen Französisch sehr ausgeprägt, in diplomatischen Kreisen wurden alle Gespräche und Verhandlungen in dieser Sprache geführt. Bei dem Besuch in Ferrara, wo wir Gäste der Familie d'Este waren, unterhielt man sich auf Lateinisch, Italienisch und Französisch. Dort erkannte ich, dass ich im Französischen noch erhebliche Defizite hatte und nahm deshalb Unterricht.

Während Pietros Abwesenheit verschlechterte sich der Gesundheitszustand meiner Mutter rapide. Die herbeigerufenen Ärzte konnten da nicht viel helfen. Man musste mit dem Allerschlimmsten rechnen. Es herrschte Trauer im Schloss, wir alle wurden merklich stiller und verschlossener. Donna Lucia war sehr oft bei meiner Mutter, sie machte ihr Umschläge und versuchte mit alterprobten Mitteln ihre Schmerzen zu lindern. Anfangs gelang das sehr gut, aber mit der Zeit war auch sie mit ihren Künsten am Ende. Mein Vater verbrachte viel Zeit in der Kapelle, auch Francesca und ich beteten für unsere Mutter. Die Dienerschaft betete ebenfalls für Mama und es war schön zu sehen, wie diese Leute meine Mutter ins Herz geschlossen hatten.

Eines späten Nachmittags kamen Lucrezia, Mandele und Pietro aus Rom zurück. Pietro war nicht mehr der Mann, der unseren Palazzo verlassen hatte. Er hatte sich in dieser Zeit von mir entfremdet. Schon zuvor hatte er nie viel gesprochen, doch nun schien er ganz die Sprache verloren zu haben. Er war von seinem Misserfolg psychisch angeschlagen, eine Art Scham stand ihm im Gesicht. Der Misserfolg macht die Menschen hart und mürrisch, die erlittenen Demütigungen und Enttäuschungen können ihn prägen und sein weiteres Tun bestimmen. Ich hatte Angst um Pieter de Kempeneer. Er wollte über seinen Aufenthalt in Rom nicht viel sagen, und so erfuhr ich nur in Bruchstücken, was er dort erlebt hatte. Er hatte mit Tante Lucrezia in einem Palazzino am Tiber gewohnt, den ein guter Freund meiner Tante zur Verfügung gestellt hatte. Sie waren zu vielen Kunstsammlern und möglichen Förderern gegangen und ein paar Bilder konnten verkauft werden, aber keiner dieser Kontakte führte zu einem rentablen Auftrag. Auch die Vertreter der Kirche zeigten kein Interesse und so ergab sich für Pietro keine Möglichkeit, sich mit seiner Malerei einen Namen zu machen. Er musste seine Chance woanders suchen und wollte dies im Zuge der Krönungsfeierlichkeiten in Bologna versuchen.

Auf nach Bologna

Nachdenklich kehrte Rosa Amalia nach ihrem kurzen Gespräch mit Pietro ins Haus zurück. Sie war enttäuscht über den Verlauf des Wiedersehens, hatte sie doch eine gewisse Entfremdung konstatiert und auch eine Veränderung in Pietros Wesen, deren Ursache sie in seinem Aufenthalt in Rom vermutete. Sie war intelligent und hartnäckig, daher begann sie nachzuforschen, was während seiner Reise vorgefallen war. Mandele und Lucrezia waren mit allen Wassern gewaschen, von ihnen würde die ambitionierte Detektivin nichts erfahren, was diese nicht selbst preisgeben wollten, das wusste sie. Aber Pietro war ein naiver junger Mann, ihn zum Reden zu bringen dürfte nicht besonders schwer sein, nicht für ein so aufgewecktes Mädchen, wie sie es war. Sie war sich sicher, ihm sein Geheimnis, wenn es denn eines gab, entlocken zu können.

Aber Pietro hütete sein Geheimnis sehr hartnäckig, er reagierte nicht auf Rosa Amalias Verhöre und war sogar gegen gemeine Tricks immun. Trotzdem hatte er Gewissensbisse, dass er seiner platonischen Liebe untreu geworden war. Er schämte sich, wenn er daran dachte. Er war ein gläubiger Mensch und empfand sein sündiges römisches Leben als Schande, als einen Verrat seiner Ideale. Mit einer Sünde zu leben war nicht einfach, besonders schwer war es aber, wieder in der Nähe der betrogenen Person zu sein. Er wusste, dass Rosa Amalia ihm auf der Spur war und beharrlich nach der Wahrheit suchte. Er könnte den Schritt nach vorn wagen und ihr alles beichten, nur hätte Lucrezia dies als Verrat angesehen und er fühlte sich nicht dazu in der Lage, es mit ihr aufzunehmen. Baronin Sabatini war für ihn der viel gefährlichere, viel gemeinere Gegenspieler. Mit allen Wassern gewaschen und in Intrigen bewandert, würde sie nicht zögern, Pietro samt seiner stockenden Karriere zu vernichten. Für den römischen Enthusiasmus, für die körperliche und seelische Ekstase musste er jetzt zahlen. Das Glücksgefühl, das ihm am Anfang die Sinne geraubt und den

Verstand ausgeschaltet hatte, wollte er jedoch nicht missen, diese Erfahrung hatte er machen müssen, koste es, was es wolle. Er wusste, dass ein Mann solche Hochgefühle nur in den Armen einer Frau genießen konnte, besonders wenn sie so raffiniert, erfahren und verrückt nach Liebe war wie seine Gespielin in Rom. Der Aufenthalt dort war eine gute Schule für ihn gewesen, in allen Bereichen. Ob er dadurch reifer geworden war? Jedenfalls hatte er jetzt mehr Erfahrung, dies sollte ihm helfen und ihn zugleich anspornen.

Während Pietro seinen philosophischen Gedanken freien Lauf ließ, saßen in einem anderen Raum Lucrezia und Bartolomeo am Bett der Schwester und Gemahlin. Die Krankheit hatte sie sehr geschwächt. Ihre Augen hatten den Glanz verloren, das Gesicht erschien hager und von Schmerzen gezeichnet, das Haar, früher eine stolze Pracht, lag ohne Form auf dem Kissen. Es war nicht mehr zu leugnen, dass Donna Albertina im Sterben lag. Dünn und blass ruhte sie auf ihrem Lager, das Haupt auf ein dickes Kissen gebettet. Ihr Mann hielt ihre Hand, während Lucrezia Sabatini mit einem feuchten Tuch ihre Stirn kühlte.

Der Schlossherr ließ Erinnerungen Revue passieren, gute und auch schlechte Erinnerungen. Das erste Treffen mit ihr, die Heirat, die Geburt der Töchter. Die Zeit an der Seite seines Cousins in Bologna, dann dessen ungebührender Abgang. Er hatte danach alles selbst aufbauen müssen: das Kastell renovieren, einen Hof organisieren, neue Beziehungen eingehen und alten Verpflichtungen nachkommen, sich an diplomatischen Winkelzügen beteiligen und mit Bedacht auf die richtigen Partner setzen, Allianzen eingehen, bestehende Abkommen aufkündigen und mit dem stärkeren Partner koalieren. Das alles erforderte von ihm ein gesundes Stehvermögen, gute Menschenkenntnis und die Fähigkeit, sich rechtzeitig von schwachen Partnern zu trennen und sich starken Bündnissen anzuschließen. In dieser Zeit begann er Lucrezia und Mandele zu schätzen, die ihm mit Rat und Tat zur Seite standen, wenn sie zugegen waren.

Die Signorie in Bologna, wo er an der Seite seines Cousins Giovanni II. Bentivoglio hatte mitregieren dürfen, war verloren. Damals hatten sie diese fast in Alleinherrschaft geführt, manche im

Volk sahen schon die Anfänge einer Diktatur. Die Bestrebungen seines Cousins, die ganze Macht an sich zu reißen, führten am Ende zu seiner Vertreibung. Seine groß angelegten Bestrebungen, durch prunkvolle Festlichkeiten und Bauwerke die eigene Vorrangstellung deutlich zu machen, bewirkten nur das Gegenteil. Als Reaktion auf die Pläne der Herrscherfamilie versuchten die maßgebenden Kräfte Aufstände anzuzetteln, welche die Bentivoglios jedoch noch abwehren konnten. Es floss Blut in Bologna, die Straßen sahen zähe Kämpfe zwischen den Anhängern der verschiedenen Kontrahenten. Dann übernahm die Kirche die Macht, die Truppen von Papst Julius II. vertrieben die Bentivoglios. Bis heute, obwohl mit dem Papsttum ausgesöhnt, durften Angehörige der Familie keine Ämter in der Stadt bekleiden. Bologna stand immer noch unter der Führung der Kirche, und auch der neue Papst Clemens VII., obwohl der Familie Bentivoglio mild gesonnen, erlaubte ihnen nur kurze Besuche, denn ihren Machthunger hatten weder der Papst noch die Bologneser Bürger vergessen. Hätte Lucrezia nicht in Rom mit Clemens gesprochen, würde die Krönung ohne Repräsentanten der Bentivoglios stattfinden. Nur ihrem Charme und ihren Überredungskünsten war es zu verdanken, dass sie eine Einladung erhielten.

Francesca hatte nach der Abreise des Malers aus Parma begonnen, sich intensiv dem Glauben und dem Gebet zu widmen. Sie verbrachte viel Zeit in der Privatkapelle der Bentivoglios, lernte immer neue Gebete auswendig und alle Psalmen, die sie mit andächtiger Stimme vortrug. Die geistlichen Besucher des Palazzos wurden von ihr häufig in heikle Gespräche verwickelt, sie wollte alles ganz genau wissen, jeden Text der Bibel ergründen und hinterfragen. Durch den ständigen Aufenthalt in der Kapelle wurde ihr Gesicht blass und die Augen waren gerötet, sie wirkte beseelt und der Realität entrückt. Ihr Vater freute sich zunächst über die neu entflammte Frömmigkeit seiner Tochter, später bemerkte er allerdings auch die Besessenheit, die sie dabei an den Tag legte, konnte sie aber nicht davon abbringen. Bartolomeo Bentivoglio war zwar ein gottesfürchtiger und der katholischen Kirche ergebener Mensch, aber er hasste Übertreibungen.«

»Zu viel Beten schadet deiner Seele, mein Kind«, versuchte er

Francesca von zu großer Strenggläubigkeit abzubringen. Aber seine Tochter schluckte diese Ersatzmedizin, ohne auf die Konsequenzen ihres Handelns zu achten. Die Droge des religiösen Eifers bemächtigte sich ihres Körpers und ihrer Seele und quälte sie. Francesca aß nur das Nötigste, trank nur noch Wasser und verbrachte die meiste Zeit auf Knien in der stickigen Kapelle. Der besorgte Vater schickte immer wieder Mediziner zu ihr, die aber auf Granit bissen. Nur Rosa Amalia hatte etwas Zugang zu ihrer Schwester, konnte aber auch nichts ausrichten. Bartolomeo setzte deshalb seine ganze Hoffnung auf seine Schwägerin, nachdem er dieser von der plötzlichen übergroßen Gottesergebenheit seiner Tochter berichtet hatte.

Lucrezia kümmerte sich zunächst aber um ihre Schwester. Der Pfarrer stand bereit für die letzte Ölung und alle warteten auf den Moment, in dem der Herr sie zu sich nehmen würde. Rosa Amalia und Francesca waren im Gebet versunken, jede auf ihre Art und Weise.

In seiner Geburtsstadt Parma bereitete sich währenddessen Francesco de Mazzola, genannt Parmigianino, auf den großen Auftritt in Bologna vor. Er fühlte sich berufen, Raffaels Nachfolge in der Malerei anzutreten und wollte nach der durch die Plünderung so unglücklich beendeten Zeit in Rom an alte Erfolge anknüpfen. Er setzte große Hoffnungen auf das Fest in Bologna, er wollte dort neue Kontakte knüpfen und Auftraggeber gewinnen. Francesca hatte er zwar nicht vergessen, aber die ganz großen Gefühle, die grenzenlose und reine Liebe empfand er nicht mehr.

Seine schöpferischen Bemühungen waren von manchen Irrungen begleitet. Der Götterliebling, *mit den Pinseln in der Hand geboren*, machte eine große Krise durch, die ihn in seinem künstlerischen Werdegang zurückzuwerfen drohte. Francesco stand sich in vielen Dingen selbst im Weg, das wusste er nur zu genau. Er liebte Experimente, hatte stets neue Einfälle, die ihn jedoch nicht immer weiterbrachten, manche erwiesen sich sogar als Hemmnis in seiner beruflichen Entwicklung. Sein Herz schlug immer noch für die Alchemie. Sie trieb ihn zum Wahnsinn, und wie ein Wahnsinniger begann er sich zu kleiden. Sein Äußeres hatte sich gravierend verändert, er trug jetzt einen langen Bart und sah mit seiner ungepflegten Mähne aus wie ein Wilder. Giorgio Vasari sah in seinem Inneren einen Prozess stattfinden, den er mir Sorge beobachtete. Ihm war klar, dass Francesco dabei war, die ihm vom göttlichen Schicksal gegebene Chance zu verspielen. Er könnte zu den erlesensten und ausgezeichntesten Malern dieser Ära gehören, wenn er nicht so launisch wäre und sich auf seine Arbeit konzentrierte. Durch seine alchemistische Experimente verlor er nur Zeit und den Blick für seine wahre Begabung.

Mandele Albero di Mele eröffnete seiner Gemahlin, dass er sie gerne zu den Krönungsfeierlichkeiten mitgenommen hätte, aber er sei in einer delikaten Mission dort und könnte sich nicht gebührend um sie kümmern. Doch sie ließ sich nicht abwimmeln, sondern schlug vor, sie werde dort bei einer ihrer Cousinen übernachten. Mandele schmeckte diese Hartnäckigkeit seiner Gattin nicht, aber er hatte Gewissenbisse, weil er ihr schon so oft eine gemeinsame Reise versprochen hatte, und so willigte er zähneknirschend ein.

Seine Angetraute wusste über Mandeles diplomatische Exkursionen Bescheid, und sie wusste außerdem von den unzähligen Liebschaften ihres Gemahls. Aber sie schwieg dazu und betete inbrünstig zu Gott, ihrem Mann zu verzeihen und ihm zu helfen. Stundenlang führte sie Gespräche mit dem Herrn, die nur Monologe waren, und fühlte sich dabei klein und erbärmlich. Trotzdem zweifelte sie nie an der Größe und Erhabenheit des Allmächtigen. Ihr Gatte dagegen hatte ein etwas gespaltenes Verhältnis zu seinem Gott, er war trotz seines Glaubens ein unbequemer Gottesfürchtiger, einer von denen, die alles überprüfen und selbst testen wollen, bevor sie einer Sache zustimmen. Der unbequeme Geist befolgte viele Gebote und Verbote nur dann, wenn er von ihrer Richtigkeit überzeugt war.

Mandele freute sich besonders auf Bologna, weil eine gewisse Dame aus Frankreich ihr Kommen avisiert hatte. Außerdem war er am Zustandekommen dieser Inszenierung beteiligt. Die Beziehungen zum Hause Habsburg bestanden schon sehr lange und mit der Familie Medici aus Florenz verbanden Mandele Albero di Mele verschiedene Interessen. So war er ein Vertrauter des jungen Giulio de Medici, seit dieser nach einem Intermezzo mit Lucrezia plötzlich den Wunsch verspürt hatte, in den Dienst der Kirche zu treten. Während seiner gesamten Laufbahn bis zum Amt des Papstes, als welcher er sich Clemens VII. nannte, blieb Mandele einer seiner Berater, ebenso wie seine alte Liebe, die Baronin Sabatini.

Mandele und die Baronin, das waren zwei Gleichgesinnte, die sich zwar liebten, aber nicht lange zusammen sein konnten. Sie waren sich zu ähnlich, hatten viele gleiche Gedankengänge, waren in verschiedenen Angelegenheiten stur, aber auch pragmatisch genug, um nach neuen Lösungen zu suchen. Ihre Liebe hatte etwas von einer Obsession, sie konnten nicht miteinander, aber auch nicht dauerhaft ohne einander auskommen. Diese Verbindung aus immer noch vorhandener Leidenschaft und Eifersucht, aber auch alter Freundschaft und Geistesverwandtschaft wollte keiner der beiden beenden, auch wenn sie manchmal darunter litten.

Viele der Zeitgenossen von Karl V. und Clemens VII. bereiteten sich auf einen Besuch der Krönungsstadt vor. Die Repräsentanten der Königshäuser Europas waren eingeladen und der italienische Adel mit seinen mächtigen Familien: die Borgia, Sforza, Visconti, d'Este, de Medici und auch Bentivoglio, trotz der ganzen Vorgeschichte. Michelangelo Buonarroti signalisierte sein Kommen und auch Hans Holbein, genannt der Jüngere, wollte der Zeremonie beiwohnen. Den beiden Künstlern, die stellvertretend für die vielen anderen hier genannt werden, ging es primär um den Verkauf ihrer Werke und um das Knüpfen neuer Bekanntschaften sowohl privater als auch geschäftlicher Natur. Hans Holbein wollte Anna Boleyn zu einer Reise nach Bologna überreden, aber die Gespielin von Heinrich VIII. wollte die zwei Vertreter des Katholizismus nicht mit ihrem Besuch aufwerten. Die Weigerung des Papstes, die Ehe von Heinrich VIII. mit Katharina von Aragon zu annullieren, um für Anne frei zu sein, bewirkte die Abwendung des englischen Königshauses von der römisch-katholischen Kirche und gleichzeitige Hinwendung zu den Lehren Luthers. Durch diese rein privaten Vorfälle wurde der Grundstein für die Entstehung der anglikanischen Kirche gelegt. Hier versagte auch die von Lucrezia und Mandele bemühte Diplomatie, denn sowohl der Papst als auch der Kaiser waren an der Stabilität des Katholizismus interessiert. Leider gab es Sachverhalte, die nicht verhandelbar waren, wie die beiden Emissäre schmerzlich erfahren hatten.

Die Prinzessin erzählt

Dass so Pietro deprimiert aus Rom zurückkam, blieb niemandem verborgen. Meine Tante, angesprochen auf diesen Gemütszustand, erklärte mir, Pietro reagiere wie alle Künstler sehr empfindlich auf Misserfolge und habe schwer daran zu knabbern, dass seine großen Hoffnungen geplatzt seien. Ich wusste nicht, wie ich ihm hätte helfen können, auch weil er so anders geworden war. Meine Schwester Francesca, die die Verwandlung Pietros mit einigem Abstand zu Kenntnis nahm, meinte, dass er sich durch das schwierige Leben in der Stadt Rom, durch Begegnungen mit anderen Menschen und vielleicht durch üble Bekanntschaften so verändert hatte. Sie stellte sogar die These auf, er könnte sich in eine Frau verliebt haben oder in schlechte Kreise geraten sein. Ihr Francesco habe ihr einmal erzählt, dass es in Rom Künstlerzirkel gab, wo man komisches Zeug einatmete, Alkohol im Übermaß konsumierte, sich öffentlich küsste und sogar Männer mit Männern und Frauen mit Frauen freie Liebe praktizierten. Das war für mich ein großer Schock. Vor meinem inneren Auge sah ich plötzlich Pietro, wie er in einem Kellergewölbe umringt von halbnackten Frauen und Männern Alkohol trinkt, sie alle auf den Mund küsst und sich an unanständigen Sachen beteiligt. Ich wusste, dass man sich dabei ansteckende Krankheiten einfangen konnte, die den Körper von innen auffressen und den Betroffenen am Ende in den Wahnsinn führen. Vielleicht war Pietro von solch einer Gottesgeißel befallen und seine Seele war schon verseucht? Von diesem Augenblick an begann ich von ihm Abstand zu halten. Ich stellte mir seinen seelischen Zustand als eine Krankheit wie die Pest oder andere schlimme Seuchen vor, und vermied es, mit ihm in Berührung zu kommen.

Die ganze Familie verbrachte viel Zeit bei meiner Mutter, die von ihrer Krankheit sehr geschwächt war. Alle sorgten sich um sie. Donna Lucia und auch alle anderen beteten oft in unserer Kapelle und baten Gott um Gnade und Genesung für meine Mutter. Aber es gab keine Hilfe. Mamas Schmerzen wurden immer größer und keiner der Ärzte wusste ein Mittel dagegen. Mandele schimpfte, statt zu beten müsse man einen Arzt holen, der wirklich etwas von seinem Fach verstehe, und fuhr selbst fort in eine nur ihm bekannte Richtung. Nach drei Tagen kam er zurück – in Begleitung eines alten bärtigen Mannes, den er als einen orientalischen Zauberer vorstellte. Dieser Geisterbeschwörer stank nach Schweiß und Wein und sprach ein schlechtes Latein, des Italienischen war er überhaupt nicht mächtig. Mandele verstand aber seine Sprache und übersetzte seine Anweisungen. Der Mann mischte eine Mixtur, die Mama sofort austrinken sollte, damit die höllischen Schmerzen endlich gelindert würden. Er erklärte auch, dass sich die Seuche schon in ihrem ganzen Körper ausgebreitet habe und er nur noch ihre Schmerzen lindern könne. Dies sei eine besonders perfide, hinterhältige Krankheit, die sich in die Organe des Menschen fresse und ihm schlimme Qualen bereite und schließlich zum Tod führe. Auch Tiere können von dieser Krankheit befallen werden. In seiner Sprache nannte er sie *Sarkan*, ein Wort, das Mandele nicht übersetzen konnte. Mein Vater gab ihm einige Goldmünzen und der Alte verschwand wieder.

Das Leiden meiner Mutter dauerte noch drei Wochen, dann wurde sie von ihren Schmerzen erlöst, der Herr nahm sie in sein Himmelsparadies auf. Sie schlief einfach ein, ohne das am frühen Morgen verlorene Bewusstsein wiedererlangt zu haben. Es herrschte tiefe Trauer im Palazzo. Albertina Bentivoglio wurde in der Krypta unserer Kapelle beigesetzt.

Mein Vater erwog, sich von den Krönungsfeierlichkeiten fernzuhalten. Auf Druck von Mandele und Lucrezia gab er dann aber doch seine Zusage, dieser Zeremonie beizuwohnen. Die beiden wollten den Papst nicht verärgern, schließlich hatte es viel Mühe gekostet, die in Ungnade gefallene Familie wieder in Bologna salonfähig zu machen.« Rosa Amalia unterbrach ihre Erzählung und trank aus dem Glas, in das ich ihr Wasser nachgeschenkt hatte. »Was ich Euch schon lange fragen wollte: Gibt es in Eurer modernen Zeit, wo die Herrschenden vom Volk gewählt werden, überhaupt noch Könige und Adelshäuser?«

Ich musste lächeln, denn meine Gesprächspartnerin entpuppte sich als eine wachsame Beobachterin, die in manchen Dingen ihrer

Zeit nachtrauerte. »Es gibt immer noch Königshäuser, insbesondere in Europa. Spanien zum Beispiel hat einen König, die skandinavischen Länder wie Schweden, Dänemark und Norwegen sind Monarchien, und auch Belgien, die Heimat Ihres Pietros, sowie die Niederlande haben ein Königshaus. Eine der ältesten Monarchien ist Großbritannien, also England mit Schottland und Wales. Aber die gekrönten Häupter üben keine politische Macht aus, sondern haben nur noch Repräsentationsaufgaben, im Gegensatz zu vielen Königreichen außerhalb von Europa. Viele Aristokraten pflegen noch elitären Umgang und treffen sich zu nostalgischen Anlässen. Aber in Wirklichkeit sind die Adligen der restlichen Bevölkerung gleichgestellt. Nur die königlichen Familien werden von einem großen Teil des Volkes geliebt und ihr Leben wird von der Regenbogenpresse bis ins kleinste Detail vor den Lesern ausgebreitet. Man gewinnt den Eindruck, ihr feudaler Lebensstil rechtfertigt sich durch die Unterhaltung, die sie dem Volk bieten.«

»Ihr habt aber merkwürdige Ansichten.« Rosa Amalia verstand die Welt nicht mehr. »Ich dachte, die Aristokratie sei doch die Säule eines jeden Staates, der König der Vater seines Volkes?«

Der Satz gefiel mir außerordentlich. »Das haben Sie aber schön gesagt!«

»Diesen Satz habe ich einem Eurer Bücher entnommen.« Sie zeigte auf das Regal über dem Computer, auf dem meine Bücher in einer Reihe standen.

»Oh, dann ist er aus dem Zusammenhang gerissen und diente zur Beschreibung eines historischen Zustandes. Es freut mich, dass Sie in meinen Büchern geblättert haben. Was haben Sie denn für einen Eindruck von dem Geschriebenen?«

»Um darauf wirklich antworten zu können, bräuchte ich mehr Zeit, um mir Eure Werke genauer anzuschauen. Ihr schreibt interessant und flüssig, manchmal tendiert Ihr jedoch zu unangemessenem Optimismus. Ihr vermeidet genaue Beschreibungen. Ich habe den Eindruck, Ihr seid Euch selbst das größte Problem.«

»Interessante Folgerungen!« Ich war ein wenig gekränkt, denn welcher Autor lässt sich schon gerne kritisieren, auch wenn ihre Kritik im Kern erstaunlich profund war. »Und diese Erkenntnis haben Sie in der kurzen Zeit gewonnen?«

»Ich konnte schon immer schnell Dinge durchleuchten und daraus Schlüsse ziehen. Man bescheinigte mir eine überdurchschnittliche Begabung und Klarsicht.«

»An Minderwertigkeitskomplexen scheinen Sie jedenfalls nicht zu leiden.« Ich konnte mir meinen Sarkasmus nicht verkneifen.

»Das hat nichts mit Komplexen zu tun. *Selbstbewusst durch das Leben gehen*, das war das Motto meiner Tante Lucrezia. Diese Maxime übernahm ich von ihr und sie prägte mein Leben. Unter *Selbstbewusstsein* verstand ich zuerst Bildung, denn nur ein gebildeter und auch psychisch stabiler Mensch kann Selbstbewusstsein entwickeln. Daraus ergibt sich zwangsläufig eine gewisse Distanziertheit, ohne die wir uns kaum von den anderen unterscheiden würden. Die gewöhnlichen Sterblichen nennen es Arroganz, ich hingegen betrachte eine Abgrenzung von anderen Menschen als Voraussetzung für ein gesundes Selbstbewusstsein.«

»Eine Art Abstand zu den Menschen anderer Gesellschaftsschichten?«

»Hier handelt es sich um die natürliche Abgrenzung des Adelsstandes von übrigen Ständen. Die Aristokratie hat sich doch durch Jahrhunderte immenser Anstrengungen in allen Lebensbereichen diese Stellung verdient. Wir waren schon immer die Entscheidungsträger, wir übernahmen Verantwortung. Wir führten Kriege und Friedensverhandlungen, waren Diplomaten, Erfinder und Entdecker. Unsere Ahnen waren besonders tapfere Ritter, die von den Stammesführern, die später Könige genannt wurden, zu höheren Ständen berufen wurden. Diese Stände erhielten für ihre Tapferkeit, für ihren Einsatz für den König, für ihre Loyalität zur Monarchie besondere Rechte und Privilegien, die sie von den anderen Volksteilen unterschieden. So wurde unser Einsatz für das Gemeinwesen honoriert. Der Adel blieb aufgrund seiner besonderen Stellung fast immer unter sich. Mesalliancen waren in unseren Kreisen selten, nicht standesgemäße Verbindungen waren verpönt. Ich weiß allerdings nicht, wie Ihr heute damit umgeht.«

»Ich glaube, heute wird das sehr viel lockerer gesehen, sogar in Königshäusern gibt es Eheschließungen mit Nichtadligen.«

Rosa Amalia meinte, sie würde gerne eine Tasse Tee trinken, und so standen wir auf und gingen in die Küche, um Wasser aufzusetzen. In diesem Augenblick läutete es an der Tür. Ich erschrak, denn ich war fast sicher, dass Isidor mich schon wieder verfolgte und nun sogar zu Hause aufsuchte. Aber als ich die Tür öffnete, stand Brunhilde de Wilde, meine Nachbarin, auf der Schwelle und fragte nach Zucker. Sie habe vergessen, welchen zu kaufen. Ich betrachtete diese Bitte als Vorwand, um sich bei mir umzuschauen, um einen Beweis für meinen unsittlichen Lebenswandel zu finden. Denn meine Besucherin war nicht unbemerkt geblieben und die Gerüchteküche brodelte. Ich wollte gar nicht wissen, was man sich über uns erzählte. Ein alter Bock nimmt ein junges Mädchen zu sich nach Hause, das auch noch bei ihm bleibt. Ein empörender Vorgang, ein beängstigender Verfall der Sitten.

Frau de Wilde, eine belgische Aristokratin, schaute mit unruhigen Augen in das Wohnungsinnere, konnte aber nichts erkennen, da sich mein Besuch in der Küche aufhielt. Ich wollte schon lügen, dass mir der Zucker ebenfalls ausgegangen sei, da kreuzte Rosa Amalia mit der Zuckerdose in der Hand auf. Also bat ich die Belgierin zähneknirschend herein, stellte ihr Rosa Amalia vor und ging in die Küche, um etwas Zucker für sie zu entbehren. Als ich zurück ins Zimmer kam, saßen die beiden Damen am Tisch und unterhielten sich angeregt über … die Aristokratie.

»Stellen Sie sich vor, die junge Dame ist eine Bentivoglio«, rief meine Nachbarin enthusiastisch in meine Richtung.

»Das weiß ich längst, sie hat sich mir mit Vor- und Nachnamen vorgestellt.«

Frau de Wilde schien meine sarkastische Bemerkung zu überhören und meinte, dass auch sie dem Adel entstamme, und zwar dem flämischen. »Wir sind mit den de Winters verwandt, die am burgundischen Hof präsent waren und dem Habsburger Kaiser Karl V. dienten.« Sie sei eine Marquise und früher auch als solche angesprochen worden. Aber die Zeiten hätten sich geändert, die Aristokratie habe den ihr gebührenden Stellenwert in der Gesellschaft verloren.

Ironisch gratulierte ich ihr zu ihrem Adelstitel und bedauerte den allgemeinen Sittenverfall, insbesondere in Bezug auf die Aristokratie. Dann erinnerte ich sie an den Grund ihres Besuchs und überreichte ihr den Zucker. Sie übersah meinen Hinweis und machte keinerlei Anstalten, meine gute Stube zu verlassen, sondern setzte ihre angeregte Unterhaltung mit Rosa Amalia ungerührt fort. Das gab mit Gelegenheit, sie etwas genauer zu mustern, denn bisher hatte ich sie immer nur im flüchtigen Vorbeigehen wahrgenommen. Brunhilde de Wilde war groß und schlank, hatte hellbraunes Haar, das bis über die Schultern reichte, und braune Augen. Sie trug ein cremefarbenes Kostüm und war dezent geschminkt.

Schließlich verabschiedeten sich die beiden Aristokratinnen und die Marquise verließ meine bürgerliche Wohnung. Rosa Amalia war entzückt über den Besuch von ihrer Adelskollegin und ihre Augen strahlten förmlich. »Was für eine nette Dame und dazu noch von altem flämischem Adel. Ihre Familie stammt aus der Nähe von Brüssel. Auch Pietro stammte aus Brüssel, soviel ich weiß.«

Ich bestätigte, dass der Maler in Brüssel geboren wurde, und zeigte ihr Bücher, wo man einiges über Pieter de Kempeneer nachlesen konnte.

»Dass er später nach Spanien ging, habe ich noch erfahren«, sagte der Spross der Bentivoglios und verlor sich für einige Augenblicke in Gedanken. »Ihr sagt, dass er in Spanien erfolgreich war, erfolgreicher als in Italien. Das ist ihm zu gönnen. Vielleicht war die Änderung seines Namens hierbei hilfreich. Aus Pieter oder Pietro wurde Pedro de Campaña, das klingt echt spanisch.« Nachdenklich fuhr sie fort: »Nach Mamas Beerdigung war er sehr einfühlsam. Er versicherte mir sein Mitgefühl und zeigte große Anteilnahme an meiner Trauer. Ich bin ihm sehr dankbar, dass er mir in meiner schwersten Lebensstunde zur Seite stand. Nach der Beerdigung erschien mir alles unwichtig und weit weg, aber Pietro und verstand meine Verwirrung und baute mich wieder auf.

Mein Vater wirkte um Jahre gealtert und Francesca und ich machten uns große Sorgen um ihn. Er aß nur wenig und trank umso mehr Wein. Ein junger Adliger, der Marchese Bugalli, dessen Vater große Güter in der Toskana besaß, interessierte sich für meine Schwester. Vater war erfreut, denn er meinte, es wäre an der Zeit, Francesca und dann auch mich zu verheiraten. Ein Aristokrat aus der Toskana sei eine gute Partie und die Weingüter in dieser Gegend seien die besten Italiens. Die Familie Bugalli war nicht besonders bekannt in Norditalien, diese Leute waren erst spät in den Adelsstand erhoben worden, aber natürlich durfte man ihren

Reichtum nicht außer Acht lassen. Francesca war nicht glücklich über Vaters Pläne, sie hegte keinerlei Gefühle für den jungen Mann, aber sie wollte unseren Vater nicht kränken und unterhielt sich sehr ausgiebig mit dem jungen Bugalli. Man hatte ihr gesagt, dass die Liebe nicht sofort erscheine, man müsse ihr Zeit geben. Meine Schwester war bereit, ihren Gefühlen viel Zeit zur Entfaltung zu geben, obwohl sie sich nicht vorstellen konnte, wann die Liebe zu kommen gedachte. Uns beiden erschien dieser toskanische Jungaristokrat zwar anmutig und vom Äußeren her interessant, aber in seinem Inneren versteckte sich das Böse, vielleicht der Teufel persönlich. Dieser Arturo erfreute sich daran, Tiere zu quälen, ihnen Schmerzen zu bereiten oder sie aufeinanderzuhetzen. Dasselbe versuchte er mit den Menschen, er intrigierte gegen alle und hatte große Freude, wenn seine Gemeinheiten erfolgreich waren. Da riss sogar meinem Vater, der seine Tochter schon auf einem Gut in der Toskana gesehen hatte, der Geduldsfaden und er legte Arturo die Abreise nahe. Nachdem dieser ungezogene Bursche unseren Palazzo endlich verlassen hatte, konnten wir aufatmen. Aber wer vermutet hätte, dass Vater seine Bemühungen zur Verheiratung seiner Töchter zurückstellen würde, hatte sich getäuscht. Er war nicht von diesem Ziel abzubringen. Er beauftragte den Signore Campopietra, zwei junge und begüterte Heiratskandidaten zu finden. Signore Campopietra war ein erfahrener Vermittler in Sachen Eheanbahnung und seine Dienste wurden gerne in Anspruch genommen, denn er unterhielt ausgezeichnete Beziehungen zu vielen adligen Familien im In- und Ausland. Ich war erschrocken über diese Bemühungen, schließlich hatte ich damals immer noch Pietro im Kopf und ein anderer Mann interessierte mich überhaupt nicht. Aber mit dessen Reise nach Rom waren unsere Gefühle füreinander doch ziemlich erkaltet und hatten sich zu einer freundschaftlichen Beziehung reduziert, was am Ende für uns beide nur von Vorteil war. Vater erklärte mir, dass ein Zusammensein mit einem abgebrannten Künstler nicht standesgemäß wäre und unbedingt zu vermeiden sei.

Eines Tages kam Francesco zu uns und nahm Pietro nach Bologna mit. Er hatte den Auftrag, Dekorationen für die Krönung künstlerisch zu betreuen, dabei sollte ihm Pietro helfen. Das Datum der Krönung näherte sich unaufhaltsam. Ganz Bologna, ganz Italien, der Vatikanstaat und viele Menschen in Europa fieberten diesen Feierlichkeiten entgegen. Man spekulierte, welche berühmten Köpfe der Zeremonie beiwohnen würden. Ich war sehr gespannt auf den Festakt und freute mich auf den Trubel in den Straßen, auf die vielen Menschen, die die Stadt bevölkern sollten. Aber bevor wir in Richtung Bologna aufbrachen, vergingen noch einige Wochen, die mit Vorbereitungen für die Fahrt und unseren Aufenthalt dort angefüllt waren. Mein Vater kontaktierte einen unserer Verwandten in Bologna, um ein Quartier für die Zeit der Krönung zu finden. Seine Bemühungen waren erfolgreich, der Verwandte fand für uns ein kleines Häuschen unweit der Krönungskirche. Die Vorfreude auf das große Ereignis lenkte mich von der Trauer um meine Mutter ab und übertraf alles andere, ungeduldig zählte ich die Tage bis zu unserer Abreise.«

Trauer und Vorfreude im Hause Bentivoglio

Der Tod der Schlossherrin stürzte die Bewohner des Palazzos in tiefe Trauer. Zu ihrer Beerdigung reisten Verwandte und Vertreter der adligen Familien in großer Zahl aus der Umgebung an. Ein Kardinal aus Bologna leitete die Zeremonie. Albertina Bentivoglio, geborene Visconti, wurde in der Krypta beigesetzt. In der Gruft der Kapelle hatten schon viele Vertreter des Geschlechts der Bentivoglio ihre letzte Ruhestätte gefunden, unter anderen Giovanni I., der berühmte Bologneser Herrscher, auf den alle Bentivoglios immer noch stolz waren. Unter den Trauergästen befand sich auch die Marchesa d'Este, welche die hier Versammelten noch als Renée de France kannten. Sogar der Papst ließ durch Mandele seine Kondolenz an Bartolomeo und insbesondere an die Schwester der Verstorbenen ausrichten. Der obligatorische Schmaus fand im großen Saal des Palazzos statt, wo die geladenen Gäste an einem langen Holztisch saßen. Nach der traurigen Eröffnung des Mahls, das mit einer Andacht für die Dahingegangene begann, wurden die Gäste ein wenig heiterer, wozu der gute Wein das Seine beitrug.

Bartolomeo Bentivoglio hatte ein Glas Rotwein vor sich, in das er sich immer wieder nachgießen ließ, und dachte an seine verstorbene Gemahlin. Er hatte sie ehrlich geliebt und ihr trotzdem nicht immer treu sein können. Sie war gütig und gerecht, aber auch kühl und reserviert gewesen. Ihre nüchterne Sturheit war mit den Jahren ausgeprägter geworden, sie hatte Trotz und Kampfeslust gezeigt, aufgeben war für sie ein Fremdwort. Sie hatte ihre Grundsätze und behielt diese bis zum Tode. Er schätzte ihre mentale Stärke, ihre große Ruhe, mit der sie Problemen und Schwierigkeiten die Stirn bot und aus der sie ihre geistige Kraft schöpfte. Er hatte Gewissensbisse, sooft er fremdging, aber gleichzeitig bedeutete das für ihn eine kleine Prise Freiheit. Eigentlich war er sicher, dass sie von seinen Eskapaden wusste, doch sie hatte beharrlich geschwiegen und ihn nie mit ihrem Verdacht konfrontiert. Sie war eine edle

Frau, verständnisvoll, korrekt, nicht immer tolerant, aber sehr oft freigeistig und mit Verständnis für viele menschliche Schwächen. Er war sicher, dass er ihr erster und einziger Mann war, etwas anderes wäre ihm gar nicht in den Sinn gekommen. Sein kurzes Verhältnis mit ihrer Schwester war ein Fehler gewesen, der ihm die Augen für die wahre Liebe geöffnet hatte. Dass er diesen Irrtum nach Jahren noch einmal wiederholte und einige Monate dem verbotenen Glück nachrannte, wollte er lieber vergessen. Wie eine Blume hatte sich ihm diese außergewöhnliche Frau geöffnet und er hatte den Nektar aus ihrer Mitte genossen. Diesen Liebesrausch, dieses körperliche Hochgefühl hatte ihm seine Gattin nicht bieten können. Die beiden Schwestern waren so verschieden wie Tag und Nacht.

Mandele Albero de Mele hatte andere Erinnerungen an Albertina Bentivoglio. Er hatte sie noch als Albertina Visconti gekannt, eine bezaubernde und stolze Dame, die einen berühmten Namen trug. Papst Clemens, der sie als Angehöriger der Medici-Familie ebenfalls kannte, schwärmte im Gespräch mit Mandele von ihrem aristokratischen Gebaren, der Fähigkeit, den Adel gebührend zu vertreten, und auch von ihrer Reserviertheit, die ihr half, Abstand zu allen und allem zu bewahren. »Das war eine außergewöhnliche Frau, Mandele, das dürfen wir nicht vergessen.«

»Und eine Schwester Lucrezias«, lächelte Mandele, »das dürfen wir auch nicht vergessen.«

Die beiden lachten laut und genehmigten sich einige Gläser von des Papstes feinster Mixtur.

Mandele hatte zu Albertina eine ambivalente Beziehung. Sie hatten sich vom ersten Augenblick an gemocht, sie hatten sich in vielen Augenblicken geliebt und waren mit ihrer Liebe glücklich gewesen. Niemand vermutete, dass die frühere Signorina Visconti plötzlich zwei Männer liebte.

Sie gebar dem Geschlecht der Bentivoglios zwei schöne und anmutige Töchter. Mandele ulkte, dass eine von ihnen bestimmt seine Tochter sei, aber Albertina beteuerte entschieden, beide seien von Bartolomeo. Nur sie wusste, dass diese Behauptung nicht stimmte. Nur sie wusste, dass eines der Mädchen auf das Konto der Leidenschaft zu Mandele ging. Dieses Geheimnis nahm sie mit ins Grab und vermied mit diesem Schritt viel böses Blut. Bei Padre Alfonso in Milano hinterließ sie ein Schriftstück, in dem sie erklärte, welche Tochter die wahre Prinzessin Bentivoglio war und welche den Namen de Mele tragen würde, wenn die Wahrheit ans Licht käme. Mandele war sicher, dass niemand von seiner Beziehung zu Albertina wusste, weder ihr Gatte noch ihre Schwester. Keiner der beiden wäre je auf diesen Gedanken gekommen, obwohl sie gelernt hatten, niemandem zu trauen und überall in der Welt das Böse zu erwarten und das Unmögliche als möglich zu betrachten.

Auch für Lucrezia Visconti, die nun Sabatini hieß, war ihre Schwester eine Heilige. Sie sah sich selbst schon in jungen Jahren als das böse Mädchen, wogegen Albertina das Gute verkörperte. Sie war anständig, verständnisvoll und aufrichtig, während es Lucrezia mit Anstand und Aufrichtigkeit nicht so genau nahm. Im Gegensatz zum ruhigen Temperament ihrer Schwester strotzte Lucrezia vor kaum zu bändigender Energie und einem ganzen Feuerwerk an Vitalität, Dynamik und Entschlossenheit. Beide Damen bestachen durch ihre Intelligenz und ihre starke Willenskraft. Was den Umgang mit dem anderen Geschlecht anging, da war zunächst Albertina die Furchtlose, die die Männer als Objekte ihrer Begierde ausmachte. Lucrezia war in dieser Beziehung eher die Schüchterne, die den Blick keusch zu Boden senkte. Aber als sie die Früchte der Liebe genießen durfte, durchlebte sie eine Wandlung, eine wahre Metamorphose. Sie gab ihre Zurückhaltung auf und nahm sich, was sie sich wünschte. Und so begeisterte sie mit ihrem Auftreten und genoss bei den Männern jeglicher Couleur höchste Anerkennung als Frau und Geliebte, während sie diese gleichzeitig das Fürchten lehrte. Albertina dagegen mimte die treue Gemahlin und führte das Leben einer angepassten, anständigen Aristokratin, die über alles erhaben war.

Für Bartolomeo Bentivoglio war der Tod seiner Gemahlin eine weitere Prüfung, die er zu bestehen hatte. Schon ihre schwere Krankheit hatte ihm viel Einfühlungsvermögen abverlangt und war Anlass für eine allmähliche Rückschau auf sein Leben. Dieses hatte neben vielen erfreulichen Höhepunkten auch einige dunkle Momente für ihn bereitgehalten, die er jedoch mit Geschick und Glück meistern konnte.

Auch er musste damals die Stadt Bologna verlassen, denn er hatte aufopferungsvoll und mit großer Loyalität dem letzten Signore Giovanni II. Bentivoglio gedient. Bartolomeo hatte sich zunächst nach Parma gerettet und dann den Palazzo übernommen, auf den er sich nach der Heirat mit Albertina Visconti ganz zurückzog. Hier lebte er unter anderem auch von der Arbeit der Untertanen, die ihm auf diese Weise dankten für den Schutz, den er ihnen gewährte. Die Renovierung des Kastells bot einigen Handwerkern ein Auskommen und er besaß immer noch viele Hektar Wald und Felder, die von untergebenen Bauern und Waldarbeitern bewirtschaftet wurden. Über den großen Fuhrpark mit den vielen Pferden und Gespannen führte zu Beginn Mandele Albero di Mele die Oberaufsicht, später entband ihn der Schlossherr von diesen Aufgaben, denn er hatte etwas Wichtigeres zu tun.

Bartolomeo schätzte an Mandele seine Intelligenz, sein Einfühlungsvermögen und seine Beredsamkeit. Alles, was er sagte, hatte Hand und Fuß, war von präziser Logik untermauert. Mandele wiederum mochte die Rechtschaffenheit und Ehrbarkeit von Signore Bentivoglio. Er war ein Mann mit Prinzipien, die er jedoch in heiklen Angelegenheiten auch mal zugunsten von pragmatischen Lösungen hintanstellen konnte. Mandele war dafür ein sachbezogener, handlungsorientierter und ideologiefreier Mensch, der sich sehr gut an jede Lage anpassen konnte. Beide waren sie dem Schachspiel verfallen, sie spielten unzählige Partien gegeneinander, die oft remis endeten. Die beiden Männer, wiewohl aus unterschiedlichen Gesellschaftsklassen stammend, waren sich freundschaftlich verbunden.

Mandele, der ein geborener Frauenversteher war und die Frauen magisch anzog, konnte auch dem Charme der jungen Signora Bentivoglio nicht widerstehen – und sie dem seinen auch nicht. Das, was vor Jahren begonnen hatte, setzte sich auf Schloss Bentivoglio fort und erst der Tod trennte Albertina von den beiden Männern, die ihre große Liebe waren und denen sie ihre Kinder schenkte.

Rosa Amalia hatte nach dem Tod der Mutter noch weitere Sorgen. Ihre Liebe zu dem flämischen Maler war abgekühlt. Auch Pietros Gefühle ihr gegenüber waren jetzt eher freundschaftlicher Natur, und so bereitete er langsam seine Abreise vor. Zuvor stellte er noch einmal seine Staffelei vor dem Schloss auf und malte vier Bilder von dem Palazzo aus verschiedenen Perspektiven. Zwei davon schenkte er dem Schlossherrn, die beiden anderen nahm er mit, um sie bei Gelegenheit zu veräußern.

Francesca freute sich auf Bologna aus einem Grund, den sie niemandem verriet, auch nicht ihrer Schwester. Sie war aus ihrem religiösen Wahn aufgetaucht, nachdem sie bei der Beerdigung einen Neffen des Marchese d Este kennengelernt und sich in ihn verliebt hatte. Dieser sollte bei der Krönung in Bologna anwesend sein. Rosa Amalia war aber ein feinfühliges, intelligentes Wesen und erkannte schnell, dass sich Francesca verändert hatte. Sie vermutete, auch aufgrund eigener Erfahrungen, dass ihre Schwester ihr Herz verloren hatte. Francescas Auserwählter spürte ihre Zuneigung, scheute sich aber, den ersten Schritt zu machen, ohne seinen Vater um Rat gefragt zu haben. Sein mächtiger, allwissender Vater war vielleicht von der Anbahnung einer Ehe mit einem Mitglied der Familie Bentivoglio weniger erbaut. Eheschließungen dienten in den Adelsfamilien der Absicherung von Herrschaft und der dynastischen Stabilisierung. Obwohl das Haus der d'Este den Bentivoglios freundschaftlich gesinnt war, wäre eine eheliche Verbindung mit ihnen ein gesellschaftlicher Abstieg, denn diese Familie wurde von den anderen Aristokraten nicht mehr als ebenbürtig angesehen. Es waren harte Zeiten für die Sippschaft der Bentivoglios, ihre Höfe wurden immer bedeutungsloser, die materiellen Werte immer weniger, der Fall des einst so mächtigen Hauses schien unabwendbar zu sein. Ihre unglückliche gesellschaftliche und politische Lage war auch dem jungen Mann gegenwärtig, als er die Zuneigung von Francesca spürte und erkannte, dass auch sie ihm nicht gleichgültig war.

Trotz seiner Trauer blieb auch dem Vater der Dame nicht verborgen, dass hier ein Funke zwischen zwei jungen Menschen zur Flamme wurde. Er hoffte natürlich, beide Töchter gut verheiraten zu können, obwohl er ihnen nicht viel Mitgift versprechen konnte. Vielleicht wäre die Familie d'Este mit einigen Hektar beackerter Flächen in unmittelbarer Nähe von Bologna zufrieden. Auch ein paar Hektar brachliegendes Land in der Nähe von Modena könnte er Francesca als Brautausstattung geben. Für mehr würde es nicht reichen. Er hatte aber noch eine Tochter, die auch noch zu verheiraten war. Zum Abgeben des Palazzos konnte er sich nicht entschließen, obwohl dieser keine historische Rolle spielte, eher schon sein Bologneser Pendant, das nun der Stadt Bologna gehörte. Die gute alte Zeit war endgültig vorbei, jetzt kam eine schlechte neue. Wie kann man noch bestehen, dachte er, während er vor dem Fenster seiner Kemenate stand und in den Himmel schaute, als könnte er dort Antworten auf seine Fragen finden. Er wusste, dass er von niemandem Hilfe erwarten konnte. Mandele hatte zwar Möglichkeiten, um zu seinen Gunsten etwas zu bewirken, aber diese waren überschaubar. Auch ihm waren Grenzen gesetzt, er durfte eine unsichtbare Linie nicht überschreiten, sonst würden die Mächte, die im Hintergrund wirkten und alles im Griff ihrer stählernen Hände hatten, ihn eines Besseren belehren. Auch Lucrezias Stellung war nur auf den ersten Blick hervorragend, denn auch sie durfte von der Gnade dieser Mächte nur so lange profitieren, wie man ihre Dienste in Anspruch zu nehmen gedachte. Sie war eine Bauernfigur auf dem steilen, gefährlichen Schachbrett der Diplomatie und ihrer Mutter, der Politik.

Die Meisterspieler auf diesem Schachbrett kannten kein Erbarmen, sie konnten ihre Gegenspieler ganz plötzlich unerbittlich und rücksichtslos attackieren. Diejenigen, die in Bologna das große Spektakel inszenierten, und ihre Verbündeten hatten das Sagen, sie bestimmten die Geschicke Europas und die Schicksale einzelner Familien. Hinter Clemens VII. standen die Macht des italienischen Adels und die Autorität der Kirche. Sein Widersacher Karl V. profitierte von dem Einfluss der Habsburger, von ihren weitverzweigten Verwandtschaften. Diese Verbindungen erlaubten ihm Schachzüge der besonderen Art. Er opferte Bauern, um Königreiche zu erobern, opferte Königreiche, um in Europa die Macht zu haben, auf die das Haus Habsburg seit Jahrhunderten Anspruch erhob. Ein Kaiser des Heiligen Römischen Reiches Deutscher Nation ist eben ein Führer fast aller Länder Europas, er kann dem türkischen Sultan Paroli bieten und die Islamisierung des Kontinents aufhalten. Auf dem Weg zu Ruhm und Macht braucht dieser Führer viele Lucrezias und Mandeles, die ihm behilflich sind. Er braucht List und Diplomatie, Ausdauer und Dreistigkeit. Er muss seine Gegner schwächen, um mit ihnen einen vorläufigen Frieden zu schließen und sie später endgültig vernichten zu können. Solche diplomatischen Spiele und Täuschungen lernte Karl V. schnell und er wusste seine List und Rücksichtslosigkeit richtig einzusetzen. Seine größten Widersacher bekämpfte er mit Zuckerbrot und Peitsche.

Er kannte Mandele und schätzte dessen diplomatisches Geschick und Verschwiegenheit. Trotzdem mochte er den Italiener nicht besonders und er traute ihm auch nicht. Wer so viele gute Beziehungen zu allen Mächtigen des Kontinents unterhielt, war gefährlich, auch für den künftigen Kaiser. Für Geld konnte man alles kaufen, auch einen Mandele. Deswegen hatte er vor, ihn auf das Abstellgleis zu stellen, obwohl er einer seiner besten Verhandlungskünstler war. Am besten wäre es, wenn er gleichzeitig auch Lucrezia aus dem Spiel nehmen könnte, wenngleich auch sie eine feine Diplomatin war und gefährlich, weil klug und einfallsreich. Ihre Weiblichkeit konnte sie stets in ihre diplomatischen Künste einbinden, sie verwirrte damit ihre Verhandlungspartner, wickelte sie um den kleinen Finger und ließ sie, nachdem sie das Angestrebte erreicht hatte, wie Fallobst fallen. Sie konnte so erbarmungslos sein, dass sogar Karl selbst manchmal ein kalter Schauer über den Rücken lief, und das sollte bei einem Mann wie ihm schon etwas bedeuten. Gegenüber Lucrezia erschien ihm seine Gemahlin, Isabella von Portugal, wie ein naiver, verträumter Engel, obwohl es auch dieses Weib faustdick hinter den Ohren hatte. Er war froh, solch ergebene Helfer wie Lucrezia und Mandele zu haben, trotzdem arbeitete er an einem Plan, um die Mitwisser loszuwerden.

Bei dieser Gelegenheit erinnerte sich Karl an seine Jugend, wo er durch eine Frömmigkeitsbewegung, die *Brüder vom gemeinsamen Leben*, geprägt wurde. Der Führer dieser Brüderschaft predigte Frömmigkeit als Lebenshaltung, frönte selbst aber dem süßen Dasein. Als Karl mit dieser Doppelzüngigkeit konfrontiert wurde, verlor er seine Naivität und lernte, niemandem mehr zu vertrauen und auch dem größten Schmeichler mit gesundem Misstrauen zu begegnen. Mit der Zeit verstand er es immer besser, Ränkespiele zu führen und Freunde und Helfer hemmungslos auszutauschen. Mit Skepsis und Vorbehalt gegen alle Alliierten ausgestattet, zog er die Fäden, um seine Ziele mit teuflischer Effizienz zu erreichen. Und sein wichtigstes Ziel war die Kaiserwürde, die nun zum Greifen nahe war.

Rosa Amalias Lebensweg

Ich war fasziniert von Rosa Amalias Geschichte, genauso wie von ihrer Art zu sprechen, sich zu bewegen und auf Neues zuzugehen. Ihr distinguiertes, zurückhaltendes Auftreten, das mir zuerst unangemessen kühl erschien, legte sie allmählich ab, ohne jedoch ihr aristokratisches Gebaren völlig abzustellen. Sie war wirklich ein aufgewecktes Kind, willens, alles in sich aufzunehmen, was ihr wichtig und interessant erschien. Zuerst wurde sie von unseren hochmodernen Errungenschaften fast überrollt und musste in kurzer Zeit den Schock der kulturellen und technischen Revolution bewältigen. Dies meisterte sie durch ihre bemerkenswerte Lebensbejahung. Ich persönlich bewegte mich dagegen seit dieser besonderen Begegnung im Museum wie in Trance. Ich lebte, funktionierte, aß, trank und schlief und konnte doch nicht begreifen, was mir widerfuhr. Meiner Begleiterin auf Zeit ging es wohl ähnlich. Ich stellte mir vor, ich würde plötzlich aus dem 21. Jahrhundert in die Zeit der Renaissance versetzt. Was für einen Schock würde ich erleiden, was für eine Erschütterung durchleben? Pferdekutschen statt Automobile, keine Baukräne, Computer, Handys, kein Gas und kein Strom, keine Feinschmeckerrestaurants, keine ärztliche Vollversorgung, keine Vierzig-Stunden-Woche, kein Urlaub und kein verständnisvoller Arbeitgeber bei Krankheit oder sonstigen Verhinderungen, keine Presse, kein Radio und Fernsehen, keine Raketen und Weltraumsatelliten, keine Flugzeuge am Himmel – und das Schlimmste: kein Internet. Dafür aber ein freier Himmel, in dem nur die Vögel ihre Kreise ziehen und die Könige der Lüfte sind, eine saubere, abgasfreie Luft, gesunde Wälder und Wiesen und kein Verkehrs- und Industrielärm in den Städten. Vermutlich wären die Menschen aber genauso schlecht oder human wie in der modernen Zeit, der religiöse Fanatismus wäre vielleicht nicht viel stärker ausgeprägt und die Politik erschiene so verlogen und heuchlerisch wie in all den Jahren der Geschichte.

Es war vollkommen klar, dass Rosa Amalia da Tausende Fragen

hatte, die ich immer wieder geduldig beantworten musste. Dabei begnügte sie sich nicht mit oberflächlichen Antworten und nichtssagenden Erklärungen, sie bohrte in die Tiefe, bis sie die Zusammenhänge verstanden hatte. Also bemühte ich mich, meine Darstellungen nicht allzu subjektiv ausfallen zu lassen, wenn ich ihr ein Bild von unserer Zeit zeichnete. Ich wollte unsere Welt nicht schlecht machen, aber viel Gutes konnte ich ihr nicht berichten. Ich erzählte von den Kriegen mit immer schlimmeren Waffen, die sogar die ganze Menschheit vernichten könnten. Ich verschwieg ihr die beiden Weltkriege nicht, auch nicht den Holocaust und den Kalten Krieg, der Europa und die übrige Welt in die gefährliche Lage brachte, dass ein falsch verstandener Befehl fast die ganze Menschheit auslöschen könnte. Rosa Amalia hörte fasziniert zu, ab und zu fragte sie nach, verlangte Erklärungen. Nicht immer konnte ich alles rational begründen. Ich konnte zum Beispiel nicht verständlich machen, warum eine Menschenrasse einer anderen das Lebensrecht abspricht und sie unbedingt auslöschen will. Warum die Menschen immer danach streben, andere Menschen zu beherrschen. Warum der Mensch nach immer mehr Reichtum und Einfluss trachtet und sich nicht mit dem begnügt, was er hat.

»Das ist die Natur des Menschen«, antwortete meine Besucherin, »dafür gibt es keine Erklärungen. Der Mensch ist so, dass er stets mehr will. Das unterscheidet ihn von den Tieren, die nach einer guten Mahlzeit zufrieden sind und keine weiteren Bedürfnisse haben.«

Ich musste schmunzeln über ihre philosophische Begabung, über ihr Wissen, das sie immer wieder erweitern wollte. Es war schon atemberaubend, sie bei der Aufnahme von Nachrichten und der Verarbeitung neuer Themen zu beobachten. Sie strebte nach dem letzten Wort im Gespräch, eifrig bemühte sie sich, einer Unterhaltung am Ende ihren Stempel aufzusetzen. Darin unterschied sie sich kaum von Renate, die nach dem gleichen Muster verfuhr.

Rosa Amalia sah mich plötzlich nachdenklich an. »Würdet Ihr Euch freuen, wenn ich für immer bei Euch bleiben würde?«, fragte sie mit ernster Miene.

Ich war perplex. »Was soll ich darauf antworten?«

»Dass Ihr Euch freut, selbstverständlich. Ich überlege ernsthaft, was geschehen würde, sollte ich nicht rechtzeitig im Museum erscheinen.«

»Das würde bestimmt zu einigen Komplikationen führen, die aber sicher zu meistern wären«, sagte ich abwägend.

»Trotzdem glaube ich nicht, dass es eine gute Lösung wäre«, meinte die Dame aus Italien gedankenverloren. Dann gab sie sich einen Ruck. »Ich wollte ja noch mehr über meine Familie und die Ereignisse in Bologna erzählen«, nahm sie den Faden wieder auf. »Der Februar des Jahres 1530 nahte und wir alle bereiteten uns auf das Fest vor. Pietro verließ uns eines Morgens Anfang Februar. Ich weiß noch genau, wie kalt es war. Doch es war ein schöner Tag und Pietro verzichtete auf eine Fahrgelegenheit, er ging zu Fuß, so wie er beim ersten Mal gekommen war, beladen mit seinen Malutensilien und seinen persönlichen Sachen – und mit den Träumen, die er noch hatte. Ich ging hinunter, um mich von ihm zu verabschieden. Es war eine schweigsame Trennung. Wir gaben uns die Hand und schauten uns an, versuchten in das Herz des anderen zu blicken. Aber es war schwer, irgendetwas herauszufinden. Den Schmerz verbargen wir hinter einer ausdruckslosen Miene, unsere Herzen schlugen zwar schneller, aber wir brachten kein einziges Wort heraus. Mit langsamen Schritten entfernte sich Pieter de Kempeneer von unserem Palazzo, den Kopf gesenkt. Langsam verschwand seine Silhouette in der Unendlichkeit des Horizonts. Mit schwerem Herzen und tausend Gedanken stieg ich die Treppen hinauf zu meinem Zimmer und warf mich auf das Bett. Nein, ich weinte nicht, ich war nicht imstande, eine Träne zu vergießen. Aber die Welt erschien mir grau und kalt, obwohl draußen die Sonne schien und keine Wolke den Himmel bedeckte. Ich wusste, dass ich Pietro nicht wiedersehen würde.

Irgendwann verwandelte sich der Schmerz allerdings in Erleichterung. Diese Geschichte mit uns beiden hätte niemals gut ausgehen können. Zwischen uns lagen Welten, die nicht so einfach überbrückt werden konnten. Außerdem wirkte Pietro verbittert, nachdem er aus Rom zurückgekehrt war. Ich glaube, er konnte seinen Misserfolg dort einfach nicht verkraften. Er verlor die Hoffnung, aus dem Kreis der vielen unbekannten Maler hervortreten und einen großen Schritt nach vorne machen zu können. Sein Traum war zu Ende, noch bevor er richtig begonnen hatte.

Ich hatte großes Mitgefühl mit ihm, seine Niederlage tat auch mir weh. Ich besorgte mir eine Feder, Tinte und Papier und versuchte das Erlebte und den Nachhall der leidenden Seele aufs Papier zu bringen. Das war für mich eine wichtige und heilsame Therapie.«

»Also sind Sie quasi eine Kollegin«, scherzte ich.

»Ihr macht Witze, die nicht hierher gehören. Ich schrieb Liebesgedichte, die mein krankes Herz heilen sollten. Das war eine Art von Medizin.«

»War sie auch erfolgreich?«

»Im Großen und Ganzen kann ich das bejahen. Ich gewann Abstand zu den Geschehnissen und die verrinnende Zeit tat ihr Übriges. Außerdem wusste ich, dass mein Vater einen Heiratsvermittler für Francesca und mich eingeschaltet hatte. Es werde sich schon ein Adeliger finden, der mich heiraten wolle, auch mit einer nicht so großen Mitgift, meinte er. Die Liebe komme später, das sei bei ihm und Mama genauso gewesen und auch bei Tante Lucrezia. Manchmal malte ich mir meinen künftigen Gemahl aus und überlegte, ob er blaue oder braune Augen haben würde, ob er groß oder klein, dick oder dünn, intelligent oder einfältig wäre. Ob er Humor haben würde und gutherzig wäre oder grimmig und unbarmherzig. Und ob er aus einer der bekannten italienischen Familien stammen oder aus einem Adelsgeschlecht eines anderen Landes kommen würde.«

»Ein Normalsterblicher, wie Pietro es war, wäre für Sie und Ihren Vater also nicht infrage gekommen?«, fragte ich ein bisschen ungläubig.

»Für mich vielleicht schon, aber für meinen Vater auf keinen Fall. Er werde keine Mesalliance dulden, das hatte er mir deutlich gesagt. Nicht umsonst heißt es: Adel verpflichtet. Die Aristokratie verfügte über mehr Bildung und hatte ein besseres Benehmen, die adlige Etikette. Diese Dinge hatte das Bürgertum meiner Epoche noch nicht verinnerlicht. Es gab selbstverständlich Ausnahmen, manchmal brachten die Bürgerlichen etwas Außerordentliches zuwege, aber die anderen Stände hatten nur Funken der Genialität, die uns angeboren war.«

»Jetzt haben Sie sich aber ganz schön vergaloppiert, meine liebe Rosa Amalia. Ihre Behauptung, die Genialität sei dem Adel angeboren, ist falsch und zeugt von Voreingenommenheit und Standesdünkel. Sicherlich war die Aristokratie durch ihre umfangreichere Bildung eher in der Lage, etwas Bahnbrechendes zu leisten, als das für sie arbeitende Volk, aber die meisten Entdeckungen, wissenschaftlichen Erkenntnisse und Erfindungen gelangen Menschen, die nicht der herrschenden Klasse angehörten. Ob das Kolumbus oder Kopernikus waren, Galilei oder Gutenberg, sie alle entstammten dem normalen Bürgertum. Ich will damit sagen, dass der Adel nicht Besonderes ist, in der Geschichte aber einen herausragenden Platz einnahm.«

»Und aus welchem Grund, meint Ihr, hatte er wohl diese Sonderstellung?«

»Durch den Bildungsvorsprung der Aristokratie im Vergleich zu der übrigen Bevölkerung, durch ihre Allianz mit den Kirchenoberen, durch ihre Privilegien, ihren Besitz und ihren Herrschaftsanspruch. Man förderte die Unwissenheit der Massen und erschwerte ihnen den Zugang zu Bildung, um diesen Vorsprung zu verteidigen. Das ist der wahre Grund für die gehobene Position des Adels, die er mit allen Mitteln verteidigte.«

»Das sind revolutionäre Gedanken, so etwas verbreiten Umstürzler und Feinde unseres Systems.«

»Glauben Sie wirklich, ich befürworte dieses System? Eine Gesellschaftsform, in der die Reichen den Besitzlosen die Luft zum Atmen abdrücken und die Unwissenden ausnutzen? Wo waren denn in Ihrer Epoche die Merkmale der griechischen Demokratie? Die gab es nicht. Die Aristokratie lebte auf Kosten des einfachen Volkes, das für sie schuftete. Das sind die Fakten.«

Mein Gegenüber antwortete nicht, sondern machte eine finstere, beleidigte Miene. Sie sah sehr schön aus mit der neuen Frisur und der modernen Kleidung, trotz ihres pikierten Gesichtsausdrucks.

»Wir streiten uns schon wie ein altes Ehepaar«, sagte ich lächelnd und streckte die Hand aus. »Wieder Freunde?«

Sie konnte nicht lange die Beleidigte spielen. »Wieder Freunde!«, grummelte sie und gab mir ihre Hand. Sie war so warm wie die Hand eines jeden lebenden Menschen, die Kälte aus dem Museum war gänzlich verschwunden.

»Kehren wir doch zu Ihrer Geschichte zurück. Ist es Ihrem Papa gelungen, einen geeigneten Bräutigam für Sie zu finden?«

»Dieses Vorhaben konnte mein Vater nicht zu Ende verfolgen,

es stand doch die Fahrt nach Bologna an. Der Heiratsvermittler bekam zwar den Auftrag, sich in unseren Kreisen umzuschauen, aber das würde dauern, so schnell konnte man keine passende Person finden. Wir hatten jetzt auch andere Dinge im Kopf, die bevorstehenden Krönungsfeierlichkeiten beherrschten den gesamten Alltag. Im Schloss entstand eine emsige Betriebsamkeit. Francesca und ich gaben neue Kleider in Auftrag. Auch Vater wollte nicht hintanstehen und ließ seinen Schneider kommen. Man debattierte über die Geschenke, die wir mitbringen sollten. Außerdem wurde beratschlagt, mit wie vielen Kutschen und Pferden wir die Reise machen würden. Unser ganzer Palazzo befand sich in Aufruhr, selbst diejenigen, die nicht nach Bologna fuhren, waren in heller Aufregung. Durch Boten setzte sich Vater mit dem Verwandten, der den Palazzino für uns zur Verfügung stellte, in Verbindung. Die Stimmung war sehr angespannt, man wusste nicht, was uns erwarten würde, sollte diese Krönung doch nicht zustande kommen und der Kaiser mit dem Papst erneut Krieg führen. Viele unserer Bekannten und Freunde trauten dem Frieden zwischen den beiden Kontrahenten nicht und befürchteten weitere Auseinandersetzungen, Krönung hin, Krönung her. Man vergaß dem Habsburger Kaiser das furchtbare Gemetzel in Rom, den berüchtigten *Sacco di Roma,* nicht. Es waren schließlich die kaiserlichen Soldaten gewesen, die dieses Massaker zu verantworten hatten. Karl V. war sehr stark, seine Macht groß und fast ungefährdet, die des Papstes dagegen nur auf den Kirchenstaat fokussiert. Eigentlich mochte Vater keinen der beiden Antagonisten. Der Papst hatte schließlich dafür gesorgt, dass unsere Familie aus Bologna flüchten musste und die Stadt nur mit seiner Genehmigung betreten durfte. Dem Kaiser traute er jedoch auch nicht über den Weg, er hielt ihn für einen machthungrigen Despoten, der die fixe Idee hatte, ganz Europa unter seine Herrschaft zu zwingen. Ihr bezeichnet ihn als einen Verfechter von Paneuropa, der so etwas wie das vereinigte Europa erschaffen wollte, einen Vorläufer Eurer Europäischen Union. Aber für uns war er nur ein mit Vorsatz und Kalkül zu Werke gehender Monarch, der sich einer fixen Idee verschrieben hatte. Und Clemens VII., der Papst, war nicht viel besser, er verfolgte seine eigenen Ziele, die dem Vatikan nicht viel Ehre einbrachten. Verwickelt in die Intrigen um den Medici-Clan wusste er manchmal nicht, wem er da diente, Gott oder seiner Familie. Er wollte beiden gerecht werden und war damit überfordert. Vater sagte, er hatte es nur Karl zu verdanken, dass er aus dem Exil wieder nach Rom durfte, denn dieser brauchte für ein einziges Mal die Dienste des schwachen Papstes. Er sollte ihn als Stellvertreter Gottes zum Kaiser krönen. Und Clemens tat ihm den Gefallen, denn einen anderen Ausweg hatte er nicht. Wäre er nicht auf diese Forderung eingegangen, hätte das katastrophale Folgen gehabt, denn der Habsburger kannte keine Gnade.«

»Sie sind über diesen Abschnitt der europäischen Geschichte sehr gut informiert«, staunte ich.

»Ich habe diesen *Abschnitt der europäischen Geschichte* hautnah erlebt und ich hörte die Gespräche, die über diese Angelegenheit geführt wurden. Die politische Sachlage war häufig Gegenstand von Unterhaltungen mit allen möglichen Bekannten und Gästen. Insbesondere Annibale Bentivoglio, unser naher Verwandter und Gemahl von Lucrezia d'Este, konnte die politische Situation sehr deutlich und effizient analysieren. Er warnte vor zu großem Einfluss der Habsburger nicht nur in Italien, sondern auf unserem Kontinent schlechthin. Er sah auch die Gefahr für den Kirchenstaat, zu einem Vasall des mächtigen Kaisers herabgestuft zu werden. Das wollte keiner, denn die italienischen Adelsfamilien waren mit dem Papsttum auf besondere Weise verbunden. Als Clemens und Karl in Barcelona ein Abkommen trafen, das dem Habsburger als Dank für seine Dienste gegen die Reformation in Deutschland wieder Einfluss in Italien gestattete, waren alle der Meinung, der schwache Clemens habe sich von dem gerissenen Karl wieder einmal düpieren lassen.«

»Ich würde gerne wissen, warum die Krönung nicht in Rom, sondern in Bologna stattfand.«

Rosa Amalia schaute mich streng an. »Ich dachte, Ihr hättet Euch über die Geschichte Italiens in dieser Zeit so gut informiert? Dann müsst Ihr doch wissen, dass eine Krönung in Rom ganz und gar unmöglich war. Durch die Verwüstungen und Brände war die Stadt am Tiber ihrer repräsentativen Bauten und Kennzeichen der Macht beraubt. In den Gassen lag noch die Asche verbrannter Häuser, über den Dächern schwebte noch der Geruch des Todes. In dieser Stadt des Leidens und des Todes war eine solch monumentale Veranstaltung, eine geschichtlich so relevante Feierlichkeit nicht durchzuführen. Man suchte nach einem geeigneten Ersatz und entschied sich für Bologna.«

Das große Ereignis wirft seinen Schatten

Der italienische Winter ist meist mild, Schnee ist ein eher seltener Gast. So war im Februar 1530 das Wetter in Bologna nicht wirklich kalt, aber der frostige Wind vermittelte den Bewohnern und den vielen Zugereisten, dass der Winter noch lange nicht vorbei war.

Bevor das große Fest beginnen konnte, waren viele Vorbereitungen zu treffen und wie zu erwarten verlief nicht alles reibungslos. Es gab wochenlange protokollarische Verhandlungen, der Kampf ums Prestige wurde von kaiserlicher und von päpstlicher Seite geführt und auf dem Rücken der Stadt Bologna und ihrer Bürger ausgetragen. Die Kosten für die Festivitäten leerten die Kassen der Stadt, die Preise schnellten in die Höhe und es gab Auseinandersetzungen und sogar wilde Handgreiflichkeiten zwischen konkurrierenden Repräsentanten und ihren Gefolgsleuten. Die Spannung im Ort stieg täglich. Die Einwohner freuten sich zwar über die plötzliche Aufwertung ihrer Stadt, mussten aber auch organisatorische Unzulänglichkeiten und Einschränkungen ihres Alltags in Kauf nehmen. Der Ansturm der vielen Besucher war gewaltig und führte schon zu ersten Reibereien zwischen Einheimischen und Fremden.

Unbestritten war der künstlerische Wert des Ereignisses. Maler, Bildhauer, Architekten und andere Künstler versammelten sich am Ort des Geschehens, darunter viele bekannte Namen. Auch Pieter de Kempeneer weilte unter ihnen. Der Künstler aus Flandern bezog durch die Fürsprache Parmigianinos einen Raum in einem Gasthaus nur wenige Meter entfernt von dessen Unterkunft bei dem Sattler Giovanni, der ihm freundschaftlich verbunden war. Von dort war es nicht weit zur Piazza Maggiore und den hier angesiedelten Künstlertreffs. Francesco nahm seinen jungen Kollegen mit zu den Zusammenkünften, was für den Brüsseler von Vorteil war. Denn hier lernte er Sebastiano dell Piombo kennen, ein bekannter italienischer Maler, der ihm eine Arbeit vermittelte. Ausgesuchte Helfer gestalteten unter der Obhut vieler Künstler die Dekoration eines Zeltes, das für die Feier vorgesehen war. Ohne Francesco hätte Pietro nie den Eintritt in den feinen Künstlerkreis gefunden, in dem außerdem so renommierte Künstler wie Dosso Dossi verkehrten, der in einem berühmten Bild Lucrezia Borgia verewigt hatte. Auch dem göttlichen Tizian begegnete er dort, der Pietro sehr reserviert erschien. Es war auffällig, dass weder Tizian noch Parmigianino das Gespräch suchten und sich aus dem Weg gingen. Hans Holbein, ein deutscher Maler, saß am hölzernen Tisch und zeichnete mit Kreide auf ein Blatt Papier. Ganz hinten im Raum saß ein nicht mehr junger Mann vor der kahlen Wand, auf der er versunken in Gedanken einen imaginären Punkt fixierte. Obwohl er so distanziert von allem wirkte, strahlte er intellektuelle Größe aus und wirkte wie eine Respektsperson. Keiner der Anwesenden wagte, ihn zu stören. Dieser Mann war eine Autorität. Einige der jungen Künstler warfen ihm verstohlene Blicke zu, in der Hoffnung, er würde auf sie aufmerksam, aber er schien diese Blicke gar nicht wahrzunehmen. Wie eine Statue saß er reglos da, den Rücken zu ihnen gekehrt, und schien die Welt vergessen zu haben. Francesco flüsterte Pietro zu: »Das ist der große Meister.«

»Wen meint Ihr mit *großer Meister*?«

Parmigianino lächelte verschmitzt und sagte dann leise, aber deutlich: »Der göttliche Michelangelo Buonarroti.«

Nicht nur berühmte und weniger berühmte Maler waren unter den Anwesenden. Francesco zeigte auf einen groß gewachsenen Mann mit dunkelblondem Haar und blauen Augen: »Das ist der Komponist Nicolas Gombert, einer der künstlerischen Begleiter des Kaisers. Er komponierte viele Musikstücke, die alle dem Kaiser gewidmet sind.« Pietro wusste nichts von diesem Mann, obwohl der Musiker ein Landsmann von ihm war. Nicolas Gombert war ein franko-flämischer Kapellmeister, der eine hervorragende Rolle als Sänger in der kaiserlichen Kapelle innehatte. »Vor einem Jahr ernannte ihn der Kaiser zum *Maistre des enfants de la chapelle.* Als solcher ist er Ausbilder der Chorknaben und verantwortlich für deren Erziehung und Wohlergehen. Der Meister ist den Männern mehr zugewandt als den Weibern«, grinste Francesco.

»Ihr meint …?«

»Genau das. Dabei ist er ein Priester.«

»Sind auch nur Menschen«, lachte Pietro und Francesco lachte mit.

»Man sagt, er sei ein Meister in seinem Fach, seine Musikstücke sollen enorme Klangkraft entwickeln. Er soll ein spezielles Werk für die Krönung komponiert haben.« Unvermittelt wechselte Francesco das Thema. »Wie steht es mit Euch und Rosa Amalia?«, fragte er neugierig.

»Genauso wie bei Euch mit Francesca, aus und vorbei.«

»Das kam aber plötzlich.«

»Nach Rom sah ich die Welt mit anderen Augen.«

»Verstehe. Ein Besuch in Rom ändert den Menschen, insbesondere dann, wenn dieser so jung ist wie wir beide …«

Francesco holte eine Karaffe mit rotem Chiantiwein und die beiden Freunde setzten sich an den Rand eines langen Holztisches, wo sich schon die anderen Künstler fröhlich an ihren Weingläsern gütlich taten.

»Warum wohnt Ihr hier eigentlich nicht bei einem Eurer Gönner?«, fragte Pietro seinen Freund.

»Giorgio hat mir auch geraten, mich bei einem Mäzen einzuquartieren, schon aus kaufmännischer Sicht. Aber reiche Gönner sind zurzeit selten und die meisten sind schon ausgebucht. Giovanni kenne ich noch aus Parma, bei ihm habe ich es gut und sein Weib, Maria, kann ausgezeichnet kochen. Ich fühle mich bei ihnen wie zu Hause, obwohl ich fast schon nicht mehr weiß, was ein richtiges Zuhause bedeutet.«

»Aber Ihr seid wenigstens in Eurer Heimat, in Italien. Ich dagegen bin ein Fremder, der hier sein Glück versucht. Mir fehlen meine Eltern und Freunde, Brüssels Straßen und Plätze, meine Heimat. Manchmal fühle ich mich sehr einsam, dann will ich alles stehen und liegen lassen und nach Hause zurückkehren. Aber dann packt mich der Ehrgeiz und mein Stolz verbietet mir, ohne vorzeigbaren Erfolg in die heimatlichen Gefilde zurückzukehren. Nein, ich werde weiter kämpfen. Sollte mir in Bologna kein Glück beschert sein, dann ziehe ich weiter, vielleicht sogar nach Spanien. Madrid, Barcelona, das scheinen mir interessante, vielversprechende Städte zu sein.«

»Ich bewundere Euren Mut, Euch in immer wieder neuen Ländern zu bewähren. Mich zieht es dagegen überhaupt nicht in die Ferne, lieber will ich hier meine Chancen nutzen. Ich habe beschlossen, hier in Bologna ein besonders schönes, dem Anlass entsprechendes Bild des Kaisers zu malen. Ich habe schon damit begonnen, die Idee ist schon geboren«, sagte Francesco und trank seinen Wein.

Auch Mandele Albero di Mele war inzwischen in Bologna eingetroffen und wohnte dort bei einer der angesehenen Familien der Stadt. Die Canetolis waren keine Freunde der Bentivoglios, hatten sie doch zusammen mit anderen Bürgern den letzten Herrscher aus der Familie Bentivoglio zur Flucht aus der Stadt gezwungen, aber Mandele suchte Freundschaft überall und solche Familienfeindschaften waren ihm suspekt und seinem Naturell fremd. Sein diplomatisches Gespür und sein Sinn für Ausgewogenheit und kluge Zurückhaltung öffneten ihm Tore, die für andere geschlossen blieben.

In den Gemächern der Canetolis konnte Mandele in Ruhe über die nächsten Schritte nachdenken. Immer wieder kam es zu Komplikationen und Unstimmigkeiten zwischen den Beteiligten über die stattzufindende Prozedur. Wenn bei einer Angelegenheit Karl zufrieden war, stellte sich Clemens quer. Wenn aber eine Sache die völlige Zustimmung des Papstes erhielt, war der Kaiser streng dagegen. Manchmal erschien Mandele das alles wie ein Wettkampf zwischen zwei kleinen Jungen. Zudem hatte jeder von ihnen eigene Berater, die ihre Oberhäupter an Selbstsucht und Eitelkeit noch übertrafen. Mandele hatte viele Kämpfe zuerst mit ihnen und dann noch mit den Hauptdarstellern austragen müssen, um einen Kompromiss auszuhandeln. Der Papst wollte unbedingt den Anschein von Größe und Unabhängigkeit wahren, obwohl er aus einer ungünstigen Position verhandelte. Der Kaiser, der furcht- und gnadenlos regierte und eigentlich nur selten Zugeständnisse machte, musste auf die Wünsche von Clemens eingehen, um einen Eklat bei der Krönung zu vermeiden. Diese war für ihn das wichtigste Ziel, sie sollte seine derzeitige Macht zementieren und seinen Herrschaftsanspruch dokumentieren. Er musste derjenige sein, der als Interessenvertreter Europas dem Sultan Paroli bot und den Kontinent vor der Herrschaft der Muselmanen bewahrte.

Der Enkel Maximilians wusste von seiner schwierigen Aufgabe. Er musste Europa unter seine Obhut nehmen, um es erfolgreich vor den Osmanen zu verteidigen.

Der Papst wiederum wusste von der großen Verantwortung, die auf seinem Widersacher ruhte. Da war einer gekommen, um das europäische Christentum von den Ungläubigen zu retten. Deswegen mussten alle Provinzpossen, alle lokalen Konflikte beigelegt werden. Dies versuchte Mandele dem Heiligen Vater zu vermitteln, ohne dessen Bedürfnisse und Eitelkeiten außer Acht zu lassen. Das Kunststück der diplomatischen Arbeit war es, die beiden Streithähne von ihrer besonderen Pflicht für Europa zu überzeugen und trotzdem jedem den benötigten Spielraum zu gewähren. Zusammen mit Lucrezia Sabatini war er nah dran, dieses Unterfangen erfolgreich abzuschließen. Diese hatte am französischen Hof versucht, den französischen König trotz seiner Feindschaft mit Karl für eine Koalition zu gewinnen. Die Verhandlungen gestalteten sich sehr schwierig, man feilschte um Nuancen und wollte selbst bei der geringfügigsten Angelegenheit nicht nachgeben. Nach diesen überschaubaren Ergebnissen musste sich die Politik des Kaisers richten. Für Karl wurde klar, dass er Clemens nicht zu viel abverlangen durfte, wenn es gelingen sollte, die politischen Verhältnisse in Italien in seinem Sinne zu ordnen. Immerhin schaffte er es, mit Clemens ein umfassendes Friedens- und Verteidigungsabkommen zu schließen.

Lucrezia Sabatini war stolz auf den zusammen mit Mandele Albero di Mele und anderen Beratern ausgehandelten Kompromiss, tief im Inneren plagte sie jedoch eine heimliche Furcht. Die erfahrene Verhandlungskünstlerin ohne offiziellen Diplomatenstatus traute dem künftigen Kaiser des Heiligen Römischen Reiches Deutscher Nation nicht ganz. Sie betrachtete seine Haltung als gespielt und befürchtete, dass dieser noch eine bittere Überraschung für alle in petto haben könnte. Die von allen Seiten gepriesene Religiosität des Monarchen passte nicht zu den Geschehnissen um seine Person, in die sie als Zeugin involviert war. Nach außen wurde der Kaiser als ein umsichtiger, im Grunde seines Wesens schwermütiger, aber nicht temperamentloser Mensch dargestellt, der gerecht und frei von Lastern sei. Dieses Bild stimmte nicht und Karl wusste das genau, er sah sich jedoch nicht genötigt, es zu korrigieren. Die Völker Europas sollten ihn als einen Herrscher achten, dem ausufernde Lebensgewohnheiten fremd waren und dem das traditionale Ritterideal näher lag als die neue Hofkultur, die in Europa Einzug hielt. Lucrezia wusste, das Karl eigentlich sehr verschlossen war, unnahbar, spröde und nachtragend. Fehlverhalten duldete er kaum und zog unangenehme Konsequenzen nach sich. Ihm einmal zugefügte Kränkungen behielt er ihm Gedächtnis und vergaß sie auch nach Jahren nicht.

Einmal hatte er ihr erzählt, dass er so wie König David sein wolle, dessen Tugend habe ihn beeindruckt. Er gab zu, häufig Psalmen zu lesen, die ihm immer wieder geistige Nahrung geben würden. Seinen Traum, die Universalmonarchie einzuführen, verfolgte er mit faszinierender Beständigkeit, und manchmal bezeichnete er sich als den *ersten Fürsten der Christenheit*. Der selbst ernannte Schutzherr der Christenheit, der seine Idee der *monarchia universalis* unbedingt zu verwirklichen gedachte, musste früher oder später mit dem geistlichen Schutzherrn der Christenheit zusammenstoßen. Dieser, in Person von Clemens VII., war von Karls Idee naturgemäß nicht besonders angetan. Nicht nur er, sondern auch andere Herrscher bekundeten ihr Unverständnis und Befremden, als sie von den Zukunftsplänen der *Lichtgestalt Europas* hörten. Seine Berater rieten dem Kaiser davon ab, solche Ausdrücke zu verwenden, um nicht alle europäischen Herrscher gegen sich aufzubringen. Für Lucrezia war die Aufgabe, dem Kaiser mit Rat zur Seite zu stehen, eine schwere, aufreibende und anstrengende Arbeit. Sie musste dem Herrscher Respekt und Hochachtung entgegenbringen, zugleich jedoch ihn zu lenken versuchen, was nicht immer von Erfolg gekrönt war. Der Alterunterschied zwischen ihnen machte es ein wenig leichter, denn mit jungen Männern konnte sie sehr gut umgehen. Dabei setzte sie hemmungslos ihre Waffen einer besonderen Frau ein, um ihr Ziel zu erreichen.

Auch Clemens war ihren Waffen fast hilflos ausgeliefert. Ihn kannte sie schon, als er noch nicht zu einer geistlichen Karriere entschlossen war und die weltlichen Genüsse entsprechend ausgekostet hatte. Clemens war einfacher zu beeinflussen als Karl oder der französische König Franz. Diese hatten ein individuelles Charisma, das dem Heiligen Vater fehlte. Ihr schwierigster Fall war aber ihr Kompagnon und Freund Mandele Albero di Mele. Er schien immun gegen ihre Intrigenspiele zu sein, er war imstande, ihre Pläne zu durchschauen. Er war intelligent und ein schlauer Beobachter des täglichen Lebens, einer, der schnell Freundschaften schließen konnte und auch in der Lage war, Beziehungen, die ihm suspekt erschienen, zu beenden. Er wirkte auf sie wie ein Magnet, der alles in seiner Nähe zu sich zieht. Sie konnte und wollte ihm nicht entkommen, sie brauchte diesen männlichsten aller Männer, denn sie erkannte in ihm einen Geistesverwandten.

Bartolomeo Bentivoglio und seine Töchter Francesca und Rosa Amalia erwartete in Bologna eine anstrengende Zeit mit vielen gesellschaftlichen Anlässen und Begegnungen mit Menschen aus ganz Europa. Welche prominenten Gäste bei der Krönung zugegen sein würden, konnte man nur vermuten. Auf alle Fälle hatten sich Vertreter der edelsten Familien Italiens angesagt, also die Sforza, de Medici, Borgia, Visconti und d'Este. Da der Papst aus der Familie Medici stammte, würde diese mit Bestimmtheit besonders honoriert werden. Bartolomeo Bentivoglio konnte von solcher Ehre nur träumen, er spürte deutlich, dass seine Stellung im italienischen Adel nicht die stärkste war.

Die beiden Schwestern freuten sich sehr über ihren Aufenthalt in Bologna und waren gespannt auf das große Ereignis. Rosa Amalia stand am Fenster und blickte auf eine Gasse, die ganz im Sonnenlicht stand und an deren Ende sie unscharf, weil durch die Sonne geblendet, die Konturen einer Kirche erahnte. Und als die Glocken die Mittagszeit einläuteten, schlug ihr Herz etwas schneller und sie verspürte einen Augenblick des unverhofften reinen Glücks. Sie schaute sich im Zimmer um. An den Wänden hingen Bilder von ihr unbekannten Personen sowie ein Kupferstich der Stadt Bologna. Es war ein alter Stich, künstlerisch wertvoll und mit Liebe gemacht. Von der Decke hing ein mit weißen Kristallen bestückter Kandelaber und ein Kamin sorgte für Gemütlichkeit und Wärme. Die Funken sprangen von dem brennenden Holz auf den steinernen Boden und Rosa Amalia schaute eine Zeit lang diesem Schauspiel zu. Sie dachte nach über die Zufälle im Leben, den Tod ihrer Mutter, die unglückliche Romanze mit dem jungen Maler, die bevorstehende Krönung und die Frage, was die Zukunft bringen würde. Mit Gottes Hilfe würde sie schon alles meistern, den richtigen Mann fürs Leben finden, Kinder haben und sie standesgemäß erziehen.

Plötzlich war eine Glocke zu hören als Zeichen, dass das Mittagsmahl im Speiseraum serviert wurde. Sie machte sich schnell fertig und frohen Mutes verließ sie das Zimmer. Das Abenteuer konnte beginnen.

Die Ereignisse aus der Sicht einer Dame

An dem Tag, bevor Rosa Amalia ins Museum zurückkehren sollte, wirkte sie ein wenig bedrückt. Als ich sie nach dem Grund fragte, gestand sie zögernd, dass sie gerne hierbleiben und mit den modernen Menschen leben würde. Sie stehe gerne am Fenster im Wohnzimmer und beobachte den Garten und das Treiben auf der Straße. Sie sehe den Menschen bei ihren Besorgungen zu und wie sie ihrer Arbeit nachgingen. Obwohl sie es immer eilig hätten und auch die Kinder ein stressiges Leben führten, könne sie sich vorstellen, hier zu leben und das Tempo und den Rhythmus des modernen Alltags aufzunehmen. Sie liebe die Natur, jede Jahreszeit vermittle ihre eigene Stimmung, sie sei früher oft über die Felder gelaufen und habe die Bauern bei der Arbeit beobachtet. Mutter Natur habe besondere Kräfte, die der Mensch mit Umsicht nutzen könne. Aber auch das Leben in der Stadt habe seine Reize. Mit dem kleinen Garten hier vor meinem Fenster hätte ich beides, Naturlandschaft und städtisches Ambiente. Das gefalle ihr sehr.

Rosa Amalia war ein eher ernstes Mädchen, aber das hieß nicht, dass sie keinen Humor hatte. Im Gegenteil, sie besaß eine besondere Art von Humor: schlagfertig und scharf. Nicht immer waren ihre Scherze tiefgründig, aber sie besaß die Gabe, einfache Themen treffend zu erleuchten. Sie hatte die Begabung, spannend und klug zu erzählen, es machte Spaß, den Berichten aus ihrer Zeit und ihrem Leben zu lauschen. Ihr italienischer Akzent war wie Musik in meinen Ohren und ihre sprachlichen Anachronismen machten ihre Darstellungen nicht nur interessant, sondern fügten eine feine Prise Humor hinzu. Obwohl sie die deutsche Sprache nur von den Dialogen und Gesprächen aus dem Museum kannte, beherrschte sie diese erstaunlich gut, was von ihrer ausgeprägten Sprachbegabung zeugte.

Ich freute mich deshalb, als sie mit der Geschichte von ihrem Bologna-Aufenthalt fortfuhr.

»Wir waren im Morgengrauen losgefahren und in der Dämmerung sah die Natur fremd und gefährlich aus. Die Bäume erinnerten mich an gespenstische Riesen, die bedrohlich zu uns herabblickten. Aber bald wichen die Gespenster der Nacht zurück und die ersten Sonnenstrahlen kletterten über den Horizont und wärmten uns auf der weiteren Reise. Bologna empfing uns mit kaltem Wind. Überall waren Menschen, denen man ansah, dass sie hier fremd waren. Die meisten hofften auf ein wenig Fortune und träumten davon, hier das große Los zu ziehen.

Unser Verwandter hieß uns in seinem Palazzino willkommen und seine Haushälterin zeigte uns unsere Zimmer. Später machte mein Vater mit uns einen Spaziergang in der Stadt. Auf den Straßen waren viele Menschen unterwegs, es herrschte eine fröhliche Atmosphäre. An fast jeder Straßenecke spielten Musikanten und verschiedene Künstler und Artisten zeigten ihre Fähigkeiten. Auch ein Poet rezitierte seine Liebesgedichte und ich meine, er sah sogar Eurem Freund Isidor ähnlich. Er deklamierte sehr schön und außer dem verdienten Beifall bekam er einige Münzen, darunter etliche Goldmünzen. Auch wir warfen ein wenig Geld in den alten Hut, den er unter den Zuhörern kreisen ließ.«

Ich musste lachen. »In dieser Rolle kann ich mir unseren Freund kaum vorstellen. Die Zuhörer auf der Straße würden seine komplizierte Lyrik auch kaum verstehen. Der liebe Isidor ist nämlich verliebt in die besonders komplexe Dichtkunst, eingängige, rhythmische Verse mit leicht verständlicher Aussagekraft sind nicht so sein Ding.«

Auch Rosa Amalia fand die Vorstellung amüsant. Lächelnd erzählte sie weiter: »In der Nähe der Kirche Santa Maria della Vita an einer Ecke unter den Arkaden verfolgten wir eine richtige Theatervorführung mit Gesang und Tanz. Es war sehr anmutig und lustig, es handelte sich um eine Geschichte voller Verwechslungen, von der Liebe zwischen einer reichen Dame und ihrem Diener. Schließlich betraten wir die Kirche, denn Vater wollte uns die *Beweinung des toten Christus* zeigen, eine Skulpturengruppe von Niccolo dell'Arca. Seine Terrakotta-Figuren in dieser Kirche waren bekannt und äußerst eindrucksvoll.

Als wir den Palazzo del Podesta erreichten, konnte ich das Kribbeln in meinem Körper deutlich spüren. Ich glaube, es ging uns allen dreien so, insbesondere aber meinem Vater. Er kannte diesen

Komplex sehr gut, denn er hatte einige Zeit in dem monumentalen Bauwerk verbracht, als unsere Familie hier noch das Sagen hatte. Unser großer und ehemals mächtiger Vorfahr Giovanni II. Bentivoglio regierte von diesem Palazzo aus die Geschicke der Stadt und der ganzen Region. Schon von weitem sahen wir den Torre dell'Arengo, der die größte Glocke der Stadt beherbergte, die bei wichtigen Ereignissen oder Notfällen ertönte. Vater erzählte uns, dass man von seiner Spitze die Ausläufer des Apennins sehen konnte, wenn das Wetter mitspielte, und auch die beiden Flüsse Reno und Savena, die die Stadt umarmten, seien sehr gut zu sehen.

Vorbei am Palazzo Re Enzo, welches nun auch als Lager für die Kriegsmaschinen der Stadt diente, führte unser Weg zum Palazzo d'Accursio, wo Vater uns auf ein weiteres Meisterwerk des Bildhauers Niccolo dell'Arca aufmerksam machte. Das Terrakotta-Relief der *Madonna di Piazza* war ein wirklich imposantes und mit vielen Details versehenes Glanzstück, das die Frontfassade des Palazzos schmückte. Die Madonna wirkte sehr lebendig, ich hatte den Eindruck, sie würde sich alsbald von der Fassade lösen und zu uns auf die Erde kommen.

Überall wimmelte es von Menschen. Die meisten liefen orientierungslos durch die Gassen, überwältigt von der Größe und der Schönheit dieser Stadt, ergriffen von den imposanten Palästen und Türmen, den zahlreichen Gotteshäusern, von der Atmosphäre, die hier herrschte. Jeder von uns spürte die Besonderheit dieser Tage, die Tragweite des bevorstehenden Ereignisses, die historische Bedeutung. Die Kirchen probten für den großen Tag, eine nach der anderen ließ ihr Glockenspiel erklingen, das steigerte noch die festliche Stimmung. Die Menschen waren aufgeregt und frohen Mutes, ruhelos zogen sie von einem Ort zum anderen in Erwartung des bevorstehenden Ereignisses. Diese fiebrige Atmosphäre ergriff auch unsere Dreiergruppe. ›Ein epochales Ereignis wirft seinen Schatten‹, sagte mein Vater mit ernstem Gesicht. ›Sicherlich wäre es angenehmer, wenn unsere Familie in ihrer früheren Bedeutung als Regenten an dieser Zeremonie teilnehmen könnte, aber die Marschroute der Geschichte hat ein anderes Schicksal für uns bestimmt. Wir müssen die neuen Verhältnisse akzeptieren und das Beste daraus machen.‹ Die meisten der weit über unser Land verstreuten Familienmitglieder hofften noch auf bessere Zeiten, machten aber nicht viel, um ihre Lage zu verbessern. Hoffen und Warten bringt jedoch nur selten eine Wende zum Besseren. Man wähnte sich immer noch als Adelsfamilie von Bedeutung und baute mit stolzgeschwellter Brust auf die Verdienste der Vergangenheit. Die Gegenwart aber war eine andere. Statt Gastgeber der hierher strömenden Menschen zu sein, waren wir zu Gästen degradiert, noch dazu zu nicht willkommenen und nur dank der Fürsprache von Lucrezia und Mandele zur Krönung zugelassenen.

Unser Weg führte uns weiter zur Kirche San Petronio, dem größten Gotteshaus Bolognas. Diese Kirche ist dem Schutzpatron der Stadt, dem heiligen Petronius, geweiht, der in der antiken Zeit Bischof in dieser Stadt war. Auch hier begegneten uns wieder viele Menschen, manche lagerten vor dem Gemäuer. Der Eingang zur Basilika war versperrt. In dieser Basilika befanden sich Kunstwerke vieler Meister, auch Werke unseres Freundes Francesco de Mazzola, besser bekannt unter dem Künstlernamen Parmigianino. Hier sollte die Krönung stattfinden. Wir fanden es schade, die Basilika nicht besuchen zu können, aber zeigten Verständnis für die Arbeiten, welche die reibungslose Zeremonie vorbereiten sollten. Die Kirchen, öffentlichen Gebäude und auch Privathäuser wurden feierlich dekoriert, jedes Haus sollte dem Anlass entsprechend geschmückt sein. Überall sah man Arbeiter und Künstler, die Hausfassaden verzierten. Bilder von den Hauptakteuren und religiöse Motive verbanden sich mit den frommen Wünschen ihrer Schöpfer. Unter den Künstlern, die etwas Originelles für diesen festlichen Akt schaffen wollten, befand sich mutmaßlich auch Pietro. Aber das ging mich nun nichts mehr an.«

Ich wollte ihren Worten nicht ganz glauben. »Haben Sie sich wirklich nicht mehr für Pietro interessiert?«

»Schon, aber nur so, wie man sich für einen Bekannten interessiert. Unsere Gefühle füreinander waren langsam und kontinuierlich erloschen und jetzt nur noch freundschaftlicher Natur. Mein Vater hatte recht, ich sollte bald heiraten, schließlich war ich im heiratsfähigen Alter und eine Ehe könnte noch eine gute Partie für unsere Familie werden. Aber ich war die Zweitgeborene, vor mir musste Francesca ihren Liebsten finden. Es gab genug adelige charmante und kluge Männer, die nach einer Prinzessin suchten. Und wir waren immer noch Aristokratinnen, die den anspruchsvollen Idealen dieser Edelmänner und ihrer Familien gefallen konnten. Aber es ging nicht nur um das Aussehen, den Charme und die Liebe. Es ging um das Vermögen, um strategische Fragen, um Politik. Wenn Politik im Spiel ist, verblassen alle anderen Kriterien, die tatsächlichen Wünsche der Betroffenen bleiben außer Acht. Wenn es um Allianzen geht, wird mit kaltem Kalkül verhandelt. Ich war also zum Warten verdammt und fügte mich der damaligen Sitte. Es gab auch noch die Möglichkeit, in ein Kloster zu gehen und eine Nonne zu werden. Ich muss gestehen, dass ich ab und zu daran gedacht habe, aber es waren nur Gedankenspiele und diese vergaß ich auch schnell wieder. Ich war jung, ich wollte lieben und geliebt werden. Manchmal dachte ich an Tante Lucrezia, die sehr früh ihren Gemahl, den Kaufmann Sabatini, verloren hatte und nicht mehr heiratete. Trotzdem genoss sie überall Ansehen. Ich weiß nicht, ob sie sich je noch einmal mit dem Gedanken an eine Heirat auseinandersetzte, aber ich war sicher, dass sie dann den richtigen Mann finden würde. Doch sie strahlte eine gewisse Kälte aus, die vielleicht die Männer zu Respekt zwang und ihre Absichten hemmte.«

Das Fest der Krönung

Karl schaute durch das Fenster der Kemenate, die ihm während den Krönungsfeierlichkeiten als Schlafraum dienen sollte. Sein Bologneser Domizil war von einer dicken Steinmauer umgeben, die auch einen von Obstbäumen beschatteten Garten umschloss. Der Herrscher über halb Europa vernahm das Zwitschern der Vögel in den Bäumen und das Plätschern des Wassers in dem vor dem Haus gelegenen Brunnen. Hinter einer Laube befand sich ein wassergefülltes Zierbecken, in dem das Dickicht der Seerosen zu erkennen war. Überwölbt war diese Idylle von einem azurblauen, wolkenlosen Himmel, der auch für die nächsten Tage schönes Wetter erwarten ließ.

Der Anwärter für die Kaiserkrone war mit der Lage der Dinge zufrieden. Er hatte erreicht, was er zu erreichen wünschte. Eigentlich hatte er sich eine eher schlichte Zeremonie vorgestellt, aber seine Berater hatten noch ein wenig weiter gedacht. Zum Zeichen der endgültigen Aussöhnung zwischen weltlicher und geistlicher Autorität sollte ihn Clemens zunächst zum König von Italien krönen und ihm erst danach mit großem Zeremoniell und unter reger Beteiligung der Bevölkerung die kaiserliche Krone aufsetzen. Damit würde er die tiefe Bindung des Kaisertums an die römische Kirche dokumentieren. Der Tag dieses krönenden Abschlusses war zudem sein dreißigster Geburtstag.

Mandele und ein anderer Berater, Gattinara, ein kluger und umsichtiger Kanzler, hatten Karl in seiner moderaten Haltung gegenüber dem Träger der Papstkrone bestärkt. Ein kirchenpolitischer Kampf zwischen die beiden Schutzherren der Christenheit würde die Lage nur verschärfen und wäre nicht im Interesse des Kaisers. Man hatte den Papst auf eine moderate Art und Weise zum Einlenken bewegt, und deshalb konnte Karl nun entspannt vor dem Fenster stehen und sich an dem Ausblick ergötzen. Er war bestens in die katholische Gemeinschaft integriert, seine starke Anbindung an die Institution der Kirche war für jeden offenkundig. Zwar beanspruchte er eine herausragende Stellung in dieser Glaubensgemeinschaft, war aber so klug und so hervorragend beraten, dass er offiziell keine unbegrenzten Herrschaftsrechte forderte. Er ließ dem Papst seine päpstlichen Aufgaben, ohne das große Ganze aus den Augen zu verlieren. Mit Schaudern erinnerte er sich an die zähen Verhandlungen, die diese Zeremonie erst möglich machten. Man einigte sich auf die Befriedung Italiens unter päpstlicher und kaiserlicher Führung. Der Kaiser, so hieß es im Vertrag, nehme sein Amt als Beschützer der Kirche und Haupt der christlichen Republik wahr. Für alle europäischen Herrscher und ihre Völker würden der Papst und der Kaiser die beiden Gestirne bilden, aus deren Zusammenwirken Frieden und Erholung für Italien erwachsen sollte.

Als er so am Fenster stand und an den bevorstehenden Festakt dachte, kam ihm eine spontane Idee. Und was ein Kaiser ersann, das wurde auch gutgeheißen und verwirklicht. Er schickte nach Mandele, jedoch weilte der Berater nicht im Hause, daher ließ Karl nach ihm suchen.

Mandele Albero di Mele befand sich in diesem Augenblick in einer ganz anderen Residenz, wo er eine Privataudienz mit der Baronin von Bergen hatte. Sie war extra aus dem fernen Deutschland nach Bologna gekommen, um der Krönung beizuwohnen. Ihr Gemahl, ein deutscher Aristokrat, der in Sachsen Herrscher über Tausende Hektar Land war, konnte wegen seines Rheumas nicht mitfahren, also reiste die Baronin mit dem Segen ihres Ehemanns allein. Sie war ziemlich erschöpft von der Reise in Bologna angekommen, was sie jedoch nicht daran hinderte, gleich nach der Ankunft ihre Dienerschaft nach Mandele suchen zu lassen. Man hatte ihn in einem Künstlersalon in der Nähe des Palastes del Podesta aufgestöbert, wo er mit Tizian über die Malerei fachsimpelte. Als er vom Eintreffen der Dame erfuhr, entschuldigte er sich eilends bei seinem Gesprächspartner und lief flink wie ein Windhund zu der angegebenen Adresse, wo die Baronin ihn sogleich empfing. Die Wiedersehensfreude war so groß, dass sie den ganzen Tag und die folgende Nacht anhielt.

Die Baronin von Bergen trug diesen Namen noch nicht lange, vor der Heirat mit dem deutschen Baron hieß sie Comtesse Veronique de Acre Pierre. Ein Verwandter hatte die Ehe angebahnt, was ihrer Liebe zu Mandele aber keinen Abbruch tat. Veronique war gerne Baronin von Bergen, aber noch lieber war sie bei Mandele, den sie abgöttisch liebte und dem sie fast schon hörig war, was der alte Frauenheld sichtlich genoss.

Wie ihn Karls Leute bei der Comtesse, die jetzt Baronin war, gefunden hatten, konnte sich Mandele nicht erklären. Er wusste, dass Karl überall seine Spione hatte, aber dass er ihn oder die Baronin oder sogar sie beide beschatten ließ, das konnte und wollte er sich nicht vorstellen. Der Abschied von Veronique war kurz und heftig und gleich darauf saß er in einer Kutsche, die ihn zu Karls Domizil brachte.

Der Kaiser war guter Laune und gedachte mit Mandele zu scherzen. »Ihr seid ein Frauenkenner, Mandele«, lobte er ihn ironisch. »Die Baronin von Bergen ist eine äußerst attraktive Dame. Die von Bergen sind ein altes Adelsgeschlecht, mein Großvater Maximilian ist früher mit dem alten Baron auf die Jagd gegangen. Übrigens sind auch die Acre Pierre mit den Habsburgern verbunden. Ein Vorfahr dieser französischen Adelsfamilie heiratete eine Habsburgerin, aber das sind wirklich sehr entfernte Verwandte. Ich habe Euch jedoch wegen einer anderen Sache rufen lassen. Ich habe die Absicht, mich unter das gemeine Volk zu mischen, um dessen Stimmung zu erfahren. Mich interessiert, was die Menschen reden, wie sie zum Papst und zu mir stehen. Was meint Ihr dazu, Mandele?«

Schnell überlegte dieser, was für eine Antwort von ihm erwartet wurde, dann sagte er mit einem geheimnisvollen Lächeln auf den Lippen: »Das ist eine feine Idee. Es kann aufschlussreich sein, den Puls des Volkes zu fühlen und seine Meinung zu hören. Um Eure Sicherheit müsst Ihr Euch dabei nicht sorgen, Ihr habt schließlich ausgezeichnete Wachleute, die Euch vor jeglichen Gefahren zu schützen wissen. Ich rate Euch, eine Kapuze über den Kopf zu ziehen, dann werdet Ihr nur schwer zu erkennen sein.«

»Ich hoffe nur, dass der Papst nicht auch auf eine solche Idee kommt«, grinste Karl. »Aber das kann ich mir kaum vorstellen, das würde er nie machen. Das geziemt sich doch seiner Meinung nach nicht.« Der Kaiser lachte voller Vorfreude, schon der Gedanke an sein Possenspiel machte ihm riesigen Spaß.

Der Oberst des kaiserlichen Regiments stellte zum Schutz des Herrschers zwei erfahrene Soldaten ab, die schon Erfahrungen in früheren Einsätzen sammeln konnten. Mehr als zwei Bewacher wollte der Kaiser nicht haben, wozu der Regimentsleiter sofort einwilligte, wissend, dass man dem Kaiser nur schwer widersprechen konnte, oder besser gesagt nicht durfte. Hinter dessen Rücken kommandierte er aber noch sechs weitere Soldaten ab, um die kaiserliche Unversehrtheit zu gewährleisten. Diese sollten sich in ziviler Kleidung in der Nähe des Monarchen aufhalten und ohne großes Aufsehen alles beobachten. Auch er selbst würde sich mit einem kleinen Kommandostab, selbstverständlich ebenfalls in ziviler Kleidung, in der mittelbaren Nähe des Oberhauptes befinden und die ganze Sache koordinieren. Mandele wäre an der Seite des Kaisers und sollte seine Beobachtungen den Leibwächtern melden. Die ganze Maskerade nahm viel Zeit in Anspruch, dann aber sah der Kaiser nicht mehr wie ein Kaiser aus, sondern wie ein begüterter Bologneser Bürger oder ein Besucher, der von weit her gekommen war. Auch seine Leibwächter wirkten wie normale Bürger. Nur Mandele brauchte sich nicht zu verkleiden, kaum einer würde ihn hier erkennen, und wenn doch, dann hätte er nichts zu verbergen. Von seiner Arbeit für Karl wusste fast niemand, Lucrezia vielleicht ausgeschlossen.

So gingen sie alle auf die Straße und mischten sich unter das Volk. Karl genoss sichtlich die Nähe zu den Menschen, ohne gleich überschwänglich zu werden. Ebenso wie Mandele beobachtete er genau, was um sie herum geschah. Obwohl sich die Menschen wie Ameisen unaufhörlich und scheinbar planlos in alle Richtungen bewegten, steuerten sie zweifelsfrei vorher gewählte Ziele an. Trotz des Durcheinanders, des Gedränges und der dadurch erzeugten Hektik lag eine schwere Ruhe über der Stadt. Es war eine Ruhe voller Anspannung, voller Erwartungen, die Stille vor dem großen Ereignis der Krönung. Aber man spürte bereits einen Hauch Ungeduld, eine mit großen Erwartungen aufgeladene Atmosphäre. Karl fragte einige Passanten, was sie von der Krönung hielten, und nicht immer erhielt er eine wohlgesonnene Antwort. Mancher der Gefragten warf dem Monarchen machthungrige Ambitionen vor. »Heute Italien, morgen Frankreich, übermorgen ganz Europa.« Andere waren voll des Lobes für den emsigen Kaiser und wünschten ihm noch viele Erfolge. Die meisten aber hatten keine persönliche Meinung und waren nach Bologna gekommen, um den ganzen Rummel für Geschäfte zu nutzen, um etwas Geld zu verdienen, etwas zu kaufen oder zu verkaufen. Niemand erkannte in dem Fragenden den künftigen Kaiser des Heiligen Römischen Reiches Deutscher Nation. Die aufmerksamen Wachleute verrichteten ihren Dienst mit stoischer Geduld, der Regimentsleiter im Hintergrund hatte nicht viel zu tun.

Karl und seine Gruppe näherten sich der Piazza Maggiore, dem Mittelpunkt der Stadt, um den viele wichtige Gebäude positioniert waren. Auch hier hielten sich eine Menge Menschen auf. Einige Künstler, der Poesie verschrieben, deklamierten ihre Gedichte, andere spielten Theater, wieder andere malten auf der offenen Bühne, welche die Stadt darstellte. Zu solch einem Künstler, der ein Bild von der überbevölkerten Piazza Maggiore zeichnete, begab sich Karl. Der Maler war so in seine Arbeit vertieft, dass er den neben sich stehenden Beobachter nicht wahrnahm.

»Guter Mann, was malt Ihr da?«, fragte der Kapuzenträger. Erst jetzt bemerkte der Künstler sein Publikum und drehte sich um. Es war ein junger Mann, der ein Stück Kohle in der rechten Hand hielt. Auf dem Bild konnte man die noch unfertige Skizze von dem Platz und seinen Bauwerken sehen. Auch die herumziehenden Menschen waren verewigt. Der Maler erklärte, dass er den Platz abbilde und das Leben, das hier stattfinde. Dann wolle er einen bemittelten Mäzen suchen, der ihm sein Gemälde abkaufen könne. Der Künstler sprach ein auffallend hartes, lückenhaftes Italienisch und auf Nachfrage bekannte er, dass er Flame sei und aus Brüssel stamme, woraufhin sein Gegenüber plötzlich ins Flämische wechselte. Auf die Frage des Malers, woher er so gut Flämisch spreche, wollte der Kapuzenträger aber nicht eingehen. Er versprach jedoch, dass er sein fertiges Bild der Piazza Maggiore erwerben werde. Er wies Mandele an, den Maler aus Flandern zur Krönungsfeier einzuladen und ihm für das Kunstwerk eine *übliche Summe* zu bezahlen. Mandele lächelte verstohlen, denn er hatte Pieter de Kempeneer natürlich sofort erkannt. Pietro hingegen war so verblüfft über die Einladung zur Krönung und die Aussicht auf den Verkauf des Bildes, dass er nicht realisierte, wer seine Gesprächspartner waren.

Nach dieser Begegnung zog die kleine Gruppe weiter, um die Krönungsstätte in Augenschein zu nehmen. Die Kirche San Petronio verdankte ihren Namen dem heiligen Petronius, welcher der Legende zufolge die Stadtgrenzen mit vier Kreuzen absteckte. Diese waren in der Kirche untergebracht und noch zu sehen. Karl wollte sich selbst überzeugen, ob diese Legende auf Wahrheit beruhte, und so wandten sie sich nach Süden und passierten auf ihrem Weg zur Kirche den Palazzo d'Accursio, wo der Rat der Stadt beherbergt war. In einem seiner Säle sollte Karl am morgigen Tag die *Eiserne Krone der Langobarden* in Empfang nehmen, ein Zeichen des Königs von Italien. Als sie sich durch die Menschenmenge gekämpft und San Petronio erreicht hatten, erlebten Karl und seine Begleiter, was es heißt, ein normaler Bürger zu sein. Man verweigerte ihnen schlicht den Zugang zum Gebäude. Um nicht enttarnt zu werden, beschloss Karl den Rückzug. Dabei stießen sie plötzlich auf eine Gruppe von Pilgern mit Kapuzen, die von den Wachposten der San Petronio Kirche ebenfalls zurückgewiesen wurden. Einer der Kapuzenmänner, der durch seine dunkelrote Kleidung aus der Gruppe herausstach, schimpfte laut über die strengen Aufpasser. Eine Frauenstimme versuchte den Aufgebrachten zu besänftigen und schließlich beruhigte sich der Mann und reihte sich wieder in die Gruppe ein.

»Es ist erfreulich, dass so viele Menschen extra zu meiner Krönung nach Bologna kommen, so wie diese Pilger«, wandte sich der Kaiser an Mandele.

Dieser schaute ziemlich entgeistert, denn im Gegensatz zum Kaiser hatte er die Frauenstimme sofort erkannt und vermutete nun das Schlimmste. »Ich befürchte, dass diese Leute hier keine Pilger sind. Der größte Teil von ihnen sind Leibwächter.«

»Wie soll ich das verstehen?«, wunderte sich Karl.

»Es handelt sich um Papst Clemens, einige päpstliche Berater, die Euch bekannte Lucrezia Sabatini und, wie gesagt, Leibwächter.«

Karl blieb abrupt stehen und schaute ungläubig auf die Gruppe, wodurch er fast mit Baronin Sabatini zusammenstieß.

»Eure Hoheit hier?« Lucrezia starrte Karl an und blickte dann völlig verwirrt um sich.

Nachdem sich Papst Clemens VII. und Kaiser Karl V. nun auch gegenseitig erkannt hatten und ein unbemerktes Verschwinden nicht mehr möglich war, verbeugten sich die beiden Majestäten voreinander und begannen eine Unterhaltung. Unterdessen hatten sich Mandele und Lucrezia einiges zu erzählen, weshalb ihnen dieses unerwartete Zusammentreffen sehr gelegen kam. Die Passanten nahmen keine Notiz von den Plaudernden und ahnten nicht, wer sich da in ihrer unmittelbaren Nähe gegenüberstand.

Nach einer angemessenen Zeit wurde die Begegnung beendet und die beiden Gruppen zogen in verschiedene Richtungen von dannen. Langsam wurde es dunkel, die Menschen auf den Straßen suchten Obdach für die bevorstehende Nacht. Wer sich ein Logis in einem Gasthaus leisten konnte, freute sich auf ein warmes Bett, aber diejenigen, deren finanzielle Verhältnisse diese Bequemlichkeit nicht zuließen, mussten mit einem Platz unter freiem Himmel oder unter den Arkaden vorlieb nehmen.

Fliegende Händler versuchten noch schnell ihre Waren zu verkaufen, denn die Nacht warf inzwischen dunkle Schatten. Währenddessen malte ein flämischer Maler unbeirrt weiter an seinem Bild der *Piazza Maggiore* und kümmerte sich nicht um die anbrechende Dunkelheit. Er war in seinem Element, er spürte eine Eingebung, die ihn ganz erfüllte. Die Begegnung mit dem flämisch sprechenden reichen Bürger, der ihm dieses Bild abzukaufen gedachte, spornte ihn an und beflügelte sein künstlerisches Schaffen.

Pietro wusste noch nicht, wohin er nach der Krönung gehen würde. Sollte er in Bologna bleiben? Aber die Stadt würde nach Beendigung der Feierlichkeiten nicht mehr viele Chancen zur künstlerischen Verwirklichung bieten. Falls er es jedoch schaffen könnte, den vermögenden Kaufinteressenten zu seinem Mäzen zu machen, sähe seine Zukunft rosiger aus. Dafür musste er jedoch zuallererst das bestellte Bild fertig malen.

Die Zeit verrinnt …

Wie schnell vergehen fünf Tage? Mir kam es vor, als sei die Zeit blitzschnell verglüht unter dem hellen Licht der Erinnerung, das stetig über Rosa Amalia und mir leuchtete. Sie strahlte während ihrer zauberhaften Erzählung, die ich so nie hätte erfinden können und die aus ihrem Mund und durch ihr engelsgleiches Gesicht eine besondere Note erhielt.

Wir unterbrachen unsere Sitzung, um in irgendeinem Restaurant etwas zu essen. Bevor wir die Wohnung verließen, fragte Rosa Amalia, ob ich immer auswärts speisen würde, aber es war ziemlich offensichtlich, dass ich nicht kochen konnte, denn in meiner Küche fanden sich kaum Zutaten und nur wenige Gewürze. Als Renate noch bei mir gewohnt hatte, waren die Küchenschränke voll mit Lebensmitteln und allen möglichen Ingredienzien zum Kochen gewesen. Jetzt besaß ich nur Salz, Pfeffer und Zucker, vielleicht eine Fertigsuppe, Kaffee und Tee. Auch Geschirr hatte ich nur wenig.

Nun stellte sich die Frage, welches Lokal wir aufsuchen wollten. Nachdem wir schon verschiedene Landesküchen probiert hatten, schlug ich ein polnisches Restaurant in der Eckenheimer Landstraße vor, das ich selbst noch nicht kannte. Es befand sich in einem alten Patrizierhaus und es gab noch genügend freie Plätze. Wir wählten einen Tisch am Fenster, das mit einer schneeweißen Gardine geschmückt war. Hinter der Theke stand ein hübsches schwarzhaariges Mädchen und trocknete die zuvor gereinigten Gläser ab. Sie verrichtete diese Tätigkeit mit großer Grazie.

»Sieht so eine polnische Frau aus?«, wunderte sich meine Begleiterin. »Man könnte sie für eine Spanierin oder Portugiesin halten.«

Als die junge Dame an unseren Tisch kam, um unsere Bestellung entgegenzunehmen, begrüßte ich sie mit »Dobry wieczór«, was dem deutschen »Guten Abend« entsprach. Die schwarzhaarige Schönheit konnte damit aber nichts anfangen. Sie sagte: »Entschuldigung, ich bin der polnischen Sprache nicht mächtig. Ich komme aus Portugal und bin hier nur Aushilfe.«

Rosa Amalia schaute mich triumphierend an und wir mussten beide lachen. Ich bestellte das polnische Nationalgericht Bigos, ein Eintopfgericht, das aus gedünstetem Sauerkraut und verschiedenen Fleisch- und Wurstsorten sowie weiteren Zutaten besteht. Rosa Amalia entschied sich für Borschtsch, eine Suppe mit Roter Bete. Außerdem wollte sie ebenfalls eine kleine Portion Bigos, denn sie habe »einen Verdacht«, wie sie auf meinen erstaunten Blick hin ausführte. Die Gerichte wurden uns von einer jung gebliebenen Dame serviert, deren blondes Haar zu einem Zopf zusammengesteckt war. Die Form ihres Gesichtes offenbarte deutlich ihre Zugehörigkeit zum stolzen Stamm der Polen und wieder brachte ich mein »Dobry wieczór« *an*, was sie sofort auf Polnisch erwiderte.

Nachdem Rosa Amalia das Bigos gekostet hatte, meinte sie: »Mein Verdacht hat sich bestätigt. Das beruht auf einer italienischen Speise. Bei uns in Italien, insbesondere in der Gegend von Mailand, gab es einen sehr geschmackvollen Eintopf, den man *bigutta* nannte. Man verwendete dazu ebenfalls Sauerkraut und Fleischstücke. Dieser *bigutta* hier schmeckt fantastisch, die Polen sind Meister in der Zubereitung.«

Wir genossen das ausgezeichnete Essen und genehmigten uns jeweils ein Glas Wein dazu. Meine Begleiterin seufzte zufrieden. »Alles hier ist so wunderschön und köstlich, ich habe überhaupt keine Lust, ins Museum zurückzukehren.«

Unseren letzten gemeinsamen Abend verbrachten wir in der Oper. Das war keineswegs geplant gewesen, sondern einem glücklichen Zufall zu verdanken. Während des Essens hatte nämlich mein mobiles Telefon geklingelt und Fred, ein guter Bekannter, hatte gefragt, ob ich Karten für eine Opernvorstellung haben wolle, denn er und seine Frau seien verhindert. Fred war Chirurg, seine Frau Operationsschwester, und ihnen war ein Notfall dazwischengekommen. Ich nahm das Angebot gerne an und kündigte meiner Begleiterin eine Überraschung an. Allerdings musste ich Rosa Amalia dann erst einmal erklären, was eine Oper ist. »Eine Oper ist eine musikalische Dichtung, ein Musiktheater, in dem die Sänger Lieder singen, die in der Opernwelt Arien heißen. Diese Werke werden in einem Theaterbau aufgeführt.«

»Ihr meint ein Theaterspiel, bei dem die Spielenden auch Musik machen und singen? Das hieß bei uns *opera in musica*, ein Theater in Musik. Während des Karnevals gab es immer Vorführungen mit Musik, Tanzspiele und Maskenaufzüge. Sehr populär waren Vokalstücke für mehrere Stimmen, so etwas wurde Madrigal genannt. Ich kann mich sogar an ein Stück mit Texten von unserem großen Dichter Petrarca zu Musik von den Gebrüdern Arcadell erinnern. Leider ist mir der Name des Stücks entfallen.«

»Unsere heutige Opernaufführung heißt *Aida* und wurde von Ihrem Landsmann Giuseppe Verdi komponiert«, gab ich bekannt.

Als wir auf dem Theaterplatz ankamen, war die Menschenschlange vor dem Eingang ziemlich lang. Das Opern- und Schauspielhaus bildete als »Kulturpalast« Frankfurts einen großen Gebäudekomplex, dem ein anderer Palast gegenüberstand, und zwar der der europäischen Finanzbehörde, die *Europäische Zentralbank* (EZB). Ihr Turm strebte hoch hinauf in den Himmel, man konnte seine obersten Stockwerke nur erahnen.

Ich deutete auf das Hochhaus mit seiner glänzenden Glasfassade. »Hier wird das Geld Europas verwaltet«, erläuterte ich meiner Begleiterin das riesige Bauwerk.

Eine Armee von Bettlern, die in einigen Abständen voneinander standen, versuchte auf verschiedene Weise ein wenig Geld von den Opernbesuchern zu ergattern. Rosa Amalia erinnerte sich, dass zur Krönung auch viele Bettler aus allen Landesteilen in die Stadt kamen, um ein wenig von dieser Veranstaltung zu profitieren.

Unsere Plätze befanden sich in der sechsten Reihe, also ziemlich weit vorne, sodass wir die tief vor der Bühne eingerichteten Plätze für das Orchester und den Dirigenten sehen konnten. Bevor sich der Vorhang hob, machte ich Rosa Amalia kurz mit dem Inhalt des Stückes vertraut. Ich erzählte ihr von der nubischen Sklavin Aida im Ägypten der Pharaonenzeit, die in das Land am Nil verschleppt wurde.

Nach drei Stunden prächtiger Unterhaltung mit sagenhaften Sängerinnen und Sängern auf höchstem Niveau verließen wir völlig entrückt und noch ganz unter dem Eindruck des Erlebten die Frankfurter Kulturstätte.

Rosa Amalia war voller Bewunderung: »Und alles auf Italienisch«, sagte sie, von Emotionen überwältigt. Noch als wir schon in der Wohnung waren schwärmte sie von der Vorstellung und von den Sängern und ihren Interpretationskünsten. Ich musste ihr alles erzählen, was ich über Opern wusste. Erst danach konnten wir mit ihrem weiteren Bericht über die Krönung fortfahren.

»Zuerst empfing Karl V. im königlichen Saal des Palazzo d'Accursio die Eiserne Krone der Langobarden als Symbol des Königs von Italien. Hierzu waren nur wenige ausgesuchte Gäste zugelassen. Eine große Menschenmenge wartete vor dem Gebäude geduldig auf das Ende der Zeremonie, um den König zu bejubeln. Die Stadt Bologna, insbesondere die Innenstadt, war im Ausnahmezustand. Einige Wirte schenkten billigen Rotwein an die Armen aus. Vermutlich trennten sie sich bei dieser Gelegenheit von schlechtem Wein, den sie gegen Geld nicht loswerden konnten. Die Stimmung war ausgelassen, man schien die Besonderheit dieser Tage begriffen zu haben, jedenfalls die Mehrheit der Feiernden. Man hoffte auf den Beginn einer Ära des Friedens, der Kooperation und des Fortschritts. Der Kaiser und der Papst, das Kaiserreich und der Kirchenstaat Arm in Arm: Die Zukunft Italiens und Europas schien rosig zu sein. Aber wie so oft entsprachen die Hoffnungen der Menschen nicht der Realität, keiner der Kontrahenten war willens, auf seine machtpolitischen Ziele zu verzichten. Allerdings nahm die Bereitschaft des Heiligen Vaters zur Zusammenarbeit mit dem Kaiser stetig zu, das kann man ihm nicht absprechen. Soweit ich weiß, trafen sie sich zwei oder drei Jahre später noch einmal, dabei ging es um ein Konzil, das man alsbald eröffnen wollte, um Glaubensfragen zu erörtern. Aber ich glaube, dieses hat nie stattgefunden. Es gab außerdem Streit zwischen Karl V. und dem englischen König Heinrich VIII. Der Papst stand in diesem Konflikt zwischen beiden Stühlen. Der Anlass war das Ehescheidungsbegehren Heinrichs VIII. von Katharina von Aragon, die eine Tante Kaiser Karls V. war. Die Hofdame Anne Boleyn, eine Freundin der Herzogin von Ferrara-Este, die ich übrigens beim Besuch einer Hochzeit persönlich kennengelernt habe, war König Heinrichs neue Favoritin. Anne wollte aber keine Mätresse des Königs sein, sie wollte selbst Königin werden und forderte eine legale Beziehung. Also beschloss der verliebte Heinrich, sich scheiden zu lassen. Dazu brauchte er jedoch die Genehmigung von höchster christlicher Stelle, nämlich vom Papst. Seine Gattin war bestürzt und hielt dagegen. Unser Papst zögerte wie immer, Entschlossenheit konnte er nie zeigen. Auf Drängen von Karl V. entschied Clemens dann, dass eine solch tief greifende Verletzung des Sakraments der Ehe nicht akzeptiert werden kann. Dieses Urteil führte letztendlich zur Spaltung der Kirche, denn Heinrich VIII. wandte sich gegen den Papst und auch gegen den Habsburger Kaiser und gründete auf den Britischen Inseln die anglikanische Staatskirche. Ich bin sicher, dass Karl V. diese Reaktion erahnte und somit die Spaltung der Kirche bewusst in Kauf nahm. Seitdem waren der englische König und der Kaiser in eine dauerhafte Fehde verwickelt. Anne Boleyn wurde dann doch die Gemahlin des englischen Königs, bis dieser, enttäuscht über ihre Unfähigkeit, einen männlichen Nachfolger zu gebären, sie des Ehebruchs beschuldigte und umbringen ließ.

Die zweite, entscheidende Krönung zum Kaiser in San Petronio bewirkte eine noch viel größere Euphorie. Es schien, als stünde die Stadt unter einem magischen Zauber. Man tanzte auf den Straßen. Übergroße Dekorationen waren auf dem Weg zur Krönungsstätte aufgestellt und die Straßen und Plätze Bolognas dem Anlass entsprechend ausstaffiert. Fahnen mit den Wappen der Habsburger und des Vatikans schmückten Hauseingänge und Fenster. Bedienstete des Kaisers verteilten einige goldene Dukaten, die dieser ausdrücklich für diese Krönung hatte prägen lassen. Wir drei durften bei dieser Krönung zugegen sein, wenn auch nur ganz hinten in der Kirche, die brechend voll war. Leider konnten wir weder den Papst noch den Kaiser sehen, aber wir hörten alles und konnten somit die Zeremonie einigermaßen verfolgen. Es herrschte eine ernste Atmosphäre. Die Zeremonie dauerte unglaublich lange, die Luft wurde immer schlechter und wir hatten Mühe, aufrecht zu stehen und konzentriert zu bleiben. Schon allein das Vorlesen aller kaiserlichen Titel brauchte längere Zeit. Ein Musiker spielte in Begleitung einer Kapelle und eines Knabenchors ein Stück, das er ausdrücklich für diese Zeremonie komponiert hatte.«

»Es müsste sich um den Komponisten Nicolas Gombert handeln, der ein Hofsänger von Karl V. war«, gab ich meine aus dem Internet bezogenen Kenntnisse zum Besten.

»Ich kann mich an den Namen dieses Mannes nicht erinnern, aber Ihr könntet recht haben. Als wir wieder draußen waren, empfing uns ein Meer von Menschen, die dicht gedrängt auf die beiden Hauptpersonen warteten. Viele waren durch den kostenlos abgegebenen Wein in besonders guter Stimmung, sangen nicht immer anständige Lieder und verbreiteten eine positive, fröhliche Atmosphäre. Immer wieder ertönten Hochrufe auf den Kaiser und den Papst. Der Widerhall von der Straße schallte in alle Ecken und Enden der Stadt, in die prächtigen Palazzi ebenso wie in die Häuser der Armen. Die Vivatrufe drangen in die Herzen aller Menschen, die sich in Bologna aufhielten.

Nach der Krönungszeremonie ritten die beiden Hauptpersonen Seite an Seite einem langen Festzug voran. Dabei hatten wir Gelegenheit, den Papst und den Kaiser, der sich jetzt offiziell Kaiser des Heiligen Römischen Reiches Deutscher Nation nennen durfte, aus der Nähe zu sehen. Während dieser der Bevölkerung freundlich zuwinkte, die seinen Weg in Scharen säumte, sah der Papst müde aus und wirkte tief in Gedanken, als nähme er die jubelnden Menschenmassen gar nicht wahr. Zu dem späteren Empfang waren nur wenige ausgewählte Gäste eingeladen. Zu meiner Überraschung waren auch meine Tante Lucrezia und Mandele Albero di Mele darunter. Mein Vater erklärte uns, dass die beiden diplomatisch tätig seien und zur Beratergruppe der beiden Hauptakteure gehörten. Das war für mich neu, denn ich wusste nicht, dass meine Tante sich politisch betätigte, und dass Mandele ein Berater des Kaisers und des Papstes sein sollte, konnte ich mir wirklich nicht vorstellen.

Wir blieben noch lange auf der Straße und genossen die einmalige Atmosphäre an diesem milden Wintertag. Es war ein herrliches Gefühl, hier zu sein, an dieser Zeremonie teilgenommen zu haben, die prächtig herausgeputzten Damen und Herren des Hofes in Augenschein zu nehmen und die allgemeine Begeisterung und den Überschwang der Massen auf sich wirken zu lassen. Es waren Tage, die ich nie vergessen werde. Eines der schönsten Ereignisse in meinem Leben.«

Ein epochales Ereignis

Nach der Zeremonie im Palazzo d'Accursio, wo Karl V. symbolisch die Eiserne Krone der Langobarden empfing und somit zum König von Italien apostrophiert wurde, folgte zwei Tage später das Hauptereignis. An seinem dreißigsten Geburtstag durfte der Spross eines der ältesten europäischen Geschlechter seine Krönung zum Kaiser des Heiligen Römischen Reiches Deutscher Nation durch den höchsten Kirchenvertreter erleben. Nun war der in Gent in Flandern geborene Herrscher an seinem Ziel angekommen. Ganz in der Tradition seines großen Vorbilds Karls des Großen nahm er zuerst die einheimische Krone, um danach die Hauptkrone auf sein Haupt zu setzen. Fast ganz Europa lag ihm zu Füßen, alle Königreiche auf dem Kontinent spürten seinen Einfluss. Er sah sich als Begründer des europäischen Gedankens, als Baumeister einer aufstrebenden Gesellschaft, die frei von nationalen Schranken einig in Weltanschauung und Glauben war, selbstverständlich unter seiner Führung. Karl wusste aber, dass er seine Vision von der Einheit nicht ohne diplomatische Zugeständnisse an die Reformation und die aufkommenden National- und Territorialstaaten verwirklichen konnte. Hier war besonderes Einfühlungsvermögen vonnöten. Seinem Ziel, Europa unter seinen Fittichen zu vereinigen, glaubte er sich durch die Krönung einen großen Schritt näher. Die ewigen Kämpfe um die Herrschaft machten ihn zwar militärisch zum wichtigsten Machthaber in Europa, aber zugleich auch mürbe und müde. Die ewigen Streitereien, die diplomatischen Ränkespiele, die Entwicklung verschiedener Strategiepläne, die ständigen Intrigen hinterließen ihre Spuren. Seine Feinde schliefen nicht. Der Reformator aus Thüringen war dabei, die christliche Kirche zu verändern und zu spalten. Auch vom Balkan her drohte der christlichen Welt großes Ungemach, denn die türkischen Sultane waren von der Idee besessen, Europa zu erobern, um ihre muselmanische Religion zu verbreiten und dem Osmanischen Reich noch mehr Gebiete einzuverleiben. Das östliche Römische Reich, das sich zusammen mit seinen byzantinischen Werten der Übermacht der Turkvölker ergeben musste, existierte nur noch in den Erinnerungen der Geschichtsschreiber und wurde so zum stummen Mahner. Auch deswegen war es für den Habsburger so wichtig, sich als starker Mann Europas zu präsentieren.

Karl genoss diesen großen Tag, der für ihn einen so bedeutenden Triumpf bereithielt. Kaiser des Heiligen Römischen Reiches Deutscher Nation, das klang imposant, europäisch und christlich und war ein geschichtsträchtiger Titel. Sein Widersacher aus dem Vatikan hatte seine Pläne von einer aufstrebenden Streitmacht des Kirchenstaates längst aufgeben müssen und war bei seinem Kampf mit der weltlichen Macht des Kaisers ins Hintertreffen geraten. Aber der Kaiser ließ ihn großmütig im Spiel, wollte die Sonderstellung des Kirchenstaates nicht antasten. Sicherlich war Clemens VII. ein Papst, den man nicht unterschätzen sollte, aber Karl hielt ihn auf Distanz und diktierte im Hintergrund das Geschehen.

Mit der Krönungsveranstaltung bot sich für den Kaiser auch die Gelegenheit, flämische, burgundische, italienische und spanische Untertanen besonders zu ehren, die ihm gute Dienste geleistet hatten. Seine achttausend Soldaten waren an strategischen Punkten der Stadt stationiert, seine Leibgarde begleitete ihn zu der Zeremonie. Bologna hatte für die Feierlichkeiten ein fürwahr festliches Gewand angelegt. Auf Veranlassung der Stadtoberen hatte man eine hölzerne Brücke gebaut, die den Palazzo del Podesta mit der San Petronio Kirche verband. Diese Brücke sollte einen besseren Ausblick auf die Prozession am 24. Februar gewähren. So viele Menschen wie an diesem Tag hatte die Stadt noch nie gesehen. Adlige aus ganz Europa, Fürsten, Prinzen und Kardinäle fanden sich ein. Manche kamen, um sich beim Kaiser einzuschmeicheln, andere aus Loyalität zu ihrem Herrscher, wieder andere aus bloßer Neugier. Und alle hatten Gefolge mit, um die Größe ihres Hauses zu demonstrieren.

Entlang des Weges zur Krönungsstätte reihte sich die kaiserliche Leibwache, unter ihnen deutsche Landsknechte und spanische *tercios,* auf dem Platz vor San Petronio auf. Als das Gefolge des Kaisers über die hölzerne Brücke schritt, brach diese plötzlich zusammen. Einige der Gefolgsleute und Zuschauer auf den Tribünen wurden verletzt, es gab sogar Tote. Dieser unglückliche Zwischenfall veranlasste Karl dazu, die kurze Strecke zur Kirche in seiner Prachtkutsche zurückzulegen. Vor dem Gotteshaus formierte sich dann die Prozession, begleitet vom Klang der Trompeten. Clemens VII. und das Kollegium der Kardinäle schritten an der Spitze, gefolgt vom Marquis von Monferrato, dem Herzog von Urbino und Herzog von Savoyen. Pfalzgraf Philip, der Neffe des Kurfürsten und Pfalzgrafen Friedrich, trug beim festlichen Einzug den Reichsapfel, die anderen Auserwählten die Embleme des Reiches: das Zepter, das Schwert und die Krone. Karl selbst hatte sich die Krone der Lombardei, mit der er zwei Tage zuvor gekrönt worden war, auf sein Haupt gesetzt. Ihm folgte der Zug seiner Leute aus Spanien, Burgund und den Niederlanden.

Die Krönung sollte in der Kapelle Bolognini erfolgen, die Anfang des vierzehnten Jahrhunderts ausgeschmückt wurde. Giovanni da Modena hatte Fresken auf die rechte Wand gemalt, die die Reise der Heiligen Drei Könige darstellten, während die linke Wandseite nach Dante Alighieris Werk gestaltet war, unter anderem mit einem beeindruckenden Bild vom Höllenschlund.

Auch direkt vor dem Gotteshaus drängten sich Tausende von Menschen und riefen Karls Namen, was den Herrscher mit Stolz erfüllte. Mit Genugtuung und stiller Freude nahm er zur Kenntnis, dass der Name des Papstes nicht so häufig gerufen wurde. Seine Leute warfen goldene Dukaten unter das Volk, das sich sofort auf den goldenen Regen warf und einige Kämpfe austragen musste, um der Münzen auch habhaft zu werden. Drinnen in der Basilika warteten schon die geladenen Gäste. Die Luft war stickig, aber das konnte der guten Laune des Kaisers nichts anhaben, Freude und Genugtuung überwogen. Diskret schaute sich die kaiserliche Hoheit in der Kapelle um und betrachtete die Fresken an den Seitenwänden. Im unteren Teil entdeckte er eine Darstellung des in der Hölle liegenden und einem dämonischen Luzifer ausgelieferten Mohamed. So werden der Sultan und auch König Franz vor mir liegen, dachte der Herrscher und rollte seine linke Hand im Verborgenen zur Faust.

Nachdem der Papst die Messe zelebriert hatte, konnte das Ritual der Krönung beginnen. Karl wurde mit Öl gesalbt, das der Kardinal Farnese geweiht hatte, und erhielt dann aus den Händen von Clemens VII. das Schwert, den Reichsapfel, das Zepter und als Letztes die Krone des Heiligen Römischen Reiches. Trompeten und der Donnerhall der Geschütze verkündeten den Höhepunkt der Krönungszeremonie, begleitet von Vivatrufen. Danach verlas man die Titel des Gekrönten und die Liste schien nicht aufzuhören: *Karl V., von Gottes Gnaden erwählter Römischer Kaiser, zu allen Zeiten Mehrer des Reichs, in Germanien, zu Spanien, beider Sizilien, Jerusalem, Ungarn, Dalmatien, Kroatien, der Balearen, der Kanarischen und Indianischen Inseln und des Festlands jenseits des Ozeans König, Erzherzog von Österreich, Herzog von Burgund, Brabant, Steyr, Kärnten, Krain, Luxemburg, Limburg, Athen und Patras, Graf von Habsburg, Flandern, Tirol, Pfalzgraf von Burgund Hennegau, Pfirt, Roussillon, Landgraf im Elsass, Fürst in Schwaben, Herr in Asien und Afrika, König von Italien.*

Als der Vorlesende mit dem Aufzählen der kaiserlichen Titel fertig war, hörte man ein Flüstern unter den Anwesenden, bis plötzlich tosender Beifall und Hochrufe erklangen. Das war Wasser auf Karls Mühlen, Balsam für seine Seele, schönste Musik für seine Ohren. Sein Traum war wahr geworden, seine Macht fast unermesslich, sein Aktionsradius gewaltig. Es gratulierten ihm Könige und Königinnen, Fürsten und Grafen, Herzöge und Herzoginnen. Darunter waren seine Tante Katharina von Aragon, die Gemahlin Heinrichs VIII., genauso wie die Herzogin von Ferrara und die Repräsentanten der Familien di Medici, Visconti, Sforza, Borgia und d'Este sowie der Familien Tudor und Habsburg. Die Abgeordneten aus Kastilien, Aragon, Burgund, Toledo und Tirol, Katalonien, Kursachsen und dem Elsass, Kroatien und Griechenland, sie alle wünschten dem Kaiser ein gutes, langes und erfolgreiches Leben.

Auf den Straßen gab es einen Festzug, das fast ganz Bologna mitriss. Clemens VII., der Medici-Papst, machte gute Miene zu seiner ungeliebten päpstlichen Mission. Nur mit viel Willenskraft konnte er seine Abneigung und seinen Widerwillen verbergen. Durch das häufige Zusammensein mit dem Habsburger hatte Clemens seinen Widersacher fürchten und zugleich schätzen gelernt. Der Kirchenstaat war ganz unter die Fittiche des Kaisers geraten. Clemens interessierte, wie der Kaiser, der behauptete, dass er den

Schutz der Kirche als seine höchste Pflicht ansehe, das Dilemma mit Martin Luther zu lösen gedachte. Dieser Aufwiegler aus Thüringen musste unbedingt zur Raison gebracht werden. Es bestand die Gefahr einer Spaltung der katholischen Kirche, und das wäre ein schlimmer Schlag nicht nur für das europäische Christentum, sondern auch für sein eigenes päpstliches Wirken.

Nach der kirchlichen Zeremonie folgte die Prozession. Die beiden Häupter der Christenheit ritten Seite an Seite, um ihre neu gefundene Eintracht kundzutun. Trotz der Plünderung Roms, trotz der Parteinahme des Papstes für den französischen König, was für Karl einem Verrat gleichkam, trotz der Demütigungen, die dem Papst vonseiten des Kaisers widerfahren waren, wollten sie in Zukunft an einem Strang ziehen. Die beiden Lichtgestalten waren umgeben von Kirchenfürsten und den Gefolgsleuten des Kaisers. Ab und zu warfen diese Gedenkmünzen aus Gold unter das Volk. Die Münzen trugen das Bildnis Karls und die Aufschrift *Carolus V Imperator* auf der einen Seite und auf der anderen der beiden Säulen seines Wappens mit dem Motto *Plus Ultra*, das hieß: *Über alles andere hinaus strebend.*

Man hatte sich geeinigt, in der Kirche San Petronio eine Gedenktafel aufzustellen, die verkündete, dass am 24. Februar 1530 Karl V. die kaiserliche Krone aus den Händen von Papst Clemens VII. empfangen hatte. Damit auch jeder Staat, jedes Königreich und die Bewohner Europas die frohe Botschaft mitgeteilt bekamen, schickte der Kaiser noch am selben Tag Kuriere in alle Richtungen.

Nach der Krönungszeremonie und der anschließenden Prozession war im Palazzo del Podesta ein Empfang mit einem festlichen Mahl vorbereitet. Zu dieser Veranstaltung waren nur die wichtigsten Menschen aus der Umgebung der beiden Oberhäupter zugelassen. Es handelte sich um Kardinäle und andere kirchliche Würdenträger sowie mit dem Kaiser verbundenen Hochadel. In einem anderen Saal durften die nicht ganz so hochstehenden Persönlichkeiten Platz nehmen. An einem Tisch für die weniger wichtigen Gäste saß auch Pieter de Kempeneer, dem der Kaiser ein Bild abgekauft und ihn dann spontan eingeladen hatte. Pietro war nicht der einzige Künstler, neben ihm saßen Francesco de Mazzola und Giorgio Vasari. Tizian und Michelangelo, die zwei zu Weltruhm gekommenen Maler, hatten sogar im kaiserlichen Saal Platz nehmen dürfen. Die stolze Familie Bentivoglio war wie viele andere nicht eingeladen. Das war für die Angehörigen der ehemaligen Stadtoberhäupter eine demütigende Erfahrung. Dafür durften die Häupter der Familien Medici, Visconti, Borgia, Sforza oder auch d'Este im ersten Saal mit dem Kaiser und dem Papst feiern.

Die Medicis und der Kaiser wollten nach den Feiern Verhandlungen zur Beilegung ihres langjährigen Konfliktes führen. Man schlug vor, den zukünftigen Herzog von Florenz, Alessandro di Medici, mit der Kaisertochter Margarete zu verheiraten. Es gab jedoch einen Haken: Karls uneheliche Tochter war erst acht Jahre alt. Die Berater der beiden Parteien waren beauftragt, in dieser Angelegenheit eine Lösung zu finden. Auch mit den mächtigen Visconti aus Mailand wollte der Kaiser sich versöhnen, ein Anliegen, das auf offene Ohren traf.

Noch aber saß man an den mit Speisen und Getränken reichlich gedeckten Tischen und genoss den Tag und seine besonderen Augenblicke. Auch in den Nebensälen herrschte eine ausgelassene Stimmung. Giorgio Vasari saß zufrieden neben seinen Künstlerkollegen. Der Mann aus Arezzo hatte einige seiner Werke gewinnbringend verkauft, sich dem Papst und dem Kaiser angedient und seine Beziehungen zu den Medici vertieft. Seit einiger Zeit verfolgte er eine Idee, die langsam konkrete Gestalt annahm. Um diese zu verwirklichen brauchte er viel Zeit, Geduld und ein feines Gespür für Menschen und ihre Arbeit. Aber weil er mit vielen Kunstschaffenden bekannt und teilweise sogar befreundet war, sah er sich gut gerüstet für die Aufgabe, die ihm vorschwebte. Er wollte Biografien verfassen über bekannte italienische Künstler, die er *Le Vite* nennen wollte, und zudem deren Kunstwerke beschreiben und analysieren. Diese Charakteristiken sollten durch Anekdoten und private Nachrichten ergänzt werden und zu einer anderen Art der Kunstbetrachtung führen. Er hatte vor, die Legenden und diversen Erzählungen über das Leben und die Werke der Künstler durch akribische Beschreibungen und fachliche Analysen zu ergänzen und zu modifizieren. Das war zwar noch Zukunftsmusik, aber er hatte einen Plan gefasst, den er verfolgen wollte. Dies sollte sein großes Werk werden, eine Arbeit, die ihm Respekt und Anerkennung bringen würde und die sich eines Tages vielleicht sogar auf die europäischen Künstler seiner Epoche ausweiten ließe. Aber er würde klein anfangen, mit seinen italienischen Landsleuten. Er wollte mit Michelangelo beginnen, auch Parmigianino, der bei ihm am Tisch saß, wollte er mit der Feder porträtieren. Natürlich sollten auch Leonardo da Vinci, Raffael und Tizian in der ersten Reihe stehen, die Protagonisten seiner Ära. Diesen Zeitabschnitt der Geschichte nannte er für sich *rinascita*, ein Begriff, der seiner Meinung nach die Atmosphäre des künstlerischen Aufbruchs gut beschrieb.

Er schaute zu Pietro und überlegte, ob dieser eher unglücklich wirkende junge Mann ebenfalls ein Kandidat für seine Bildgeschichte der europäischen Künstler sein könnte. Bei einem Besuch im Palazzo Bentivoglio hatte er Pietros Bildnis der schönen Rosa Amalia gesehen, das ihm sofort gefallen hatte. Ein einzelnes Bild war jedoch noch kein Kriterium, um einen Kunstschaffenden in die biografische Galerie aufzunehmen. Aber Pietro war noch jung und besaß genügend Talent, um sich vielleicht einen Platz in seinem Buch zu ergattern. Da erinnerte sich Giorgio Vasari plötzlich, dass sein spanischer Freund Xavier Irrureta ihm erzählt hatte, man wolle in Bilbao eine alte Kirche restaurieren und halte nach einem Künstler Ausschau, der in der Kapelle Fresken anbringen könnte. Giorgio beschloss, Pietro dieses Angebot vorzuschlagen. Der Junge verdiente eine gute Arbeitsstelle, warum nicht in Spanien, dachte er.

Francesco di Mazzola, den sie alle nur Parmigianino nannten, fühlte sich müde. Die Ereignisse der letzten Zeit zehrten an seiner körperlichen und seelischen Verfassung. Die Arbeit an dem Bildnis Karls V., das er das *Allegorische Porträt* nannte, setzte ihm mehr zu, als er zugeben wollte. Das Gemälde hatte ihm zwar zu einer Einladung zu diesem Fest verholfen, aber ansonsten die erhoffte Wirkung verfehlt. Dazu kam der Verdruss mit dem Kupferstecher. Mit wie viel Energie, Hoffnung und berechtigter Vorfreude auf künftige Erfolge hatte er dieses Unternehmen, von seinen Zeichnungen Kupferstiche anzufertigen, gestartet. Und wie gemein war er von Antonio da Trento behandelt worden, wie feige und hinterlistig. Er hatte ihm alle Kupferstiche, alle Holzschnitte und Zeichnungen gestohlen. Vor allem der Verlust der Zeichnungen, das Wichtigste von allem, war überaus schmerzlich. Francesco war ratlos und fühlte sich leer und verraten. Seiner Kunst beraubt verlor er seine Hoffnungen und seinen Glauben an die Zukunft. Er brauchte Ruhe, musste den Kopf freibekommen, um über seine weiteren Schritte nachdenken zu können. Ein kleiner Funke glühte am düsteren Horizont. In seiner Heimatstadt, in Parma, wurde eine neue Kirche gebaut, die *Santa Maria della Steccata*. Ein Geistlicher hatte eine Anfrage geschickt und Francesco hatte versprochen, über das Projekt nachzudenken. Die Ausmalung des Tonnengewölbes, das war eine genau auf ihn zugeschnittene Arbeit. Vielleicht sollte er sich um den Auftrag bewerben, sollte mit dem Geistlichen Kontakt aufnehmen. Es musste ja irgendwie weitergehen.

Mandele Albero di Mele saß bekümmert auf seinem Platz am langen hölzernen Tisch, der in der Mitte des Saals aufgestellt war. Seine Betrübnis versteckte er gekonnt hinter einem nichtssagenden Gesichtsausdruck. Er war ein gewiefter Stratege und mit allen Wassern gewaschener Taktiker. Seine Erfahrung und Menschenkenntnis signalisierten ihm, dass das Ende seiner Beratertätigkeit für den Kaiser nahte. Der Mohr hatte seine Schuldigkeit getan, der Mohr konnte gehen. Er nahm sich vor, zu gehen, bevor er gegangen wurde. Den *Sacco di Roma* konnte er Karl nie verzeihen. Das, was Mandele dort verloren hatte, konnte niemand wiedergutmachen. Dort hatte er begriffen, was Macht bedeutet. Gepaart mit der Streitmacht ist man Herr der Lage, persönliche Schicksale treten in den Hintergrund. Staatstragende Gewalten bestimmen über private Fügungen, das Leben Einzelner gilt nicht viel.

Er fühlte, dass er sich insgeheim schon entschieden hatte. Er würde mit der Politik aufhören. Es war der richtige Moment: Aufhören, wenn es am schönsten ist, wenn eine große Sache abgeschlossen ist. Bevor man ihn hinauswarf, würde er um seine Entlassung bitten. Er hatte vor, sich mit der Sache zu beschäftigen, die ihn schon immer interessiert hatte, der Zauberei. Die Zauberkünste faszinierten ihn außerordentlich, wie ein Magnet zogen sie ihn in Bann. In einem Dorf in der Nähe der Stadt Porto hatte er während seiner vielen Reisen einen alten Mann getroffen, dessen Gesicht von tiefen Falten und unzähligen Runzeln durchzogen war. Seine Hautfarbe war nicht die eines Weißen, die langen grauen Haare fielen ihm bis auf die Schultern und er sprach nur sehr schlecht Portugiesisch. Der Fremde war bei einer Expedition in die Neue Welt auf das nach Europa zurückkehrende Schiff gebracht worden und ein alter Sprachenforscher, der neben Spanisch auch Italienisch, Latein, Englisch, Französisch und Deutsch konnte, hatte ihn mit in sein Haus genommen. Als der Forscher starb und der komische Unbekannte allein zurückblieb, erhielt er von den Dorfbewohnern eine verlassene Hütte, wo er sein Dasein fristete. Es fand sich immer jemand, der ihm etwas zu essen und trinken gab. Man nannte ihn in der Gegend den verrückten Zauberer, denn er mischte verschiedene Kräuter zu Mixturen zusammen und gab sie den Kranken. Die meisten der Mischungen halfen den Menschen, die alsbald gesundeten. Man erzählte Mandele, dass der Alte auch Menschen verzaubern könne, man müsse nur seine Sprache verstehen. Mandele hatte die Absicht, zu dem Zauberer zu fahren und seine Sprache zu erlernen, damit er in den Besitz seiner Geheimnisse kommen könnte.

Je mehr er darüber nachdachte, desto klarer wurde ihm, dass er die Welt der Politik und der diplomatischen Verwicklungen für immer verlassen wollte. Auch war ihm die ganze adlige Gesellschaft zuwider, ihre Anliegen waren ihm suspekt und interessierten ihn nicht. Die Zeit des Abschieds naht, dachte er. Zurück ließ er seine kranke Gemahlin, für die er so gar keine Gefühle mehr hatte und die er regelmäßig mit anderen Frauen betrog, zurück ließ er seine beste Freundin und ehemalige Geliebte Lucrezia Sabatini, mit der er unfassbare diplomatische Erfolge genossen und auch einige politische Desaster miterlebt hatte. Zurück ließ er seine junge französische Geliebte, für die er am Ende nur Mitleid empfand, zurück ließ er auch das Schloss Bentivoglio und dessen Bewohner, das ihm so lange eine Heimat war. Er war eben ein ewiger Wanderer, ein Wanderer zwischen den Welten, den Kontinenten, den Menschen. Seine Fähigkeit, die Orte ohne größere Umstände zu wechseln, auf Begebenheiten und Ereignisse flexibel zu reagieren, war seine Stärke und Schwäche zugleich.

Mandele schaute sich um, sah in die zufriedenen Gesichter der Festteilnehmer, die alle gemeinsam am Tisch saßen und den großen Imperator feierten. Er hob sein gefülltes Glas und trank es in einem Zug aus. Der Wein floss durch seinen Körper und eine gefährliche Melancholie übermannte den alten Ahasver.

Alles Gute geht zu Ende …

Rosa Amalia konnte nicht verbergen, dass die Aussicht ihrer baldigen Rückkehr ins Museum sie bedrückte. »Es tut mir weh, Euch und das Leben in der modernen Zeit verlassen zu müssen. Ich werde zwar in der Stadt sein, aber ich werde nichts mehr von dem genießen können, was mich in den paar Tagen hier so erfreut hat. Ich dachte anfänglich, ich wäre dieser Gegenwart nicht gewachsen, aber ich habe mich geirrt, ich habe mich in dieser kurzen Zeit an das Leben hier gewöhnt. Und ich werde es vermissen, und Euch selbstverständlich auch. Ihr habt mich in eine fremde, fantastische Welt gebracht, von deren Existenz ich nichts ahnte, und Ihr habt mir zudem die Augen für Dinge geöffnet, die ich früher nicht erkannte.« Ich wollte etwas erwidern, aber sie bat mich mit einer Handbewegung, sie nicht zu unterbrechen. »Nur unter dem Zwang des Zaubers gehe ich zurück ins Museum. Es geht nicht anders, obwohl ich mir gut vorstellen könnte, in Eurer Epoche zu leben. Ich könnte zum Beispiel im Museum arbeiten, schließlich habe ich fünfhundert Jahre lang in verschiedenen Ausstellungshäusern herumgehangen. Daher kenne ich mich mit der Malerei aus, ich könnte den Leuten einiges erzählen. Oder ich könnte Bücher schreiben über das Leben in der Renaissance aus der Sicht einer Zeitzeugin. Allein die Geschichte unserer Familie würde ein ganzes Buch füllen.«

»Sie wären damit bestimmt sehr erfolgreich«, versicherte ich.

»Davon bin ich überzeugt. Wir Bentivoglios konnten uns immer durchsetzen, solange nicht hinterlistige Feinde uns verrieten und untreue Freunde uns im Stich ließen.« Dann seufzte sie tief auf. »Da ich aber dieses Buch nicht selbst schreiben kann, will ich wenigstens Euch mein Leben weiter schildern und wie es dazu kam, dass ich in mein Bildnis gezaubert wurde.«

Ich lehnte mich in meinem Sessel zurück und hörte gespannt zu.

»Nach der Krönung in Bologna kehrten wir zu unserem Palazzo zurück«, begann Rosa Amalia. »Dort wartete eine Nachricht des

Marchese von Piemont, der wegen einer Heirat meiner Schwester mit seinem Sohn, dem Marchese di Graziani, anfragte. Francesca weigerte sich natürlich, einen ihr unbekannten Mann zu ehelichen, unser Vater aber war über dieses Angebot hoch erfreut. Er nahm Francesca zu einem Gespräch beiseite und erläuterte ihr die Vorteile einer Hochzeit. Aus politischen und insbesondere wirtschaftlichen Gründen wäre diese Liaison das Beste, was der Familie Bentivoglio passieren konnte. Die Grazianis seien vermögende Leute, rechtschaffene Menschen und genössen einen guten Ruf in Italien. Drei Wochen nach dieser Unterredung kam der junge Federico di Graziani zu einem Besuch nach Bentivoglio. Er sah ganz passabel aus, auch wenn ihm zwei Schneidezähne fehlten. Er hatte schöne schwarze Augen, ein edles Gesicht und er beherrschte die in unseren Kreisen üblichen Umgangsformen. Außerdem war sehr umgänglich und konnte viele interessante Geschichten erzählen, denn trotz seines noch jungen Alters hatte er schon halb Europa bereist und sogar Jerusalem besucht. Anschließend fuhr Francesca zum Gegenbesuch in das Piemont. Wie Francesca später berichtete, sprachen viele Bewohner dieser Gegend Piemontesisch, eine dem Italienischen verwandte Sprache. Die Hochzeit fand im Palazzo Graziani statt, welches in dem wunderschönen Arnas-Tal gelegen war. Ich war damals krank und konnte die Reise in das Piemont nicht mitmachen. Alle Gäste sprachen später von einer schönen Feier inmitten einer herrlichen Natur. Die riesigen Berge ragten zum Himmel, die Luft sei würzig und heilkräftig gewesen. Leider dauerte Francescas Glück nicht lange. Bei einer nächtlichen Fahrt in den piemontesischen Bergen wurde ihre Kutsche von Räubern überfallen. Der Marchese und seine Begleiter wehrten sich, aber weil die Banditen in der Überzahl waren, hatten sie keine Chance. Alle Insassen der Kutsche wurden umgebracht, auch meine Schwester. Ihre Leichen wurden den Abhang hinuntergeworfen. Man erkannte sie bei ihrer Bergung kaum wieder. Diesen Schock konnte mein Vater nur schwer verkraften. Er wurde krank, sprach kaum noch, schottete sich ab. Das Leben im Palazzo wurde trist und unbehaglich.

Einmal besuchte uns Tante Lucrezia, die immer noch in ganz Europa unterwegs war. Mandele Albero di Mele dagegen verließ das Schloss endgültig, nachdem seine Gattin bald nach der Krönung gestorben war. Allerdings habe ich ihn noch einmal gesehen, aber an einem anderen Ort und unter anderen Umständen. Darauf komme ich später noch. Obwohl mein Vater sich immer mehr zurückzog, unternahm er alle Anstrengungen, um mich zu verheiraten. Ein Adliger aus der Gegend von Parma warb um mich. Er gefiel mir auf Anhieb, als er uns besuchte. Er war groß und kräftig, hatte etwas traurig wirkende blaue Augen, dunkelblondes Haar und ein ansprechendes Gesicht. Sein Vater war ein bekannter Signore, der seine Kampfkunst für viele Herren eingesetzt hatte, wofür er mit einem schmucken Palazzo bei Parma belohnt worden war. Sein Sohn Ettore war ein ruhiger, verschlossener Zeitgenosse. Aber das Glück ist wohl nur eine Momentaufnahme, ein Augenblick, der schnell vergeht. Was bleibt, ist die Erinnerung, die uns ins Bewusstsein ruft, was Glück bedeutet und wie schön es war oder sein könnte. Ettore verliebte sich Hals über Kopf in eine viel ältere Adelige aus Bergamo und zog mit ihr durch das Land. Sie verführte ihn nach allen Regeln der Liebeskunst. Mein Vater hat danach kein Wort mehr mit einem lebenden Menschen gewechselt. Ein Jahr später haben wir ihn begraben. In der Krypta fand er seine letzte Ruhestätte neben seiner Frau.

Der Palazzo ging in die Obhut von Ignazio Bentivoglio, einem Cousin, der mich unbedingt ehelichen wollte, obwohl er schon über sechzig Jahre alt war. Ich hätte dann weiter im Palazzo leben können, aber lieber verließ ich das Schloss. Ich packte meine paar Sachen und zog zu den Verwandten nach Bologna. Um bei der Wahrheit zu bleiben, habe ich diesen Schritt wohlüberlegt auf Anraten von Mandele getan. Diesen hatte ich zufällig in Parma getroffen, als ich meinen Auserwählten besuchte und dort die Stadt besichtigte. Mandele sah ganz anders aus, er wirkte sehr gealtert, trug einen langen Bart und zerzaustes langes Haar. Aber sein Blick war der eines Bekehrten, eines Geläuterten. Er erzählte mir, er sei in Portugal bei einem Magier aus einem fernen Kontinent in die Lehre gegangen. Dieser habe ihm einige Geheimnisse seiner Zauberkunst verraten. Mandele gab mir eine Adresse in Bologna und bat mich, ihn dort einmal zu besuchen.

Als ich aus dem Palazzo auszog, nahm ich vernünftigerweise auch das Bildnis von mir mit und hängte es in dem Zimmer, das ich zur Verfügung gestellt bekam, an die Wand. Es war kein großer

Raum, aber es gab genügend Platz für ein Bett, einen Tisch mit drei Stühlen, ein Kanapee, einen Nachttisch und einen Schrank. Ich war frei und trotzdem fühlte ich mich unglücklich. Ich war eine Vollwaise, eine Prinzessin ohne Prinz, ohne Schwester, ohne Freunde. Ich war verzweifelt und wollte sterben. In diesem Augenblick der größten Hoffnungslosigkeit erinnerte ich mich an Mandele und beschloss, ihm einen Besuch abzustatten. Es war nicht leicht, die angegebene Adresse zu finden. Der ehemalige Lebemann und Diplomat wohnte in einem baufälligen Haus mit einem großen verwahrlosten Garten, das ihm ein Freund zur Verfügung gestellt hatte. Mandele empfing mich sehr offiziell, fast majestätisch. Er trank nur Wasser und aß nichts, was von Tieren stammte. Ich glaube, die modernen Menschen nennen das Vegetarismus.«

Ich nickte. »Das stimmt. Die Anhänger dieser neuen Mode, kein Fleisch zu essen, nennen wir Vegetarier oder sogar Veganer, wenn diese gar nichts vom Tier verwenden.«

»Mandele ernährte sich hauptsächlich von Kräutern, die er immer vorrätig hatte. Er erklärte mir, dass Kräuter sehr gesund seien und dem Menschen Kraft verleihen würden. Manche davon hatte er auf seinen Reisen gesammelt, andere hatte er noch von seinem Meister, der diese aus Übersee mitgebracht hatte. Mandele hatte sich sehr verändert, manchmal machte er mir direkt Angst, wenn seine Augen einen wilden Ausdruck bekamen und seine Äußerungen verwirrt und schwer nachvollziehbar wurden. Aber zugleich war er der beste Freund, jemand, auf den man sich stützen konnte. Er gab mir Halt und Sicherheit, er hauchte mir wieder Lust zum Leben ein. Ich zog zu ihm und wir lebten gemeinsam in dem verwitterten Haus. Im Garten, in dem auch seine Kräuter wuchsen, stand ein Schuppen aus altem, morschem Holz. Dort machte er seine Experimente und praktizierte seine Zauberei, dorthin hatte ich keinen Zutritt. Er wäre sehr gerne einmal in die Heimat seines Meisters gereist, aber das war ein aussichtsloser Traum, wie er selbst wusste. Einmal, als er mir vom Tod Francescos berichtete, erzählte er auch, dass er in Spanien, in Barcelona, Pieter de Kempeneer gesehen habe. Mehr erfuhr ich nicht und wollte ich auch nicht erfahren. Pietro interessierte mich schon lange nicht mehr, ich hatte ihn fast vergessen.

Die Zeit verging, ich hatte es gut mit Mandele, er sorgte für mich. Ich hörte auf, Fleisch zu essen und mich überhaupt wie eine Bentivoglio zu benehmen, ich verhielt mich meinem jetzigen Stand gemäß. Ich hatte auch nicht vor, zu meinem früheren Stand zurückzukehren, das Leben als Aristokratin gehörte zu einer fernen Vergangenheit. Mandele verdiente Geld mit seinen Mixturen und manchmal verkauften wir Kräuter auf dem Markt, das reichte zum Leben.

Wir lebten sehr zurückgezogen, keiner wusste von uns, niemand suchte nach mir oder nach Mandele. Weder Tante Lucrezia noch seine ehemalige französische Gespielin erkundigten sich nach ihm. Ignazio, nachdem ich ihm einen Korb gegeben hatte, vergaß mich völlig und hatte kein Interesse, mich zu suchen.

Eines Tages wurde Mandele krank und alle seine Kräuter schienen ihm nicht helfen zu können. Nach der Behandlung durch einen von mir herbeigerufenen Doktor verbesserte sich sein Zustand zwar ein wenig, aber Mandele eröffnete mir, dass er nicht mehr lange zu leben habe und dass er mich für die Zeit, die ich mit ihm verbrachte, belohnen wolle. Er werde versuchen, mich unsterblich zu machen. Ich dachte zuerst, sein Gesundheitszustand hätte sich abrupt verschlechtert und er beginne zu halluzinieren. Er sprach so komische Worte von Vergänglichkeit, Nirwana, Koexistenz der Geschöpfe, dem Einfluss der Sterne und anderer Himmelskörper auf unser Leben. Ich verstand nichts von seinen Äußerungen, aber das schien ihn nicht zu stören. Er redete und redete und ich ließ ihn dieses wirre Zeug erzählen. Immer wieder sprach er von dem Experiment des ewigen Lebens. Und dann kam der Tag, an dem Mandele sein Unterfangen verwirklichen wollte. Er meinte, er habe nur noch kurze Zeit zu leben, er spüre, dass es mit ihm zu Ende gehe. An diesem sonnigen, wolkenlosen Tag rief er mich zu sich. Neben ihm stand das von Pietro gemalte Bild. Er küsste mich und erklärte, wenn das Experiment so funktionieren würde, wie er dachte, würde ich mein Leben in diesem Bild verbringen. Ich würde nicht altern. Immer nach fünfhundert Jahren dürfe ich für fünf Tage mein Bildnis verlassen, vorausgesetzt es finde sich jemand, der mir dabei helfe. Mandele mixte verschiedene Kräuter zusammen. Es dauerte lange und manchmal musste er überlegen, in welcher Reihenfolge die Mischung erfolgen musste. Als er so weit war, durfte ich die Mixtur, eine goldgrüne Flüssigkeit, austrinken. Ich leerte das Glas, spürte aber nichts. Mandele klärte mich auf, dass die Wirkung erst nach zwei Tagen einsetzen würde. Und er behielt recht, denn als ich nachts in seinen Armen einschlief, wachte ich nicht mehr auf. Als ich wieder zu mir kam, hing ich in einem Ausstellungsraum in Rom.

Es war eine komische, sehr gewöhnungsbedürftige Situation. Ich sah die Welt plötzlich von einem Gemälde aus. Ich konnte nicht atmen und atmete trotzdem. Ich war tot und lebte doch. Das ist wie ein ewiger Traum, der nicht endet. Man hat keinen Einfluss auf das, was geschieht. So ungefähr kann man sich mein Empfinden vorstellen. Ich bin in der Lage, alles, was um mich herum geschieht, zu verstehen. Nur die Zeit zwischen dem Wirken der Mixtur und dem Aufwachen in diesem römischen Haus ist mir endgültig abhandengekommen. Durch die Menschen, die vor meinem Bild standen und sich ungezwungen unterhielten, erfuhr ich, dass etwa fünfzig Jahre vergangen waren. Ich verstand, dass ich mich in der Villa Borghese befand, dem Sommerpalast des Fürstengeschlechts. Manchmal stand der Kardinal Scipione Cafarelli-Borghese, ein ruchloser Schurke und Neffe des Papstes Paul V., vor dem Gemälde und sprach laut zu mir: ›Du kleines bentivoglisches Miststück, jetzt habe ich dich. Auch deine verdammte Tante werde ich noch bekommen, ich muss nur noch ein paar Leute manipulieren.‹ Dieser Gottesmann, der eigentlich ein Gottloser war und nur durch die päpstliche Familie Karriere im Klerus machte, war ein Krimineller unterster Kategorie. Seine Reichtümer erwarb er, indem er das Vermögen verschiedener reicher Geschlechter konfiszierte, die er zielgenau in die Pleite führte und ihre Besitztümer dann für die Kirche vereinnahmte. Das geschah zum Beispiel mit dem Geschlecht der Cencis, das er untergehen ließ, dessen Vermögen er aber sofort übernahm. Auch die reichen und auf dem diplomatischen Parkett nicht unbekannten d'Esti wurden von dem Gauner gerupft. Außerdem eignete sich der kunstliebende Borghese eine Sammlung von Lucrezia d'Este an, die er offiziell als Schenkung ausgab. Auch andere Glanzstücke der italienischen Kunst, Bilder von Parmigianino, Sebastiano dell Piombo, Tizian und Raffael fanden Platz in seinen Ausstellungsräumen.

Ich erhielt die Inventarnummer 405, die ich in einer Ecke meines Bildnisses trug, und hing in dem Ausstellungsraum, in dem das Kasino des Kardinals untergebracht war. Mein Besitzer, der Kardinal Borghese, war fälschlicherweise überzeugt, ich sei ein Produkt des Malers Sebastiano dell Piombo. Was er gegen uns Bentivoglios hatte, dass er so abfällig redete, kann ich nicht nachvollziehen, vielleicht war da etwas mit meiner Tante. Ich hatte nicht gewusst, dass ein Bild von ihr existierte, aber der Kardinal schien es unbedingt haben zu wollen. Allerdings glaube ich nicht, dass er es jemals erwerben konnte. Wenn dieses Bild je existierte, musste es verschollen sein. So war ich im Bilde, im wahrsten Sinne des Wortes. Mir entging nichts, was wichtig war, denn die Menschen erzählten sich vieles in meiner Anwesenheit.

Die Zeit blieb nicht stehen, auch in Rom fanden kriegerische Handlungen statt. Napoleons Armee besetzte die Ewige Stadt und man bediente sich bei der Kunstsammlung Borghese. Für eine kurze Zeit landete ich in Frankreich bei einem Privatsammler, dann verschiffte man mich nach Großbritannien, wo mich ein gemeiner Kunsthändler namens Alexander Day erwarb. Dieser Händler behauptete anhand von Borgheses Aufzeichnungen, Sebastiano dell Piombo sei der Maler und ich eine Medici. Nun, *meine* Italiener in Rom hatten genauso im Dunklen getappt wie ihre Kunstkollegen in anderen Ländern. Es gab unzählige *Experten*, die mich als eine unbekannte spanische Adlige oder auch als eine unbekannte Prinzessin sehen wollten. Irgendein Sachverständiger hielt mich für Caterina Cornaro, die Tochter des Dogen von Venedig, der sie zur Königin von Zypern machte. Mister Day, ein aufgedunsener und kurzatmiger Zeitgenosse, der sich Zeit seines Lebens in Rom und London herumtrieb, wollte mich dann im Auktionshaus Christies & Manson am 21. Juni 1833 unter dem englischen Namen *Portrait of a Venetian nobles woman* als Gemälde des Sebastiano dell Piombo verkaufen. Dabei habe ich diesen nur zwei Mal in meinem Leben gesehen, das letzte Mal während der Krönung in Bologna. Wie der Kardinal auf ihn gekommen war, entzieht sich meiner Kenntnis, aber diese Version wurde von allen sogenannten Experten übernommen. Für meine Sprachkenntnisse war meine Odyssee freilich sehr hilfreich, lernte ich doch außer dem römischen Dialekt noch Französisch, Englisch, Niederländisch und auch Deutsch. Ich wurde ein polyglottes Mädchen.«

»Es war also gut für Ihre Weiterbildung, so an der Wand zu hängen und Gespräche zu belauschen?«

»Allerdings. Ich lernte schnell und mühelos, wie im Traum. Ich lernte aber auch einiges über die menschliche Natur. Einmal stand der Kardinal Borghese gemeinsam mit seinem Verwandten Papst Paul V. vor meinem Bild. Die beiden stellten Mutmaßungen an, was sie mit mir anstellen würden, wenn ich leibhaftig hier mit ihnen alleine wäre. Da ließen sie für einen Augenblick ihre Masken fallen und deckten ihre lüsternen Gedanken auf. Zum ersten Mal spürte ich Hass auf alle Kirchenmänner. Unter dem Mantel der Keuschheit entpuppten sich diese beiden als ekelhafte Lustmolche.«

Ich verstand ihre Abscheu. »Das war sicher nicht einfach, solche Gemeinheiten wehrlos mithören und aushalten zu müssen«, sagte ich mitfühlend.

»Das ist nur ein kleines Beispiel, danach kam es noch schlimmer. Dieser britische Kunsthändler war ein besonders abstoßender Kerl. Was der Dicke vor meinem Bild veranstaltete, kann und will ich hier nicht erzählen und nicht kommentieren. Die Auktion verhalf mir dann zu einem Aufenthalt in Frankreich, danach brachte mich ein privater Kunstsammler namens Jeremiah Harman wieder auf die britische Insel und verkaufte mich eines Tages wiederum an den niederländischen Kunsthändler C. J. Nieuwenhuus. Dieser europaweit arbeitende Händler mit besten Beziehungen zu Auktionshäusern und reichen Privatsammlern vermittelte mich an König Wilhelm II. Der niederländische König war ein ausgesprochener Kunstliebhaber und als ihm das außergewöhnliche Bildnis einer italienischen Prinzessin angeboten wurde, griff der hochgewachsene Adlige sofort zu. Da hing ich nun im königlichen Festsaal und wurde von dem Monarchen und seinen Gästen bewundert und auch der Maler wurde mit Begeisterung erwähnt. Nur war es leider der Falsche, der die Lorbeeren erntete. Zwar waren der echte Maler Pieter de Kempeneer und der fälschlicherweise angegebene Sebastiano dell Piombo längst tot und es konnte ihnen gleich sein, aber mir war es nicht egal. Nur war ich in der misslichen Lage, den Irrtum nicht richtigstellen zu können. Ich konnte mich nicht ausdrücken, meine Stimme nicht erheben. Das war schon deprimierend. Der König betrachtete mich öfter einmal sehr konzentriert, als suche er etwas Besonderes an mir. Seine Gemahlin, eine russisch-deutsche Prinzessin, schaute mich dagegen immer verächtlich an, als wollte sie sagen, hier sei nur für eine Prinzessin Platz.

Dann kam das Jahr 1850. Seit einem Jahr war König Wilhelm II. tot und seine Gemahlin gab den Nachlass zum Verkauf frei. Dieser wurde in Den Haag versteigert. Ich erinnere mich gut an die Auktion. Es war Sommer, die Luft im Saal war sehr stickig, es roch nach Schweiß. Der Auktionator musste sich immer wieder die Schweißperlen vom Gesicht wischen. Ich bekam die Losnummer 172. Wisst Ihr, man fühlt sich wie eine Ware, die meistbietend verscherbelt wird. Zugegeben war ich das für die Interessenten auch, ein Stück gerahmtes Pappelholz mit einer Frauendarstellung, aber ich fühlte das Leben in mir, ich war nicht nur ein Gegenstand. Für mickrige 3500 Gulden wurde ich von einem Vertreter des Städelschen Museums in Frankfurt am Main ersteigert. So wenig Wertschätzung erfuhr mein Gemälde. Jetzt war Schluss mit der ständigen Wanderung durch halb Europa, den Aufenthalten bei Kunsthändlern und den Auktionen. Im Städel-Museum hoffte ich auf ruhigere Zeiten und die Möglichkeit, eine neue Sprache zu erlernen. Hier in Deutschland wurde ich Zeugin der politischen, technischen und sozialen Revolution, des Ersten und des Zweiten Weltkrieges, der Wiederaufbauzeit und auch der Wiedervereinigung. Außerdem erlebte ich, dass der Traum Karls V. von einem vereinigten Europa verwirklicht wurde, allerdings nicht unter der Herrschaft der Habsburger, sondern als Allianz demokratischer Staaten. Ich erkannte im Museum auch den technischen Fortschritt, insbesondere bei den Kameras und mobilen Telefonen.

Die Kunsthändler und viele meiner Besitzer rätselten über den Maler meines Bildnisses. Immerhin fanden die Kunstdetektive heraus, dass ich einmal Teil der Sammlung Borghese in Rom gewesen war, was man anhand der Inventarnummer 405 feststellen konnte, die am unteren linken Bildrand entdeckt wurde. Doch alle Experten tappten im Dunkeln bei der Frage, wer ich bin und wer mich malte. Ein römischer Sachverständiger wollte im Jahr 1693 die Unterschrift eines Giulio Romano unter meinem Bild entdeckt haben. Als der Städel mich von den Niederländern erwarb, figurierte ich als ein unbekanntes Werk von Sebastiano dell Piombo. Im Jahr 1900 wiederum behauptete ein Experte, ich sei das Werk des großen Renaissance-Malers Francesco de Mazzola, genannt Parmigianino. Francesco malte aber nur meine Schwester. Danach meldete sich der nächste Kunstsachverständige mit der Behauptung, ich würde von einem gewissen Girolamo da Carpi dargestellt. Kein Kunstkenner kam auf Pieter der Kempeneer als meinen Schöpfer. Erst im Jahr 1997 sezierten einige Kunstexperten des Städels mein Gemälde mit der Absicht, endlich die leidige Frage des Künstlers und der dargestellten Person zu beantworten. Man hat mich unter der Regie eines Professors namens Sander gewogen und vermessen, jede Kleinigkeit wurde aufgeschrieben, man entdeckte dabei Dinge, von denen sogar ich nichts wusste. Aber davon später. Man gab mir eine neue Inventarnummer, sie lautete 946 und gilt auch heute noch. Sie nannten mein Gemälde nun nicht mehr *Portrait of a Venetian nobles woman*, sondern etwas allgemeiner *Das Bildnis einer Dame*. Nur an dem von Kardinal Borghese erfundenen Künstler hielt man fest. Ich wurde auf den Tisch gelegt und regelrecht ausgezogen – ich meine im übertragenen Sinne. Ich fühlte mich nackt, ich war hilflos und verzweifelt. Die Männerblicke durchbohrten meinen Körper, auch einige Frauen waren dabei, was mir aber nicht half, meine Scham zu verlieren. Die Forscher machten sich große Mühe, steckten mich in komische Maschinen, die sie Infrarot und Röntgen nannten. Ich bekam alle Experimente hautnah mit, das Team war sehr akribisch bei seinen Untersuchungen. Am Ende der Ermittlungen und Analysen verkündete Professor Sander, er wisse nun mit an Sicherheit grenzender Wahrscheinlichkeit, dass die Dame in Blaugrün, also ich, ein Werk des Niederländers Peter de Kempeneer sei, auch bekannt unter dem spanischen Namen Pedro de Campaña.

Das Frankfurter Forscherteam argumentierte fast genauso wie vor ihnen im Jahr 1988 der Forscher F. Sicchia Santoro. Dieser begründete seine These mit der spezifischen Mischung italienischer und niederländischer Gestaltungsmerkmale, die man früher fälschlicherweise dem Niederländer Jan van Scorel zuschrieb. Dieser Mann war der Erste, der richtig lag und erkannte, wer mein wahrer Maler war. Wer ich bin, weiß er jedoch bis heute nicht. Aber ich habe Zeit, vielleicht findet sich in den nächsten Jahrhunderten jemand, der der Dame in Blaugrün ihren richtigen Namen zuordnet. Insgesamt konnte ich viele kluge Worte und

Mutmaßungen der Forscher in Bezug auf mein Porträt mitanhören. Sie fanden sogar heraus, dass Pietro manchmal Schwierigkeiten mit den Proportionen bei der Figurendarstellung hatte und viele Male sein Werk nachträglich korrigieren musste. Auch mit der Perspektive musste Pietro wahre Kämpfe austragen. Professor Sander und sein Team definierten sehr schön, er habe sich als in den Niederlanden ausgebildeter Maler in Italien erstmals mit einer Bildaufgabe konfrontiert gesehen, die es in seinem Herkunftsland nicht gegeben hatte: das repräsentative, lebensgroße Dreiviertelporträt einer aristokratisch gekleideten Dame. Kein italienischer Maler dieser Epoche hatte diese Schwierigkeiten, wie Pietro sie hatte. Ich erinnere mich gut an seine Retuschen, Ausbesserungen, die Suche nach der Perspektive, das Einfangen des Lichtes. Pietro hatte schon Probleme, sein Werk zu gestalten. Aber er war zäh und lernbegierig und Francesco gab ihm einige Hinweise, die er umsetzte. Die Wissenschaftler des Städels stellten auch fest, dass Pietro die Bildkultur des Manierismus von Francesco übernommen haben musste. Die Kunsthistoriker wollten unbedingt herausfinden, wer ich bin. Die Vermutungen reichten von allen möglichen Angehörigen italienischer Adelshäuser bis zu Anne de Bretagne, die Mutter der anmutigen Renée der France, die ich persönlich bei den d'Este in Ferrara kennengelernt hatte. Sogar die spätere Gemahlin des englischen Königs Heinrich VIII., Anne Boleyn, hat man in mir gesehen. Irgendjemand behauptete auch, ich sei eine Magdalena, weil ich eine bedeutungsvolle Perlenkette um den Hals trage. Tatsächlich zeigt deren Anhänger die Halbfigur einer jungen Frau mit aufgelöstem Haar: für manche Forscher eine typische Maria Magdalena. Ich hieß aber schon immer Rosa Amalia und nie Maria Magdalena, auch wenn so mancher Forscher unbedingt einen Bezug zu den kirchlichen Geschichten sehen wollte. Ihr habt nun die Chance, die kunstgeschichtlichen Irrtümer zu korrigieren. Ich bitte Euch darum. Oder war es ein Fehler, Euch mit meiner Geschichte zu vereinnahmen?«

»Ganz bestimmt nicht. Ich habe viel gelernt, über Ihre Epoche, über Ihre Familie, über die Zeit, in der Sie lebten, und auch über Sie. Ich preise mich glücklich, dass ich Sie kennenlernen durfte und werde unsere Begegnung immer in meinem Herzen tragen«, sagte ich aufrichtig dankbar.

Arrivederci Bologna

Die Schicksale der Menschen sind unterschiedlich und haben ihre eigene Dynamik. Und so war auch das Leben der Schlüsselfiguren und wichtigen Persönlichkeiten in der italienischen Renaissance-Periode manchmal extrem aufregend und manchmal ganz unspektakulär. Die einflussreichen Familien in den Großstädten regierten weiterhin und es war noch nicht abzusehen, dass sie irgendwann von der Bühne der italienischen Politik würden abtreten müssen. Der neue paneuropäische Kaiser arrangierte sich mit dem Adel, was ihm freie Hand für sein Handeln in den Krisenherden Europas gab. Der schwache Papst auf dem Heiligen Stuhl träumte weiter von Allianzen und Eroberungen für den Kirchenstaat. Die Bürger von Bologna gewöhnten sich langsam wieder an die Normalität des städtischen Lebens. Sie kehrten die letzten Überbleibsel der großen Zeremonie weg und reinigten die Straßen von dem Staub der Geschichte, die hier geschrieben wurde. Keine Feste mehr, keine Umzüge, keine Prozessionen. Im Nu verschwanden die Theatergruppen, die Sänger und Straßenkünstler und die Maler, die das Bologna des Jahres 1530 in unzähligen Bildern verewigten. Was blieb, war die Erinnerung an die tollen Tage und an die Menschenmassen, die von überallher nach Bologna gepilgert waren.

Der Kaiser und sein Gefolge blieben noch einige Zeit in der Stadt, abgeschottet von der Öffentlichkeit. Danach reiste er nach Deutschland. Er war nun der mächtigste Herrscher Europas, auch der französische König Franz I. musste mit seiner Macht rechnen und seine Pläne danach richten. Das Heiratsversprechen zwischen Alessandro di Medici, der unbedingt Herzog von Florenz werden wollte, und Karls außerehelicher Tochter Margarete war abgesprochen. Sobald das zarte Geschöpf die Volljährigkeit erreicht haben würde, sollten die beiden zum Wohl der beiden Geschlechter, aber auch zum Wohl Italiens und Europas, heiraten. Karl V. war zufrieden, aber auch etwas müde. Eine solche Machtfülle hatten weder sein Großvater noch ein anderer Habsburger in der letzten Zeit erreicht. Nun war es an der Zeit, Deutschland einen Besuch abzustatten. Das Luthertum hatte sich gefährlich ausgebreitet, immer mehr mit der Kirche unzufriedene Bürger und Landesfürsten wandten sich dem neuen Verkünder zu. Diese Frage und noch andere heikle Themen wollte Karl mit den Fürsten, Grafen und den im politischen Leben Deutschlands maßgebenden Personen in einem Reichstag erläutern. Die schwäbische Stadt Augsburg wurde als Tagungsort gewählt.

Pieter de Kempeneer, hier in Italien nur als Pietro in Erscheinung getreten, beschloss der Stadt Bologna den Rücken zu kehren und weiterzuziehen. In seinem Gepäck hatte er ein Empfehlungsschreiben von Giorgio Vasari an einen Kirchenmann in Barcelona. Der Weg dorthin war weit und führte ihn über Wiesen und Felder, durch Dörfer und Städte. Neben dem Empfehlungsschreiben trug er einen Rucksack voller Erinnerungen mit sich. Während der langen Reise, die er zu Fuß und mit Kutschen durchführte, rekapitulierte er das Geschehene. Es gab noch so manche Frage, die auf eine Antwort wartete. Manchmal haderte der sein Glück suchende Wanderer mit seinem Schicksal, manchmal freute er sich aber auch über das Erlebte und bedauerte keine Sekunde seines Italienaufenthaltes. Er war vielen interessanten Menschen begegnet, konnte von großen Künstlern lernen, wurde in die körperliche Liebe eingeweiht, hatte erlebt, was es bedeutet, ernsthaft verliebt zu sein und auch an der Liebe zu leiden. Er hatte erfahren, welche Schwierigkeiten eine fehlende Standeszugehörigkeit mit sich brachte. Wenn er genau darüber nachdachte, war er dankbar für die Erfahrungen, die er in Italien machen konnte. Er hatte so starke Persönlichkeiten wie Giorgio Vasari und Mandele Albero di Mele kennengelernt, hatte eine freundschaftliche Beziehung zu dem anmutigen Maler Francesco di Mazzola, genannt Parmigianino, aufgebaut, hatte Tizian und den großen Michelangelo Buonarroti gesehen, war sogar von Kaiser Karl V. zum Festempfang eingeladen worden.

Mit eigenen Augen hatte er die magere, fast asketische Silhouette des Habsburgers und die mächtige Figur des Medici-Papstes gesehen, außerdem Kardinäle und Fürsten, die Gesandten wichtiger

Königreiche sowie die päpstlichen und kaiserlichen Berater, unter ihnen auch Lucrezia. Sie war an ihm vorbeidefiliert, schlank, blass in Gesicht, ein wenig verloren unter den vielen Würdenträgern, die die Säle bevölkerten. Sie sah viel kleiner und ungefährlicher aus, als sie in Wirklichkeit war, und Pietro verspürte Wehmut und auch Sehnsucht bei der Erinnerung an Rom, an die schönen Seiten des Lebens. Auch Bologna in der Zeit der Krönung war ein unvergessliches Erlebnis. Die Menschenscharen, die Fröhlichkeit und Ungezwungenheit, die Straßentheater und die Gesangsdarbietungen. Das tägliche Malen auf den Straßen Bolognas, mit Hunderten aufmerksamer Zuschauer im Rücken. Er war froh, das erlebt haben zu dürfen.

Jetzt wanderte er mit leichten Schritten. Er hoffte, bald Parma zu erreichen, dort wollte er Station machen. Es war noch sehr früh, als er an der Stadtmauer ankam. Er ging schnurstracks zu der Kirche Santa Maria della Steccata, in deren Nähe sein Freund eine Bleibe hatte. In dieser neu erbauten Kirche sollte Parmigianino die Apsis und die Tonnengewölbe ausmalen. Francesco freute sich aufrichtig, seinen alten Gefährten wieder zu sehen. Ihm gehe es gut, versicherte er, nur seine Gesundheit sei labil, aber dies sei der Übermüdung zuzuschreiben. Er male Bilder, arbeite in der Kirche und widme sich dazu noch seiner geliebten Alchemie. Er werde mit großer Achtung behandelt, überall in der Heimatstadt begegne man ihm mit Respekt und Hochschätzung.

Pietro blieb fünf Tage bei seinem Malerfreund, dann verabschiedeten sie sich herzlich, nicht ahnend, dass sie sich auf dieser Welt nie wieder begegnen würden. Keiner konnte vorhersehen, dass der Erschaffer des Manierismus in der Weltkunst im Alter von nur 37 Jahren an Blutfluss sterben würde. Bis dahin erschuf er viele bedeutende Werke, die auch die modernen Menschen immer noch begeistern.

Von Parma führte Pietros Weg nach Piemont, wo er einige Tage blieb. Hier malte er ein Panoramabild und das Bildnis einer Marktfrau. Schließlich erreichte er das französische Königreich und gelangte über Nizza, Marseille, Montpellier und Narbonne in die Stadt Perpignan in den Pyrenäen. Hinter diesen Bergen lag Spanien, lag Barcelona. Es war nun nicht mehr weit zu seinem Ziel in Katalonien. Inzwischen war es Frühsommer geworden, die Natur stand in vollem Wachstum. Dem Maler, der auszog, um berühmt zu werden, begegnete eine malerische Idylle. Hier in den Pyrenäen blieb Pietro zwei Monate. Er malte, wohnte bei den Bauern und half ihnen bei der Arbeit. Dann brach er wieder auf, überquerte das Bergmassiv und erreichte nach langer Wanderung endlich sein Ziel Barcelona.

Sogleich suchte er den ihm von Giorgio genannten Maler Miguel Sanchez auf, der in einer Berghütte außerhalb der Stadt wohnte. Dieser entpuppte sich als ein älterer Mann von großer Statur mit weißem Bart und langen weißen Haaren. Miguel sprach mehrere Sprachen, sodass die Verständigung kein Problem war. Er brachte Pietro zu einer Werkstatt, wo die Kunstschaffenden Barcelonas ihre Heimat hatten, und stellte ihn seinen Künstlerkollegen vor. Pietro freundete sich mit dem portugiesischen Maler Hugo Almeyda an und fand Logis in dessen Haus. Der Künstler war der Liebe wegen nach Spanien übergesiedelt, seine Gemahlin war Donna Clara, die Tochter eines katalonischen Großbürgers.

Drei Jahre wohnte Pietro bei den Almeydas, dann hatte er eine Begegnung der besonderen Art. Eines schönen Sonntags, direkt nach dem Kirchgang, erhielt Clara Besuch von ihrer Freundin, der Witwe Maria Dales.

Maria Dales war eine aparte, anmutige Frau, die früh ihren Gemahl verloren hatte. Er litt an einer tückischen Krankheit, die seinen Darm zerfraß. Kein Mediziner konnte helfen und Balthasar Dales starb unter großen Qualen. Er war ein erfolgreicher Tuchhändler gewesen und hinterließ seiner Gemahlin eine größere Geldsumme, das Haus in Barcelona und ein Anwesen in den Bergen außerhalb der Stadt. Maria war schon seit ihrer Kindheit mit Clara befreundet und diese Freundschaft überstand alle Widrigkeiten des Lebens. Clara stellte Maria ihren Untermieter vor, den Maler Pieter de Kempeneer, der sich jetzt Pedro de Campaña nannte. Dieser war so angetan von der Schönheit der Besucherin, dass er die Witwe sofort bat, sie malen zu dürfen.

Gleich beim ersten Arbeitstreffen in Marias Haus erzählten sie sich ihre Lebensgeschichten. Sie war zwölf Jahre älter als er, aber Pieter hatte Erfahrung mit Witwen, die älter waren. Er malte lange an ihrem Bildnis – so lange, dass es den beiden angebracht erschien, Pieters Wohnsitz in ihr Haus zu verlegen, um das Porträt endlich zu beenden. Dadurch entfielen auch die Kosten für das Wohnen und Pieter konnte etwas Geld auf die hohe Kante legen. Er sparte für seine Zukunft, die noch immer ungewiss war.

Die Jahre vergingen. Wenn Pieter gerade keine Aufträge hatte und keine Bilder verkaufen konnte – solche Zeitabschnitte gab es leider häufiger –, half die vermögende Witwe mit ihrem Geld aus. Sie führten eine harmonische Beziehung, nur manchmal gab es Auseinandersetzungen, wenn Maria herausfand, dass ihr Gefährte eine Nacht bei einer jungen Adeptin der Liebeskunst verbracht hatte. Aber die kluge Witwe wusste, dass sie ihn nur durch ihren Großmut und ihre Toleranz halten konnte, und so hielt sie ihre Eifersucht im Zaum.

Hugo Almeyda fuhr jedes Jahr nach Portugal in seinen Heimatort, in dem seine Brüder und Schwestern wohnten. Nach seiner Rückkehr erzählte er einmal von einem Zauberkundigen, der in seinem Dorf gewohnt hatte. Dieser alte Mann aus Übersee sei verstorben, aber zuvor habe er Besuch von einem weltgewandten, feinfühligen Italiener erhalten und ihn in seine Geheimnisse eingeweiht. Der greise Zauberer war ein Einsiedler gewesen, der kein Portugiesisch konnte, aber sein Gast habe extra dessen Sprache erlernt, um von seinem Wissen profitieren zu können. Hugo Almeyda hatte sich mit dem Zauberlehrling angefreundet und ihn sogar zu einem Besuch nach Barcelona eingeladen.

Und eines Tages kam dieser seltsame Fremde tatsächlich nach Barcelona. Maria und Pedro folgten einer Einladung der Almeydas zu einem gemeinsamen Mittagessen und betraten also am nächsten Sonntag den Speisesaal ihrer Freunde. Neben dem Hausherrn saß ein älterer Mann mit langem Bart und Haaren bis auf die Schulter. Gepflegt sah er nicht aus, der Magus von Porto, wie ihn manche Leute nannten. Pedro fielen seine Augen auf. Ihr Glanz erinnerte ihn an die Augen eines anderen Magiers, eines Hexenmeisters der Verhandlungskünste, den er sehr geschätzt hatte. Pedro dachte an die Tage, an denen er und Mandele Diskussionen über alle mögliche Dinge geführt hatten und der junge Flame viel von dem Älteren lernte. Die Augen seines Gegenübers leuchteten mit der gleichen Intensität.

Hugo Almeyda stellte Pedro seinem Besucher vor und dieser

gab ihm die Hand. Es war eine schwere, von körperlicher Arbeit zeugende Hand. Das Gesicht des Mannes war hart und zeigte eine fast wilde Entschlossenheit. Er sprach sehr gut spanisch und in manchen Augenblicken, wenn er von seinen Reisen durch Europa und den Vorderen Orient erzählte, glaubte Pedro eine bekannte Stimme zu hören, dann wieder war er sich nicht sicher – und so ging es hin und her mit seinen Wahrnehmungen.

Der Fremde wiederum beobachtete Pedro sehr aufmerksam, registrierte jeden Gesichtsausdruck des Malers.

Der Gast konnte tolle Geschichten erzählen, er kannte das Leben in Italien und in Flandern und auch über die Krönung Karls V. in Bologna war er gut informiert. Dann sprach er von der Heimat seines Meisters, der von den Entdeckern Amerikas gefangen genommen und nach Europa verschifft wurde. Er prangerte das Unrecht an, das den ansässigen Ureinwohnern durch die europäischen Entdecker und Abenteurer angetan wurde.

»Euer Meister hat Euch für sein Volk begeistert«, merkte Pedro an. »Aber wir wissen doch, dass in Übersee viele eher primitive Menschen leben, die uns Europäern geistig und auch kulturell unterlegen sind.«

»Ihr seid noch jung und in diesem Thema unerfahren«, entgegnete ihm der bärtige Fremde. »Mit welcher Arroganz behaupten die Europäer, dass ihre Kultur der der Einheimischen überlegen sei, mit welchem Hochmut stellen sie das Christentum über deren Religion! Warum meinen sie, besser zu sein als die Bewohner des neu entdeckten Kontinents? Ihre einzige Begründung ist das Recht des Stärkeren.« Er redete sich in Rage und hatte Mühe, sich zu disziplinieren.

Später erzählte er noch von seinem Aufenthalt im Osmanischen Reich und von den Bestrebungen der Türken, den von ihnen praktizierten Islam weiter nach Europa zu bringen. Die Truppen des neuen Kaisers seien jedoch sehr aufmerksam und registrieren jede Bewegung der feindlichen Armee. Schon einmal habe der Sultan Wien erobern wollen, was ihm jedoch nicht gelungen sei.

Schließlich war es für Pedro und Maria Zeit, sich zu verabschieden. Bevor die Gäste das Haus verließen, stand der Magier auf und nahm Pedro beiseite. Er schaute ihn lange fragend an. »Erkennt Ihr mich nicht mehr? Habe ich mich so verändert?«

Pedro blickte in das Gesicht des Mannes, sah ihm in die Augen. Und dann kam der Funke, der die Erkenntnis brachte. »Also seid Ihr doch derjenige, den ich glaube erkannt zu haben?«, rief er überrascht.

Der Fremde lachte, fröhliche Lichter tanzten in seinen Augen. Und dann lagen sich die beiden Männer in den Armen, der junge Wanderer auf der Suche nach dem Glück und der alte Reisende zwischen den Welten auf der Suche nach einer besseren Welt. Beide hatten sie große Ziele, beide forderten sie ihr Schicksal heraus, jeder auf seine Art. Pieter de Kempeneer und Mandele Albero di Mele hatten Tränen in den Augen. In der kurzen Zeit war es unmöglich, alles zu erzählen und zu besprechen, was in der Zwischenzeit geschehen war. Sie verabredeten sich zu einem weiteren Treffen, das dann aber nicht mehr zustande kam, denn Mandele musste plötzlich abreisen.

Nach einigen Jahren wurde Pedro des Lebens mit der alternden Witwe müde. Er hatte eine junge Frau getroffen, die seine Geliebte wurde. Aber sein Glück währte nicht lange, denn Maria Dales kam überraschend schnell der begründete Verdacht, dass sie ihren Liebhaber mit einer anderen Dame teilen musste, und sie war keine Frau, die sich damit auf Dauer abfand, also wurde Pedro schlagartig mit den Realitäten eines Rauswurfs bekannt. Er und seine Malutensilien landeten auf der Straße.

Da auch seine junge Geliebte genug von ihm hatte, fand sich Pedro plötzlich auf den schmutzigen Straßen Barcelonas alleine. Zu seinem Glück nahm ihn Hugo Almeyda auf und vermittelte ihm einen Aufenthalt in der andalusischen Stadt Sevilla, wo die Kathedrale renoviert werden sollte. Durch Hugo Almeydas Fürsprache und seine eigenen Überredungskünste bekam Pedro den Auftrag, hierfür einige Gemälde anzufertigen. Die Arbeit machte ihm große Freude, sie zog ihn immer intensiver in den Bann des Geistlichen. Er sah plötzlich den christlichen Glauben aus einem ganz anderen Blickwinkel, seine Perspektive änderte sich entscheidend, er spürte die Nähe Gottes und auch die eigene Bedeutungslosigkeit dem Allmächtigen gegenüber. Diese Phase seines Lebens brachte ihm neue Erkenntnisse über das Leben auf Erden und die Zuversicht des ewigen Lebens nach dem Tod. Wie zu Beginn seiner Reise nach Italien fühlte er wieder seine Liebe zu Gott und zur Kirche und er überlegte ernsthaft, einem Orden beizutreten. In der Zwischenzeit malte er Bilder, die alle religiösen Charakter besaßen. Er gestaltete auch die Wände in Krypten oder Basiliken mit christlichen Motiven, lebte fast wie ein Asket und war mit sich und der Welt, in der er lebte, sehr zufrieden.

An die Zeit in Italien dachte er immer weniger, sie erschien ihm wie ein Nebelschleier aus einem Märchen, das er vor langer Zeit las. Einzig an Francesco dachte er einige Male, wenn er Fresken in den Gotteshäusern ausmalte. In den Künstlerkreisen Sevillas kannte man ihn nur als den gottesfürchtigen Maler Pedro de Campaña, der nie geheiratet hatte und der sein ganzes Leben im Dienste Gottes und der Kirche verbrachte. Kaum jemand wusste, dass der geschätzte kirchliche Devotionalienmaler ein aus Brüssel zugereister Künstler war und in Wirklichkeit Pieter de Kempeneer hieß.

Doch im betagten Alter verließ Pedro, Pieter oder Pietro die Iberische Halbinsel und besuchte seine alte Heimat. Es sollte eine Reise ohne Wiederkehr werden, er starb in seiner Geburtsstadt Brüssel im Jahr 1580. In der Stadt, aus der er stammte, wurde er auch begraben.

Zu diesem Zeitpunkt erinnerte sich niemand mehr im sonnigen Italien an den netten jungen Maler, der hierhergekommen war, um zu lernen und um ein Großer zu werden. Auch das Bildnis der Prinzessin Rosa Amalia, das im Palazzo Bentivoglio seinen Platz hatte, war nicht mehr dort aufbewahrt und befand sich auf einer Odyssee durch ganz Europa, bevor es schließlich nach vielen Abenteuern und Zwischenstationen in Frankfurt am Main im Städel-Museum landete, wo es noch heute zu bewundern ist.

Epilog

Der Tag schien schön zu werden. Der Himmel war schon seit den Morgenstunden azurblau, fast wolkenlos. In der weiten Ferne des Horizonts durchbrach ein Militärflugzeug seine Schallgeschwindigkeit, was sich an dem dadurch verursachten Donnerschlag mitteilte.

Rosa Amalia öffnete ihre Augen und seufzte leise. »Das ist unser letzter gemeinsamer Tag.«

Ich stand vor ihr und lächelte unsicher. Ich wollte etwas sagen, aber mir fiel nichts Kluges ein. Die italienische Prinzessin verschwand im Bad und verbrachte dort wie alle Frauen eine gewisse Zeit, bevor sie sich mit ernstem Gesicht zu mir an den Frühstückstisch setzte.

Schließlich machten wir uns zum Aufbruch ins Museum bereit. Als wir auf dem Gehsteig standen, drehte sich Rosa Amalia noch einmal um und betrachtete das Haus und den Garten, als wollte sie sich den Anblick für immer ins Gedächtnis prägen. Dann ging sie mit langsamen Schritten davon, ihren wahren Gemütszustand hinter einer unbewegten Miene verborgen.

»Es war schön bei Euch, ich danke Euch von ganzem Herzen«, sagte sie plötzlich, schaute mich aber nicht an.

»Ich habe mich sehr gefreut, Sie als meinen Gast begrüßen zu dürfen«, sagte ich und merkte erst dann, dass sich meine Antwort anhörte wie eine unpersönliche offizielle Ansage. »Ich habe mit Ihnen unvergessliche Augenblicke erlebt, diese werde ich für immer in mir tragen«, ergänzte ich deshalb schnell.

»Das habt Ihr aber sehr schön gesagt.« Rosa Amalia lächelte und blickte endlich auf. »Auch ich werde diese Tage, die ich hier erleben durfte, nie vergessen und Ihr werdet in meinem Herzen einen besonderen Platz einnehmen.«

»Jeder Abschied ist schwer, aber dieser ist es besonders. Wir wissen jetzt schon, dass es für immer ist. Ich habe mich an Sie gewöhnt und es wird eine Zeit lang dauern, bis ich mich wieder mit meinem grauen Alltag arrangiert habe.«

»Nun, ganz endgültig muss dieser Abschied nicht sein. Wenn Ihr Euch einsam fühlt oder vielleicht auch nur mich sehen wollt, könnt Ihr mich ja im Museum besuchen. Ich bin immer für Euch da. Ich werde zwar nicht mit Euch reden können, aber ich werde Euch sehen und hören und Ihr könnt sicher sein, dass ich Euch zuhören werde. Ihr müsst nur aufpassen, dass niemand das Gespräch hört, sonst könntet Ihr Probleme bekommen und in der Psychiatrie landen. Aber ich wäre sehr glücklich, wenn Ihr mich ab und zu besucht.«

»Ich werde bestimmt so oft kommen, wie ich nur kann«, beeilte ich mich sie zu beruhigen. Ich war froh, dass sie mich darum gebeten hatte.

Mit der U-Bahn fuhren wir bis zur Konstablerwache und gingen dann zu Fuß weiter in die Altstadt. An einem Imbissstand bat mich Rosa Amalia, ihr eine Portion Pommes frites zu kaufen. »Das letzte Mal und als letztes Mahl«, schmunzelte sie.

Es war ein wirklich schöner Tag, dieser Tag des Abschieds, an dessen Ende mich die Einsamkeit wieder umfangen würde. Die Straßen füllten sich mit Menschen, die immer etwas zu erledigen hatten und deshalb ständig unterwegs waren. Der tägliche Stress wirkte auf sie wie eine Droge, der sie hoffnungslos ausgeliefert waren. Unser Ziel war das Geschäft von Lana, bei der wir Rosa Amalias Kleider deponiert hatten. Sie war gerade dabei, eine Kundin zu verabschieden. Wir hielten einen kurzen Plausch und meine Begleiterin erhielt ihre Kleidungsstücke zurück. Sie wollte diese jedoch erst im Museum anlegen, daher würde ich die geliehenen Sachen später wieder zu Lana bringen.

Der Rückweg in Richtung Städel führte uns über den Platz vor dem Römer. Er war voller Touristen, die Fotos machten und die Andenkengeschäfte stürmten.

»Ihr habt es hier sehr schön«, sagte Rosa Amalia anerkennend.

»Im Kaisersaal des Römer sind alle Kaiser und Könige des Heiligen Römischen Reiches Deutscher Nation ausgestellt. Auch viele der Königswahlen und -krönungen fanden hier statt«, spielte ich den Stadtführer.

Auf dem Eisernen Steg überquerten wir den Main und erreichten so das Sachsenhäuser Ufer, die jetzige Heimat meiner italienischen

Bekannten. Von hier aus war es nicht mehr weit bis zum Eingang des Städel-Museums. Immer noch war die Dürer-Ausstellung ein Besuchermagnet und die Schlange vor den Kassenhäuschen wollte nicht enden.

»Wir könnten noch ein Weilchen spazieren gehen und die letzte Stunde in Freiheit genießen«, schlug ich vor. »Etwas später werden nicht mehr so viele Besucher anstehen.«

Rosa Amalia stimmte ohne zu zögern zu und wir schlenderten bis zur Friedensbrücke, wo wir uns auf eine Bank direkt am Wasser setzten und uns an der kühlen Brise, die vom Main her kam, ergötzten.

»Schade, dass Ihr Freund Mandele Ihnen diese Mixtur verabreicht hat und nicht eine andere, die Ihnen erlauben würde, in unserer Zeit zu bleiben«, räsonierte ich wehmütig.

Rosa Amalia schien sich jedoch mit ihrer bevorstehenden Rückkehr in ihr Bildnis abgefunden zu haben. »Mandele war ein bemerkenswerter Mensch. Er war das größte Glück, das ich in meinem früheren Leben hatte. Ich werde ihm immer dankbar sein«, verteidigte sie den Magier.

Schließlich war es Zeit für den Rückweg. Tatsächlich standen vor den Kassenhäuschen nur noch wenige Menschen. Ohne Schwierigkeiten gelangten wir ins Museumsinnere und begaben uns auf die Suche nach einer Damentoilette, die wir im ersten Stock auch fanden. Ich reichte Rosa Amalia die Tüte mit ihrer Garderobe und sie verschwand hinter der Tür. Es dauerte lange, bis eine elegante Dame im blaugrünen Kleid heraustrat und sich meiner Musterung unterzog. Sie war wieder die von ihrem Gemälde bekannte Erscheinung, auch der Schmuck entsprach dem auf dem Bild.

Rosa Amalia hakte sich bei mir unter und wir wanderten gemächlichen Schrittes zu dem Saal, in dem man ihr Bildnis bewundern konnte. Dieses hing unverändert an derselben Stelle wie immer. Die Besucher schauten zwar zu der Prinzessin herüber, aber man machte sich keine Gedanken, warum eine Person so aussah wie die Dame auf einem der Bilder. Ein junger Mann mit Hornbrille hatte heute Wachdienst und beobachtete widerwillig und ohne jegliche Freude an der Arbeit das Geschehen im Saal. Als dieser sich für einige Augenblicke leerte, bekam ich plötzlich einen heißen Kuss und Rosa Amalia verschmolz geräuschlos und unauffällig mit ihrem Porträt. Das Ganze ging so zügig und überraschend, dass ich mich auf die Bank vor dem Gemälde sinken ließ, um das alles zu verarbeiten. Ich schaute auf das Bild, aber dort bewegte sich nichts.

Mein Schädel brummte wie ein Schmiedehammer, mein Kopf war so heiß, als hätte ich hohes Fieber. Begriffsstutzig starrte ich immer noch auf das Gemälde, als könnte ich dort eine Antwort auf mein Befinden ablesen. Der Druck auf meinen Kopf wurde immer größer. Ich schloss die Augen und ließ die beruhigende Stille wirken, die mich umgab.

Plötzlich klopfte mir jemand auf die Schulter und eine Stimme an meiner linken Seite fragte: »Haben Sie geschlafen?«

Ich schreckte auf. Die Frau Doktor beugte sich über mich und lächelte halb amüsiert, halb besorgt.

»Ich habe mich nur ausgeruht. Ich habe auf Sie gewartet«, stammelte ich überrascht.

»Die ganze Zeit?«

»Sie sagten ja, Sie müssten zu einem Notfall. Sie sind doch Ärztin?«

Die Dame lachte vergnügt. »Sie unterliegen einem Irrtum. Ich habe zwar einen Doktortitel, aber ich bin keine Ärztin. Ich bin Doktorin der Kunstgeschichte und mein Arbeitsplatz ist hier im Städel.«

Jetzt schaute ich sie genauer an. Ihr dunkelblondes Haar lag immer noch akkurat auf ihren Schultern, ihre geheimnisvollen Augen blickten herausfordernd und ihr hübsches Gesicht reizte meine Fantasie. »Sie arbeiten in diesem Museum?«

»Ja, ich bin im Forscherteam, mein Spezialgebiet ist die Renaissance und insbesondere die italienische Renaissance.«

»Das ist ja interessant«, sagte ich verwundert. »In der letzten Zeit habe ich viel Neues über die italienische Renaissance erfahren.«

»Sie interessieren sich also für diese Zeit? Haben Sie vor, ein Buch darüber zu schreiben?«

»Ich möchte es gerne versuchen, aber ich bin in kulturgeschichtlichen Dingen nicht besonders versiert«, gab ich zu. »Dürfte ich vielleicht auf Ihre Hilfe hoffen?«

Sie schaute mich mit schelmischer Miene an. »Sind Sie deswegen mit mir ins Gespräch gekommen?«

»Nein, überhaupt nicht! Um bei der Wahrheit zu bleiben, Sie haben mir sehr gefallen. An ein Buch habe ich dabei nie gedacht. Ich bin auch noch unentschieden, was das Thema angeht, aber die Tendenz zeigt in diese Richtung.«

»Ich könnte Ihnen tatsächlich dabei behilflich sein, schließlich kenne ich mich in der Kunstgeschichte ein wenig aus«, bot meine Bekanntschaft generös an.

»Für Ihre Hilfe wäre ich Ihnen sehr dankbar. Sicher wissen Sie viel über diese Epoche, zum Beispiel auch über dieses Bild.« Ich zeigte auf das Porträt von Rosa Amalia. Bestimmt hörte die Prinzessin unser Gespräch mit und ihre Reaktion konnte nur Eifersucht sein, was mir fast ein bisschen behagte.

»Dieses Bild wurde von einem flämischen Maler namens Pieter de Kempeneer gemalt. Vermutlich in Italien, wohl in der Nähe der Stadt Bologna«, begann die Doktorin zu referieren.

»Woraus schließen Sie, dass das Bildnis in der Provinz Emilia-Romagna entstand?«, hakte ich nach.

»Weil der Künstler im Jahr 1530 in Bologna weilte, er arbeitete mit an den Dekorationen zum Triumpfbogen aus Anlass der Krönung von Karl V. zum Kaiser des Heiligen Römischen Reiches Deutscher Nation.«

Wieder unterbrach ich ihre Ausführungen. »Übrigens war dies der letzte Kaiser, der diese Bezeichnung trug. Die Krönung fand in der Basilika der San Petronio Kirche statt.« Rosa Amalia war bestimmt stolz, meinen Ausführungen beizuwohnen. »Was meinen Sie, wer könnte die hier abgebildete Dame in Blaugrün sein?«, fragte ich und brachte gleich selbst eine Vermutung zum Ausdruck: »In der Nähe von Bologna befindet sich der alte Palazzo Bentivoglio, Sitz der Familie Bentivoglio, die eine Zeit lang die Stadt regierte. Die unbekannte Aristokratin könnte doch ein Spross dieses Clans sein.«

Die Kunstgeschichtsexpertin schaute mich bewundernd und etwas verwirrt an. »Sie könnten Detektiv oder Forscher in einem Museum werden«, sagte sie anerkennend.

Bescheiden winkte ich ab. »Ich bin leider nur ein mittelmäßiger Autor, der versucht, Episoden eines geträumten Lebens aus einer anderen Zeit darzustellen. Für einen Roman würde ich die Porträtierte zum Beispiel Rosa Amalia nennen, Rosa Amalia Bentivoglio – das klingt wie Musik in meinen Ohren.«

»Warum ausgerechnet Rosa Amalia? Das klingt, als wüssten Sie, wie die Dame heißt, als hätten Sie mit ihr gesprochen«, ulkte die selbstbewusste Forscherin.

Wieder betrachtete ich das Bildnis an der Wand, aber die Prinzessin blieb unbewegt, sie verharrte in ihrer seit fünfhundert Jahren eingenommenen Pose. Vielleicht habe ich das alles nur geträumt, ging es mir durch den Kopf. Sicher war ich nicht. Falls ich aber geträumt hatte, woher kam dann mein Wissen? Diese Informationen konnten doch nur von ihr stammen.

Ich wandte mich wieder zu meiner Begleiterin und sagte, dass der Name Rosa nach meiner Meinung zu der Prinzessin auf dem Gemälde passen würde.

»Zu mir auch«, war die kurze Antwort.

»Wie meinen Sie das?«, wollte ich wissen.

»Ich heiße ebenfalls Rosa mit Vornamen, so wie die von Ihnen erdachte Prinzessin.«

»Was für ein komischer Zufall«, befand ich. »Sehr angenehm, Rosa. Mein Name ist Peter«, stellte ich mich vor und reichte ihr die Hand. Ich ergriff die Gelegenheit beim Schopf und fragte sie, ob ich sie am Abend zum Essen ausführen dürfe. Das lehnte sie entschieden ab, aber sie schrieb mir immerhin ihre Telefonnummer auf und meinte, ich könne sie gerne anrufen, wenn ich Auskünfte für mein Buch bräuchte. Dann verabschiedete sie sich und verschwand hinter einer Ecke.

Ich ging zur Garderobe des Museums und wollte die dort deponierte Tüte mit Lanas ausgeliehenen Kleidern auslösen. Es war aber keine Tüte da. Langsam und nachdenklich verließ ich das Museum und ging zurück Richtung Altstadt zu Lanas Boutique. An der Tür hing ein Schild: Wegen Geschäftsaufgabe geschlossen.

Gedankenverloren setzte ich mich auf eine Bank am Römer, nahm einen Kugelschreiber und ein Blatt Papier aus der Tasche und machte mir Notizen über das Gespräch mit der Kunsthistorikerin, über Rosa Amalia, über Traumgebilde und die Wahrnehmung verschiedener Ereignisse.

Plötzlich stand jemand hinter mir und legte mir bedächtig eine Hand auf die Schulter. Ich wollte mich nicht umdrehen. Ich wollte den Traum weiter auf mich wirken lassen. Ich schloss die Augen. Dann hörte ich meinen Namen.